Kräherwald

Sina Beerwald, 1977 in Stuttgart geboren, wanderte vor acht Jahren mit zwei Koffern und vielen kriminellen Ideen im Gepäck auf die Insel Sylt aus und lebt dort seither als freie Autorin. Seitdem sind neun erfolgreiche Romane und der Erlebnisführer »111 Orte auf Sylt, die man gesehen haben muss« erschienen. Sie ist Preisträgerin des NordMordAward und des Samiel Award. www.sina-beerwald.de

Dieses Buch ist ein Roman. Handlungen und Personen sind frei erfunden. Ähnlichkeiten mit lebenden oder toten Personen sind nicht gewollt und rein zufällig.

SINA BEERWALD

Kräherwald

STUTTGART THRILLER

emons:

Bibliografische Information der Deutschen Nationalbibliothek
Die Deutsche Nationalbibliothek verzeichnet diese Publikation in der Deutschen Nationalbibliografie; detaillierte bibliografische Daten sind im Internet über http://dnb.d-nb.de abrufbar.

FSC
www.fsc.org
MIX
Papier aus verantwortungsvollen Quellen
FSC® C083411

Umschlagmotiv: shutterstock.com/GongTo
Umschlaggestaltung: Tobias Doetsch
Gestaltung Innenteil: César Satz & Grafik GmbH, Köln
Lektorat: Marit Obsen
Druck und Bindung: CPI – Clausen & Bosse, Leck
Printed in Germany 2016
ISBN 978-3-95451-982-8
Stuttgart Thriller
Originalausgabe

Ein Projekt der AVA international GmbH Autoren- und Verlagsagentur. www.ava-international.de

Für Lauris

I think to myself I'm the sad clown …
smiling reluctantly …
but crying behind the iron curtain.
Draconian – »The empty stare«

»So ist das Leben«, sagte der Clown
mit Tränen in den Augen
und malte sich ein Lächeln ins Gesicht.
Verfasser unbekannt

Prolog

Es war ein Versehen. Du solltest nicht sterben, ehrlich.

Du warst ein so liebes und hübsches Mädchen. Große hellblaue Augen und rabenschwarze Haare, ein Strasssteinchen an deinem süßen Näschen – und deine vollen Lippen, die du so lange zu einem Schmollmund verzogen hast, bis ich dir deinen Wunsch erfüllt und das Piercing zu deinem vierzehnten Geburtstag gestochen habe. Jeden Blutstropfen habe ich sorgsam von deiner reinweißen Haut getupft, jeden Tag habe ich die Stelle, die sich entzündet hatte, mit Salbe behandelt. Mein kleines Schneewittchen.

So habe ich dich immer genannt.

Heute hättest du wieder Geburtstag gehabt. Zärtlich berühre ich ein letztes Mal deine Wange. Im Vollmondlicht wirkt dein bleiches Gesicht gespenstisch. Gespenstisch schön. Es sieht so aus, als würdest du schlafen.

Du warst ein Kind der Nacht und glücklich, wenn du den Vollmond sehen konntest. Ich weiß nicht, ob deine Augen das grelle Tageslicht überhaupt vertragen hätten. Die Sonnenstrahlen sind nicht gut für dich, habe ich dir immer gesagt, sie können dir regelrecht gefährlich werden.

Du hast mir geglaubt.

Krankheiten hast du, mein zerbrechliches Schneewittchen, so einige gehabt in deinem viel zu kurzen Leben. Und wenn ich dich getröstet habe, dann hast du gelächelt.

Du warst meine Sonne, du hast mir jeden meiner Tage erhellt.

Wie ein Baby liegst du zusammengekauert im Koffer vor mir, deine schlanken Beinchen eng an den Körper gepresst. Ich habe ein Laken um deinen dünnen Körper gewickelt und ihn mit Seilen zu einem festen Bündel verschnürt. Ein richtiges Fliegengewicht bist du, bringst nur sechsundzwanzig Kilo auf die Waage. Ich habe dir immer gesagt, dass du mehr essen musst, aber du hattest einen leicht reizbaren Magen. Immer wieder habe ich dich aufgepäppelt, du bekamst alles von mir zu essen, was du dir nur gewünscht hast, ist es nicht so?

Dein eigenes kleines Reich habe ich dir eingerichtet, mit allem, was sich ein Mädchen in deinem Alter nur wünschen kann. Du hattest einen Fernseher, die neueste Musik auf deinem iPod, jede Menge Bücher und einen Laptop, auf dem du Spiele machen konntest. Du hattest sogar ein eigenes Bad in deinem Zimmer. Internet oder ein Handy hattest du keines, aber es gab ja auch keine Freunde, mit denen du hättest chatten oder telefonieren können. Die brauchtest du schließlich nicht. Du hattest ja mich.

Und ich hatte dich. Doch nun hast du mich verlassen. Dein Herz hat einfach aufgehört zu schlagen. Das habe ich nicht gewollt, ehrlich. Du warst oft krank, du hattest viele Schmerzen, aber ich habe mich immer um dich gekümmert und deine Wunden versorgt, nicht wahr?

Ich beobachte die Strömung des Flusses, die schillernden Reflexionen des Mondlichts auf den sanften Wellen. Der Neckar fließt durch ein Betonbett mit hohen Ufermauern und macht kurz hinter der überdachten Holzbrücke einen sanften Bogen. Dort hinein schmiegt sich der Stadtstrand von Bad Cannstatt, wo in diesen warmen Augustnächten bis weit nach Mitternacht gefeiert wird.

Jetzt ist es still dort, zu mir dringt bis auf wenige Motorengeräusche von der ufernahen Bundesstraße her kein anderer Laut. Um diese Uhrzeit verirrt sich selten eine Person in diese Gegend zwischen dem Zoo und dem Stadtstrand.

Oft bin ich mit dir, mein Schneewittchen, in einer Vollmondnacht hierhergekommen. Das hat dir immer gefallen. Du wolltest etwas sehen von der Welt, und niemand sollte behaupten können, ich sei ein Unmensch, weil ich dich eingesperrt habe. Ich wollte dich nur vor jeder Gefahr bewahren.

Wir haben Papierboote gefaltet und aufs Wasser gesetzt, wir standen auf der Brücke, und ich habe dir die Sternbilder gezeigt und dir erklärt, wie die Schleuse funktioniert, die nur einen Steinwurf entfernt ist. Einmal ist uns dabei tatsächlich ein Mann begegnet, erinnerst du dich? Der hat irritiert geschaut, bis ich ihm erklärt habe, es sei dein größter Wunsch gewesen, als Gespenst verkleidet eine Nachtwanderung zu machen. Da hat er gelacht und uns noch viel Spaß gewünscht. Und den hatten wir. Du hattest kein schlechtes Leben, nicht wahr?

Nun ist es so weit. Ich muss mich für immer von dir verabschieden. Warum hast du mich verlassen? Davongeschlichen aus meinem Leben. Ohne Vorwarnung. Einfach so. Viel zu früh. Ich wollte bei dir sein, aber du bist gegangen, für immer. Du hast es nicht einmal für nötig gehalten, dich von mir zu verabschieden. Hast mich einfach zurückgelassen.

Wut und Trauer verbinden sich in meinem Inneren zu einem explosiven Gemisch, ich möchte schreien und kann es doch nicht.

Ich muss still sein.

Fassungslos bin ich über deinen Verrat, vor mir diese Welt zu verlassen. Du warst jung, fast noch ein Kind. Du solltest eines Tages mich zu Grabe tragen. Das war der Plan.

Ich hasse es, wenn die Dinge nicht nach Plan verlaufen. Zum zweiten Mal in meinem Leben. Fast fünfzehn Jahre lang hatte ich mich im Griff, und ich dachte, ich hätte meinen Frieden durch dich gefunden.

Ich binde dich an dem Sonnenschirmständer fest, den ich von zu Hause mitgenommen habe, lege dich als Bündel nahe an den betonierten Uferrand und schaue dir noch einmal ins Gesicht.

Du bist so rein, so unschuldig, mein behütetes Mädchen. Du warst mein Leben.

Ich hauche dir einen letzten Kuss auf die Wange, dann atme ich tief durch, schließe meine Hand um den jetzt gefüllten Plastik-Schirmständer und werfe ihn in die Tiefe. Dein Körper wird hinterhergezogen.

Als weißes Bündel treibst du auf der Wasseroberfläche, es sind nur wenige Sekunden, aber ich dachte, der Schirmständer würde dich gleich unter Wasser ziehen.

Mein Schneewittchen.

Es sind Sekunden eines Abschieds, die ich so nicht geplant habe.

Ich hasse dich. Ich liebe dich.

Eine Träne rollt aus meinem Augenwinkel. Ein fremdes Gefühl auf meiner Haut. Wie lange habe ich schon nicht mehr geweint? Es ist über fünfzehn Jahre her.

Deine Leiche wird man bald finden, denn idiotensicherer kann man die Stelle nicht auswählen. Entweder verfängt sich dein Körper in der Schleuse oder an der nahen Anlegestelle der Ausflugsschiffe, die weit in den Fluss hineinragt.

Mich jedoch wird die Kripo nicht aufspüren. Und sie werden auch nicht herausfinden, wer du bist, mein Schneewittchen. Diese Aufgabe wird zu schwierig für sie sein, sie werden auf ewig rätseln.

So will ich es. Denn: Strafe muss sein.

Wie ein Phantom werde ich jeden ihrer Ermittlungsschritte begleiten. Ich werde ihnen ganz nah sein, und trotzdem werden sie mich nicht sehen. Weil sie nicht sehen können, was sie nicht sehen wollen.

Dieses Mal wird mir ihre Blindheit eine Genugtuung sein. Dieses Mal wird sie mein Vorteil sein.

Sie werden nach einem Irren suchen, einem Psychopathen. Aber ich bin nicht krank. Ich nicht. Ich bin ganz normal. Vielleicht zu normal.

Als ich den Blick vom Fluss abwende, den leeren Koffer mit den bunten Aufklebern hinter mir herziehe und die Schönestraße entlang zurück zu meinem Auto gehe, weiß ich eines ganz genau.

Ich muss es wieder tun. Es wird passieren. Bald.

1

Die WhatsApp traf genau in dem Augenblick ein, als Tessa nach ihrem langen Arbeitstag den Eingang des Zoos erreichte.

Wir sind noch bei den Seehunden, Julian kann sich nicht losreißen.

Kein Problem, schrieb Tessa zurück und rief sich dabei den Lageplan der Stuttgarter Wilhelma vor Augen. Vom Seehundbecken bis zum Ausgang hatte ihr dreijähriger Sohn mit seiner Tagesoma noch ein gutes Wegstück vor sich, und so, wie sie die beiden kannte, würde Julian den Zoo nicht ohne ein Eis verlassen. Gut eine halbe Stunde musste sie also bestimmt noch warten. *Bin am Stadtstrand*, setzte sie hinzu und schickte die Nachricht ab.

Die achthundert Quadratmeter Mittelmeerfeeling direkt am Neckar verschafften ihr das Gefühl, eine halbe Stunde so etwas wie Urlaub zu haben. Seit sie alleinerziehend war, hatte sie gelernt, die kurzen Pausen, die sie wirklich für sich allein hatte, umso mehr zu genießen. Sie brauchte nur daran zu denken, sich in einem der bereitgestellten Liegestühle niederzulassen, schon entspannte sich ihr Körper. Nach dem alltäglichen Wahnsinn im Newsroom der »Stuttgart aktuell« war das auch dringend notwendig.

Jetzt steckten ihre von der Wärme angeschwollenen Füße noch in schwarzen Pumps, die sie zum dunkelblauen Kostüm trug – Kleidungsvorlieben, die ihre leitende Position mit sich brachte. Am wohlsten fühlte sie sich jedoch in Jeans und flachen Schuhen. Bei der Vorstellung, ihre Zehen gleich in den Sand stecken zu können, kribbelte es an ihren Füßen.

Sie betätigte die Fußgängerampel und überquerte kurz darauf die stark befahrene Straße in der Nähe der U-Bahn-Haltestelle Wilhelma, wo sie gerade ausgestiegen war. Ihr Auto hatte sie auf dem Park-and-ride-Parkplatz außerhalb der Stadt stehen lassen.

Vielleicht konnte sie Julians Tagesoma noch zu einem Getränk einladen, sie wenigstens zu einem Glas Sprudel überreden. So einen genügsamen Menschen wie Frau Rose hatte Tessa in ihrem Leben noch nicht kennengelernt. Sie hatte noch dazu das große Glück, diese alleinstehende fünfundsechzigjährige Dame zur Nachbarin zu haben. Das war für sie beide ein Segen, denn Frau Rose kümmerte sich sehr gern als Ersatzoma um Julian. Sie hatte keine eigenen Kinder und somit auch keine Enkel.

Tessa überquerte die überdachte Holzbrücke und ging dabei absichtlich langsam, weil es im Schatten so angenehm war. Die drückende Hitze im Stuttgarter Kessel, der seinem Namen heute wieder alle Ehre machte, ließ sich am Neckar am besten aushalten. Noch besser bei einem Cocktail. Alkoholfrei, denn sie musste ja noch fahren.

Das Wasserrauschen der nahen Schleuse übertönte die Geräusche der Fahrbahn, und von der Brücke aus hatte sie eine schöne Aussicht auf die Anlegestelle der Neckarschiffe, wo die Leute Schlange standen. Auch drüben am Stadtstrand war einiges los, mit etwas Glück könnte sie jedoch noch einen freien Liegestuhl ergattern.

Als sie dort ankam, wurden tatsächlich zwei Liegestühle in vorderster Reihe zum Uferweg frei, und Tessa ließ sich mit einem wohligen Seufzer in einem davon nieder. Ihr Blick verlor sich auf dem Fluss, dessen Strömungsrichtung aufgrund der nahen Schleuse gar nicht so leicht auszumachen war. Die Wasserstrudel erinnerten sie daran, wie froh sie über die Ruhe war, die Frau Rose in das bisherige Alltags-Chaos gebracht hatte. Denn wo Tessa früher das Gefühl gehabt hatte, an tausend Stellen gleichzeitig sein zu müssen – bei der Arbeit, im Kindergarten, beim Arzt, beim Einkaufen –, da war nun Frau Rose zur Stelle. Und was hätte Tessa nur ohne sie getan, als sie von dieser fiesen Grippe heimgesucht worden war und sich deshalb drei Tage lang nicht um Julian kümmern konnte?

Auch heute war Julian wie jeden Mittag pünktlich von seiner Tagesoma aus dem Kindergarten abgeholt worden, wie immer hatten die beiden etwas Schönes unternommen, aber wehe, Tessa versuchte, sich in irgendeiner Form bei Frau Rose erkenntlich zu zeigen, dann reagierte diese gleich voller Entrüstung mit dem Argument, dass sie als Rentnerin doch ohnehin viel Zeit hätte und dass das alles eine Selbstverständlichkeit sei. Und so hatte sich

Tessa an die Hilfsbereitschaft von Frau Rose gewöhnt, auch wenn sie dafür eine bittere Pille schlucken musste: Frau Rose war das wandelnde Klischee einer neugierigen Nachbarin. Neulich hatte sich Tessa ihr gegenüber gerade noch die Bemerkung verkneifen können, sie solle mit ihren Geschichten über die Hochhausgemeinschaft doch eine eigene kleine Zeitung gründen – in puncto Aktualität würde Frau Rose es problemlos mit jeder Nachrichtenagentur aufnehmen. Besser, dachte Tessa, sie hielt ihren Mund, am Ende würde Frau Rose den ironisch gemeinten Ratschlag noch in die Tat umsetzen.

Manchmal wünschte sich Tessa, dass es anstelle von Frau Rose einen neuen Mann in ihrem Leben gäbe. Die Welt um sie herum bestand nur aus Pärchen, so ihr Eindruck. Auch jetzt war wieder einer dieser Momente, in denen sie sich wie aussätzig fühlte. Ringsum verliebte Paare. Eines davon warf ihr auf der Suche nach einer Sitzgelegenheit einen missbilligenden Blick zu, der wohl den Ärger darüber ausdrücken sollte, dass sie sich erdreistete, einen Liegestuhl zu belegen, während der andere direkt neben ihr unbesetzt blieb – denn mit einem allein konnte niemand etwas anfangen.

So wie die Männerwelt offenbar nichts mit ihr anfangen konnte. Als alleinerziehende Mutter, noch dazu voll im Berufsleben stehend, schien sie eine abschreckende Wirkung zu haben. Umgekehrt hatte sie nach einigen Dates, bei denen sie sofort den Impuls verspürt hatte, die Beine in die Hand zu nehmen, die Hoffnung fast schon aufgegeben, dass es Mr. Right irgendwo geben würde.

Fast. Denn da gab es einen, der sie vor vier Wochen über Facebook angeschrieben hatte. Wobei Leander behauptete, sie habe ihm zuerst eine Freundschaftsanfrage geschickt, was aber nicht stimmte. Darüber, dass sich Facebook gern auch mal selbstständig machte, hatte sich ein lustiges Geplänkel entwickelt, das zu einer langen Nacht im Chat und dem Austausch der Telefonnummern geführt hatte.

Es kribbelte ein bisschen, wenn sie an ihn dachte. Aber was bedeutete das schon?

Tessa stellte ihren Liegestuhl in Blickrichtung zur Brücke, über die Frau Rose mit Julian kommen würde, und bestellte einen Cocktail. Einen »Swimmingpool«, alkoholfrei.

Der Kellner war gerade wieder weg, da klingelte ihr Handy.

In der Annahme, dass es Frau Rose sei, war Tessa kurz davor, dranzugehen, dann jedoch sah sie den Namen auf dem Display. Ein Name, der ihr einen regelrechten Stromstoß versetzte.

Philipp.

Lass mich einfach in Ruhe, dachte sie. Nicht jetzt und auch nicht später gehe ich ans Telefon.

Leider gehörte Philipp Steinwart zu jenen Männern, die in einer Beziehung erst dann aufwachten, wenn die Ehefrau ihre Sachen packte und die Scheidung einreichte. Letzteres hatte sie vor eineinhalb Jahren getan.

Schon während des Trennungsjahres hatte Philipp verschiedene Rückeroberungstaktiken ausprobiert. Zuerst versuchte er die Kavalierstour, mit Einladungen zum Essen oder ins Theater, mit all den Dingen, an die er in zwölf Jahren Beziehung nicht gedacht hatte. Als das nicht fruchtete, spielte er den hilflosen Mann und fragte sie wegen aller möglichen und unmöglichen Dinge um Rat. Mittlerweile fühlte sie sich von ihm regelrecht belagert und belästigt.

Sie hatte gedacht, dass sein Verhalten nur so lange andauern würde, bis er das Scheidungspapier vom Gericht in Händen hielt – eine vergebliche Hoffnung. Seine Anrufe hatten in den vergangenen Wochen massiv zugenommen, ebenso sein Auflauern vor den Redaktionsräumen der »Stuttgart aktuell« oder in der Nähe ihrer Hochhauswohnung. Sie war kurz davor, ihn wegen Stalkings anzuzeigen.

Er nannte es Zufall und lachte sie aus, wenn sie Angst zeigte.

Tatsächlich kam sie sich lächerlich vor, denn mit diesem Mann hatte sie schließlich rund ein Drittel ihres Lebens verbracht, er war kein fremder Psycho, den sie nicht einschätzen konnte. Im Grunde kannte sie Philipp in- und auswendig. Aber genau das war das Problem: Sie hatte eine zu genaue Vorstellung davon, wozu er aufgrund ihrer Zurückweisung fähig sein könnte.

Tessa ließ das Handy klingeln. Jedes Gespräch mit ihrem Exmann endete im Streit, auch wenn sie versuchte, vernünftig mit ihm zu reden und ihm seine Grenzen aufzuzeigen. Letztere zu akzeptieren war Philipps Sache nicht. Dieser Wesenszug machte ihn privat und beruflich zu einem siegesgewissen, durchsetzungsstarken und ehrgeizigen Menschen – alles Eigenschaften, für die sie ihn geliebt hatte, die nun allerdings ins gegenteilige Extrem umgeschlagen waren.

Sie nahm ihren Cocktail entgegen, bezahlte und legte das Handy entschlossen zurück in ihre Handtasche, damit sie gar nicht erst in Versuchung käme, sich doch noch mit ihrem Ex auseinanderzusetzen.

Es war müßig. Das sagte ihr der Verstand. Dennoch überfiel sie jedes Mal ein fieses Bauchgrimmen, wenn sie Philipp zurückwies, weil sie wusste, dass er sich nun erst recht etwas ausdenken würde, um sie noch mehr zu schikanieren.

Zeit dafür hatte er seit der Trennung vor nunmehr eineinhalb Jahren reichlich. Seit einigen Wochen war er zudem krankgeschrieben – aufgrund seines Alkoholkonsums, den er inzwischen so wenig im Griff hatte, dass man ihn nicht einmal mehr im Innendienst haben wollte. Eigentlich hatte er zur Kur fahren sollen, aber sie hatte nicht den Eindruck, dass er das in die Tat umgesetzt hatte. Wozu auch? Er hatte mit seiner Schikane gegen sie ja genug anderes zu tun.

Der Verdacht, dass er eine Geliebte haben könnte, war ihr ziemlich spät gekommen. Genauer gesagt erst nach einem Jahr, in dem er bereits sein Doppelleben geführt hatte. Seine Arbeit bei der Wasserschutzpolizei brachte nun mal unregelmäßige Dienstzeiten mit sich, und wenn er hin und wieder nicht erreichbar war oder nicht wie angekündigt zu Hause erschien, war das nicht ungewöhnlich gewesen – der Damenslip, den sie eines Tages in seiner Aktentasche gefunden hatte, hingegen schon. Ein billiger Trick der Geliebten, eine Ehekrise heraufzubeschwören, um Philipp vollkommen für sich haben zu können.

Tessa hatte jedoch nicht in ihrem Sinne reagiert und Philipp umgehend den Laufpass gegeben, sondern das Gespräch mit ihm gesucht. Sie waren übereingekommen, am Fortbestand ihrer Ehe arbeiten zu wollen.

Philipp hatte daraufhin die Fremdbeziehung beendet – das

allerdings verwandelte die Geliebte in eine Furie. Sie reagierte mit nächtlichem Telefonterror, lauerte Philipp am Arbeitsplatz auf und folgte ihm schließlich wie ein Schatten. Das Verhalten dieser Frau bewirkte nicht, dass Philipp sich noch mehr von ihr distanzierte. Stattdessen versuchte er, mit ihr zu reden, um sie zur Vernunft zu bringen. So bekam sie ihn an den Wickel und damit auch wieder ins Bett.

An diesem Punkt war Tessa bewusst geworden, dass sie Philipp nicht mehr würde verzeihen können. Das einzig Gute, was ihr aus dieser Zeit geblieben war, war ihr Sohn Julian – für den sich Philipp seit der Trennung nicht mehr interessierte. Als wäre er nie Vater geworden.

Anfänglich war sie an seiner Haltung verzweifelt, aber sie konnte ihn ja nicht zwingen, seinen Sohn zu besuchen, und wenn es sie noch so sehr schmerzte. Philipp wusste das. Manchmal glaubte sie gar, er tat es genau deswegen. Um sie zu verletzen und von seinem Fehltritt abzulenken. »Projektion« nannte man das in der Psychologie, ein einfaches Prinzip der seelischen Entlastung: Er schob ihr die Schuld zu, weil sie sich schließlich von ihm getrennt hatte. Nur deshalb hatte er auch seinen Alkoholkonsum nicht mehr im Griff – weil sie ihm das hochprozentige Zeug ja auch persönlich einflößte, natürlich.

Was zwischen all diesem Mist nun zählte, war einzig und allein, ihrem Sohn eine gute Mutter zu sein. Wobei sie sich an Tagen wie heute kläglich fragte, wie sie das bewerkstelligen konnte, wenn eine andere Frau mit ihrem fast Dreijährigen in den Zoo ging, während sie arbeitete. Arbeiten musste. Und wollte. Damit fingen die Gewissenskonflikte an und mündeten nicht selten in Erschöpfungszuständen, wenn ihr alles über den Kopf wuchs.

Dennoch wäre sie nicht sie selbst gewesen, wenn sie sich nach einem Moment der Schwäche nicht doch jedes Mal wieder aufs Neue mit gesammelten Kräften den Problemen gestellt hätte.

An der Vergangenheit konnte sie nichts ändern, und sie war ohnehin ein Mensch, der im Hier und Jetzt lebte – wenn auch nicht frei von Zukunftsängsten. Aber wer hatte die heute nicht? Wegen Julian hatte sie sich entschlossen, ihre Selbstständigkeit als Journalistin aufzugeben, und sie konnte von Glück sagen, dass ihr ehemaliger Auftraggeber Werkmann sie ohne zu zögern als Ressortleiterin für Seite eins und zwei bei der »Stuttgart aktuell« fest eingestellt hatte.

Sie schloss die Augen, lauschte dem Rauschen des Wassers und wäre mit dem Glas in der Hand fast eingenickt, als sie auf einmal eine Stimme neben sich hörte.

»Da sind wir.«

»Mama«, rief Julian im selben Augenblick. Er kletterte ungestüm auf ihren Schoß, sodass sie gerade noch ihr Cocktailglas in Sicherheit bringen konnte, breitete seine Ärmchen aus und drückte ihr einen Kuss auf den Mund. Seine blonden, zusätzlich von der Sonne gebleichten Haare schauten vorwitzig unter einem Micky-Maus-Käppi hervor und waren an der Stirn verschwitzt. »Hab dich lieb, Mama. Julian auch lieb, Oma Dose mir Eis dauft, schon geesst!«

»Ein Eis hast du gegessen?«, fragte Tessa mit gespieltem Erstaunen und zwinkerte dabei Frau Rose zu, die durch Julians fehlerhafte Aussprache zu »Oma Dose« geworden war. Trotz seiner knapp drei Jahre war er noch kein sprachlicher Held, und auch die Kinderärztin war der Meinung, dass eine logopädische Behandlung angebracht wäre. Wieder ein Termin in der Woche mehr, zu dem Frau Rose ihren Sohn wie selbstverständlich an ihrer Stelle begleiten würde.

»Julian ist auf dem Rückweg hingefallen. Er hat leider mehr auf den frei laufenden Pfau geachtet, der keine zwei Meter neben uns spazierte, als auf seinen Weg und hat sich das Knie aufgeschlagen.« Während Frau Rose sprach, kam ein leicht böiger Wind auf, doch kein Härchen ihrer weißblonden eingedrehten Locken bewegte sich unter der dicken Taftschicht. Bei ihr hatte alles seine Ordnung, bis in die letzte Haarspitze.

»Ja, aua demacht. Oma Dose hoppala. Da!«

»Oje, ich habe gar kein Pflaster dabei, zeig mal«, sagte Tessa und half ihrem Sohn, die dünne Sommerhose über das Knie zu ziehen.

»Das habe ich schon erledigt«, sagte Frau Rose, und tatsächlich prangte ein tolles Kinderpflaster mit Tiermotiven auf Julians Knie. Nicht allein wegen ihrer selbstlosen und aufopferungsvollen Fürsorglichkeit erinnerte Frau Rose Tessa an Mrs. Doubtfire aus dem gleichnamigen Film mit Robin Williams, sondern auch aufgrund ihrer recht markanten, fast männlichen Gesichtszüge. Und als wollte Frau Rose die Filmfigur tatsächlich nachahmen, trug sie hautfarbene orthopädische Schnürschuhe zu einem braunen, knielangen Rock mit einer vermutlich aus den Sechzigern stammenden senfgelben Bluse, die jedoch beim derzeitigen Retro-Trend schon wieder modern war.

»Sie sind wirklich großartig«, entgegnete Tessa und fühlte sich neben Frau Rose wie eine Rabenmutter, denn sie würde niemals daran denken, Pflaster einzustecken, wenn sie mit ihrem Sohn unterwegs war.

Frau Rose reagierte nicht auf Tessas Lob, sondern schaute zum Ufer hinunter. Jetzt erst bemerkte Tessa die Unruhe um sie herum. Die Blicke der Umstehenden schienen von einem Gegenstand im Wasser wie magnetisch angezogen zu werden.

Etwas, das aussah wie ein Sonnenschirmständer, hatte sich an einem der Bootsanleger verfangen und schlug im Rhythmus der leichten Flusswellen gegen die Plattform. Daneben schwamm ein großer Stoffballen.

Unglaublich, auf welch schamlose Weise die Leute heutzutage ihren Sperrmüll entsorgen, dachte Tessa. Ein Grund zur Aufregung war das trotzdem nicht. Es würde sich schon jemand finden, der hinuntergehen und das Treibgut herausfischen würde.

Ungewöhnlich nur, dass sich gleich so viele darum kümmern wollten und ein Großteil der Leute bereits die schmale Ufertreppe hinunterdrängte, während andere wie elektrisiert dastanden.

Mit den ersten Schreien aus der Menge erkannte auch Tessa, worum es sich bei dem vermeintlichen Sperrmüll tatsächlich handelte: ein menschliches Stoffbündel. Lange schwarze Haare. Ein bleiches Gesicht.

Ein totes Mädchen.

2

Mit geschlossenen Augen stand Tessa unter der Dusche und ließ seit Minuten das kühle Wasser an ihrem Körper hinabperlen. Sie legte den Kopf in den Nacken, fuhr sich mit gespreizten Fingern mehrfach durch ihre kurzen blonden Haare und hoffte, dadurch die Bilder des Nachmittags aus ihrem Gedächtnis streichen zu können.

Das Gesicht des toten Mädchens, die gelblich weiße Haut und die bläulich verfärbten Lippen. Mit Sicherheit hatte die Leiche noch nicht lange im Wasser gelegen, sie war kaum aufgedunsen, das Mädchen hatte ausgesehen, als würde es nur schlafen. Das machte ihren Tod noch unbegreiflicher.

Und wieder lief der Film vor ihrem inneren Auge ab, die Szene, wie dieses verschnürte Bündel aus dem Neckar gezogen wurde. Sie sah die Rosenblätter, ein wahres Meer an roten Blütenblättern, in denen das tote Mädchen auf einem weißen Laken gelegen hatte. Ein Detail, das umso verstörender wirkte, je länger sie darüber nachdachte.

I wanna lay you down on a bed of roses … Unwillkürlich kam Tessa der Refrain dieses Bon-Jovi-Songs in den Sinn. Wie krank musste jemand sein, einem Mädchen so etwas anzutun?

Wie alt sie wohl war? Ihr Gesicht hatte wesentlich reifer gewirkt als ihr kleiner, dünner Körper. Nicht auszudenken, wie die Eltern jetzt leiden mussten. Wenn das ihr Kind gewesen wäre … eine grauenhafte Vorstellung. Ein Schmerz, dessen Trittspuren sie schon spürte, wenn sie auch nur an die Möglichkeit dachte.

Tessa stellte die Dusche aus. Hatte sie eben die Klingel gehört? Oder was war das für ein Geräusch gewesen? Es war doch schon bald Mitternacht. Sie warf einen prüfenden Blick auf das Babyfon auf dem Badschränkchen. Alles gut.

Sie horchte. Das Geräusch wiederholte sich nicht.

War es überhaupt da gewesen? Ja. Sie hatte dieses Sirren noch im Ohr.

Irritiert stieg sie aus der Dusche und zog sich nach kurzem

Abtrocknen ihr dunkelblaues T-Shirt und ihre bequeme graue Lieblingshose an.

Barfüßig durchquerte sie den Flur. Zweieinhalb Zimmer, Küche, Bad, achtzehntes Stockwerk, so die nüchterne Beschreibung im Immobilienanzeiger – fünfundfünfzig Quadratmeter Wohlfühloase in ihren Augen.

Tessa ging ins Kinderzimmer und erkannte am ruhigen Atem ihres Sohnes, dass er schlief. Sie deckte Julian zu, weil er sich freigestrampelt hatte, strich ihm sanft über den Kopf. Von einer unvorsichtigen Bewegung würde er sofort wach werden. Er war kein Kind, das man im Schlaf einfach wegtragen konnte.

Nachdenklich ging sie zurück in den Flur. Vielleicht war es doch die Türklingel gewesen.

Sie schaute durch den Spion. Niemand war zu sehen.

Vielleicht war es Frau Rose, die den Schrecken des Nachmittags auch nicht so recht verdauen konnte, dachte sie, und trotz der späten Stunde darüber sprechen wollte. Möglich wäre das.

Bei zunächst vorgehaltener Türkette öffnete Tessa ihre Wohnungstür. Erst als sie sich halbwegs sicher fühlte, nahm sie den Schlüssel vom Haken und huschte über den langen Flur zur Wohnung von Frau Rose.

Dort klingelte sie. Zwei Mal kurz, ein Mal lang, aber die Nachbarin hatte ihre Klingel abgestellt. Also war sie doch schon schlafen gegangen. Zu oft passierte es, dass Besucher bei den unzähligen Knöpfen am Haupteingang versehentlich die falsche Klingel erwischten.

Merkwürdig, dachte Tessa, als sie sich, zurück in ihrem Wohnzimmer, auf die Couch fallen ließ. Vielleicht hatte sie sich ganz einfach verhört.

In diesem als »Asemwald-Siedlung« bekannten Hochhauskomplex – einem Wohnkosmos bestehend aus drei Hochhäusern aus den siebziger Jahren mit jeweils rund zwanzig Stockwerken – gab es zweitausend Einwohner und somit eben auch mal Geräusche, die man nicht einordnen konnte.

Gewöhnungsbedürftig war es allemal, hier zu leben, und dennoch würde sie mit keinem anderen Wohnumfeld mehr tauschen wollen, da der Asemwald wie ein eigenständiges Dorf funktionierte. Neben einem Supermarkt und einer kleinen Ladenpassage gab es hier auch einen Friseur, ein Schwimmbad, ja sogar einen Kindergarten.

Nicht zuletzt wegen der Infrastruktur hatte Tessa sich für diese Wohnung entschieden. Jedoch auch, weil Tom Trautner hier lebte, ihr bester Freund, ein Kripobeamter, mit dem sie erstmals auf einer Pressekonferenz vor sieben oder acht Jahren zusammengetroffen war. Letzteres im wahrsten Sinne des Wortes. Sie hatte ihm vor Beginn der Veranstaltung durch ihr schwungvolles Eintreten die Tür vor den Kopf geschlagen.

Er war dort gewesen, um zu einem bestimmten Fall Auskunft zu geben. Allerdings hatte er im Moment des Zusammenpralls nur noch einen schwäbischen Fluch erster Güte herausbekommen.

Natürlich hatte Tessa ihn direkt nach der Konferenz im Krankenhaus aufgesucht und ihn um Entschuldigung gebeten. Da zum Glück noch einmal alles glimpflich ausgegangen war und er mit der genähten Platzwunde die Klinik sofort wieder verlassen durfte, hatte sie ihn nach Hause gefahren, und seitdem war ihr Kontakt stetig enger geworden.

Tom wohnte wie sie im achtzehnten Stockwerk, er allerdings schon seit zehn Jahren, und so hatte sie nach der Trennung von Philipp nicht lange gezögert, sondern die Gelegenheit ergriffen, eine freie Wohnung ein paar Türen weiter zu beziehen – mit dem beruhigenden Gefühl, immer einen guten Freund in ihrer Nähe zu wissen, denn selbst eine taffe Frau wie sie überfiel ab und zu der große Katzenjammer. Und wenn Tom eines konnte, dann war es, sie aufzumuntern.

Zudem half die Höhenlage dabei, nach Feierabend Abstand zu gewinnen oder, wie Tom es formulierte, »diesem Mördersumpf da unten zu entkommen«.

War Tom vielleicht vorhin an der Tür gewesen? Er hatte heute nach Dienstschluss noch vorbeikommen wollen, weil sie ihm am Abend geschrieben hatte, dass sie nach den Ereignissen jemanden zum Reden brauchte. Da es jedoch inzwischen nach Mitternacht war, hatte sie nicht mehr mit ihm gerechnet.

Natürlich durfte Tom aus beruflichen Gründen nicht über

Details den Fall des toten Mädchens aus dem Neckar betreffend sprechen, schon gar nicht mit einer Journalistin.

Diese Problematik kannte sie noch aus der Zeit mit Philipp, in der sie berufliche und private Dinge immer streng getrennt und sie sich am Ende gar nichts mehr zu sagen gehabt hatten. Denn Philipps Devise im Umgang mit privaten Problemen war Schweigen gewesen. Da war Tom jedoch ganz anders. Oftmals sah er ihr direkt an, wenn etwas nicht stimmte, und sprach sie von sich aus darauf an. Tom erzählte auch von seiner Arbeit, gerade so viel, wie er sagen durfte und ihr zumuten wollte, aber sie fragte sich immer, wie er es schaffte, die schrecklichen Bilder nach Feierabend loszuwerden.

Sie dachte daran, ihre beste Freundin und zugleich Patentante von Julian noch einmal anzurufen. Aber Helen hatte sich vorhin bereits alles anhören müssen und lag sowieso immer schon um zehn im Bett. Beste Freundin hin oder her, sie würde sich für einen Anruf um diese Zeit schön bedanken. Vor allem, weil Helen bei Themen, die sich um ein Verbrechen drehten, eher zartbesaitet war.

Das hatte sich seit Schulzeiten nicht geändert, als sie beide heimlich »Aktenzeichen XY« angeschaut hatten. Selbst das war für Helens Gemüt schon zu viel gewesen, sie war mit ihrem Lockenkopf immer tiefer hinter der Sofadecke verschwunden und hatte schließlich nur noch bei Licht schlafen wollen.

Als Tessa gerade nach der Fernbedienung greifen wollte, um den Fernseher zur Berieselung einzuschalten, erhielt sie eine WhatsApp. Zuerst wollte sie gar nicht auf ihr Handy schauen, weil sie nach den elf Anrufen von Philipp seit heute Nachmittag niemand anderen als ihn dahinter vermutete. Dann gab sie sich einen Ruck und nahm ihr Telefon vom Wohnzimmertisch.

Die WhatsApp war von Tom. *Bist du noch wach? Bin jetzt endlich zu Hause.*

Ja, schrieb sie zurück. *Komm vorbei, wenn du noch willst.*

3

»Puh, das war ein Tag heute.« Tom fuhr sich durch seine dichten, streichholzlangen braunen Haare, die vom Duschen noch leicht feucht waren und nun in alle Richtungen abstanden. So erinnerte er sie einmal mehr an Per Gessle, den Sänger und Gitarristen von Roxette. Gemeinsam könnten sie direkt als Banddouble durchgehen, bemerkten Freunde immer wieder scherzhaft, wobei Toms Musikgeschmack definitiv ein anderer war und Tessa sich längst nicht so hübsch wie Marie fand.

Tom hingegen könnte locker den Doppelgänger geben, er hatte sogar diese großen, strahlenden Augen, allerdings lag heute ein Schatten in seinem Blick, und um seinen Mund zeigten sich nicht die sonst üblichen Lachfalten.

Besonders wenn es sich bei den Opfern um Kinder oder Jugendliche handelte, das betonte er immer wieder, ging ihm sein Job als Kripobeamter an die Nieren, das würde jedem noch so hartgesottenen Ermittler so ergehen.

Bei der Umarmung hielt Tom sie länger fest als sonst. Die Frage nach dem Befinden entfiel – es genügte wie immer ein gegenseitiger Blick in die Augen.

»Hast du vorhin schon mal geklingelt?«, fragte Tessa, als sie sich von ihm löste.

»Ich? Nein. Ich bin vor einer halben Stunde nach Hause gekommen und war erst mal unter der Dusche.«

»Da war ich auch, als ich das Geräusch gehört habe.« Mit einer Handbewegung bat sie ihn herein und schloss die Tür. Dabei fiel ihr Blick auf seine schwarz-weiß gemusterten Hausschuhe. Erst bei genauerem Hinsehen erkannte man die Totenköpfe, ein Motiv, das sich auf vielen seiner persönlichen Gegenstände fand und eine Facette seines schwarzen Humors widerspiegelte, den sie sehr mochte. »Na ja, wahrscheinlich habe ich es mir nur eingebildet. Möchtest du was trinken?«

»Gern einen Kaffee – zum Runterkommen.« Er seufzte.

So selbstverständlich, wie er in seinen Hausschuhen in ihre

Küche ging und zwei Tassen aus dem Oberschrank holte, könnte man meinen, er sei bei ihr zu Hause. Das gefiel Tessa. »Nur benimm dich nicht so«, hatte sie bei einer solchen Gelegenheit mal mit einem Augenzwinkern gesagt.

Sie legte ein Pad in die Maschine ein und ließ sich von Tom die Tassen reichen. Koffein wirkte bei ihr schon längst nicht mehr aufputschend. Ein Kaffee um diese Uhrzeit war keine Seltenheit, ebenso wenig, dass Tom nach Feierabend zu ihr kam. Auch für ihn war der Kaffee Lebenselixier und Ersatzdroge Nummer eins, nachdem er ebenfalls mit dem Rauchen aufgehört hatte.

Oft kochten sie zusammen oder saßen bei einer Flasche Wein auf der Couch, dann nahm er sie in den Arm, sie legte ihren Kopf an seine Schulter, und sie redeten über Gott und die Welt.

Die Couch machte dem Begriff »Wohnlandschaft« alle Ehre. Dicke gepolsterte Lehnen aus schwarzem Leder, der Bezug aus weinrotem Stoff mit beigefarbenen Streifen, herrlich bequem. Mit einem tiefen Seufzer ließ sich Tessa in die üppigen Kissen sinken. Leider nicht unter dem Vorzeichen eines entspannten Feierabends.

Gedankenverloren nippte sie an ihrem Kaffee. Nicht mal der wollte ihr heute schmecken. Tom schien es genauso zu gehen, denn er schob seine Tasse von sich weg.

»Na du?«, fragte er gedehnt.

Mit diesem für ihn typischen »Na du?« signalisierte Tom mit einfühlsamer Art sein Interesse, ohne große Fragen zu stellen.

»Ich denke immer wieder darüber nach«, sagte Tessa, »wie wohl die Eltern des Mädchens diesen Schock verkraften. Unvorstellbar grausam, sein Kind auf solche Weise zu verlieren.«

»Im Moment wissen sie noch gar nichts davon.«

Sie schaute auf. »Wie bitte? Warum das denn?«

»Tessa, du weißt, dass ich nicht viel dazu sagen kann. Wenn mal wieder was durchsickert und in der Zeitung steht, darf ich den Kopf hinhalten, weil meine Kollegen wissen, dass wir uns kennen.«

»Dann sag mir, was du sagen darfst. Ich muss darüber reden, sonst werde ich verrückt. Außerdem habe ich dein Vertrauen noch nicht ein einziges Mal missbraucht.«

»Ich weiß, dass du keine Sensationsjournalistin bist, die auf Teufel komm raus an Infos kommen will. Du machst das subtiler.« Er meinte das gar nicht böse, und sie wusste, worauf er anspielte. Bei ihren Redaktionskollegen war sie als zielstrebig und hartnäckig bekannt, darum setzte man sie gern auf schwierige Interviewpartner an.

»Frau Steinwart knackt jeden Panzer«, hieß es dann vom Chef, und meistens behielt er recht. Besonders Männer reagierten im gewünschten Sinne auf ihre empathische Art, mit der sie den Balanceakt zwischen Unaufdringlichkeit und Unbeirrbarkeit meisterte.

»Wir wissen noch nicht, wer die Eltern sind. Niemand scheint dieses tote Mädchen zu vermissen.«

»Meine Güte, was sind das denn für Eltern, die ihr Kind nicht vermissen?«

»Na ja, Kind ist relativ. Du hast das Mädchen ja gesehen. Sie war stark abgemagert und kleinwüchsig, deshalb wirkte sie jünger, aber nach den ersten Infos aus der Rechtsmedizin war sie wohl schon ein Teenager, so vierzehn oder fünfzehn. Nicht selten, dass die in dem Alter ausreißen oder mal eine Nacht wegbleiben. Oft wenden sich die Eltern trotz ihrer Sorge aus Scham nicht an uns, weil sie sich dann vielleicht ein Versagen eingestehen müssten. Sie hoffen ganz einfach, dass ihre Kinder von allein wieder auftauchen und nichts Schlimmes passiert ist – nach dem Motto: Weil nicht sein kann, was nicht sein darf. Wir wissen zudem nicht, wie lange das Mädchen schon verschwunden war.«

»Im Neckar kann sie jedenfalls nicht lange gelegen haben. Wasserleichen sehen anders aus, das weiß selbst ich.«

»Ja, das stimmt. Professor Wittenbrinck ist im Moment dabei, die Zeitspanne genauer zu bestimmen, innerhalb der das Mädchen gestorben ist, und wie lange sie vermutlich im Wasser lag. Möglich, dass sie zum Beispiel im Kofferraum eines Wagens über eine weite Strecke transportiert wurde, bevor man sie in den Neckar geworfen hat. Dann ist unter Umständen nicht nur eine deutschlandweite, sondern sogar eine internationale Fahndung fällig. Wir müssen alle Möglichkeiten in Betracht ziehen.«

Alle Möglichkeiten. Das war das Stichwort. Ihr Mund wurde

trocken, und sie musste nun doch einen Schluck Kaffee trinken, damit sie die Frage herausbrachte. »Diese Rosenblätter … Rosen sind ja ein Symbol. Vielleicht auch für kranke oder … abartige Liebe. Ich meine, ist … ist das Mädchen missbraucht worden?«

Tom machte eine abwägende Geste. »Nach der ersten Inaugenscheinnahme des Leichnams gibt es einige Auffälligkeiten, über die ich im Moment noch nicht sprechen darf. Sagen wir mal so: Sie hat sehr viele Narben, größere und kleinere, allerdings keine äußerlich frischen Verletzungen. Wir wissen noch nicht, was zum Tod des Mädchens geführt hat. Eines jedoch hat Wittenbrinck bereits festgestellt: Es gibt keine Spuren eines sexuellen Missbrauchs.«

So ganz überzeugt war Tessa noch nicht. »Na ja, vielleicht hat sie sich nicht gewehrt, und es fand mit Kondom statt.«

»Auch das kann Wittenbrinck ausschließen. Das Jungfernhäutchen war nämlich intakt, auch an anderen Körperöffnungen fanden sich keine sexuellen Missbrauchsspuren.«

Tessa wollte gerade etwas entgegnen, als ihr Handy klingelte. Um diese Uhrzeit. Sie zuckte regelrecht zusammen.

Ein kurzer Blick aufs Display, und ihre Vermutung bestätigte sich.

4

»Sorry, aber dein Exmann spinnt doch wirklich. Philipp war echt mal ein guter Kumpel, jedenfalls als ihr noch verheiratet wart, aber bei dem, was du mir in letzter Zeit so erzählt hast, bin ich froh, dass wir auch beruflich nichts mehr miteinander zu tun haben, sonst käme ich nicht umhin, ihm mal so richtig die Meinung zu sagen. Was fällt ihm ein, dich weit nach Mitternacht anzurufen? Hat er es immer noch nicht begriffen?«

»Es ist sein zwölfter Anruf heute.«

»Ach du Scheiße. Der kennt ja wirklich keine Grenzen mehr. Oder ist es doch was Wichtiges? Vielleicht ist was passiert?«

»Er weiß, wie man eine WhatsApp schreibt, und das würde er auch tun, wenn es ihm darum ginge, mir etwas Wichtiges mitzuteilen. Nein, er will, dass ich ihn nicht vergesse. Ein Denkzettel. Oder Rachsucht, such es dir aus.«

»Dafür, dass du ihn verlassen hast? Das hat er ja wohl nicht anders verdient. So übel, wie er dich hintergangen hat.«

»Hör auf mit dieser Geschichte. Ich bin froh, dass ich auch mal an etwas anderes denken kann als an seine Geliebte.«

»Blockier doch seine Nummer, dann hast du deine Ruhe.«

»Wenn ich das mache, habe ich Angst, dass es nur noch schlimmer wird.«

»Lass dich von deinem Ex nicht kleinmachen. Du weißt, dass du stark bist.«

»Hm …«, machte Tessa.

Tom nahm ihre Hand und drückte sie fest. »Hey, ich glaube an dich. *I'll be at your side, remember?* Immer. Und wenn's ganz schlimm wird und du dich bei mir auskotzen willst – ich halte dir jederzeit den Eimer hin, das weißt du.«

Tessa musste lächeln. Dafür mochte sie Tom. Dafür, dass er tatsächlich immer für sie da war. Für die Leichtigkeit und das Glück, das er in ihr Leben brachte. Oder liebte sie ihn sogar dafür? Darüber war sie sich in letzter Zeit nicht mehr so ganz im Klaren.

Kürzlich, an einem dieser gemeinsamen Abende, hatte Tom

sie sehr lange angeschaut und dabei wie beiläufig die Bemerkung gemacht, dass man sich in der Tiefe ihrer blauen Augen verlieren könne. Umgekehrt hatte sie zugegeben, dass man fast schon zwangsläufig in seinen grünbraunen Augen versinken müsse. Ein Skorpionblick. Geheimnisvoll und unwiderstehlich. Aber dieses Kompliment hatte er sofort zu Fall gebracht, indem er meinte, seine Augenfarbe ähnele ja wohl eher dem Wasser eines Tümpels, der kurz vor dem biologischen Infarkt stehe.

Dieses wechselseitige Spiel von Annäherung und Entfernung beherrschten sie mittlerweile in Perfektion. Denn nicht nur ihr fiel es schwer, Vertrauen in eine mögliche neue Beziehung zu fassen. Auch Tom hatte damit so seine Schwierigkeiten.

Schon früh hatte er seine Jugendliebe geheiratet, die beiden waren ein halbes Leben lang zusammen gewesen, und mittlerweile war die Trennung von ihr auch schon wieder fünfzehn Jahre her, doch seither hatte er sich mit keiner Frau mehr auf eine tiefere Beziehung einlassen können.

Wenn sie ihn nach den Gründen fragte, sprach er nicht darüber. Erklärte nur, dass sie zwar seine große Liebe gewesen sei, die Trennung aber zu lange her, als dass sie ihn jetzt noch belasten würde. Und wenn er sich seither auf keine Beziehung richtig eingelassen habe, sei die Richtige eben nicht dabei gewesen. Punkt. Die Mauer, gegen die sie jedes Mal prallte, konnte sie regelrecht spüren, aber auch akzeptieren. Er musste selbst bestimmen, wann er bereit war, darüber zu reden.

Eines hatten sie in jedem Fall gemeinsam: tiefe Verletzungen, weshalb sie sich auf der freundschaftlichen Ebene wohl beide am sichersten fühlten.

Tessa erwiderte den Druck von Toms Hand. »Mürbe macht mich Philipp trotzdem mit seiner Stalkerei. Aber das ist ja harmlos im Vergleich zu dem, was dem Mädchen passiert ist. Ich glaube allerdings, dass ihr den Täter schnell zu fassen bekommt.«

Tom runzelte die Stirn. »Weshalb?«

»Na ja, ich meine, wer so dilettantisch vorgeht und glaubt, dass ein Schirmständer als Gegengewicht den Körper des Mädchens dauerhaft am Grund des Neckars hält, der muss schon ziemlich blauäugig sein.«

»Umgekehrt. Ich glaube eher, dass der Mörder ziemlich gerissen ist.«

»Warum das denn?«

Tom ließ ihre Hand los. »Ich hoffe zwar, dass du recht behältst, allerdings bin ich jetzt schon lange genug bei diesem Mördersuchverein, zwölf Jahre, und mein Gefühl sagt mir, dass hier ein Typ dahintersteckt, der sich Aufmerksamkeit verschaffen will. Es könnte sich natürlich auch um eine Beziehungstat handeln, wenn der Täter zum Beispiel in das Mädchen verliebt war und sie rasend vor Eifersucht oder im Trennungsschmerz umgebracht hat und gleichzeitig unbewusst nicht wollte, dass sein schönes Mädchen als Wasserleiche entstellt wird. Ich denke aber, er wollte, dass die Leiche gefunden wird, und das sogar ziemlich schnell. Wenn dem so ist, müssen wir doppelt vorsichtig sein, mit welchen Informationen wir an die Presse gehen. Der Täter wird uns beobachten. Wir müssen ihn in Sicherheit wiegen, damit er nicht nervös wird, und können nur hoffen, dass wir ihm auf die Spur kommen, bevor er sich sein nächstes Opfer sucht.«

Die feinen Härchen auf Tessas Oberarmen stellten sich auf. »Sein nächstes Opfer? Du meinst, es könnte sich um einen Wiederholungstäter handeln? Einen Serienkiller?«

»Möglich. Ich glaube, dass wir einen unruhigen Sommer vor uns haben.«

Bei der Vorstellung bekam Tessa richtige Gänsehaut. »Was bringt dich zu der Annahme?«

Tom zuckte mit den Schultern und wandte seinen Blick ab. Sie kannte ihn gut genug, um an seiner Mimik zu erkennen, dass er ihr auswich.

»Tom, was gibt es, das du mir nicht sagen willst, kannst oder darfst? Da ist doch etwas.«

»Nein, nichts«, beteuerte er schnell. »Es ist nur … wie soll ich das ausdrücken? Es ist ein Gefühl, eine Vorahnung. Mehr nicht. Es kommt was auf uns zu, das war erst der Anfang. Mein Instinkt hat mich in all den Jahren noch selten getäuscht.«

5

Drei Wochen zuvor

Er nennt mich Schneewittchen. Jeden Abend betritt er mein Zimmer.

Mein Reich. Meine Höhle. Mein Verlies.

Wenn ich mich mit dem Rücken auf den Steinboden lege, die Fersen gegen die Tür, die Arme nach hinten ausgestreckt, dann kann ich mit den Fingerspitzen die feuchte Wand berühren. Ich mache das jedes Mal, wenn der Raum auf mich zuwächst, wenn er so eng wird, dass ich mich davon überzeugen muss, dass die Wände noch immer im gleichen Abstand zueinander stehen.

Wenn sich der Schlüssel im Panzerschloss dreht und der Metallbügel mein Gefängnis freigibt, weiß ich, es ist Punkt zwanzig Uhr. Für mich das Zeichen, mich schnell auf mein Hochbett zu setzen, im Schneidersitz, den Rücken zur Tür, und meine Hände unter den Po zu schieben. Erst wenn er die dicke Stahltür von innen verriegelt hat, darf ich mich umdrehen.

Er trägt eine rote Perücke, eine weiße Maske mit einer schwarzen Träne auf der Wange, die den Mund freilässt, und ein buntes, an Armen und Beinen ausladendes Flickenkostüm, dazu schwarze Schuhe mit hochgebogenen Spitzen.

Aus dem Fernsehen weiß ich, dass andere Kinder Mütter und Väter haben – ich habe nur meinen Harlekin. Er ist sehr nett zu mir. Aber nicht lustig wie ein Clown.

Er hat diese schwarze Träne auf der Wange und sagt, er sei traurig, weil ich ihm so viel Kummer mache. Ich weine oft, bin ständig krank, und einmal habe ich versucht, wegzulaufen. Seither machen wir die Ausflüge zur Cannstatter Brücke nicht mehr.

Vor zwei, drei Jahren, ich muss ungefähr zwölf Jahre alt gewesen sein, habe ich mich zum ersten Mal gefragt, was wohl mit mir passieren wird, wenn mein Harlekin eines Abends fortbleibt.

Seitdem habe ich Angst.

Angst, dass er mich absichtlich vergessen könnte, weil ich nicht brav war, oder dass ihm etwas zustößt und er ins Krankenhaus kommt.

Für solche Fälle habe ich mir einen heimlichen Notvorrat an Früchteriegeln und Saftgetränken vom Mund abgespart. Gut versteckt liegt er hinter den Büchern in dem kleinen Schränkchen. Das reicht für zwei, drei Tage.

Aber was wäre, wenn er sterben würde? Dann würde es mich auch nicht mehr geben. Und deshalb ist es gut, dass mein Harlekin da ist. Denn solange er lebt, lebe auch ich.

»Wie geht es dir, mein Schneewittchen?« Seine Stimme klingt weich und kein bisschen bedrohlich. Ich kenne diese Stimme, seit ich denken kann. Sein Gesicht habe ich noch nie gesehen, aber er sagt, das müsse so sein.

»Gut«, antworte ich. Es ist gleichgültig, was ich sage, ich muss immer meine Medizin nehmen. Weil mein Herz krank ist. Sehr krank. Der Meinung ist mein Harlekin, und wenn er das sagt, dann stimmt es. Ich weiß nicht genau, was mein Herz hat. Manchmal stolpert es oder schlägt schneller, besonders nachdem ich die kleinen weißen Pillen genommen habe.

Der Harlekin holt den klappbaren Campingtisch und die Stühle aus der Nische zwischen Wand und Bett hervor, die karierte Tischdecke hat er immer dabei, und dann stellt er das Geschirr darauf. Es ist aus Plastik, weil ich kein Glas mehr in meinem Zimmer haben darf, seit ich letztes Jahr versucht habe, mir die Pulsadern aufzuschneiden.

In seinem Korb hat er verschiedene Behälter mit Essen, die er auf meinem Zweiplattenherd für uns warm macht. Der Harlekin kann gut kochen. Zumindest hat er mir einmal gesagt, dass er die Mahlzeiten selbst zubereitet.

Heute gibt es Kartoffeln, Gemüse und Rindfleisch. Wir essen immer gemeinsam, und er achtet darauf, dass ich genug zu mir nehme, weil ich oft keinen Appetit habe. Auch heute esse ich nur ihm zuliebe. Ich zerkaue das faserige Fleisch und habe das Gefühl, dass es in meinem Mund immer mehr statt weniger wird. Ich will schlucken, aber es geht nicht.

Ich hefte meinen Blick auf die schwarze Träne auf seiner

Maske. Ich will meinem Harlekin keinen Kummer machen. Ich will nicht, dass er traurig ist und mich deshalb vielleicht eines Tages im Stich lässt. Ich schlucke. Ich würge.

»Kannst du wieder nicht essen?«, fragt mein Harlekin mit echter Besorgnis in der Stimme. In solchen Momenten entspanne ich mich und bin mir wieder sicher, dass er mich nie allein lassen und alles für mich tun würde.

»Doch, doch«, sage ich schnell, spieße noch ein Stück Fleisch auf meine Gabel, und dieses Mal rutscht es mir nach nur wenigen Kaubewegungen wie von selbst die Kehle hinunter.

Mein Harlekin lächelt, und ich bin glücklich.

»Darf ich heute Abend noch fernsehen?«, frage ich. Ich brauche Menschen und Stimmen um mich herum. Aber es ist auch ein Test, ob er mich wirklich mag. Er sagt, mir würde es an nichts fehlen. Ich hätte einen Fernseher, einen iPod mit der neuesten Musik, viele Bücher und einen Laptop, auf dem ich so lange Spiele machen darf, wie ich will. Das ist aber nur die halbe Wahrheit.

Normalerweise dreht der Harlekin die Sicherung raus, wenn er sich um einundzwanzig Uhr verabschiedet, weil ich genügend Schlaf bekommen soll. Dann ist es stockdunkel in meinem Verlies, erst am nächsten Morgen geht das Licht wieder an. Um Punkt halb neun bringt der Harlekin mir mein Frühstück.

Er schaut mich mit prüfendem Blick an. Wir wissen beide, dass er mir mit seiner Erlaubnis, noch ein bisschen fernzusehen, Strom für die ganze Nacht zubilligt. Dann kann ich anschließend auch noch Musik hören und lesen, bis ich, in eine andere Welt versunken, einschlafe und mich erst das Schlüsselgeräusch an der Tür wieder aufweckt. Denn sobald er sich abends von mir verabschiedet hat, kommt er grundsätzlich erst am nächsten Morgen wieder. Ich schließe daraus, dass sich mein Verlies nicht im Keller des Hauses befindet, in dem er wohnt.

»Also gut, du darfst fernsehen. Aber dann musst du jetzt auch ein liebes Mädchen sein.«

Er nimmt meinen Plastikbecher, gibt ein paar Löffel Pulver aus einer mitgebrachten Dose hinein und gießt Wasser dazu. Ich bekomme einen Brechreiz, wenn ich nur an den künstlichen Erdbeergeschmack denke, aber der Harlekin sagt, dass dieses Getränk gut für meinen Darm ist, weil ich mich wegen meiner starken Lichtempfindlichkeit ja nicht so viel draußen bewegen darf.

Also würge ich es hinunter.

Meistens dauert es nicht lange – heute habe ich noch nicht einmal fertig zu Abend gegessen –, dann muss ich schon auf die Campingtoilette. Sie steht in der Ecke meines Zimmers. Der Harlekin legt mir die Hand auf die Schulter, während ich mich unter Krämpfen winde.

Dann ist es vorbei, und ich setze mich mit Tränen in den Augen zurück an den kleinen Tisch. Es stinkt bestialisch in dem kleinen Raum, doch frische Luft bekommt man nur, wenn man in die Pedale der feststehenden Fahrradkonstruktion tritt, die den Lüftungsapparat bedient.

Mir ist der Appetit endgültig vergangen. Mein Harlekin stört sich nicht im Geringsten an dem Geruch, er isst weiter und wirkt zufrieden, weil mein Darm arbeitet und die Gefahr einer Verstopfung gebannt ist.

Und wenn es meinem Harlekin gut geht, geht es mir auch gut.

»Du musst noch deine Tablette nehmen«, sagt mein Harlekin, nachdem er die Portion auf meinem Teller auch noch aufgegessen hat.

»Muss ich wirklich?«, frage ich, obwohl ich weiß, dass Widerspruch zwecklos ist.

»Dein Herz ist krank, mein kleines Schneewittchen.« Er räumt das benutzte Geschirr in den Korb und bedeckt es mit der akkurat zusammengefalteten Tischdecke.

»Aber wenn ich die Tablette genommen habe, schwitze und zittere ich immer so, und mein Herz rast. Und gestern hatte ich so wahnsinnige Kopfschmerzen, dass ich es kaum ausgehalten habe. Vielleicht sollte ich lieber andere Tabletten bekommen.« Die Medizin vollkommen wegzulassen würde ich nicht vorzuschlagen wagen.

»Ich weiß, was für dich und dein Herz gut ist, mein kleines Schneewittchen. Oder vertraust du deinem Harlekin nicht mehr?«

»Doch, doch«, sage ich schnell, nehme die Tablette entgegen und schlucke sie hinunter.

Jetzt ist es auch nicht mehr wichtig, ob ich heute Nacht Strom habe. In spätestens einer Stunde werden die Nebenwirkungen eingesetzt haben, und ich werde zusammengekrümmt auf meinem Bett liegen und meinen Kopf festhalten, weil ich Angst habe, dass mir unter diesem wahnsinnigen Druck der Schädel platzt.

Mein Harlekin stellt Stühle und Campingtisch beiseite. Sein Besuch ist beendet. Es braucht nicht viele Worte zwischen uns. Die Abläufe sind stets gleich. Als ich schon auf dem Bett sitze und wieder die Position eingenommen habe, die er auch von mir verlangt, wenn er das Zimmer wieder verlässt, greift er noch einmal in seinen Korb.

»Ich lasse dir noch eine Tablette da, du kannst sie nehmen, wenn du die Kopfschmerzen nicht mehr aushältst. Es ist ein Schmerzmittel.«

»Vielen Dank«, sage ich. »Das ist sehr nett.«

Mein Harlekin lächelt. Und ich bin glücklich.

6

Um halb acht stand Tessa in Bürokleidung in der Küche. Nach der fast schlaflosen Nacht konnte sie sich kaum auf irgendwelche Routinetätigkeiten konzentrieren, sie war schon eine halbe Stunde nach dem Aufstehen vollkommen gestresst, wie sollte das erst bei der Arbeit werden?

Ständig hatte sie dieses tote Mädchen vor Augen, die immer gleichen Fragen kamen ihr in den Sinn, und ihre Verunsicherung hatte sich nach dem gestrigen Gespräch mit Tom spürbar verstärkt.

Ein unruhiger Sommer … ein Serienkiller … Ob er mehr wusste, als er ihr gegenüber zugeben wollte?

Julian saß im Bob-der-Baumeister-Schlafanzug auf seinem Kinderstuhl, schaukelte mit den Beinen und war glücklich, dass er seinen Kakao heute mit dem Strohhalm trinken durfte. Sie wollte ihn gerade noch ermahnen, achtzugeben, dass der große Becher nicht umfiel – da war es auch schon zu spät. Und damit nicht genug, in diesem Moment klingelte es an der Wohnungstür.

Himmel!, dachte Tessa, hin- und hergerissen zwischen dem Impuls, zu öffnen, und der Notwendigkeit, der Überschwemmung auf dem Frühstückstisch Herr zu werden – während der Kakao zur Belustigung ihres Sohnes bereits auf seine Schlafanzughose tropfte. Mit dem Lappen wischte sie die gröbste Bescherung weg, ehe sie zur Tür eilte.

Frau Rose stand davor, hellwach und mit perfekter Lockenstabfrisur, bereit für den Tag.

»Guten Morgen, Frau Rose«, sagte Tessa mit einem leicht fragenden Blick.

»Ich weiß, es ist eine halbe Stunde vor der Zeit, aber ehe Sie zur Arbeit müssen und ich Julian in den Kindergarten bringe, wollte ich fragen, ob es Neuigkeiten über das unbekannte Mädchen gibt?«

»Nicht direkt«, wich Tessa aus. »Die Polizei weiß noch nicht, wer sie ist, es liegt keine Vermisstenmeldung vor. Aber kommen

Sie doch herein.« Tessa sagte es mehr aus Höflichkeit. Es war zwar nicht so, dass die Nachbarin störte, ganz im Gegenteil, Frau Rose war ihr immer eine Hilfe – aber vielleicht war genau das das Problem. Zunehmend vermittelte sie ihr dadurch das Gefühl, allein gar nichts mehr auf die Reihe zu bekommen.

»Gott, wie furchtbar«, sagte Frau Rose und schloss die Tür hinter sich. »Gibt es denn schon Hinweise auf den Mörder? Was sagt die Spurensicherung?«

Tessa blieb noch im Flur stehen. Schließlich sollte Julian nichts von dem Gespräch mitbekommen, auch wenn er nicht viel davon verstand. »Herr Trautner hat kaum was gesagt … darf er ja auch nicht. Außer dass das Mädchen viele Narben hat, allerdings keine frischen Verletzungen. Und die Art, wie der Täter die Leiche abgelegt hat, deutet darauf hin, dass er sich Aufmerksamkeit verschaffen will. Tom glaubt, dass uns ein unruhiger Sommer bevorsteht, weil sich der Täter bald sein nächstes Opfer suchen wird.«

»Patsch, patsch, patsch.« Die quietschvergnügte Stimme kam aus der Küche, dazu hörte Tessa das passende Geräusch kleiner Kinderhände.

»Oh nein. Julian, nein!«, rief sie, ließ die Nachbarin stehen und stürzte in die Küche.

»Ein Schiff, Mama! Ein Piratenschiff! Bumm, bumm!«

Julians Frühstücksbrot lag inmitten eines Kakaomeeres auf seinem Teller, die Trauben hatte er als Kanonenkugeln drum herum verteilt – und nun wollte er offenkundig ein bisschen Seegang haben. Mit einer Unschuldsmiene wie Pumuckl und einer ebensolchen Frisur, nur in Blond und mit Kakaosträhnen, saß er strahlend vor seinem selbst gebauten Schiff.

»Julian! Was soll das?«, schrie Tessa ihn an, und schon im selben Augenblick tat es ihr furchtbar leid. Fassungslos betrachtete sie die Szenerie und wusste nicht, ob sie heulen oder lachen sollte – allerdings war ihr mehr nach Heulen zumute. Nicht weil das Chaos in der Küche besonders schlimm gewesen wäre, sondern weil sie so nah am Rand der Erschöpfung stand. Diese im wahrsten Sinne des Wortes wenigen Tropfen hatten das Fass zum Überlaufen gebracht.

»Lassen Sie nur, ich mache das schon«, hörte sie Frau Rose hinter sich sagen.

»Nein!«, rief Tessa und raufte sich dabei die kurzen Haare.

»Wie bitte?«, fragte Frau Rose irritiert.

Nun füllten sich ihre Augen tatsächlich mit Tränen. »Ich wollte sagen, vielen Dank.«

Frau Rose wandte sich Julian zu, der seine Tagesoma aus blauen glücklichen Kinderaugen ansah. Sie streichelte ihm über seine widerspenstigen Haare.

»Bist du satt?«, fragte sie, und er nickte. »Na, dann komm, mein kleiner Piratenkapitän, wir beide gehen jetzt mal ins Bad. Solange kann die Mama in Ruhe ihren Kaffee trinken und dein Frühstück für den Kindergarten fertig machen.« Frau Rose nahm Julian auf den Arm. Im Türrahmen drehte sie sich noch einmal um. »Und essen Sie bitte auch eine Scheibe Brot, Tessa. Sie sehen aus, als würden Sie jeden Moment umkippen.«

Mit hängenden Schultern, wie ein Kind, das gemaßregelt worden war, blieb Tessa zurück und schaute verloren auf den verdreckten Esstisch, so als könnte sie sich nur schwer daran erinnern, was man tun musste, um das Malheur zu beseitigen.

»Kümmern Sie sich nicht um den Tisch, das mache ich nachher. Essen Sie lieber was«, rief Frau Rose aus dem Flur.

Mit einem grimmigen Unwohlsein im Bauch schmierte Tessa sich ein Brot, weil sie mit Frau Roses überfürsorglicher Art einfach nicht zurechtkam. Durch die offene Badezimmertür hörte sie Julians glucksendes Lachen und Planschen. Sicher war er gerade dabei, das Bad zu fluten.

Kurz überlegte Tessa, der Wasserschlacht Einhalt zu gebieten, aber Frau Rose würde niemals kriegsähnliche Zustände hinterlassen und das Bad hernach sauberer aussehen als zuvor. Sie sollte sich wirklich ein Beispiel an Frau Rose nehmen. Mit ihren fünfundsechzig Jahren hatte sie tatsächlich die besseren Nerven.

Wozu überhaupt die Aufregung? Es ging doch nur um verschütteten Kakao oder Wasserpfützen auf den Fliesen. Das ließ sich doch alles wieder beseitigen.

Unvorstellbar hingegen, nie mehr das Lachen seines Kindes hören zu dürfen, drückende Stille in der Wohnung, keine vertrauten Kindergeräusche, nur unendliche Leere. Ein schwarzes Loch.

Ob das Mädchen aus dem Neckar mittlerweile identifiziert war und die Eltern von ihrem Schicksal erfahren hatten? Wenn sie an Toms ratloses Schulterzucken dachte, glaubte sie nicht so recht daran.

Mit den Gedanken bei dem toten Mädchen, kaute sie pflichtschuldig auf der Brotmasse in ihrem Mund herum.

Im Bad ging der Wasserhahn aus. Julian lachte weiter, weil er es tatsächlich lustig fand, wie Frau Rose ihm seinen Schlafanzug auszog. Wenn sie ihm dabei helfen wollte, war das immer ein mittleres Drama.

Diese verdammte Eifersucht auf Frau Rose nagte an ihr. Doch ohne die gute Nachbarin wäre sie vermutlich längst mit Burn-out in der Klinik gelandet. Und wahrscheinlich, so überlegte Tessa weiter, empfand sie bei aller Ambivalenz dennoch Sympathie für Frau Rose, weil diese ihrer Mutter so ähnlich war. Auch ihre Mutter hatte nie viele Worte gemacht, war immer für andere da gewesen und schien mühelos ihr Leben zu meistern. Dabei hatte sie es alles andere als leicht gehabt.

Als Tessa drei Jahre alt gewesen war, hatte ihr Vater die Familie wegen einer anderen Frau verlassen und sich bis zu seinem Tod vor ein paar Jahren auch nicht mehr für sie interessiert. So war sie mit einer alleinerziehenden Mutter aufgewachsen, eine Geschichte, die sich nun leider für Julian wiederholte. Auch ihre Mutter hatte Kind und Arbeit unter einen Hut bringen müssen – allerdings hatte Tessa nie einen Moment der Schwäche bei ihrer Mutter erlebt. Bis zuletzt war sie eine Kämpferin gewesen – bis dieser übermächtige Gegner Krebs gekommen war und sie vor vier Jahren vor ihm kapitulieren musste.

Dabei wäre sie so gern in ihrem Leben noch Oma geworden. Ihre Mutter hätte Frau Rose in nichts nachgestanden, da war Tessa sich sicher. Vielleicht war Frau Rose ja ein Engel, den ihr ihre Mutter geschickt hatte.

»Tessa?«, hörte sie Frau Rose aus dem Badezimmer rufen. »Die Stelle am Knie, die Julian sich gestern aufgeschlagen hat, hat sich entzündet. Da muss was von meinem Wunderbalsam drauf.«

Frau Rose besaß für jedes Wehwehchen ein Wundermittel. Tessa hatte selbst schon irgendwelche Kräutertropfen von ihr verabreicht bekommen, die auch tatsächlich gegen ihre fiesen Magenschmerzen geholfen hatten.

»Haben Sie das Frühstück für den Kindergarten fertig und können kurz auf Julian achten?«

Tessa fühlte sich ertappt, weil sie in Gedanken versunken in der Küche herumgestanden hatte, und legte schnell einen Apfel auf das Schneidebrettchen. »Nein, leider noch nicht!«

»Kein Problem, dann nehme ich Julian eben mit zu mir rüber, während Sie die Dose fertig machen. Wir müssen ja gleich los. Ich lasse die Tür kurz offen, ja?«

»In Ordnung!«

Ein paar Minuten später lag ein Mix aus Äpfeln, Trauben und Karotten in der Plastikdose. Als Tessa noch ein Brot schmieren wollte, stellte sie fest, dass es für morgen nicht mehr reichen würde, sie musste Frau Rose bitten, welches zu kaufen. Da hörte sie auch schon wieder die Schritte der Nachbarin in ihrer Wohnung.

»Frau Rose? Wären Sie so nett, heute noch ein Brot zu besorgen?«, rief sie. »Wieder das mit den Sonnenblumenkernen, das schmeckt Julian so gut.«

Sie bekam keine Antwort.

»Frau Rose?« Tessa schaute aus der Küche in den Flur. Bad- und Kinderzimmertür standen halb offen.

In dem Moment trat Frau Rose mit Julian auf dem Arm durch die Wohnungstür, ihre große Handtasche am anderen Arm eingehängt. Die hätte sie ja nun wirklich nicht hin- und herschleppen müssen, doch das war typisch für Frau Rose, die wohl von ihrer eigenen Neugierde auf andere schloss.

Julian zeigte sofort auf sein Knie, auf dem ein neues Tiermotivpflaster klebte. »Da, Oma Dose demacht. Aua. Julian hat aua da.«

Tessa ging zu ihrem Sohn, streichelte ihm über sein nacktes Beinchen und pustete auf die Stelle am Knie. »Ist es jetzt besser?«

Julian strahlte. »Ja.«

»Komm, Julian«, sagte Frau Rose. »Wir gehen jetzt wieder ins

Bad und ziehen dich fertig an. Es wird Zeit für den Kindergarten. Kann ich noch etwas für Sie tun, Tessa?«

»Wie bitte?« Tessa musste sich mit Gewalt in die Gegenwart zurückholen.

»Ist etwas?«, fragte Frau Rose. »Sie schauen so verstört.«

»Nein, nein, alles in Ordnung. Ich wollte Sie fragen, ob Sie noch Brot besorgen könnten.«

»Aber natürlich! Vielleicht sollten Sie heute etwas früher Feierabend machen. Sie sehen wirklich nicht gut aus.«

»Mir geht dieses Mädchen nicht aus dem Kopf.«

»Mir auch nicht.« Frau Rose hielt inne. »Und wissen Sie was? Je länger ich darüber nachdenke, desto mehr komme ich zu der Überzeugung, dass der Täter schon einmal gemordet hat.«

»Julian, hol doch mal aus dem Wohnzimmer dein neues Feuerwehrauto. Das hat Frau Rose noch gar nicht gesehen.« Julian nahm ihren Vorschlag begeistert auf und rutschte von den Armen seiner Tagesoma. Kaum war ihr Sohn außer Hörweite, fragte Tessa: »Wie kommen Sie denn darauf?«

»Der Schirmständer, an den das Mädchen angebunden war. Das hat mich beschäftigt, die ganze Nacht habe ich gegrübelt, was ich damit in Verbindung bringe, und heute früh ist es mir eingefallen. Es gab schon mal einen ganz ähnlichen Fall in Stuttgart, bei dem ebenfalls die Leiche eines Mädchens im Neckar gefunden wurde – an einen Sonnenschirmständer gebunden. Erinnern Sie sich auch dran?«

»Was sagen Sie da? Das ist ja eine gruselige Parallele. Und wie lange ist das her?«

»So fünfzehn, sechzehn Jahre bestimmt. Da waren Sie noch nicht bei der Zeitung.«

Tessa schluckte, ehe sie aussprechen konnte, was sie dachte. »Vor rund fünfzehn Jahren …« Sie musste sich räuspern und ihre Stimme gegen das Tatütata aus dem Wohnzimmer erheben. »Ist der Mörder damals verurteilt worden? Dann hat er jetzt fünfzehn Jahre abgesessen und ist vielleicht wegen guter Führung auf freien Fuß gesetzt worden. Verflucht, wahrscheinlich hat er sich sein nächstes Opfer gekrallt, kaum dass er frei war.«

»Genau das habe ich auch gedacht! Ich gehe nachher gleich

auf der Dienststelle vorbei und mache Herrn Trautner auf diese Parallele aufmerksam«, ereiferte sich Frau Rose. »Bestimmt kann der Fall dann sehr schnell aufgeklärt werden.«

Tessa schüttelte innerlich den Kopf. Das war typisch Frau Rose, sich wie Miss Marple in die Ermittlungen einzumischen. Denn bei dem Vorsatz, lediglich einen Hinweis geben zu wollen, würde es natürlich nicht bleiben. Ehe Frau Rose ernst machen und tatsächlich bei Tom auf der Dienststelle erscheinen würde, um der Grande Dame nachzueifern und ihn mit neugierigen Fragen zu löchern, griff Tessa zum Handy. Sie probierte es zuerst auf Toms Mobilnummer, dann auf seinem Diensttelefon.

Niemand zu erreichen.

Sie warf einen Blick auf die Küchenuhr. Acht Uhr. Wahrscheinlich war Tom gerade auf dem Weg zum Dienst.

»Die Kripo ist bestimmt schon von selbst draufgekommen, solche Indizien werden doch immer gleich als Erstes auf ihre Übereinstimmung mit alten Fällen überprüft. Aber ich werde es später noch einmal bei ihm probieren«, versprach Tessa, und es gelang ihr tatsächlich, Frau Rose in ihrem Feuereifer etwas zu bremsen.

»Ja gut, dann tun Sie das. Aber vergessen Sie es nicht. Nicht dass es in der Hektik bei Ihnen auf der Arbeit untergeht.«

»Keine Sorge, Frau Rose. Es ist ja ganz in meinem Interesse.« Andererseits wusste die Kripo schon selbst, was zu tun war, und dazu gehörte, augenfällige Indizien wie einen Schirmständer in die Falldatenbank einzugeben. Deswegen brauchte sie Tom nicht aus einer Sitzung zu holen – und für sie selbst wurde es auch höchste Zeit, wenn sie pünktlich und vorbereitet zur ersten Stehkonferenz im Newsroom erscheinen wollte.

Doch zugegeben, am liebsten würde sie jetzt gleich persönlich bei Tom vorbeifahren. Weil sie den Gedanken kaum ertragen konnte, dass da draußen ein Psychopath herumlief, der womöglich gerade dabei war, sich sein nächstes Opfer auszusuchen. Und der Hinweis von Frau Rose könnte ein echter Volltreffer sein.

7

»Tessa, ich brauche dich gleich mal.«

»Frau Steinwart, gut, dass Sie da sind, ich wollte Sie fragen, ob –«

»Moment. Sofort.« Wenigstens ihre Handtasche wollte sie noch am Schreibtisch abstellen.

An der Decke aufgehängte Bildschirme zeigten laufend Nachrichten aus aller Welt, ohne Ton. Sie waren so platziert, dass jeder Mitarbeiter von seinem Schreibtisch aus einen davon im Blick behalten konnte. Auch sonst bemühte sich jeder um eine gemäßigte Lautstärke, und trotzdem fühlte sich Tessa wie inmitten eines summenden Bienenstocks.

Der Newsroom war vor vier Jahren nach amerikanischem Vorbild eingerichtet worden, und Tessa hatte, genau wie einige ihrer Kollegen, noch immer ihre Schwierigkeiten mit dieser Art Großraumbüro. Das Herzstück waren die Schreibtische der Chefredaktion, um die sich die verschiedenen Ressorts gruppierten.

Telefone klingelten, gedämpfte Gespräche wurden über Schreibtische hinweg geführt; letzte Abstimmungen vor der ersten großen Konferenz. Die kurzen Wege waren ein unschätzbarer Vorteil, die verschiedenen Ressorts konnten sich so auf Zuruf miteinander verständigen, doch zum Feierabend brummte Tessa meistens der Schädel von den vielen Nebengeräuschen.

Solange noch nicht feststand, wer welches Thema in welchem Umfang zu bearbeiten hatte, ging es recht geruhsam zu. Nicht so heute Morgen. Das Top-Thema war allen klar: Das unbekannte Mädchen aus dem Neckar.

Nachdem Tessa bei ihren Kollegen gewesen war, um ihnen mitzuteilen, dass sie trotz ihres Kontakts zu Tom Trautner auch nicht mehr wusste als alle anderen, »fütterte« sie sich erst einmal mit den neuesten Nachrichten – so nannte sie das, weil es für sie neben einem Kaffee tatsächlich so eine Art Frühstück war, um für den Tag und die Hauptkonferenz um halb elf gewappnet zu sein.

Tom war immer noch nicht erreichbar. Drei Mal hatte sie es zwischenzeitlich versucht.

Sie rief das elektronische Archiv der »Stuttgart aktuell« auf ihrem Bildschirm auf. Es gab mit Sicherheit einen Bericht über den rund fünfzehn Jahre zurückliegenden Mordfall, den Frau Rose erwähnt hatte. Sie tippte das Stichwort »Sonnenschirmständer« in das Suchfeld ein und drückte die Enter-Taste. Drei Treffer.

Der erste Artikel war vom 18. Juli 1999. Ein Mädchen im Alter von sechs Jahren war aus der Wilhelma entführt worden. Der Vater Raimund S. dachte zuerst, seine Tochter hätte sich im Zoo verlaufen, nachdem er sie für einen kurzen Moment aus den Augen verloren hatte, aber das Mädchen blieb verschwunden. Tagelang. Dann fand man ihre Leiche. Im Neckar. In ein Tuch gewickelt, auf Rosen gebettet, verschnürt und an einen Sonnenschirmständer gebunden.

Tessas Blick flog nur so über die Zeilen, sie saugte die Informationen regelrecht in sich auf. Dabei lief ein Kribbeln durch ihren Körper. Allerdings nicht die prickelnde Form der Nervosität, die sie üblicherweise befiel, wenn sie einem heißen Thema auf die Spur kam. Angst kroch durch ihre Adern und breitete sich zunehmend in ihr aus.

Der nächste Artikel. Zwei Wochen später, der Mörder lief immer noch frei herum. Die Sonderkommission umfasste inzwischen dreißig Mann, die sich rund um die Uhr mit dem Fall beschäftigten, bereits über eintausend Spuren nachgegangen waren und über zweihundert Personen überprüft hatten. Ohne Ergebnis.

Der dritte Artikel war zwei Jahre später erschienen. Die Fahndung hatte endlich ein Ergebnis gebracht. Allerdings mehr durch Zufall. Ein Mann war aufgrund einer Schlägerei vor einer Stuttgarter Kneipe in alkoholisiertem Zustand festgenommen worden, und bei der erkennungsdienstlichen Behandlung stellte sich heraus, dass man den gesuchten Mörder und Entführer vor sich hatte. Zuvor waren zwei Jahre lang alle Spuren im Sand verlaufen.

Der Mann war sofort geständig gewesen und schlussendlich zu einer lebenslangen Haftstrafe verurteilt worden. Vor vierzehn

Jahren. Also konnte er noch nicht wieder auf freiem Fuß sein. Nach geltendem Recht durfte eine lebenslange Freiheitsstrafe erst nach fünfzehn, nicht schon nach vierzehn Jahren zur Bewährung ausgesetzt werden. Nachdenklich schaute Tessa auf, ihr Blick streifte die Uhr an der gegenüberliegenden Wand. Nur noch zwei Minuten bis zur kurzen Stehkonferenz. Mist.

Zusammen mit den anderen Ressortleitern gruppierte sie sich kurz darauf um den Leiter des Newsrooms. Sie standen locker gegen Schreibtischtrennwände gelehnt, während um sie herum weitergearbeitet wurde. Der Vorteil einer solchen Stehkonferenz war, dass ein auf diese Art durchgeführter Meinungsaustausch dynamischer und entscheidungsschneller verlief als eine gewöhnliche Sitzung.

Fingerspitzengefühl und Meinungsstärke waren gefragt, wenn es um das Abstecken der groben Linien für die nächste Zeitungsausgabe ging. Im Fokus standen die Titelseite, der Politik- und Wirtschaftsteil, die Hintergrundseiten und die Seite zwei, ihr heutiger Verantwortungsbereich.

Tessa berichtete über den Sonnenschirmständer-Mord von 1999 und ihre diesbezüglichen Rechercheergebnisse. Ihr Chef gab die Order, dranzubleiben und bis zur Hauptkonferenz um halb elf weitere Ergebnisse zu präsentieren. Nichts anderes war ihr Plan.

Zehn Minuten später trennten sie sich wieder, die Stehkonferenz war beendet, und nur der Leiter des Wirtschaftsressorts wirkte unzufrieden, weil seine Themenvorschläge keinen sonderlichen Anklang gefunden hatten.

Zurück am Schreibtisch schaute Tessa auf ihr Handy. Kein Rückruf von Tom. Wer könnte ihr denn noch Auskunft geben, ob sich der Mörder von damals tatsächlich schon wieder auf freiem Fuß befand?

Tessa wählte die Nummer einer Staatsanwältin, mit der sie in gutem persönlichen Kontakt stand. »Off records« wurden mehr datenschutzrechtlich heikle Informationen ausgetauscht, als manch ein Leser für möglich halten würde. Die Staatsanwältin war Tessa immer noch für den Tipp vor ein paar Monaten dankbar. Ein auf Kaution freigelassener Kunstfälscher hatte im

Interview zu offenherzig über seine guten Kontakte nach Brasilien geplaudert. So profitierten beide Seiten.

Nur ausgerechnet jetzt war die Staatsanwältin nicht erreichbar.

Bis zur Hauptkonferenz in zwanzig Minuten kriege ich also wohl keine neuen Ergebnisse, dachte Tessa und legte fluchend den Hörer auf.

In diesem Moment klingelte ihr Schreibtischtelefon, und Frau Wirth vom Empfang meldete sich. »Frau Steinwart? Haben Sie heute Geburtstag? Dann möchte ich Ihnen herzlich gratulieren.«

»Wie bitte? Ich? Nein, ich muss mich Gott sei Dank erst im Dezember wieder damit herumschlagen, ein Jahr älter zu werden. Bestimmt meinen Sie meine Kollegin, Frau Steinhart.«

»Nein, nein, hier steht schon Ihr Name drauf. Tessa Steinwart.«

»Wo drauf?«

»Auf dem Umschlag. Der gehört zu einem riesigen Strauß roter Rosen. Ist gerade für Sie abgegeben worden.« Tessa konnte das verschmitzte Lächeln der flotten Mittfünfzigerin in deren Stimme hören.

»Von wem abgegeben?«, fragte sie, innerlich vor Ärger brodelnd. Es gab dafür eigentlich nur einen Kandidaten. Auch wenn sie für einen Augenblick an den Stuttgarter Journalistenkollegen gedacht hatte, den sie vor Kurzem via Facebook kennengelernt und mit dem sich ein virtueller Flirt ergeben hatte. Allerdings traute sie Leander Weißmann eine solch übertriebene Geste nicht zu – dafür ihrem Exmann umso mehr.

»Von wem? Na, von der Floristin. Soll ich die Rosen an Ihren Platz bringen lassen?«

»Nein!«, entfuhr es Tessa. Um Himmels willen, hätte sie beinahe noch hinzugefügt. Das fehlte noch, mit Rosen auf dem Schreibtisch die Aufmerksamkeit aller Kollegen auf sich zu ziehen. Sie schaute auf die Uhr. Knapp zehn Minuten bis zur Hauptkonferenz. Seufzend fügte sie hinzu: »Einen Moment, ich komme runter.«

Die zwei Stockwerke ging Tessa schnell zu Fuß. Schon als sie auf den Empfangstresen zulief, schnürte es ihr beim Anblick des überdimensionalen Straußes die Kehle zu. Bestimmt vierzig rote Rosen.

Kommentarlos nahm Tessa den zugehörigen Umschlag entgegen und zog die Karte heraus. Darauf abgebildet war ein Harlekin.

»Ach, wie nett«, sagte die Empfangsdame, die sich ob ihrer Neugierde nicht einmal schämte.

Tessa lächelte gequält und klappte die Karte auf. Es standen drei computergeschriebene Worte darin: *Du gehörst mir.*

8

Nach dem ersten Schock spürte sie Wut in sich aufsteigen. Einen unbändigen Groll gegen denjenigen, der aus ihrer Sicht dahintersteckte: ihr Exmann. Verdammt, was bildete sich Philipp eigentlich ein?

»So einen schönen Strauß habe ich in meinem ganzen Leben noch nicht bekommen«, hörte Tessa Frau Wirth sagen.

»Sie können ihn haben«, stieß Tessa hervor und ließ die verdutzte Empfangsdame hinter dem Tresen zurück.

Zielstrebig ging sie zum Haupteingang hinaus, stellte sich dort in eine windgeschützte Ecke und wählte Philipps Nummer.

Es dauerte eine Weile, bis er dranging. Seine Stimme klang rau, so als ob sie ihn geweckt hätte, allerdings war ihr das ziemlich egal.

»Hör auf, mir hinterherzulaufen, und spar dir verflucht nochmal die Rosen!«, fuhr sie ihn ohne Begrüßung an. »Glaubst du wirklich, ich würde mir dieses Blumending irgendwo hinstellen?«

»Rosen? Was für Rosen?«

»Lass die Unschuldsnummer. Du hast mich gestern zigmal angerufen. Und dass du mir Rosen schickst, ist auch nicht das erste Mal.«

»Das stimmt. Aber mit dem Strauß, von dem du jetzt redest, hab ich nichts zu tun, das war ich nicht.« Er klang wirklich müde. »Ich habe dich so oft angerufen, weil ich dir sagen wollte, dass ich im Krankenhaus liege. Sie haben mich gestern Vormittag operiert. Blinddarm. War kurz vor dem Durchbruch.«

Tessa schwieg und sparte sich die bittere Bemerkung, dass man einen Floristen auch vom Krankenhaus aus beauftragen konnte. Sie glaubte ihrem Exmann kein Wort.

»Es tut mir leid, ich weiß, ich habe mich in letzter Zeit ein paarmal ziemlich danebenbenommen«, ergänzte Philipp, als sie nichts erwiderte. »Aber gestern habe ich wirklich nur deshalb mehrfach angerufen, weil ich dich bitten wollte, mir ein paar

Sachen vorbeizubringen. Ich muss wohl noch zwei, drei Tage hierbleiben. Ich weiß nicht, wen ich sonst fragen soll.«

Tessa seufzte und schaute über den großen Parkplatz hinweg auf die Bäume, deren Blätter im leichten Sommerwind leise raschelten. Sie musste Philipp ausnahmsweise einmal recht geben. Er hatte nicht viele Freunde. Genau genommen gar keine.

Laut sagte sie: »Du hättest mir eine WhatsApp schreiben können.«

»Meine Lesebrille liegt zu Hause. Ich bin zum Arzt und direkt ins Krankenhaus eingeliefert worden, St.-Severin-Klinik, Station C, Zimmer 324.«

Tessa seufzte noch einmal.

»Bitte, Tessa. Der Zweitschlüssel liegt da, wo er auch früher immer lag. Ich habe seither kein anderes Versteck gewählt. Und du weißt, wo meine Sachen sind.«

Ja, das weiß ich, dachte sie. Zwölf Jahre lang habe ich das gewusst, zwölf lange Jahre, in denen ich dich geliebt habe und niemals geglaubt hätte, dass du dich so wandeln würdest.

»Was willst du eigentlich noch von mir? Uns verbindet doch nur noch unser gemeinsamer Sohn, alles andere hast du zerstört. Kapier das endlich mal.«

»Warum hasst du mich so? Ja, ich habe dich betrogen, und ich habe mich dafür tausendmal bei dir entschuldigt. Es war ein Fehler, wie Menschen ihn nun mal machen. Das hatte mit meiner Liebe zu dir überhaupt nichts zu tun. Würde ich andernfalls so sehr versuchen, dich zurückzugewinnen?«

»Genau das möchte ich aber nicht. Du willst, dass ich dich nicht hasse? Dann solltest du zur Abwechslung einfach mal das tun, was *ich* möchte. Und ich möchte bitte zur Ruhe kommen. Lass die Stalkerei bleiben.«

»Ich bin kein Stalker. Hör auf, mich zu beleidigen. Natürlich lasse ich dich in Ruhe. Ich hab's verstanden. Versprochen. Bringst du mir bitte ein paar Sachen in die Klinik? Ich bin doch kein Unmensch. Bitte.«

Sie bezweifelte, dass er es wirklich verstanden hatte. Das wäre zu schön, um wahr zu sein. Aber vielleicht liefen die Dinge ja auch mal zu ihren Gunsten. Wenn sie Philipp nach seinem jetzigen Versprechen im Gegenzug seine Sachen vorbeibrachte, gab er womöglich wirklich Ruhe.

»Ich muss jetzt in die Konferenz. Bis später«, sagte sie vage und legte auf.

9

Neunzehn Uhr. Endlich Feierabend. Raus aus der Redaktion und dem alltäglichen Wahnsinn. Noch leicht benommen von den vielen Telefonaten und Informationen verließ Tessa das klimatisierte Zeitungshaus.

Gestern war mit dem 16. August der bislang heißeste Tag des Jahres gewesen.

Und wieder sah sie dieses Gesicht vor sich. Die geschlossenen Augen, den verstörend friedlichen Ausdruck, die gelbliche Haut und die bläulich verfärbten Lippen – stumme Zeugen dessen, was das Mädchen hatte erleiden müssen.

Einen ersten Bericht hatte es heute schon gegeben, und für morgen hatte die Kripo ein Foto, auf dem das schmale Mädchengesicht vom schwarzen Haaransatz bis zum spitzen Kinn zu sehen war, zur Veröffentlichung freigegeben. Es würde morgen unter der Schlagzeile »Wer kennt das tote Mädchen aus dem Neckar?« erscheinen. Dazu noch ein Detailfoto, auf dem das rechte Ohr des Mädchens abgebildet war. Ein »Blumenkohlohr«. Die umgangssprachliche Beschreibung für eine verbreitete Missbildung unter Kampfsportlern, bei denen es nach kräftigen Schlägen auf die Ohrmuschel zu Blutergüssen kommen kann, durch die blumenkohlartige Wucherungen zurückbleiben. Dieses zarte Mädchen jedoch hatte mit Sicherheit keine Kampfsportart ausgeübt.

Nicht zuletzt aufgrund dieses seltenen Merkmals erhoffte sich die Kripo einen entscheidenden Hinweis auf die Identität des Mädchens. Und vielleicht auch auf den Mörder.

Tessa ging quer über den Parkplatz zu ihrem dunkelblauen VW Beetle, den sie seit der Trennung fuhr. Mehr Platz im Auto benötigte sie nicht für ihren Sohn und sich. Sie zog ihr Handy aus der Tasche, um Frau Rose Bescheid zu geben, dass sie nun nach Hause kommen würde. Wieder mal war es sehr spät geworden. Ein zehn Stunden langer Arbeitstag ging zu Ende.

Es war besetzt. Erst beim zweiten Versuch ging Frau Rose ans Handy.

»Ach Tessa, ich habe Sie gerade zu erreichen versucht. Ich bin mit Julian ins Krankenhaus gefahren. Wir kommen im Augenblick dort an. Keine Angst, es ist nicht dramatisch. Aber seit ich ihn vor fünf Stunden aus dem Kindergarten abgeholt habe, hat er sich mehrmals heftig erbrochen.«

Was für ein Schreck! Wenn Frau Rose es für notwendig hielt, das Krankenhaus aufzusuchen, dann hieß das was. Mit Sicherheit ging es Julian schlechter, als seine Tagesoma zugeben wollte.

Als hätte sie Tessas Gedanken erraten, sagte Frau Rose: »Keine Sorge, es geht ihm wirklich so weit gut. Bestimmt nur wieder ein Virus, den er sich im Kindergarten eingefangen hat. Allerdings könnten es auch Salmonellen oder dergleichen sein, so oft, wie er sich erbrochen hat. Dann sollten wir nicht bis morgen warten. Sicher ist sicher. Also machen Sie sich bitte nicht verrückt. Ich habe hier alles im Griff. Haben Sie denn Neuigkeiten zu dem unbekannten Mädchen? Was hat Tom zu dem Hinweis auf den alten Fall gesagt?«

»Der Mörder des Mädchens wurde zwei Jahre nach der Tat verhaftet und verurteilt.«

»Sehr gut, dann weiß die Polizei jetzt, nach wem sie suchen muss. Selbst wenn sie ihn freigelassen haben, hat er doch Bewährungsauflagen, der muss doch …«

»Frau Rose«, Tessa kam gedanklich kaum hinterher. »Ich habe mit Tom gesprochen, ja. Und Sie hatten recht, die beiden Fälle weisen deutliche Parallelen auf. Sogar noch mehr, als Sie erinnern konnten. Ein sechsjähriges Mädchen ist damals aus der Wilhelma entführt worden. Der Vater hatte sein Kind nur einen Moment aus den Augen verloren. Tage später fand man die Leiche des Kindes im Neckar. Auf Rosen gebettet, in ein weißes Tuch gewickelt und an einen Sonnenschirmständer gebunden.«

»Das ist doch ein Volltreffer!«

Tessa atmete tief durch. Dasselbe hatte sie Tom am Telefon gesagt. Nur hatte er daraufhin etwas entgegnet, was ihr sämtliche Hoffnung auf eine schnelle Aufklärung genommen hatte.

»Nein. Kein Volltreffer. Der Täter von damals hat sich vor sechs Jahren in Haft das Leben genommen.«

Es dauerte ein paar Sekunden, ehe Frau Rose reagierte. »Ach

du große Güte! Und was bedeutet das jetzt? Ein Nachahmungstäter?«

Tessa hob die Schultern. Wenn es ein Nachahmungstäter war, warum ausgerechnet dieser Fall? Sie war so konzentriert, dass sie Frau Rose am Telefon völlig vergaß. Erst als diese ihre Frage wiederholte, suchte Tessa nach Worten. »Ich weiß nicht, was es bedeutet. Der Täter wollte jedenfalls sichergehen, dass die Leiche gefunden wird. Er will Aufmerksamkeit, sagt Tom. Und genau das ist die Gefahr. Mir wäre es nicht nur aus rein beruflichen Gründen lieber, wenn die Polizei schon mehr wüsste. Irgendwie ist es ziemlich beunruhigend, dass da draußen ein Psychopath rumläuft, der es offenbar auf Kinder abgesehen hat. Das nimmt mich schon etwas mit.«

»Wenn Sie nach Ihrem langen Tag zu erschöpft sind, gehen Sie doch schon mal nach Hause und ruhen sich aus. Julian und ich kommen klar. Ich gebe Ihnen dann Bescheid, was der Arzt sagt.«

»Sind Sie verrückt? Natürlich komme ich!« Da war er wieder, dieser Stachel, den Frau Rose unbewusst setzte. Nicht gebraucht zu werden, obwohl sie doch die Mutter war – nur, was war sie überhaupt für eine Mutter? »Frau Rose, in welchem Krankenhaus sind Sie?«

»In der St.-Severin-Klinik. Die hat schließlich den besten Ruf.«

»Na, das passt ja.« Tessa seufzte. »Philipp liegt auch dort. Blinddarm. Und er hat mich gebeten, ihm Kleidung und seinen Waschbeutel vorbeizubringen.«

»Oh«, machte Frau Rose, und nach kurzem Nachdenken fügte sie hinzu: »Ich weiß ja, wie Sie zu Ihrem Exmann stehen – zu Recht –, aber er hat sonst wahrscheinlich niemanden. Fahren Sie doch schnell in Vaihingen vorbei und holen Sie seine Sachen. Ich gehe jetzt mit Julian zur Aufnahme. Wir müssen bestimmt einige Zeit warten. So lange tut sich ohnehin nichts.«

»Ich weiß nicht …« Tessa fühlte sich im Zwiespalt. Frau Rose hatte gut reden, natürlich, es entsprach ihrem christlichen Verständnis von Nächstenliebe, für einen hilfsbedürftigen Menschen ohne Ansehen der Person da zu sein. Nicht umsonst betreute sie ein Mal wöchentlich als »grüne Dame« Patienten in der St.-Severin-Klinik. Tessa neigte in Sachen Philipp allerdings mehr zum Alten Testament: Auge um Auge, Zahn um Zahn. Eine andere Sprache verstand er offenkundig nicht.

Um eine solche Eskalation jedoch zu vermeiden, zog sie es vor, Philipp nicht zu begegnen. Andererseits war es kindisch, in dieser Situation auf stur zu schalten. Er war im Krankenhaus nun mal auf Hilfe angewiesen, und sie konnte verstehen, dass Philipp keinen Fremden ins Haus lassen wollte, um seine Sachen zu holen.

»Wenn Sie möchten, Tessa, bringe ich Ihrem Exmann die Sachen aufs Zimmer, dann müssen Sie das nicht selbst tun.«

Frau Rose und ihr unglaubliches Einfühlungsvermögen, dachte Tessa erleichtert. Das war wirklich eine gute Idee. »In Ordnung, dann bis gleich. Ich beeile mich. Geben Sie Julian einen ganz dicken Kuss von mir, und Sie sind auch ein Schatz!« Und da sie wusste, dass die Nachbarin solche Komplimente nicht hören wollte, verabschiedete sie sich, ehe Frau Rose protestieren konnte.

Kaum hatte Tessa aufgelegt, klingelte ihr Telefon. Helen, ihre beste Freundin aus Schulzeiten. Kurz überlegte sie, nicht dranzugehen, aber für ihre Freundin hatte sie immer Zeit, und wenn es nur zwei Minuten waren.

Überschäumend vor Energie rief Helen ein fröhliches »Hallo« in den Hörer. Ihr Temperament, das sich bis in die Haarspitzen ihrer langen rotbraunen Lockenmähne ausdrückte, war kaum zu bändigen. Beides zusammen hatte ihr früher den Spitznamen »rote Zora« eingebracht.

»Hey, Tessa, was für ein schöner Sommerabend heute! Aperol oder Hugo? Ich kann auch beides mitbringen, Hauptsache, wir schauen uns den Sonnenuntergang von deinem Balkon aus an und quatschen ein bisschen. Du musst mir unbedingt erzählen, was das für ein Typ ist, den du da an der Angel hast.«

»Warte …«, bremste sie Helen aus. »Im Moment kann ich noch gar nichts sagen wegen heute Abend. Gerade hat Frau Rose angerufen, sie ist mit Julian ins Krankenhaus gefahren. Er hat sich mehrfach erbrochen. Keine Ahnung, was sich da herausstellt, und zudem muss ich Gewehr bei Fuß stehen, wenn es Neuigkeiten zu der Mädchenleiche im Neckar gibt, du hast ja bestimmt davon gehört.«

»Oje, bei dir geht es ja wieder rund! Sag Bescheid, wenn ich was für dich tun kann. Julian geht es bestimmt bald besser, aber das mit dem Mädchen ist ja wirklich grauenhaft. Ich hab die Meldung heute Morgen in der Zeitung gelesen. Weiß man denn schon mehr?«

»Nein. In der Ausgabe morgen wird ein Foto der Toten veröffentlicht, weil die Kripo sich dadurch Hinweise erhofft. Die tappen völlig im Dunkeln.«

»Scheiß-Gefühl, dass da ein Mörder frei rumläuft, und noch schlimmer, dass niemand dieses arme Mädchen vermisst. Das gibt es doch gar nicht. Aber der Aufruf morgen wird bestimmt was bringen. Was ist denn jetzt eigentlich mit dem Typen, den du dir da angelacht hast? Ist der nicht auch Journalist? Mensch, dir muss man echt alles aus der Nase ziehen! Dabei bin ich doch so neugierig.«

Tessa musste schmunzeln. Ihre Freundin verfügte über eine gute Selbsteinschätzung. Und sie wollte Helen nicht künstlich auf die Folter spannen. »Ja, er ist Journalist. Freier Sportjournalist. Arbeitet für verschiedene Zeitungen. Wir haben uns über Facebook kennengelernt, ein lustiger Zufall, und ziemlich viele Gemeinsamkeiten festgestellt.«

»Zufälle gibt es im Leben nicht«, sagte Helen, die selten ein Blatt vor den Mund nahm. »Diese Typen, die im Internet auf Frauensuche gehen, kann man doch fast alle grob in zwei Kategorien einteilen: Langweiler und Aufreißer. Ein Mann mit Herz und Hirn und noch dazu zum Hingucken – den gibt's doch da weit und breit nicht. Eher noch eine dritte Kategorie: durchgeknallte Spinner. Aber so einen hast du hoffentlich nicht erwischt. Wie heißt er denn?«

»Nun mach mal halblang, Helen. Das lief nicht über eine Dating-Plattform, sondern über eine Freundschaftsanfrage, die er mir als Kollege über Facebook gestellt hat. Er heißt Leander Weißmann und wohnt in Degerloch, also keine fünf Kilometer weit weg.«

»Leander … cooler Name«, gab Helen zu. »Und wie alt?

»Ähm, na ja, das könnte vielleicht der Haken sein. Er ist dreiundfünfzig.«

»Oje, Männer über fünfzig sind die allerschlimmsten.« Helen lachte. »Das hat schon meine Mutter gesagt.«

»Er sieht auf seinem Profilfoto mindestens zehn Jahre jünger aus. Und noch dazu richtig, richtig gut.«

»Also ein Bachelor-Affären-Typ im besten James-Bond-Alter, der ein uraltes Foto von sich verwendet. Habt ihr euch schon mal getroffen?«

»Nein, noch nicht. Aber wir schreiben uns Nachrichten, wenn ich freihabe, teilweise auch tagsüber im Büro. Ich muss echt aufpassen.« Tessa lachte nun auch.

»Ja«, sagte Helen. »Aufpassen, das musst du. Mir sind solche Internetgeschichten nicht geheuer. Allein schon deshalb, weil ich Schwierigkeiten damit habe, mich schriftlich einem Mann anzuvertrauen, den ich noch nicht einmal live gesehen habe. Und dann ist da noch der Altersunterschied von immerhin … sechzehn Jahren. Und ich finde es schon ein bisschen merkwürdig, dass ihr euch noch nicht getroffen habt, obwohl ihr keine fünf Kilometer auseinander wohnt.«

»Fünfzehn Jahre«, korrigierte Tessa. »Und was soll daran merkwürdig sein?«

»Na ja, womöglich bist du ihm gar nicht so wichtig, und er hat noch drei andere Frauen am Start.«

»Wir haben beide viel zu tun.« Tessas Antwort kam ein bisschen brüsk. Helens Art, überall das Haar in der Suppe zu finden, war aber auch manchmal echt nervig. »Darum herum wird nicht viel Platz für andere Frauen sein.« Hoffentlich nicht, setzte sie gedanklich hinzu, denn wenn sie ganz ehrlich war, hatte sie sich auch schon gewundert, warum Leander noch nicht nach einem Treffen gefragt hatte, aber das würde sie ihrer Freundin nicht auf die Nase binden. Stattdessen fügte sie hinzu: »Es ist ein netter Flirt, den du mir ruhig gönnen darfst. Du musst mir nicht immer alles madigmachen.«

»Ich bin deine beste Freundin, Tessa, da darf ich wohl auch mal meine ungeschminkte Meinung sagen, ohne dass du gleich gekränkt bist.«

Gekränkt fühlte sich Helen wohl eher selbst. Kein Wunder, denn Helens Partnersuche war ein einziges Trauerspiel. Tessas Freundin war eine bildhübsche, intelligente Frau, die ganz sicher nicht auf den Mund gefallen war – und mit ihrer Direktheit konnten einige nicht umgehen. Was die Männer aber letztlich in die Flucht schlug, war die enge Bindung zu den Eltern, aus der sich Helen lieber heute als morgen gelöst hätte. Sie lebte gemeinsam mit ihnen in einer Villa am Killesberg, eines von Stuttgarts noblen Vierteln in schöner Höhenlage, zwar in einer eigenen Wohnung, aber in Symbiose mit den Eltern, da sie neben ihrer Arbeit im »Haus der Geschichte« für pflegerische Aufgaben von ihnen vereinnahmt wurde. Und so hatte es in Helens siebenunddreißigjährigem Leben bislang zwar einige Interessenten gegeben, auch ein paar kurzzeitige Beziehungen hatten sich entwickelt, aber keine richtige Partnerschaft – und genau das wünschte Tessa ihrer Freundin natürlich von Herzen, zumal sie wusste, wie groß Helens eigener Kinderwunsch war. Das hatte sie ihr bei Julians Taufe gestanden, als sie seine Patentante geworden war.

»Im Grunde klingt das mit deinem Leander aber schon mal ganz gut«, lenkte Helen ein. »Halt mich in jedem Fall auf dem Laufenden, ja? Und ruf an, wenn dir heute Abend doch noch nach einem kühlen Aperol auf dem Balkon ist.«

10

Ihr war zum Davonlaufen zumute, als sie ihre frühere Wohnung in Vaihingen am Rand von Stuttgart betrat.

Ursprünglich hatte sie sich vorgenommen, in der Maisonettewohnung auf direktem Weg hinauf ins Schlafzimmer und an Philipps Kleiderschrank zu gehen, doch nun blieb sie mitten im Flur mit Blick zur Küche stehen.

Ihr bot sich ein Stillleben aus schmutzigem Geschirr, leeren Pizzakartons und Bierflaschen. Grauenhaft! Philipp erfüllte das Klischee eines männlichen Singlehaushaltes in allen Punkten.

Was war nur aus ihm geworden? Sie dachte das weniger aus Mitleid, sondern mehr aus unwillkürlicher Fassungslosigkeit heraus.

Es war stickig in der Wohnung, man merkte, dass die vergangenen zwei Tage nicht gelüftet worden war. Mindestens. Tessa riskierte einen Blick ins Wohnzimmer. Nicht weil sie neugierig sein wollte, sondern weil sie das Bedürfnis hatte, die Veränderung zu begreifen.

Nichts wies mehr darauf hin, dass sie selbst einmal in dieser Maisonettewohnung gelebt hatte, zusammen mit einem Mann, den sie zu kennen glaubte.

Im Wohnzimmer setzte sich das Chaos aus der Küche fort, nur lagen zusätzlich noch Kleidungsstücke herum. Einen boshaften Moment lang dachte Tessa darüber nach, diese ungewaschenen Sachen einzusammeln und in eine Tasche zu packen, dann allerdings rief sie sich doch zur Vernunft. Rache war nicht ihr Ding, und das, was Philipp ihr angetan hatte, war ohnehin durch nichts wiedergutzumachen.

Alles hier gehörte schon so sehr der Vergangenheit an, dass sie Möbel und Gegenstände zwar wiedererkannte, aber keine Verbindung mehr spürte. Alles wirkte so fremd auf sie, als sei die Frau, die zehn Jahre lang in dieser Wohnung an der Seite von Philipp gelebt hatte, eine andere Person gewesen.

Das Wohnzimmer hatten sie kurz vor ihrem Auszug komplett

neu eingerichtet. Im Kolonialstil. Terrakottafarbene Wände, ein braunes Ledersofa, ein großer Esstisch, dazu die hüfthohe Giraffe neben dem Fernseher … Ebenso das Schlafzimmer. Es hatte nach der Ehekrise auch ein äußeres Zeichen für den gemeinsamen Wunsch nach Zusammenleben geben sollen.

Doch obwohl die Veränderung der Einrichtung ihr Vorschlag gewesen war, hatte sie sich nach der Renovierung in der eigenen Wohnung nie mehr richtig heimisch gefühlt, mehr wie beim Probesitzen in einem Möbelhaus.

Sechs Monate später war es zur Trennung gekommen, Julian war gerade eineinhalb Jahre alt geworden.

Viele Erinnerungen hingen an diesem verdrängten Ort. Mit ihnen kehrten auch die Emotionen zurück, abgeschwächt zwar, aber doch so unangenehm, dass Tessa ein Ziehen in der Magengegend verspürte.

Das verstärkte sich noch, als sie das ehemals gemeinsame Schlafzimmer im Obergeschoss betrat. Sie erinnerte sich daran, dass sie monatelang voller unterdrückter unguter Gefühle und Selbstzweifel in diesem Bett gelegen hatte. Unterdrückt deshalb, weil Philipp sie glauben gemacht hatte, seine Beziehung zu dieser Geliebten bestünde nicht mehr.

Es drehte ihr beinahe den Magen um, als sie daran dachte, wie er ihr liebevoll das Frühstück ans Bett gebracht hatte, nur, um danach entgegen all seinen Beteuerungen erneut in ein fremdes Bett zu verschwinden.

Mechanisch packte sie die notwendigen Kleidungsstücke und Badutensilien für Philipp in dessen Sporttasche. Der darauf angebrachte blau-weiße Philip-Morris-Aufkleber mit dem Slogan »Let's enjoy future« war neu und als Zigarettenwerbung ziemlich widersinnig – erst recht auf einer solchen Tasche –, aber es passte zu Philipps verquerem Denken.

Nachdem sie alles Wichtige eingesammelt hatte, überkamen sie in der stickigen Wohnung regelrechte Beklemmungen, und sie verließ überstürzt das Haus.

Draußen legte sie den Schlüssel wieder ins Versteck und atmete tief durch.

So nah an diesem Ort der Erinnerung zu sein belastete sie

doch mehr, als sie erwartet hatte. Sie fühlte sich wie nach einer Nacht voll quälender Träume, deren Fängen sie entkommen war.

Oder befand sie sich bereits mitten im nächsten Alptraum?

11

»Wie bitte?«, fragte Tessa die Schwester hinter dem Tresen der Ambulanz und ließ Philipps Sporttasche fallen. Sie war noch völlig außer Atem von den zahlreichen Treppenstufen zwischen Parkhaus und Klinikeingang.

Ihre Wangen fühlten sich hochrot an. »Sie müssen doch wissen, wo mein Sohn ist. Julian. Julian Steinwart. Er ist mit seiner Oma hier. Seiner Tagesoma. Frau Rose. Wegen anhaltendem Erbrechen. Also, nicht bei seiner Oma. Bei ihm.« Sie war ja völlig konfus. Kein Wunder, dass die brünette Frau hinter dem Bildschirm die Augenbrauen hob, sich dann aber doch dazu herabließ, noch einmal im Computer nachzusehen.

»Nein, es tut mir leid«, sagte die Frau, auf deren Namensschildchen »Engelmann« stand: »Da müssen Sie Ihren Jungen schon woanders suchen. Hier ist er jedenfalls nicht.« Damit war für sie der Fall abgehakt, und sie schielte nach dem nächsten Patienten in der Schlange.

Tessa blieb der Mund offen stehen. »Er muss hier sein!«

»Wahrscheinlich haben Sie sich in der Klinik geirrt. Rufen Sie doch am besten seine Oma an. Der Nächste, bitte.«

Was für eine blöde Kuh, dachte Tessa. Natürlich hatte sie längst versucht, Frau Rose zu erreichen. Doch deren Handy war ausgeschaltet. Typisch. Auch bei ihrer Freiwilligenarbeit im Krankenhaus machte sie es einer veralteten Sicherheitsregel folgend grundsätzlich aus und war dann nicht erreichbar. Ein Zeichen dafür, dass Julian sich noch in der Klinik befand. In der St.-Severin-Klinik, da hatte sie sich ganz sicher nicht verhört.

»Hallo Tessa.« Die Stimme fuhr ihr durch Mark und Bein. Philipp stand so dicht hinter ihr, dass sie hochschauen musste, als sie sich zu ihm umdrehte.

Er trug eines dieser schrecklichen OP-Hemden, die knapp den halben Oberschenkel bedeckten. In der Hand hielt er eine Schachtel Zigaretten und ein Feuerzeug. Seine Bartstoppeln waren länger als seine blonden Haare, aber das, was man von seiner Gesichtsfarbe sah, wirkte schon wieder ganz gesund. Mit der richtigen Kleidung hätte er für ein Männermagazin Modell stehen können. Wobei sein unverschämt gutes Aussehen auf sie keine Wirkung mehr hatte, zumindest redete Tessa sich das ein.

»Schon wieder auf den Beinen? Und seit wann rauchst du?«, fragte sie und versuchte dabei, ihre Unsicherheit zu überspielen.

»Ich rauche wieder, seitdem wir uns getrennt haben. Und ich soll mich bewegen. Also war ich ein halbes Stündchen im Klinikgarten spazieren. Du bist gerade am Haupteingang einfach an mir vorbeigerannt, hast mich total übersehen. Es gibt überhaupt so einiges, was du seit unserer Trennung übersehen hast, aber ich bin mir sicher, dein süßes Spürnäschen wird es herausfinden.«

Sie beschloss, auf seine merkwürdige Anspielung nicht zu reagieren, und schob ihm mit dem Fuß seine Tasche hin. »Hier, bitte.«

»Ach, gibst du mir die Sachen doch persönlich?« Seine Augen blitzten. Meeresblau waren sie. Diesen Augenausdruck unter den dichten Brauen hatte sie früher einmal geliebt. Zwölf Jahre lang.

»Warum auch nicht?«, gab sie betont lässig zurück. Verflucht, warum hatte sie so eine Angst vor diesem Mann? Wo früher Schmetterlinge flogen, floss jetzt Adrenalin.

»Ich dachte, du könntest vielleicht ein Problem damit haben, mir zu begegnen. Vielleicht hast du sogar Angst vor mir.«

»Ach, hör doch auf mit diesem Blödsinn. Ich habe ganz bestimmt keine Angst vor dir.« Es klang überzeugend. Überzeugend genug sogar, ihn über ihre wahren Gefühle hinwegzutäuschen, denn er nickte.

Doch dann lachte er selbstgefällig auf. »Ach, Tessa, im Lügen warst du noch nie gut. Ich habe Frau Rose vorhin auf dem Gang getroffen, sie sagte mir, dass du bald da wärst, und kündigte an, mir die Sachen nachher aufs Zimmer zu bringen – weil du zu viel Angst vor mir hättest.«

Dass diese Frau Rose ihren Mund nicht halten konnte!

»Das hat sie gesagt?« Tessa spielte die Erstaunte, aber eine gute Schauspielerin war sie noch nie gewesen.

»Diese Eins-sechzig-Frau hat sich vor mir aufgebaut und mir

erklärt, sie habe keine Angst vor mir.« Wieder lachte er. »Ach ja, und ehe ich es vergesse: Station K, Zimmer 247.«

Jetzt wurde Tessa richtig wütend. »Glaubst du ernsthaft, ich trage dir deine Tasche hinterher? Wenn sie dir zu schwer ist, frag eine Schwester!« Tessa machte auf dem Absatz kehrt. Sie hatte genug Zeit mit ihm verplempert.

»Ich erwarte nicht, dass du mich auf mein Zimmer begleitest«, hörte sie Philipp hinter sich sagen. »Obwohl, ein Einzelzimmer hätte ich, da wären wir ungestört. Nein, ich habe dir Julians Zimmernummer genannt. Sie haben ihn stationär aufgenommen.«

Tessa hielt mitten in der Bewegung inne und drehte sich um. »Und warum weißt du das und die Schwester an der Aufnahme nicht?«

»Weil ich Frau Rose getroffen habe – du erinnerst dich?« Ein spöttisches Lächeln umspielte seine Mundwinkel. »Sie wurde von der Aufnahmeschwester weggeschickt, weil sie weder eine Krankenversicherungskarte für Julian noch einen eigenen Ausweis vorweisen konnte, und schließlich läge kein echter Notfall vor, also solle sie doch warten, bis die Mutter käme. Da hat Frau Rose sämtliche Register gezogen und ist mit Julian direkt auf die Station gegangen. Im Gegensatz zur Aufnahmeschwester erkannte der Arzt dort den Ernst der Lage. Julian zeigte wohl schon erste Austrocknungserscheinungen. Diese Frau Rose ist eine energische Frau, das muss man ihr schon lassen. Und mein Sohn ist für seine drei Jahre schon ein ganz schön großer Junge … Pass nur gut auf ihn auf.«

»Was soll diese Bemerkung? Du hast mir etwas versprochen. Willst du uns etwa wieder drohen? Er ist dein Sohn!«

»Ich drohe dir doch nicht. Stell dir nur mal vor, er würde in die Hände dieses Mörders geraten, weil du einen Moment lang nicht achtsam genug warst, und man würde Julians Leiche im Wasser finden – so wie das tote Mädchen im Neckar.«

12

»Mama, ich habe einen Clown debommen.«

»Du meinst, ein Clown war bei dir?« Tessa dachte an einen dieser Menschen mit roter Pappnase, die es in manchen Kliniken gab, um Kinderseelen aufzuheitern.

Es war bereits einundzwanzig Uhr, gerade hatte sie die notwendigen Sachen von zu Hause geholt, weil Julian auf jeden Fall eine Nacht zur Beobachtung im Krankenhaus bleiben sollte. Sie hatten ein Einzelzimmer erhalten, mit einem Zustellbett für Tessa, bis morgen früh die Ergebnisse aus dem Labor da waren. Julian war zwar erschöpft, aber seit er an der Infusion hing, hatte er sich nicht mehr erbrochen. Der Arzt war zuversichtlich, dass es sich um einen heftigen, aber letztlich harmlosen Magen-Darm-Virus handelte.

»Nein, Mama, da drin. In der Schudlade.« Julian deutete auf den fahrbaren Nachttisch, der unweit seines Bettes stand.

»Ein Clown? Da drin?«, fragte Tessa. Vielleicht meinte er eine Puppe, die ihm ein netter Arzt geschenkt hatte. Aber warum lag die dann nicht im Bett?

Tessa schaute nach. Zuerst entdeckte sie nichts, doch dann ertastete sie weit hinten in der Schublade eine Karte. Tessa nahm sie heraus und drehte sie herum. Derselbe Harlekin wie auf der Karte, die mit dem Strauß Rosen geliefert worden war.

Nur weil du die Augen offen hast, glaubst du, du siehst.

Sie las den Satz mehrfach. Wieder war er nicht von Hand geschrieben. Die erste Botschaft, die von heute Morgen, hatte sie verärgert, dieser zweite Übergriff hingegen ängstigte sie, denn er betraf Julian. Philipp, verdammt! Gab er wirklich keine Ruhe?

»Julian, war der Papa bei dir? Hast du ihn vorhin gesehen?« Natürlich war ihr Exmann kein Unbekannter für Julian, auch wenn sich die beiden seit der Trennung kaum mehr begegnet waren. Doch genau das war der Punkt. Ihren Sohn hatte er bisher aus dem Spiel gelassen. Bisher.

»Ja! Papa war da!«

Tessa zwang sich zu einem Lächeln, das gefror, als sie wieder auf die Karte starrte.

Die Tür ging auf, Frau Rose balancierte zwei Tassen Tee herein und stellte sie auf dem Nachttisch ab. Kamillentee, ausgerechnet. Allein schon von dem Geruch wurde Tessa übel. Der Duft erinnerte sie ungut an das Bauchweh aus Kindertagen. Dennoch, Krankenhauskaffee wäre noch schlimmer.

Nach dem gemeinsamen Tee würde sich Frau Rose verabschieden und morgen früh um halb neun wieder hier sein, für den Fall, dass Tessa sich in der Redaktion nicht freinehmen konnte.

Frau Rose entfernte die Teebeutel und warf dabei einen Blick auf die Karte. »Ach, die ist ja schön, die gibt es unten in der Cafeteria zu kaufen. Von wem ist die denn?«

Tessa runzelte die Stirn. »In der Cafeteria vom Krankenhaus? Sind Sie sicher?«

»Ja, natürlich. Auch etwas Zucker?« Frau Rose rührte auf Tessas Verneinung hin in ihrer Tasse. »Ich stand eben davor. Zwischen den blumigen Stillleben und hässlichen Cartoons sticht sie regelrecht ins Auge. Ist mal was anderes.«

»Aber nicht mit so einem Text.« Tessa hielt ihr die Karte hin.

Nachdem Frau Rose die computergeschriebene Zeile gelesen hatte, musste sie sich setzen.

Leise erzählte Tessa ihr, was Philipp im Foyer zu ihr gesagt hatte und welchen Verdacht sie hegte. Sie bat Frau Rose eindringlich, Philipp gegenüber um Himmels willen nicht noch einmal zu erwähnen, dass sie Angst vor ihm hätte. Und sie fragte Frau Rose, wie es denn möglich gewesen sei, dass Philipp allein bei Julian im Zimmer sein konnte.

Frau Rose vergaß ihren Tee und wirkte zerknirscht. »Ich war wirklich nicht lange draußen. Vielleicht zehn oder fünfzehn Minuten, während Julian hier im Gitterbettchen an der Infusion lag und schlief. Ich habe mich im Schwesternzimmer erkundigt, wie hoch die Chancen sind, dass er morgen wieder entlassen werden kann. Hätte ich so etwas geahnt …«

»Julian muss wach gewesen sein, denn er weiß, dass Philipp da war.«

Frau Rose knetete ihre Hände im Schoß. »Er war wach, als ich wieder hereinkam. Aber nicht so richtig. Er ist sofort wieder eingeschlafen, als ich zu ihm ans Bettchen gegangen bin. Er war doch so erschöpft.«

Immerhin hatte Julian seinen Vater erkannt. Oder leider, wie man es nahm. Wenn sie könnte, würde sie ihren Sohn keine Sekunde mehr aus den Augen lassen. Was für ein unglückliches Gefühl, diese Verantwortung abgeben zu müssen, doch auf Frau Rose konnte sie sich noch am ehesten verlassen.

»Schon gut«, sagte sie versöhnlich. »Ich möchte Sie nur bitten, dass Sie in der kommenden Zeit ein besonderes Auge auf Julian haben, in Ordnung?«

Frau Rose wirkte im ersten Moment fast etwas beleidigt, aber dann nickte sie. »Selbstverständlich. Ich werde ihn hüten wie meinen Augapfel.«

13

Die Matratze des Krankenhausbettes war viel zu hart, und die Geräusche vom Flur hielten Tessa wach. Türen, die auf- und zugingen, Stimmen, durchdringendes Piepsen, Telefonklingeln – wie sollte man da ein Auge zukriegen? Nur Julian bekam von alldem nichts mit.

Erschöpft schlief er wie ein Stein, und wenn er sich doch kurz bewegte oder auch nur etwas tiefer durchatmete, war Tessa sofort an seinem Bettchen, weil sie Angst hatte, dass er sich vielleicht wieder übergeben musste. Aber nichts passierte, die Infusion tat wohl ihre Wirkung.

Es gab allerdings noch einen weiteren Grund, weshalb sie wach war: eine Nachricht von Leander.

Er hatte sich heute bereits gemeldet, als Frau Rose noch da gewesen war, woraufhin Tessa ihm mitgeteilt hatte, dass sie die Nacht mit Julian im Krankenhaus verbringen musste. Er war sehr erschrocken gewesen und hatte sich anscheinend vorgenommen, ihr in den kommenden Stunden wenigstens virtuell beizustehen.

Ihren nett gemeinten Hinweis, dass er sich ihretwegen nicht die Nacht um die Ohren schlagen solle, ignorierte er, und so flogen die Nachrichten hin und her. In der kurzen Zeit, seit sie sich kannten, waren sie einander schon sehr vertraut geworden. Und dennoch, seine Mimik und Gestik konnte sie sich – genau wie seine Stimme – bislang nur vorstellen. Zwar hatten sie ihre Unterhaltung bald nach ihrem Kennenlernen vom Messenger auf WhatsApp verlegt, doch keiner hatte seither den nächsten Schritt gewagt.

Die Spannung wuchs mit jedem Tag.

Was, wenn er sich piepsig anhörte, einen Sprachfehler hatte oder mit so starkem schwäbischen Dialekt sprach, dass sie bei einem Telefonat vor Entsetzen gleich wieder auflegen würde?

Für sie zählte nicht nur sein Charakter. Ein oberflächliches Denken, sicherlich, aber Tessa war ehrlich genug, sich einzugestehen, dass auch gewisse Äußerlichkeiten stimmen mussten, damit sie sich ihm auf Dauer verbunden fühlen konnte. Eigentlich war es komplett irre, die Vertrautheit zwischen ihnen allein durch das tägliche Schreiben aufzubauen, da musste sie Helen schon beipflichten. Besser, sie blieb vorsichtig und investierte nicht zu viele Gefühle.

Leichter gesagt als getan. Das Piepsen ihres Handys wirkte wie ein Anstupser auf die Schmetterlinge in ihrem Bauch, bei jeder eintreffenden WhatsApp flatterten sie auf und saßen bis zur nächsten Antwort mit bebenden Flügeln auf ihrer Haut, dass es überall kribbelte.

Natürlich hatte sie den Mann längst gegoogelt, und er war kein Fake. Leander Weißmann. Beinahe täglich erschienen Berichte von ihm, die er hauptsächlich für Online-Zeitungen schrieb. Im Netz hatte sie auch noch zwei weitere Fotos von ihm gefunden. Das eine zeigte ihn bei irgendeiner Veranstaltung, glatt rasiert mit Krawatte und Anzug, die dunklen gewellten Haare ordentlich zurückgekämmt – was an ihm ebenso gut wirkte wie sein sportlicher Dress. Das andere Foto war während einer Radtour um den Bodensee entstanden. In Kapuzenpulli, mit wuscheligen Haaren, Fünftagebart, Shorts und Turnschuhen saß Leander im warmen Licht des ausklingenden Tages vor einem Zelt am Ufer des Sees, den Blick nachdenklich auf das Wasser gerichtet.

Vielleicht war es dieser Hauch von Abenteuer, gepaart mit seiner Zuverlässigkeit, was ihn so anziehend für sie machte? Erklären ließ sich so etwas ohnehin nicht.

Es war schon spät, doch Tessa mochte ihre Verbindung zur Außenwelt noch nicht aufgeben, und das nicht nur wegen des angenehmen Kribbelns in ihrer Magengegend: Philipp war nur ein Stockwerk von ihr entfernt. Ihre Tür ließ sich nicht abschließen, und sie wollte sich von der Vorstellung ablenken, ihr Exmann könne mitten in der Nacht im Zimmer stehen, um weiter seine Psychospielchen mit ihr zu treiben.

Kaum gedacht, hörte sie Schritte auf dem Flur. Je näher sie ihrer Tür kamen, umso mehr spürte sie ihren Puls rasen. Das Zimmer wurde nur vom Mondlicht erhellt, das durch den Spalt der zugezogenen Vorhänge schimmerte. Tessa saß in ihrem

Nachthemd auf dem Bett, vor Anspannung verkrampften sich ihre Zehen, und sie hielt ihr Handy fest in der Hand.

Wie gebannt starrte sie auf die Türklinke. Erst als der Widerhall draußen verklang, ließ sie erleichtert die Luft entweichen. Als die Angst nachließ, kam der Ärger wieder hoch. Spielchen. Das war das richtige Wort. Philipp spielte mit ihr.

Er hatte sie sogar schon so weit im Griff, dass er nicht einmal vor ihr stehen musste, um ihr Angst einzujagen. Das bloße Wissen um seine räumliche Nähe genügte. Während sie hier mit Herzklopfen saß, lag er wahrscheinlich schnarchend ein Stockwerk über ihr in seinem Bett. Arschloch.

Trotz aller Vertrautheit hatte sie Leander bislang nichts von Philipp erzählt – eine Frau, die von ihrem Exmann gestalkt wurde, war sicherlich nicht die Traumvorstellung eines potenziell beziehungswilligen Mannes auf der Suche nach einer neuen Partnerin.

Wenn die hier wenigstens anständigen Kaffee hätten, schrieb sie in einer weiteren WhatsApp an Leander.

Ich würde dir ja einen vorbeibringen, aber ich fürchte, das wäre nicht der richtige Augenblick für unser erstes Treffen.

Treffen. Da war das Stichwort. Wie sollte sie reagieren? Nach kurzem Nachdenken flogen ihre Finger über die Tasten. *Stimmt, ungeschminkt und im Neonlicht eines Krankenhausflurs sehe ich grauenvoll aus.*

Sekunden später kam seine Antwort: *Das glaube ich nicht. Ich würde aber bestimmt wie ein Gespenst aussehen, und ich wollte eher vermeiden, dass du schreiend davonläufst, wenn du mich siehst ;-)*

Tessa dachte an die Fotos und an sein sympathisches Lachen. Wie könnte sie vor so einem Mann davonlaufen? Wahrscheinlich machte er sogar noch eine gute Figur, wenn er im Jogginganzug den Abfall zur Mülltonne brachte.

Das könnte schon passieren, schrieb sie zurück und meinte natürlich das Gegenteil. Sein Äußeres gefiel ihr so gut, dass sie eher glaubte, aufpassen zu müssen, nicht gleich beim ersten Date ihre Prinzipien über Bord zu werfen und mit ihm im Bett zu landen. Er sollte sich nicht zu sicher fühlen.

Na gut, dann werde ich so lange auf Julian aufpassen, bis du dich von deinem Schock erholt hast und die Krankenschwester dich wieder vom Tropf befreit. Danach lade ich dich auf einen Kaffee ein. Hoffe, der schmeckt dir dann.

Selbstbewusst war er ja. Und er sprach davon, auf Julian aufzupassen. Für ihn war ihr Sohn nicht nur ein Anhängsel, sondern eine kleine Persönlichkeit, nach der er sich erkundigte und die er immer wieder von sich aus ins Gespräch brachte.

Er mochte Kinder, wie er sagte, auch wenn er keine eigenen mehr haben wollte. Er hatte schon eine erwachsene Tochter. Von seiner Frau war er seit Langem geschieden, doch seine letzte Beziehung war gerade erst drei Monate her, wie er offen zugegeben hatte.

Ausgerechnet.

Wie oft hatte sie sich nach genügend Negativbeispielen in ihrem Umfeld geschworen, nie etwas mit einem Mann anzufangen, der in Trennung lebte? Sie hatte weder Lust darauf, sich mitten in einem Eifersuchtskrieg wiederzufinden, noch irgendwelche Ambitionen, als Trostpflaster herzuhalten. Und schon gar nicht wollte sie am Ende die Leidtragende sein, weil der Mann doch wieder zu seiner Ex zurückkehrte.

Trotzdem waren da diese Schmetterlinge, und denen waren die Umstände egal. Durch ihre Probleme mit Philipp war sie ja zudem umgekehrt auch nicht gerade das leuchtende Beispiel, wenn es darum ging, keine Altlasten in eine neue Beziehung mitzubringen.

Jemanden an ihrer Seite zu haben, danach sehnte sie sich. Nach dem Gefühl, ehrlich und bedingungslos geliebt zu werden. Aber könnte sie einem neuen Partner dasselbe Gefühl geben? Hatte sie zwischen Job und Kind überhaupt genügend Zeit für eine Beziehung, und war sie wirklich bereit dazu, sich auf etwas Neues einzulassen? Oder saß die Angst vor Enttäuschung noch zu tief?

Tessa merkte, dass sie wohl recht lange in Gedanken versunken dagesessen haben musste, als Leanders nächste WhatsApp eintraf, ohne dass sie vorher eine Antwort geschickt hatte.

Ich weiß, du hast gerade echt viel um die Ohren. Ich wünschte, ich könnte jetzt an deiner Seite sein.

Sie schluckte. Woher wusste er, was sie gerade gedacht hatte? Kannte er sie und ihre Ängste schon so gut? An deiner Seite … Wie schön sich allein schon der Gedanke anfühlte. Dennoch führte die Realistin in ihr den Finger, als sie zurückschrieb: *Das ist ein schöner Wunsch – mehr aber auch nicht. Wer weiß, ob uns der gemeinsame Kaffee überhaupt schmecken wird.*

Seine Antwort: *Diese Hoffnung habe ich. Und ich würde jetzt gern deine Stimme hören.*

Tessa zögerte kurz, dann schrieb sie: *Und ich deine.*

Als es plötzlich klingelte, fiel ihr das Handy vor Schreck fast aus der Hand.

14

Jetzt? Hier? Mitten in der Nacht? Wie spät war es überhaupt? Zwei Uhr? Drei?

Julian schlief ruhig weiter, aber sie wollte nicht riskieren, dass er von dem Gespräch wach wurde. Leanders Anruf ablehnen? Vor die Tür gehen? Nein, Julian allein zu lassen – und sei es nur für fünf Minuten – kam gar nicht in Frage.

Kurz entschlossen huschte sie ins Bad, machte das Licht an und ließ die Tür einen Spalt offen, damit sie ihren Sohn im Blick hatte.

Puh! Ihr Herz raste. Sie atmete tief durch und nahm das Gespräch an.

»Hallo Leander«, sagte sie leise, fast flüsternd. Sie fragte sich, ob er das zarte Beben in ihrer Stimme bemerken würde, sie wollte so gern selbstsicher klingen.

»Hallo Tessa«, entgegnete er ebenso flüsternd, obwohl es für ihn bestimmt keinen Grund dazu gab. »Schön, dich zu hören.«

Diese Stimme … Tief, dunkel, warm.

»Ja, ich freue mich auch.« Herrje, sie war doch sonst nicht auf den Mund gefallen.

Stille. Die Situation war aber auch grotesk. Sie stand in einem Krankenhaus-Badezimmer ans Waschbecken gelehnt und hatte Herzklopfen wie ein Teenager.

»Tessa, ich hoffe, du fühlst dich jetzt nicht von mir überfallen. Noch dazu ist das im Bad wahrscheinlich wenig bequem für –«

»Moment, woher weißt du, dass ich im Bad stehe?«, unterbrach sie ihn. Neben ihrer Verwunderung überkam sie ein Anflug von Panik.

»Wie bitte? Ach so, keine Angst … ich habe mir das nur gedacht. Erstens hat es ein Weilchen gedauert, bis du dran warst, obwohl du dein Handy in der Hand gehabt haben musst, und zweitens kann ich mir nicht vorstellen, dass du auf den Flur hinausgehen und deinen Sohn allein lassen würdest. Außerdem höre ich die Lüftung rauschen.« Ein leises Lachen. Nicht spöttisch, sondern liebevoll. »Julian ist nicht aufgewacht?«

Tessa beruhigte sich langsam wieder. »Nein, er schläft. Was auch immer zu dem heftigen Erbrechen geführt hat, es ist vorbei, und wenn das Labor keinen bedenklichen Erreger mehr nachweisen kann, bin ich ganz zuversichtlich, dass wir morgen nach der Visite hier rausdürfen.«

»Ich wünsche es euch beiden. Zu Hause kann sich Julian sicher am besten erholen.«

Sie schwieg. Was war nur mit ihr los, es fiel ihr doch sonst nicht so schwer, ein Gespräch in Gang zu halten. Doch diese elende Befürchtung, irgendetwas Bescheuertes zu sagen, verknotete ihr die Zunge. Also flüchtete sie sich in eine Rolle, die ihr vertraut war: Fragen stellen.

»Wo bist du gerade?«

»Ich sitze draußen auf meinem Balkonstuhl und schaue in den Sternenhimmel. Es ist eine herrlich laue Nacht.« Er machte eine kleine Pause. »Und ich frage mich, wie es wäre, wenn du jetzt hier sein könntest.«

Mist, nun war der Ball wieder bei ihr. Ja, wie wäre das, fragte sie sich und warf einen Blick in den Spiegel. Sie erschrak vor sich selbst. In unschöner Ergänzung zu ihren platt liegenden kurzen Haaren, die das Styling des Tages längst vergessen hatten, wirkte ihre ohnehin helle Haut im grellen Licht der Neonlampe wie die einer Leiche. Hoffentlich versprach sich Leander nicht zu viel von ihrem Profilfoto, das zugegebenermaßen aus einer Zeit vor Julian stammte, als sie noch keine Augenringe gehabt hatte.

Andererseits, wenn er sich ein Model erhoffte und sie nicht auch im Jogginganzug mögen würde, hätte er sie ohnehin nicht verdient.

»Magst du es gern, wenn du oben bist?«, fragte sie.

»Wie jetzt?«, gab Leander irritiert zurück.

Verdammt, fluchte Tessa innerlich. Ist das zu glauben? »Der Balkon. Ich meine, ob du gern weit oben bist. Ich lebe im achtzehnten Stock, und mir tut dieser Abstand zur Welt ganz gut.«

»Ich habe eine Terrasse. Balkonstuhl war nicht das richtige Wort, vielleicht hätte ich besser Terrassenstuhl sagen sollen.«

»Ach so.«

Erneutes Schweigen. Am liebsten würde sie sich jetzt tief in die Erde einbuddeln. Sicher hielt er sie nun für reichlich seltsam und wenig wortgewandt – zu Recht. Etwas halbwegs Intelligentes würde sie in diesem Gespräch wohl nicht mehr über die Lippen bringen.

Während sie fieberhaft Satzfetzen in ihrem Kopf durcheinanderwarf, sagte Leander – und sie hätte ihn dafür küssen können: »Es muss toll sein, so weit oben zu wohnen, mit dem Gefühl, nach den Wolken greifen zu können. Nachts würde ich versuchen, die Sterne vom Himmel zu pflücken. Tust du das auch manchmal?«

Sterne pflücken … Er hatte tatsächlich so verrückte Gedanken wie sie selbst.

»Ja«, sagte sie leise. Mehr brachte sie nicht heraus. Die Schmetterlinge in ihrem Bauch tanzten Samba. Wie schämte sie sich ansonsten für ihre Kindlichkeit, wenn sie die Hand nach einem besonders hellen Stern ausstreckte und dann zur Faust schloss, mit dem sicheren Gefühl, ihn gefangen zu haben. Sterne pflücken. Er fand das ganz normal.

»Tessa, ich kann dir von der Terrasse aus leider nur die Aussicht auf ein kümmerliches Rosenbeet und einen kleinen heruntergekommenen Anbau bieten. Aber es wäre für mich der Himmel auf Erden, wenn du mich besuchen kommen würdest.«

Sehr gern. Es lag ihr auf der Zunge. Lieber gleich als später. »Das wäre bestimmt schön«, hörte sie sich sagen. »Aber vielleicht sollten wir uns erst mal auf neutralem Boden zu einem Kaffee treffen.«

»Da ist sie wieder, meine Realistin.« Leander lachte. »Natürlich musst du dich nicht gleich in die Höhle des Löwen begeben. Was hältst du denn vom ›Sky Beach‹ in der Königstraße? Das ist mein Lieblingscafé.«

»Was für ein schöner Zufall! Meins auch.« In der Zeit, als sie noch als freie Journalistin gearbeitet hatte, hatte Tessa dort viele Stunden bei leisen Gitarrenklängen unter Palmen und Sonnenschirmen zugebracht und ihre Artikel getippt – die Zehen dabei in den aufgeschütteten Sand gestreckt. Mitten in Stuttgart, auf dem Dach des Parkhauses, und doch ganz weit weg. »Hm, ich weiß nur noch nicht, wann ich überhaupt Zeit finde. In der Redaktion ist die Hölle los – von wegen Saure-Gurken-Zeit. Zudem weiß ich noch nicht, wann es Julian besser geht, und selbst wenn, Julians Tagesoma hat sich in letzter Zeit so viel um ihn gekümmert, da will ich sie abends nicht auch noch einspannen. Sie ist nicht mehr die Jüngste, und ich weiß, dass sie abends gern ihre Ruhe hat.« Tessa merkte selbst, wie sie sich um Kopf und Kragen redete – jetzt, wo es ernst wurde. Denn genauso gut könnte sie Helen bitten, auf Julian aufzupassen, die freute sich sogar über solche gelegentlichen Dienste als Babysitter.

»Hast du Angst vor einem Treffen?«, fragte Leander.

»Hm«, machte sie. Ertappt. Und jetzt? Überspielen konnte sie ihre Bedenken nicht, zugeben wollte sie sie aber auch nicht.

»Was soll schon passieren?«, fragte er sanft. »Wir sind uns sympathisch, vielleicht sogar mehr als das. Ich glaube nicht, dass diese Sympathie durch eine Begegnung im realen Leben auf einmal verschwinden wird. Im Gegenteil. Aber ich bin auch ganz schön nervös, falls dir das ein bisschen hilft.«

»Eher nicht.« Tessa lächelte. »Wenn wir uns zum ersten Mal gegenüberstehen, entscheiden ohnehin die ersten Sekunden – zumindest ist das bei mir so.«

»Das beruhigt mich jetzt nicht wirklich.« Er sagte es mit einem leisen Lachen. »Nicht dass du noch davonläufst, bevor ich dir überhaupt Hallo sagen konnte. Was meinst du, wann sollen wir uns treffen? Morgen Abend? Du könntest ja vielleicht eine Freundin bitten, auf Julian aufzupassen? Vorausgesetzt natürlich, er ist wieder gesund.«

Ihr blieb für einen Augenblick die Luft weg. »Morgen Abend schon?«

»Also, in Anbetracht der momentanen Uhrzeit genau genommen heute Abend.«

In ihrem Kopf kribbelte es. Sie konnte kaum noch klar denken. *Heute Abend*. Perfekt. Eigentlich. »Ich muss erst eine Babysitterin für Julian finden, und er muss wirklich gesund sein.« Diese beiden Bedingungen hielten die Verabredung wie Notausgangstüren offen.

»Okay, dann morgen Abend. Ah, sorry. Heute Abend. Neunzehn Uhr?«

»Einverstanden. Morgen Abend, neunzehn Uhr im ›Sky Beach‹. Falls etwas dazwischenkommt, melde ich mich noch mal.« Wenigstens würde sie nun bald Gewissheit haben, ob sie sich in ein Hirngespinst verliebt hatte. »Ich glaube, ich versuche jetzt, doch noch ein bisschen die Augen zuzumachen. Nicht dass ich bei unserem Treffen einschlafe.« Innerlich hoffte sie, dass er ihre Zurückhaltung verstand. Gerade hatte sie das Gefühl gehabt, in die Enge getrieben zu werden, Fluchtgedanken, obwohl sie sich sehnlich in seine Nähe wünschte. Verrückte Welt. Verrückte Verliebtheit. Sie musste nachdenken.

»Ja, versuch, zu schlafen. Gute Nacht, Tessa. Träum was Schönes.«

»Du auch. Gute Nacht.«

Mit einem Lächeln auf den Lippen verließ sie das Bad. Julian schlief, und sie ging zu ihrem Bett.

Doch dann verharrte sie wie eingefroren mitten in der Bewegung, unfähig, einen Laut herauszubringen.

Philipp. Ihr Exmann saß einfach da, auf dem Besucherstuhl, in seinem Jogginganzug.

Ihr lief es heiß und kalt den Rücken runter. Die Lüftung im Bad musste seine Geräusche beim Betreten des Zimmers verschluckt haben. Und ihr Blick aus dem Bad heraus hatte nur das Bett ihres Sohnes, nicht aber die Tür und den Besucherstuhl erfasst.

Philipp schlug die Beine übereinander und lehnte sich zurück, als machte er einen Krankenbesuch und sei zum Plaudern hergekommen. »Wie geht's Julian?«

»Sag mal, spinnst du, mitten in der Nacht hier aufzutauchen? Weißt du überhaupt, wie spät es ist?«, zischte Tessa.

Philipp strich sich über seine nackten Handgelenke und sagte entschuldigend: »Leider nicht genau. Zwei oder drei Uhr vielleicht?«

»Verschwinde!«

Er erhob sich. Für einen kurzen Augenblick glaubte sie, tatsächlich gewonnen zu haben. Doch Philipp lenkte seine Schritte nicht an ihr vorbei, sondern langsam auf sie zu. »Mit wem hast du dich denn morgen um sieben im ›Sky Beach‹ verabredet? Hat *er* dir den Rosenstrauß in die Redaktion geschickt?« Philipp stand nur noch eine halbe Armlänge von ihr entfernt.

»Das geht dich gar nichts an.« Ihre Worte klangen wie ein Keuchen. »Verschwinde. Oder ich schreie.«

15

Ich habe es immer gewusst. Irgendwann würde es passieren.

Heute Abend ist mein Harlekin zum ersten Mal nicht zu mir gekommen. Oft habe ich überlegt, was ich tun würde, falls sich der Panzerriegel eines Tages nicht zur üblichen Uhrzeit bewegen und meine Verbindung zur Außenwelt abbrechen würde.

Ich habe mir vorgestellt, wie ich mit meinen Fäusten gegen die Stahltür trommle, heule und schreie, bis der Schmerz in meinen Händen den in meinem Inneren übertrifft. Danach, so dachte ich, würde ich mich langsam wieder beruhigen, mir tapfer sagen, es sei alles halb so schlimm und dass eine Verspätung schon mal vorkommen kann.

Obwohl das noch nie der Fall war.

Ich wollte Ruhe bewahren, um ihm zu beweisen, dass ich ein großes Mädchen bin, das nicht mehr wie ein kleines Kind nach seinen Eltern weint. Ich wollte mir aus dem Notvorrat ein Festmahl zubereiten. Früchteriegel mit Cerealien als Vorspeise, Früchteriegel mit Kirschen zum Hauptgang und Früchteriegel mit Schokolade zum Nachtisch. Dann wollte ich fernsehen, Computerspiele machen, am besten beides gleichzeitig, und seine Abwesenheit schamlos ausnutzen.

Ich habe die Situation so oft im Kopf durchgespielt, dass ich keine Panik mehr davor hatte, einen Abend lang ohne meinen Harlekin zu sein.

Jetzt ist dieser Abend gekommen, und alles ist anders. Kein Festmahl und auch kein Strom. Dafür eines: Angst.

Reglos sitze ich in der Dunkelheit auf meinem Hochbett und starre auf die Leuchtziffern der digitalen Armbanduhr, die ich vor ein paar Monaten von ihm zum Geburtstag geschenkt bekommen habe. Dreiundzwanzig Uhr dreizehn.

Seit drei Stunden und dreizehn Minuten sitze ich im Schneidersitz mit dem Rücken zur Tür. Seit drei Stunden und dreizehn Minuten hoffe ich vergeblich.

Jetzt verfluche ich diese Uhr, die ich mir doch so sehnlich

gewünscht habe. Sogar gebettelt habe ich darum, in Zeiten ohne Strom eine Orientierung zu haben, wann die Tür wieder aufgeht.

Mit einem weinerlichen Laut aus meiner Kehle schmettere ich die Uhr gegen die Betonwand und trample anschließend so lange darauf herum, bis sie in tausend Teile zersprungen ist.

Mein Harlekin hält ohnehin nichts von Uhren. Er sagt, Zeit sei relativ.

Ich weiß nicht genau, was er damit meint, aber als ich ihn einmal danach gefragt habe, hat er ziemlich barsch erklärt, dass für ihn die Uhren an einem heißen Julitag 1999 stehen geblieben sind. Zeit spiele seither keine Rolle mehr für ihn.

Das Leben sei für ihn erst weitergegangen, als ich als Baby zu ihm kam. Er sagt, er hätte die ersten fünf Jahre mit mir zusammen in diesem Reich gelebt, und ich hätte ihm den Rhythmus zurückgegeben. Er musste darauf achten, dass ich regelmäßig meine Mahlzeiten bekam, und wenn ich geschlafen habe, ist er kurz einkaufen gegangen.

Das Erste, woran ich mich erinnern kann, ist die Rotlichtlampe, unter der ich stundenlang ruhig liegen musste. Damit meine Knochen ordentlich wachsen, hat mein Harlekin gesagt. Trotzdem bin ich mit eins sechsunddreißig ziemlich klein geblieben. Vielleicht waren meine Eltern aber auch nicht besonders groß.

Dieser Gedanke kommt mir immer wieder in den Sinn, obwohl ich ihn mir verboten habe.

Einmal habe ich meinen Harlekin danach gefragt. Ob auch ich Mutter und Vater habe, so wie die Kinder im Fernsehen oder in meinen Büchern.

Seine Antwort war schmerzhaft gewesen, im doppelten Sinn.

Ich solle mir meine Eltern aus dem Kopf schlagen, denn er, der Harlekin, sei meine Mutter *und* mein Vater. Mein Ein und Alles.

Wie oft ich ihn trotzdem noch nach meinen Eltern gefragt habe, kann ich an den Knochenbrüchen abzählen, die ich mir in der jeweiligen Nacht geholt habe. Indem ich aus dem Bett gefallen bin. Wie das überhaupt passieren konnte, weiß ich nicht – nur dass mein Harlekin jedes Mal sofort zur Stelle war.

Irgendwann habe ich es aufgegeben, nach meinen Eltern zu fragen, weil ich verstand, dass ich mir damit nur selbst schade.

Seither ist mein Harlekin merklich entspannter und wieder freundlicher zu mir geworden. Er sagt, er würde mich lieben wie nichts anderes auf der Welt.

Das sollte er mir beweisen. Ich habe ihn mit meinen Wünschen auf die Probe gestellt, und tatsächlich habe ich letztes Jahr sogar das kleine Kätzchen bekommen, nach dem ich mich sehnte, damit ich nicht so viel allein bin. Ein kleines, echtes Kätzchen.

Anfangs war es ein merkwürdiges Gefühl, ein lebendiges Wesen in meiner Nähe zu haben, seine Wärme zu spüren, wenn es sich schnurrend auf meinen Schoß legte. Ich habe es geliebt, mich beim Schlafen in das Fell des Kätzchens zu kuscheln und seinem schnurrenden Atem zuzuhören.

Eines Morgens hat es nicht mehr geatmet. Ich lag neben dem toten Tier und habe geweint, bis mein Harlekin gekommen ist und es mitgenommen hat.

Er hat mir gesagt, es sei krank gewesen.

Auch ich bin krank. Ich muss viele Medikamente nehmen. Und wenn mein Harlekin mir meine Tabletten nicht heute und nicht morgen bringt, dann muss auch ich sterben.

16

Endlich wieder zu Hause, dachte Tessa.

Nur noch anderthalb Stunden bis zur Verabredung mit Leander. Erst gegen siebzehn Uhr war sie vom Schreibtisch weggekommen und hatte Julian bei Frau Rose abgeholt, wo er nach der Entlassung aus dem Krankenhaus einen anscheinend wirklich geruhsamen Tag verbracht hatte und wo es ebenfalls jede Menge Spielzeug für ihn gab. Frau Rose hielt sich lieber in ihrer eigenen Umgebung auf, sie fühlte sich vor allem in ihrer eigenen Küche wohler.

Tessa war das ganz lieb so, denn im Geiste sah sie die gute Frau Rose schon in allen ihren Schränken und Schubladen stöbern. Genau aus diesem Grund besaß Frau Rose auch keinen Zweitschlüssel zu ihrer Wohnung – den hatte Tessa wohlweislich bei Tom deponiert.

Julian war gleich ins Kinderzimmer gelaufen, als sei er wochenlang fort gewesen, und nun hatte er ihr die wichtige Mitteilung zu machen, dass alle seine Spielsachen tatsächlich noch da waren. Schmunzelnd erlaubte sie ihm, vor dem Schlafengehen noch ein bisschen zu spielen, und beobachtete ihn dabei vom Türrahmen aus.

Nach der Trennung von Philipp hatte sie sich anfangs kaum vorstellen können, allein zu leben, zwölf Jahre lang war ihr Zuhause untrennbar mit dem Wort »wir« verknüpft gewesen. Von einem Tag auf den anderen musste sie für sich selbst eine Stütze sein, obwohl ihr gefühlsmäßig eine Hälfte fehlte.

Fünfundzwanzig war sie gewesen, als sie Philipp bei einer Geburtstagsparty kennenlernte, kaum dass sie ihr eigenes Leben begonnen hatte. Als sie gerade erst im »Ich« angekommen war, wurde sie schon wieder zum »Wir«. Viel zu früh, wie Tessa heute fand. Mit knapp vierzig hatte sie das, was anderen schon viel früher gelungen war, erst noch lernen müssen: eigenständig leben.

Philipp. Mittlerweile löste allein der Name Angstzustände in ihr aus. Ihr stand wieder die Szene von gestern Nacht vor Augen, als er auf einmal im dunklen Krankenzimmer vor ihr gesessen hatte. Wenn sie doch nur in seinen Kopf hineinschauen und erfahren könnte, welche kranken Pläne in seinem Hirn vor sich hin gärten. Zu allem Überfluss hatte er auch noch mitbekommen, dass sie sich mit Leander treffen wollte.

Ihr Atem ging flacher, weil es sich so anfühlte, als würde Philipp seine Hände um ihren Hals legen und dabei langsam und beständig fester zudrücken. Nicht mal in ihrer eigenen Wohnung fühlte sie sich mehr sicher, obwohl es dazu eigentlich gar keinen Anlass gab. Es war nur ein Gefühl.

Julians Rufen holte sie aus ihren Gedanken. Er wollte ihr zeigen, was für einen hohen Turm er gebaut hatte. Ihr Sohn wirkte zwar noch etwas erschöpft, aber er hatte den Großteil des Tages auf dem Sofa von Frau Rose gelegen und geschlafen, und so langsam vertraute Tessa darauf, dass er seine Krankheit überstanden hatte – was auch immer die Ursache für das heftige Erbrechen gestern gewesen sein mochte. Einen gefährlichen Erreger konnte das Labor jedenfalls nicht nachweisen.

Während der Arbeit hatte sie sich ständig Sorgen um ihn gemacht und Frau Rose fast stündlich eine WhatsApp geschickt, weil sie die Befürchtung hegte, dass es Julian wieder schlechter gehen könnte und Frau Rose ihr aus falscher Rücksichtnahme nicht gleich Bescheid geben würde. Selten war es Tessa so schwergefallen, sich zu konzentrieren, und ausgerechnet heute war ihr auch noch die Aufgabe zugefallen, das Tagesthema für Seite zwei zu schreiben. Delegieren konnte sie das nicht, weil sie beim Fund der Leiche zugegen gewesen war und man ihr die besten Kontakte zur Kripo nachsagte, was ja auch stimmte.

Versonnen schaute sie ihrem Sohn zu, der mit seinem Bagger einen roten Papierschnipsel aufnahm und quer durchs Kinderzimmer transportierte.

Wie schön, dass es ihm besser ging. Wenn Julian krank war, fühlte sie sich selbst auch immer elend, so sehr litt sie mit ihm mit.

Nun konnte sie sich so langsam tatsächlich auf den Abend mit Leander freuen. Sie durfte sich nur nicht ausmalen, dass Philipp ebenfalls dort auftauchen könnte. Von dieser Angst beeinflussen lassen wollte sie sich nicht – sie versuchte es zumindest. Es kostete sie zunehmend Kraft, so als hätte er ihr, einer Marionette gleich, unsichtbare Fäden an Füße, Hände und Kopf geknotet, gegen deren Widerstand sie sich bewegen wollte – vergeblich, denn er lenkte das Geschehen. So weit war es schon gekommen.

Nach einer ausgiebigen Dusche entschied sie sich für ein knielanges, weich fließendes Kleid aus schwarzem Baumwollstoff und föhnte ihre kurzen Haare mit der Rundbürste zu einer ansehnlichen Frisur. Dazu trug sie halbhohe Pumps mit Plateausohlen, bequem und doch schick, ein schlichtes Armband und einen Anhänger in Tropfenform, der seit ihrer Ururgroßmutter an die Frauen in der Familie weitervererbt wurde.

Sie durchstreifte ihr Wohnzimmer, das für sie weit mehr war als nur eine Ansammlung von Couch, Sideboard, Fernseher und Bücherregal. Es war ein Ort des Verweilens, der Träume und der Entspannung. In jedem Winkel steckte ihre Persönlichkeit, angefangen beim Schränkchen, das sie im Shabby-Chic-Stil elfenbeinfarben gestrichen und dem Lack durch Risstechnik ein antikes Aussehen gegeben hatte, über die selbst gestalteten Fotocollagen an den Wänden bis hin zu den Schätzen vom Flohmarkt und dem einhundert Jahre alten Reisekoffer mit Holzstreben und Eisenbeschlägen, der als dekorative Fußablage vor dem leicht abgewetzten Ohrensessel lag, auf dem sie schon als Kind gern gesessen hatte.

Der Sessel war ein Dachbodenfund im Haus ihrer verstorbenen Großmutter gewesen. Ein Möbelstück, von dem sie gar nicht gewusst hatte, dass es noch existierte. Nun war es ihr Lese- und Nachdenksessel.

Sie mochte es, wenn die Dinge scheinbar Geschichten erzählen konnten. So wie die Beduinen am Lagerfeuer. Mit Kamelen durch die Wüste reiten – ihr großer Traum. Wüstenpflanzen standen auch in ihrer Wohnung, Kakteen an der großen Fensterfront und die Palme an der Balkontür, andere Grünpflanzen würden ihr nachlässiges Gießverhalten ohnehin nicht überleben. Das würde bei Frau Rose nicht vorkommen.

Die rüstige Dame müsste jeden Moment wieder klingeln. Sie hatte nur kurz bei sich in der Wohnung zu Abend essen wollen.

Tessa hatte ihr erzählt, dass sie noch einen dringenden geschäftlichen Termin wahrnehmen müsse. Sie wollte nichts von ihrem Date erzählen, doch sie war bei dieser kleinen Notlüge feuerrot geworden, und Frau Rose hatte sie sofort durchschaut.

Natürlich hatte sie ihr danach Rede und Antwort stehen müssen, und wie gewohnt kannte Frau Roses Neugierde keine Grenzen. Sie war im Gegensatz zu Helen allerdings erstaunlich aufgeschlossen, was diese Internetbekanntschaft betraf, und letzten Endes war Tessa sogar froh, dass Frau Rose nun den Namen des Mannes kannte, mit dem sie sich traf. So fühlte sie sich darin bestärkt, dass dieses Treffen gut ausgehen würde – und dass sie vor allem auch mal ihr eigenes Vergnügen vor ihre Mutterpflichten stellen durfte, auch wenn das schlechte Gewissen blieb.

Nicht mal eine Stunde hatte sie heute mit ihrem Sohn verbracht. Ja, natürlich, Julian ging in einen tollen Kindergarten, und ja, er verbrachte wunderbare Nachmittage mit Frau Rose. Alles war bestens organisiert, damit sie arbeiten und nicht ihrem eigenen Kind beim Aufwachsen zusehen konnte. Ein zynischer Gedanke. Aber durfte sie neben ihrer Arbeit und der Kindererziehung nicht trotzdem auch ein Privatleben haben?

Wie schnell die ersten Jahre vergangen waren, wie viel Zeit mit ihm hatte sie schon verpasst …

Normalerweise wurde sie nicht so schnell sentimental, nun allerdings sammelten sich Tränen in ihren Augen. Nur wie sollte sie ihre Situation ändern? Einen reichen Mann heiraten? Mit finanziellen Einbußen im Job kürzertreten? Das konnte sie sich kaum leisten. Wieder zurück in die Selbstständigkeit? Als freie Journalistin auf Auftragssuche und nicht wissen, ob das Geld nach Abzug der notwendigen Lebenshaltungskosten noch reichte, die Krankenversicherung zu bezahlen? Diese immer wiederkehrenden Existenzängste wollte sie nicht mehr haben. Sie hatte eine abwechslungsreiche und selten gut bezahlte Arbeit, die sie forderte und die ihr meistens auch jede Menge Spaß machte – für die sie jedoch einen hohen Preis bezahlte.

Noch knapp drei Jahre, dann würde Julian ein Schulkind sein, und wenn sie sich das nächste Mal umschaute, schon ein Teenager. Jetzt war die Zeit, in der er seine Mutter am meisten brauchte – und sie war meistens nicht für ihn da. Wenn sie sich dann noch vorstellte, ihm könne etwas passieren …

Der Tränenschleier verdichtete sich, halb blind tastete sie sich an das Stehregal neben Julians Bett heran, wo die Taschentücher lagen, und putzte sich geräuschvoll die Nase.

»Du muss nich weinen, Mama. Da schau, ein Deschenk für dich.«

Peinlich berührt, dass Julian ihren Kummer mitbekommen hatte, trocknete sie ihre Tränen und setzte ein tapferes Lächeln auf. »Das freut mich aber. Was ist denn das?« Sie ging in die Hocke und nahm das Geschenk entgegen. Was sie für einen roten Papierschnipsel gehalten hatte, war jedoch etwas anderes: ein Rosenblatt.

»Wie kommt das denn hier ins Zimmer?«

Seit ihr Exmann seine Vorliebe für Rosen entdeckt hatte, kamen ihr solche Blumen nicht mehr in die Wohnung. Vielleicht hatte es einer von ihnen an der Schuhsohle hereingetragen? Oder Julian hatte das Rosenblatt draußen gefunden und in der Hosentasche gehabt.

»Noch mehr!«, rief Julian freudestrahlend und deutete auf eine leicht versteckte Stelle zwischen dem Stehregal und dem Heck seines Bettes, das der Form eines Schiffs nachempfunden war, die Reling diente gleichzeitig als Rausfallschutz, und hinter dem Bugsegel konnte er sich verstecken und mit dem Steuerrad spielen, wenn er nicht einschlafen konnte.

Tatsächlich. Da lagen noch fünf oder sechs weitere Rosenblätter. Als Tessa sie aufhob, beschlich sie ein unangenehmes Gefühl, aber sie wollte weiter an einen harmlosen Ursprung ihres Fundes glauben. Dann sah sie an der Stelle, wo die Piratenbettwäsche das weiße Laken freigab, ein weiteres Rosenblatt liegen.

Das war ein schlechter Scherz – es *musste* ein schlechter Scherz sein. Einer inneren Eingebung folgend riss sie die ordentlich zusammengelegte Bettdecke beiseite und wirbelte dabei unzählige Rosenblätter auf.

Ein rotes Blütenmeer. Auf dem weißen Laken ihres Sohnes.

17

»Leander? Ich bin's, Tessa.«

»Oh, hallo Tessa. Ich bin schon da, zu Hause habe ich es vor Nervosität nicht ausgehalten. Verspätest du dich?«

»Nein, ich … ich kann gar nicht kommen. Es tut mir leid.« Es fiel ihr so schwer, ihm abzusagen.

»Das ist aber schade. Dann morgen vielleicht? Selbe Zeit, selber Ort?«

»Ich … das weiß ich noch nicht.«

»Geht es Julian wieder schlechter?«

Das wäre der Moment, einfach mit Ja zu antworten, aber sie konnte Leander nicht anlügen.

»Nein, es geht ihm gut. Es ist …« Sie hielt inne. Andererseits, was sollte Leander mit der Wahrheit anfangen? Mit ihren Ängsten wollte sie den Beginn einer möglichen Beziehung nicht belasten. Das waren ihre Probleme. »Die Babysitterin hat gerade abgesagt, und ich finde so schnell keinen Ersatz.« Wie fadenscheinig, das hätte sie sich besser überlegen müssen.

Stille in der Leitung. Natürlich merkte er, dass etwas nicht stimmte.

»Okay …«, sagte er gedehnt und überlegte wohl, ob er nachfragen sollte.

Dem kam sie zuvor. »Ich melde mich bei dir, okay?«

»Ja gut, bis dann.«

Sein emotionsloser Gruß gab ihr einen Stich ins Herz. Er musste glauben, dass sie sich die Sache mit ihm anders überlegt hatte.

»Leander, es hat nichts mit dir zu tun.«

»Schon okay. Mach dir keinen Kopf.«

»Leander …«

Er hatte aufgelegt.

18

»Geh noch nicht, Tom. Bitte.«

Es war bereits nach zweiundzwanzig Uhr. Über drei Stunden waren vergangen, seit sie hektisch die Rosenblätter eingesammelt hatte. Anschließend hatte sie mehrmals im Kleiderschrank nachgesehen, ob sich wirklich kein Fremder in Julians Kinderzimmer versteckt hielt, und Tom musste vorbeikommen und die übrigen Wohnräume kontrollieren.

Julian hatte sich dabei kaputtgelacht, weil er es für ein lustiges Suchspiel hielt, und wahrscheinlich hatten sie tatsächlich ziemlich lächerliche Figuren abgegeben. Immerhin konnte sie dadurch ihre Beunruhigung vor Julian verbergen, und er hatte nach einer Gute-Nacht-Geschichte bald in den Schlaf gefunden.

»Okay, ich bleibe noch ein bisschen hier«, sagte Tom und setzte sich zurück aufs Sofa. »Aber irgendwann muss ich rüber. Ich brauche eine Mütze voll Schlaf.« Er sah ihren verschreckten Gesichtsausdruck. Tessa hatte ihm mit den Worten »Der Mädchenmörder war hier und hat es auf Julian abgesehen« die Tür geöffnet, überzeugt, dass ihr Sohn das nächste Opfer werden sollte, und sie war immer noch ganz durcheinander. »Ich bin nach wie vor der Meinung, dass dein Ex sich einen ganz blöden Scherz erlaubt hat. Sein Ziel ist es, dir Angst zu machen, und genau das gelingt ihm gerade.«

Tessa senkte ihren Blick auf ihre Hände. Ihre Finger zitterten. »Erwartest du, dass ich ruhig bleibe, wenn sich eine Bedrohung so offensichtlich gegen meinen Sohn richtet? Das ist doch jetzt kein dummer Zufall. Das tote Mädchen aus dem Neckar wurde in ein weißes Laken mit Rosenblättern gewickelt – deutlicher kann die Warnung doch nicht sein. Julians Leben ist in Gefahr! Du redest immer von meinem Exmann. Was macht dich so sicher? Gut, ich dachte das zuerst auch, er ruft mich an, stellt mir nach, hat mir auch schon mal einen Rosenstrauß geschickt, aber immerhin ist Julian sein Sohn, und ich traue ihm nicht zu, dass er ihm etwas antun würde.«

»Philipp hat nie eine richtige Bindung zu Julian entwickelt, und letztlich traue ich ihm einiges zu, wenn es darum geht, sich für die Trennung an dir zu rächen. Außerdem bleibt nach bisherigem Kenntnisstand nicht viel Auswahl. Ich konnte keinerlei Einbruchsspuren feststellen, und einen Zweitschlüssel habe nur ich. Philipp weiß als ehemaliger Polizeibeamter aber bestimmt noch, wie man eine Tür aufbekommt und keine Spuren hinterlässt. Das Schloss sollten wir morgen trotzdem zur Sicherheit austauschen.«

»Aber wie soll er es denn überhaupt gewesen sein, er liegt im Krankenhaus!«

»Mag sein, aber das heißt nicht, dass er die ganze Zeit dort war. Wir müssen versuchen, den Zeitraum einzugrenzen, in dem er hier gewesen sein könnte. Er ist vorgestern Mittag operiert worden, sagst du?«

»Ja.«

»An dem Tag wird er kaum zu irgendwas in der Lage gewesen sein, und da warst du mit Julian ja auch noch hier und alles in Ordnung. Gestern früh bist du dann zur Arbeit und Julian in den Kindergarten, von wo Frau Rose ihn zunächst mit zu sich in die Wohnung nahm und ihn später ins Krankenhaus brachte.«

»Und ich war gestern Abend zuletzt hier, um ein paar Sachen für Julian und mich für die Nacht im Krankenhaus zu holen.«

»Und da ist dir nichts Ungewöhnliches aufgefallen?«

»Nein. Aber wenn ich ganz ehrlich bin, war ich auch so im Stress, dass mir zwei, drei herumliegende Rosenblätter gar nicht aufgefallen wären. Ich war in Gedanken bei Julian und wollte so schnell wie möglich wieder zu ihm zurück.«

»Wann hast du zuletzt sein Bett gemacht?«

»Das war am gleichen Tag, allerdings natürlich früh am Morgen. Julian hat mit Frau Rose das Badezimmer unter Wasser gesetzt, und sie hat ihn umgezogen. Wir haben die Wohnung gemeinsam verlassen. Also muss es irgendwann danach passiert sein, gestern oder heute.«

»Im Grunde braucht es nicht viel Wissen, um eine Tür aufzubekommen, das notwendige Werkzeug, damit es spurlos vonstattengeht, kann man sich ganz einfach über einen der gängigen

Internet-Versandhändler bestellen. Schlagschlüssel und so. Komplette Zubehörsets gibt es da. Mit Anleitungsheft.«

»Ernsthaft? Ich dachte, an solche Sachen käme man nur in Einbrecherkreisen ran.«

»Nein. Man mag nicht glauben, wie leicht es im Grunde ist, in eine fremde Wohnung hineinzuspazieren. Dass Philipp im Krankenhaus lag, muss nicht mal ein Hindernis gewesen sein, womöglich hat er das bewusst als Alibi genutzt und einen Komplizen geschickt, der in dieser Zeit in deine Wohnung eingedrungen ist.«

»Philipp ist nicht der Typ, der sich für seinen Rachefeldzug einen Komplizen sucht. Das erledigt er schon allein. Diese zweifelhafte Ehre, mich persönlich fertigzumachen, lässt er sich bestimmt nicht nehmen.« Tessa fröstelte trotz der Hitze. »Ich werde das Schloss austauschen und so einen Sicherheitsriegel anbringen lassen und … ach, am liebsten würde ich mich irgendwo verkriechen. Egal, wer das nun war, Philipp oder ein Unbekannter – Tatsache ist, dass jemand in meiner Wohnung war und mir eine Warnung hinterlassen hat. Derjenige ist hier drin rumgeschlichen, hat sich womöglich alles angesehen. Meinem Sohn darf nichts passieren. Hast du gehört?«

»Schscht«, machte Tom und legte seinen Arm um ihre Schulter. »Es wird ihm nichts geschehen. Im Moment kann ich nur leider nicht viel tun. Wir haben keine Beweise gegen Philipp oder sonst wen. Es bleibt uns nur, den Vorfall aktenkundig zu machen.«

Sie richtete sich abrupt auf. »Willst du damit sagen, es muss erst noch mehr passieren?«

Tom zog sie sanft zurück in seinen Arm. »Ich werde auf jeden Fall den Zylinder im Türschloss und die Druckerschrift auf diesen Harlekin-Karten untersuchen lassen.«

»Und was soll das bringen?«

»Jeder Drucker hinterlässt seinen ganz spezifischen Abdruck. Das ist fast so wie eine DNA. Und wenn sich die Verdachtsmomente gegen Philipp häufen und wir womöglich bei einer Hausdurchsuchung einen solchen Drucker in seiner Wohnung finden, stellt der ein ziemlich sicheres Beweismittel dar. Bis dahin ist es wichtig, Ruhe zu bewahren und aufmerksam zu bleiben. Vor allem solltest du genügend Schlaf bekommen.«

»Tom, ich … ich kann jetzt nicht allein sein.«

»Du meinst, ich soll bleiben, die ganze Nacht?«

»In meiner Nähe, ja. Ich mache kein Auge zu, wenn du nicht im gleichen Raum bist wie ich.«

Toms Blick wanderte in Richtung ihres Schlafzimmers und wieder zu ihr zurück. Dabei legte er die Stirn in Falten, und sie ahnte, worüber er nachdachte: Wie gefährlich würde ihnen diese Nacht, die sie gemeinsam in einem Bett verbrachten, werden?

»Wir könnten ja beide auf der Couch schlafen«, schlug sie vor. »Ich meine, breit genug ist sie, und das wäre dann vielleicht weniger …« Jetzt fehlten ihr die Worte.

»Weniger verfänglich als das Bett?«, half Tom aus. »Vielleicht«, schob er nachdenklich hinterher.

19

Vollständig bekleidet und damit für diese Sommernacht viel zu warm angezogen, lagen sie nebeneinander auf der Couch. Tessa horchte auf das Ticken der Uhr und schaute in die Dunkelheit. Toms Gesicht lag nahe an ihrem, sie teilten sich ein Kopfkissen, weil sie kein zweites besaß.

Im Mondlicht konnte sie seine geöffneten Augen erkennen. »Kannst du auch nicht schlafen?«, flüsterte sie.

»Nein, mir ist zu warm, ehrlich gesagt. Und du, hast du Angst?«

»Es geht. Mir ist auch zu warm.«

»Wollen wir uns dann vielleicht doch ausziehen?«

»Hm«, machte sie. Tom war ein sehr guter Freund, und solche Freundschaften setzte man nicht wegen irgendwelcher sich bietender Gelegenheiten aufs Spiel. Doch wenn sie ehrlich war, ging es um mehr. Sobald sie durch Intimitäten den Mantel der Freundschaft ablegten, kämen darunter bislang gut verhüllte Gefühle zum Vorschein – und vor dieser Entdeckung, Offenbarung und Veränderung hatte sie Angst. Tom erging es nicht anders, das wusste sie.

Außerdem war da noch Leander, der zwar noch keinen festen Platz in ihrem Herzen erobert hatte so wie Tom, aber es gab diese Schmetterlinge in ihrem Bauch, die Leander dort freigelassen hatte. Als wäre die Liebe nicht schon kompliziert genug.

Dennoch, im Schutz des Halbdunkels zogen sie sich aus, und das, was Tessa aus dem Augenwinkel sah, gefiel ihr. Im letzten Jahr hatte Tom rund zehn Kilo abgenommen, sein »Feinkostgewölbe«, wie er es immer genannt hatte, war nun auf einen netten Bauchansatz reduziert. Er hatte längst nicht so einen Modelkörper wie ihr Exmann, aber das machte ihn nicht weniger attraktiv. Toms Körper war nicht perfekt, und genau deshalb fühlte sich Tessa so wohl in seiner Nähe – weil auch sie nicht perfekt sein musste.

Nur noch mit Unterwäsche bekleidet, schlüpften sie wieder

unter die Decke. Tessa legte sich seitlich, sodass sie die Couchlehne im Rücken spürte. Tom rückte nahe an sie heran, doch er war sehr darauf bedacht, ihre nackte Haut nicht zu berühren.

Herrje, so unattraktiv bin ich nun auch wieder nicht, dachte sie unwillkürlich und schaute ihn an.

Auch Tom suchte ihren Blick, wie um in ihren Augen zu lesen, was jetzt das Richtige war. Aber das hier war wohl eine jener Situationen, in denen ein Mann nie das Richtige tun konnte – ganz gleich, was er tat.

Wieder lag da diese Wärme in seinem Blick. Und Tessa spürte zum ersten Mal, dass sie diese Wärme auch zurückgeben konnte. Sie waren sich so vertraut geworden.

Kein Wunder, könnte man meinen, wenn man fast Tür an Tür wohnte, aber die Verbundenheit zwischen ihnen bemaß sich nicht an der kurzen Distanz über den Flur, sondern an der Nähe ihrer Seelen.

Er hielt ihren Blick fest, und es war ein magischer Moment, in dem sie sich ohne Worte unterhielten. Während dieser stummen Zwiesprache gestanden sie sich ein, dass da mehr war als reine Freundschaft.

Doch was sollte, was konnte daraus werden? Eine Liebe, die ihr Leben unweigerlich auf den Kopf stellen würde – oder auf gemeinsame Beine, die manches sicher auch einfacher machen würden. Während sie auch das Positive sah, erkannte sie in Toms Augen nur Zweifel.

Ein knacksendes Geräusch im Flur ließ Tessa zusammenzucken. Nachdem sie geraume Zeit die Luft angehalten hatte, fragte sie leise: »Was war das?«

»Nichts Ungewöhnliches.«

»Bist du sicher?«

Tom tastete nach ihrer Hand. »Ganz sicher. Holz arbeitet bei solchen Temperaturen.«

»Oje, ich fürchte, ich bin komplett durch den Wind.«

Langsam streichelte Tom an ihren Fingern entlang, an jedem einzelnen. »Verständlich.«

Sie grub ihren Kopf tiefer in die Kissenmulde und seufzte. »Zuerst die Harlekin-Karten, dann die Rosenblätter …«

»Wir müssen wachsam sein und gut auf deinen Sohn aufpassen, aber mehr können wir im Moment wirklich nicht tun.«

Tessa stützte sich auf ihre Ellenbogen. »Mehr können wir nicht tun, oh, wie ich diesen Satz hasse! Muss denn wirklich immer erst was passieren? Tom, warum lagen diese Rosenblätter auf Julians Bettlaken? Was, wenn das kein Scherz ist? Warum musste das Mädchen sterben? Wie viel wisst ihr mittlerweile?«

Tom hörte auf, ihre Finger zu streicheln, und ließ seine Hand auf ihrer ruhen. »Das sind ganz schön viele Fragen«, sagte er, und sie ahnte, was ihn davon abhielt, ihr zu antworten.

»Ich habe keinen Bleistift, siehst du?« Sie hob ihre Hand. »Und morgen rufe ich brav bei eurer Pressestelle an. Ich schreibe nur, was die mir sagen, versprochen. Aber ich muss es wissen, verstehst du? Privat, nicht als Journalistin.«

Tom stützte sich ebenfalls auf seinen Ellenbogen, sodass sie in spiegelbildlicher Haltung zueinander lagen, und nickte ergeben. »Okay. Also, wir haben die DNA des Mädchens inzwischen mit der Vermisstendatenbank abgeglichen.« Warum sagte er das mit so einem gleichgültigen Unterton?

»Aber das ist doch perfekt! Und, wie lautet das Ergebnis?«

»Nichts.«

»Wie nichts?«

Tom schüttelte den Kopf. »Nichts. Auch international nichts. Die DNA führt uns nicht zur Identität des Mädchens, weil es offenbar von niemandem vermisst wird.«

»Das gibt's doch gar nicht. Die Veröffentlichung des Fotos hat euch auch nichts Stichhaltiges erbracht?«

»Einigen Hinweisen müssen wir noch nachgehen, aber eine heiße Spur ist bislang nicht darunter. Wichtigtuer, Trittbrettfahrer, Hellseher. Wir hatten die Hoffnung, dass sich ein Arzt daran erinnert, dieses Mädchen behandelt zu haben, was er uns angesichts dieser Straftat unter richterlicher Entbindung von seiner Schweigepflicht ja auch hätte mitteilen dürfen. Aber auch hier Fehlanzeige. Es ist, als hätte das Mädchen in seinem Leben keine einzige Spur hinterlassen.«

»Was ist, wenn es schon als Baby entführt und dann gefangen gehalten wurde?«

»Auch dann hätten wir sie in der Vermisstenkartei finden müssen, weil die DNA an einem Schnuller oder an einem benutzten Fläschchen sichergestellt worden wäre.«

»Wie kann das denn bloß sein?« Tessa hielt nichts mehr im Liegen, sie setzte sich auf. Tom tat es ihr nach und überließ ihr den größten Teil der Zudecke, damit sie ihren halb nackten Oberkörper bedecken konnte.

»Ach Tessa, wenn wir das nur wüssten. Übrigens, der Plastik-Schirmständer, den der Täter verwendet hat, um die Leiche zu beschweren, wird von einer niederländischen Firma unter der Typenbezeichnung TFU 70 hergestellt und europaweit an Großhändler vertrieben, darunter an sämtliche Baumärkte, also ein absolut gängiges Modell – das bringt uns auch nicht weiter.«

»Und was sagt die Rechtsmedizin?«

Tom schwieg einen Moment, dann sagte er: »Professor Wittenbrinck hat an dem Mädchen die zeitlich längste Obduktion in der Geschichte der Tübinger Rechtsmedizin vollzogen. Genau so lang ist die Liste der Verletzungen und Misshandlungen, die das Mädchen in ihrem kurzen Leben davongetragen hat.«

»Tom … das ist alles so schrecklich.«

»Meinst du, du kommst trotzdem zur Ruhe? Wir müssen schlafen, ich bin total überarbeitet.«

Tessa zuckte mit den Schultern. Wenn nur irgendjemand dieses Gedankenkarussell in ihrem Kopf anhalten könnte.

Tom hauchte ihr einen Kuss auf die Stirn. »Ich bin bei dir.«

Seine Lippen auf ihrer Haut, so nah waren sie sich noch nie gekommen. Wie gern würde sie sich fallen lassen und das wunderschöne Gefühl noch länger genießen, sich an Toms starker Sanftheit ausruhen.

Tessa umschlang ihre Knie. »Tom, bitte. Ich bekomme kein Auge zu, wenn du jetzt schweigst. Da ist doch noch mehr.«

Tom gab keine Antwort, lange nicht. Er blieb allerdings in seiner Sitzposition, und sie nahm das als Zeichen, dass er darüber nachdachte, was er ihr sagen konnte und wollte.

Irgendwann gab sie es auf, ihn anzustarren, und schaute stattdessen zum großen Wohnzimmerfenster hinaus auf die blinkenden Lichter einer Passagiermaschine, die als eine der letzten vor dem Nachtflugverbot zum Landeanflug auf den nahen Stuttgarter Flughafen ansetzte. Demnach musste es noch vor halb zwölf sein. Tom hatte schon recht, es war an der Zeit, zur Ruhe zu kommen – nur wie?

Gerade als sie ihm schweren Herzens beipflichten und das Gespräch auf den nächsten Morgen verschieben wollte, fing er an zu reden, und am Ende war ihr klar, dass sie besser ohne dieses Detailwissen gelebt hätte.

»Das Mädchen war organisch vollkommen gesund, auch wenn sie nur sechsundzwanzig Kilo wog und viel zu dünn und klein war für ihr Alter, gerade mal eins sechsunddreißig. Aber damit hätte sie gut leben und ein unbeschwerter und fröhlicher Teenager sein können. Sie muss hübsch gewesen sein. Sie hatte eine makellose Gesichtshaut, wunderschöne lange dunkle Haare und gepflegte Zähne. Bemerkenswert ist, dass es tatsächlich keinen nachweisbaren sexuellen Missbrauch gab. Wittenbrinck konnte keinerlei Spermaspuren finden, und das Mädchen war bis zu ihrem Tod definitiv noch Jungfrau.«

Tessa verhielt sich still, obwohl Tom nichts mehr sagte. Hinter seiner Stirn arbeitete es, und sie ahnte, dass noch etwas nachkommen würde.

»Weißt du, Tessa, ich denke die ganze Zeit darüber nach, was ich dir angesichts deiner Angst um Julian sagen kann – und was ich besser für mich behalte, weil es dich nur verstören würde. Allerdings wird es morgen sowieso an die Öffentlichkeit gelangen, also sage ich es dir lieber selbst: Was das Mädchen zeit seines Lebens an Qualen durchlitten haben muss, ist kaum zu ermessen. Die Röntgenbilder zeigen unfachmännisch behandelte Knochenbrüche, fünfzehn Stück an der Zahl, die ihr wohl seit frühester Kindheit zugefügt wurden. Und auch äußerlich ist abgesehen von ihrem Gesicht kaum ein Millimeter ihres Körpers unversehrt geblieben.« Tom machte eine kurze Pause und atmete tief durch. »Wittenbrinck zählte exakt einhundertneunundsiebzig Narben, teils chronisch entzündet. Kleine Wunden, kreisrund wie von Zigarettenkippen, die auf ihrer Haut ausgedrückt wurden. Dagegen sind die Vernarbungen an den Pulsadern, die auf einen Suizidversuch hindeuten, fast schon als unauffällig zu bezeichnen. Ganz anders das Blumenkohlohr, das Professor Wittenbrinck nicht auf eine genetische Veranlagung zurückführt, sondern als weiteres Zeichen schwerster Misshandlung deutet.«

Tessa hatte atemlos zugehört und Mühe, ihre Sprache wiederzufinden. »Mein Gott. Und an diesen Misshandlungen ist sie schlussendlich gestorben?«

»Nein. Sie starb an einer Überdosis Schmerzmittel. Einem eigentlich harmlosen Schmerzmittel, um genau zu sein. Von der Sorte, die man in jeder Apotheke rezeptfrei bekommt.«

Fassungslose Trauer überwältigte Tessa. Sie hatte als Todesursache einen Höhepunkt im Martyrium dieses Mädchens erwartet, der alle bisherigen Qualen in den Schatten stellte. Dass die Kleine letztlich an einer Überdosis Schmerztabletten gestorben war, glich einer besonders grausamen Ironie des Schicksals.

»Wer hat das getan? Meinst du, das waren die Eltern? Es gibt doch so kranke Menschen, die ihr eigenes Kind wie ein Tier in einen Käfig sperren und misshandeln, bis es –«

»Das wäre eine Möglichkeit. Und eine Erklärung, warum das Mädchen nicht vermisst gemeldet wurde. Dagegen spricht jedoch das Täterverhalten. Die Eltern würden das Kind irgendwo im Wald verscharren, vielleicht sogar im eigenen Garten, um keine Aufmerksamkeit auf sich zu lenken. Weil sie sich ihrer Schuld durchaus bewusst sind. Anders als unser Täter. Er will diese Aufmerksamkeit. Wir sollten die Leiche finden, und das möglichst schnell. Wittenbrinck zufolge hat das Mädchen keine vierundzwanzig Stunden im Wasser gelegen. Es hatte sich lediglich die für Wasserleichen typische Waschhaut gebildet, die bei Wassertemperaturen um die zwanzig Grad, wie wir sie momentan haben, schon nach wenigen Stunden auftritt. Die Oberhaut löst sich unter diesen Bedingungen erst nach Tagen ab, ebenso die Haare. Und dann sind da noch die Ergebnisse, die uns das Enten-FBI mitgeteilt hat.«

»Die Jungs von der Wasserschutzpolizei?«

»Ja. Sie kennen die Fließgeschwindigkeit des Neckars, die Strömungsverhältnisse und die Schleusenbewegungen. Ihre Berechnungen sind so brisant, dass selbst mir kurz der Atem stockte.« Auch jetzt holte er noch einmal tief Luft. »Die Leiche wurde an ziemlich exakt derselben Stelle ins Wasser geworfen wie bei dem Mord vor sechzehn Jahren.«

»Entschuldige, aber warum soll das so brisant sein? Ist doch logisch, dass der Nachahmungstäter vieles gleich macht.«

»Richtig. Allerdings wurde diese Information niemals veröffentlicht.« Er ließ ihr einen Moment Zeit, die Tragweite seiner Aussage zu ermessen.

»Dann handelt es sich um Täterwissen. Es könnte jemand aus dem Umfeld des Mörders der Sechsjährigen sein, vielleicht ein Komplize oder ein Mithäftling, der jetzt wieder auf freiem Fuß ist. Das lässt sich doch bestimmt ermitteln. So kommt ihr ihm auf die Spur.«

»Um herauszufinden, warum unser Täter den Sonnenschirmständer-Mord nachahmt, müssen wir allerdings mindestens sechzehn Jahre in die Vergangenheit zurückreisen. Das Täterwissen hat zudem jeder, der damals mit den Ermittlungen befasst war. Wenn einer aus unseren Reihen nun krank im Kopf geworden ist … auch so etwas müssen wir in Betracht ziehen.« Tom machte eine kurze Pause, dann sprach er mit Bedacht weiter. »Jemand scheint uns beschäftigen, uns eine Lektion erteilen zu wollen. Womöglich aus Rache, weil derjenige wegen seiner Alkoholerkrankung nicht mal mehr im Innendienst arbeiten kann. Jemand, der heute allein dasteht, damals aber …«

»… Zugang zu den Akten hatte. So wie mein Exmann.« Tessa wurde übel, kaum dass sie diese Schlussfolgerung gezogen hatte.

20

Was für ein Glück, mein Harlekin ist wieder da. Ich dachte schon, ich würde sterben müssen. Achtundvierzig Stunden hat er mich allein gelassen, aber heute ist alles wie immer. Alles ist gut.

Wir sitzen uns auf Klappstühlen am Campingtisch gegenüber und essen. Es gibt Gulasch mit Reis aus der Plastikschale.

Mein Harlekin sieht heute ziemlich traurig aus. Ich kann das zwar wegen der Maske nicht richtig beurteilen, doch seit er um Punkt zwanzig Uhr den Raum betreten hat, hält er den Blick gesenkt. Habe ich etwas falsch gemacht?

Eigentlich wollte ich ihm gestehen, dass ich meine Uhr kaputt getreten habe, aber das traue ich mich nun angesichts seiner Stimmung nicht mehr.

Oder ist er krank? Sein Gesicht rund um die Maske erscheint mir fülliger als sonst, es wirkt so … wie sagt man dazu? Angedunsen heißt das, glaube ich. Manchmal fehlen mir die Worte, weil ich sie im Fernsehen zu lange nicht gehört habe und sie in meinen Büchern nicht vorkommen.

Ich will meinen Harlekin nicht darauf ansprechen. Ich habe Angst, er könnte mir sagen, dass er wirklich krank ist – oder noch schlimmer, dass ich ihn krankgemacht habe, weil ich ihm so viel Kummer bereite.

»Schmeckt dir das Essen?«, fragt mich mein Harlekin.

»Ja«, sage ich, und es ist die Wahrheit. Er kann wirklich gut kochen.

»Du hast aber kaum etwas von dem Gulasch gegessen.«

Seine Enttäuschung zieht mir bis ins Herz.

»Es tut mir leid, ich kann nicht mehr.« Er gibt mir immer zu viel auf den Teller, doch wenn ich ihm das sage, will er es nicht hören.

Wortlos zieht er meine Plastikschale zu sich und isst meine Portion auf. Seine traurigen Augen kann ich dabei kaum ertragen. Ich überlege, wie ich ihn etwas aufheitern könnte, und mir kommt eine Idee.

»Ich habe Magenschmerzen«, sage ich. Dieses Mal lüge ich.

»Ach je.« Mein Harlekin legt sofort die Gabel beiseite und springt regelrecht vom Tisch auf. »Warum sagst du das denn nicht gleich?« Er kramt im mitgebrachten Picknickkorb und sucht aus verschiedenen Tablettenpackungen eine aus. Er reicht mir eine längliche Pille. »Nimm sie zusammen mit der Tablette für dein krankes Herz.«

Ich greife nach meinem Plastikbecher, in dem sich das Erdbeergetränk befindet, von dem ich immer Durchfall bekomme. Damit es mit dem Schlucken klappt, schaue ich fest in die Augen meines Harlekins.

Von der blassrosa Pille werde ich tatsächlich Magenschmerzen bekommen, das weiß ich aus Erfahrung. Doch was sind meine Schmerzen dagegen, meinen Harlekin unglücklich zu sehen? Er meint es doch nur gut mit mir.

Wenn ich lieb bin und alles tue, was er sagt, darf ich Anfang September in die Schule gehen. Er hat es mir versprochen. Jedes Jahr, seit ich sechs Jahre alt war. Doch dann durfte ich wieder nicht, weil ich unartig war. Dieses Jahr wird es klappen, weil ich alles daransetzen werde, brav zu sein.

Nachdem mein Harlekin das Geschirr ordentlich im Korb gestapelt und mit dem Tischtuch bedeckt hat, wendet er sich mir wieder zu.

»Zieh dich bitte aus. Wir müssen deine Wunden heute noch mit Salbe versorgen.«

Als ich in Unterwäsche vor ihm stehe, verschränke ich die Arme vor meinen Brüsten. Ich schäme mich dafür, langsam unübersehbar zur Frau zu werden. Aus Filmen weiß ich, dass Mann und Frau Dinge miteinander tun, wenn sie sich gernhaben, die ich mit meinem Harlekin aber nicht machen möchte – dabei habe ich ihn gern.

Ihn scheint es jedoch nicht zu interessieren, dass mein Körper weiblicher wird. Vielleicht wird das noch anders, wenn ich irgendwann diese Blutung bekommen habe, nach der er mich gelegentlich fragt.

Ich habe sie noch nicht, obwohl mein Harlekin sagt, dass es mit meinen knapp fünfzehn Jahren längst so weit sein müsste.

Er meint, dass ich bald eine Medizin einnehmen soll, damit alles auf den Weg kommt. Vorsorglich hat er mir schon mal Binden dagelassen und mir erklärt, was ich im Falle des Falles damit tun muss.

Mein Harlekin nimmt sich Zeit, meine Wunden an den Oberarmen zu begutachten. Hundertachtundsiebzig meist kreisrunde Narben sind über meinen gesamten Körper verteilt, es gibt immer zwei oder drei Stellen, die nicht abheilen wollen und eitern.

Aus dem Fläschchen ohne Aufschrift tropft er sorgsam eine Flüssigkeit auf die Wunden, eine Flüssigkeit, die aussieht wie das Wasser, nachdem ich meinen Fußboden gewischt habe.

Danach streicht er Salbe drauf und lässt sich Zeit dabei. »Es wird bald besser, mein Schneewittchen.«

Ich nicke. Was mein Harlekin sagt, ist richtig.

Sobald die Prozedur beendet ist, schlüpfe ich schnell wieder in mein T-Shirt, das mir mein Harlekin kürzlich geschenkt hat. Darauf sind die Tournee-Daten meiner Lieblingsband Revolverheld abgedruckt. Damit hat er mir eine große Freude gemacht. Obwohl ich so gern einmal mein Lieblingslied »Ich lass für dich das Licht an« live gehört hätte. Aber ich darf nicht undankbar sein.

Mein Harlekin legt die Salbentube in den Korb und setzt sich zurück an den Campingtisch. Warum bleibt er noch da? Wir haben gegessen, und er hat mich versorgt. Wieso verlässt er nicht wie sonst das Verlies?

Zum ersten Mal an diesem Abend schaut er mich wirklich an. Lange und durchdringend hält er meinen Blick fest.

Es ist, als würde er mit mir reden wollen, nur, was will er mir sagen? Darf ich doch nicht zur Schule? Ist er schwer krank? Will er mich verlassen, nie mehr wiederkommen? Mir wird es heiß und kalt.

Ich versuche, ruhig zu atmen, während mein Herz gegen meine Brust trommelt. Es darf nicht so schnell schlagen, mein Herz ist doch krank.

Was geht nur in seinem Kopf vor? Die Ungewissheit ist grausamer als ein Jahr in diesem Verlies.

Mein Harlekin schaut auf seine Hände, mühevoll löst er die

Verhakung seiner fleischigen Finger. Seit Minuten die erste Bewegung. Er greift in den Korb und holt eine Schachtel Zigaretten heraus.

Jetzt weiß ich, was mir blüht.

Bitte nicht.

Bedächtig zündet er sich eine Zigarette an, nimmt einen tiefen Zug und schließt dabei die Augen.

In all den Jahren hat er hundertachtundsiebzig Mal in meiner Gegenwart eine Zigarette geraucht.

Er steht auf und geht in dem engen Raum um mich herum. Reflexartig verschränke ich die Arme vor meinem Brustkorb, dabei weiß ich, es wird mir nicht helfen.

Als wollte er etwas unter dem Tisch aufheben, bückt er sich, und im selben Augenblick durchfährt mich ein stechender Schmerz. Im Bereich meines Knöchels, wo die Haut besonders empfindlich ist.

Ich schreie auf.

»Oh, Entschuldigung, wie konnte das nur passieren? Zeig mir mal deinen Fuß – oh weh, das sieht ja schlimm aus, eine richtige Verbrennung. Ich mache dir schnell Salbe drauf.«

Ja, denke ich und nicke. Du hast die Zigarette auch bestimmt fünf Sekunden lang draufgehalten, bis ich geschrien habe. Mir stehen die Tränen in den Augen, und ich blinzle heftig, damit sie vor meinem Harlekin unsichtbar bleiben.

»Mein armes Schneewittchen, ich wollte doch nur diese andere Zigarette aufheben, sie war mir unter den Tisch gefallen.« Demonstrativ zeigt er mir sein Alibi, das er geschaffen hat, um seine Quälereien zu verleugnen. Ich beiße die Zähne zusammen, während er die Wunde mit Wasser reinigt, so lange, bis auch wirklich kein Krümel Asche mehr drin sein kann. Dann macht er Salbe drauf und streichelt meinen Fuß.

»Soll ich dir noch Schmerzmittel dalassen?«

»Nein, es geht schon ohne.« Er soll nicht wissen, wie sehr er mir wehgetan hat, und die Schmerzen in meiner Seele betäubt das Mittel ohnehin nicht.

»Du sollst doch nicht leiden müssen. Wenn ich befürchten muss, dass du Schmerzen hast, bekomme ich heute Nacht kein

Auge zu. Nimm gleich zwei Tabletten – und du hast auch deinen Becher noch nicht ausgetrunken. Willst du mir Kummer machen?«

Ich folge ohne Widerspruch.

»Du bist ein tapferes Mädchen, mein Schneewittchen. Ich wollte dir nicht wehtun, es tut mir so leid.«

Vielleicht war es ja wirklich keine Absicht. Dieses Mal nicht.

Zum hundertneunundsiebzigsten Mal in meinem Leben denke ich das.

21

Zu spät.

Wie konnte es auch anders sein.

Was musste Leander nur von ihr denken? Er wartete bestimmt schon seit einer halben Stunde am »Sky Beach« Ecke Königstraße und Kronenstraße.

Wie froh war sie gewesen, als er heute Morgen so schnell auf ihre WhatsApp reagiert hatte, in der sie ihn noch einmal um Entschuldigung gebeten und das Treffen heute Abend vorgeschlagen hatte.

Obwohl es in der Redaktion wieder hoch hergegangen war, hatte sie nur diese Verabredung im Kopf gehabt und sich bei aller Nervosität so sehr darauf gefreut, dass sie nicht noch einmal kurzfristig absagen und Leander womöglich enttäuschen wollte, als sie gemerkt hatte, dass sich ihre heutige Zeitplanung nicht einmal annähernd umsetzen ließ.

Zwischen all den einkaufswütigen Menschen erkannten sie einander sofort. Zu seiner Jeans und den dunkelblauen Segelschuhen trug Leander ein sportlich-schickes Polohemd in Weiß mit schwarzer Aufschrift. Lässig und elegant zugleich, so wie auf den Fotos. Die dunklen Haare waren von nur wenigen grauen Strähnen durchzogen, die Frisur leicht verwuschelt.

Sein Alter sah man ihm auch in der Realität nicht an. Wenn sie es nicht besser wüsste, hätte sie alle Pferde drauf verwettet, dass er nicht dreiundfünfzig, sondern gerade mal vierzig war.

Sämtliche Horrorszenarien, die sie sich ausgemalt hatte, verblassten von einem Moment zum nächsten. Er ist es, dachte sie. Er ist es.

Ihr wurde siedend heiß, als erlebte sie gerade einen Vulkanausbruch in ihrem Inneren.

Langsam, bremste sie sich, als ob es da noch irgendetwas zu bremsen gäbe. Das war also der Mann, dem sie sich in den vergangenen vier Wochen in unzähligen WhatsApps anvertraut hatte – und sie bereute keine Sekunde und kein Wort davon.

Nur verschlug es ihr die Sprache, als sie nun endlich voreinander standen. Es trennte sie die unausgesprochene Frage, ob sie sich die Hand reichen oder auf vertrautere Art begrüßen sollten. Er breitete seine Arme aus und sah sie dabei fragend an. Ohne lange zu überlegen, gab sie sich mitten auf der trubeligen Fußgängerzone seiner Umarmung hin.

Die Welt um sie herum verschwamm, es war wie in einem dieser Liebesfilme, die sie bislang als Kitsch abgestempelt hatte. Die Schmetterlinge flogen Pirouetten, obwohl Leander nichts weiter tat, als sie zu umarmen. Unglaublich, so etwas gab es doch nicht. Selbst die erste Begegnung mit ihrem Exmann hatte nicht diese Wirkung auf sie gehabt.

Der Gedanke an Philipp zwang die Schmetterlinge zu einer abrupten Zwischenlandung. Nicht mal diesen schönen Augenblick ließ er ihr.

Gestern Abend hatte er mit Sicherheit irgendwo hier in der Nähe auf sie gewartet. Ganz gleich, ob man ihn schon aus dem Krankenhaus entlassen hatte oder nicht. Wenn er nun die Dreistigkeit besaß, sie auch jetzt zu belauern … Die Umgebung war wie geschaffen dafür. Schlupfwinkel zwischen den Häusern, viele Menschen. Er könnte überall stehen. Nur hätte er dann irgendwie von diesem neuen Zeitpunkt für das Treffen erfahren haben müssen.

Falls er es wagen sollte, hier aufzutauchen, würde sie keine Angst zeigen und ihm nicht ausweichen – das war sicher die beste Strategie.

»Endlich«, seufzte Leander nahe an ihrem Ohr. »Endlich kann ich dich sehen und spüren.«

22

Es hatte nur eine Umarmung zur Begrüßung werden sollen, doch sie wollten sich gar nicht mehr loslassen. Tessa sog seinen Duft in sich auf. Herb und ein wenig süß, dass es in der Nase kitzelte. Leander roch unendlich gut.

Erst nach einer gefühlten Ewigkeit lösten sie sich auf ihren Impuls hin langsam voneinander. Leander ließ seine Fingerspitzen hauchzart an ihren Armen hinabgleiten, und wie selbstverständlich fanden ihre Hände zueinander.

Tessa schaute an sich hinunter, und es war ihr peinlich, wie zerknittert ihr blauer Baumwollrock war, zudem hätte sie ihr weißes Oberteil jetzt doch gern gegen eines getauscht, das weniger leger, dafür aber ein bisschen sexy wirkte.

»Entschuldige bitte«, sagte sie. »Ausgerechnet heute hat mir ein Sportkollege seinen Text für die Seite eins erst zehn Minuten vor Andruck gemailt, und, als wäre das nicht schon genug, auch noch mit achtzig Zeilen Übersatz bei einer Maximallänge von hundertvierzig Zeilen.«

Leander grinste. Hatte er seinen Bart absichtlich stehen lassen, weil er wusste, wie gut ihr Dreitagebärte gefielen?

»Immer Ärger mit diesen unbezähmbaren Kollegen vom Sport, nicht wahr?« Er lachte. »Aber mal im Ernst: Hält dich dieser dreiste Mensch für seine Sekretärin? Ein Drittel einkürzen?«

»Das war schon ziemlich unverfroren. Er ist schließlich kein Anfänger mehr, der nicht auf Zeile schreiben kann. Ich habe ihn angerufen und hätte ihm das Ding dabei am liebsten persönlich um die Ohren gehauen – doch was war seine Antwort? Dann mach eben das Bild kleiner, bis es passt.«

»Ja, das ist natürlich eine Lösung – ein Foto in Passbildgröße als Aufmacher auf Seite eins«, spottete Leander.

»Wie wahr. Um nicht zu explodieren, habe ich einfach aufgelegt und zähneknirschend den Text eingekürzt, in dem der Schreiber sich noch dazu in Kreisbahnen ums Thema drehte wie die Planeten um die Sonne.«

»Du hättest beim Zeileneinstreichen auch gleich seinen Namen tilgen sollen. Natürlich aus Versehen.«

Tessa lachte. Genau bei diesem Gedanken hatte sie sich auch ertappt. Endlich jemand, der den alltäglichen Wahnsinn ihres Jobs verstand und ihren Humor teilte. Nicht ärgern, nur wundern – die beste Reaktion in solchen Fällen, wenn man sein Nervenkostüm nicht ständig zum Schneider bringen wollte.

»Mach dir nichts draus, Tessa«, sagte Leander, während sie mit dem Aufzug auf das Dach des Parkhauses zum »Sky Beach« fuhren. »Über solche Leute sollte man sich nicht ärgern, nur wundern.«

Hatte er gerade ausgesprochen, was sie gedacht hatte? »Das ist auch mein Leitspruch, das finde ich ja lustig. Sonst hätte ich längst keine Nerven mehr.«

»Ich frage mich überhaupt, wie du als Alleinerziehende diesen Job schaffst.«

Zack. Sie spürte regelrecht den Stempelabdruck auf ihrer Stirn, und ihre gute Laune bekam einen Dämpfer. »Ich habe weniger Fehltage als meine Kollegen ohne Kinder, wenn du das meinst.« Sie sagte es mit einem leicht gereizten Unterton. Diese Art der vorurteilsbehafteten Gesprächseröffnung mochte sie nicht.

»Nein, so wollte ich das nicht … entschuldige. Aber –«

»Ich weiß. Frauen traut man im Job grundsätzlich immer noch weniger zu als dem anderen Geschlecht, und ganz finster wird es in den Köpfen der Personaler beim Stichwort ›alleinerziehend‹.« Die Stimmung drohte zu kippen, aber bei diesem Thema war sie leider zu dünnhäutig, als dass sie freundlich über seine Bemerkung hätte hinwegsehen und diese unkommentiert lassen können.

»Oha, da habe ich ins Wespennest gestochen, dabei war's gar nicht so gemeint. Ich bewundere dich dafür, wie du den Spagat schaffst, so wollte ich das ausdrücken. Schau mal, da hinten unter der Palme sind noch zwei Liegestühle frei.«

Tessa schaute sich um. Eine Atmosphäre wie an einem Südseestrand. Es gab sogar Freiluft-Betten, die man allerdings rechtzeitig reservieren musste und die einen Mindestverzehr erforderten.

Und auf einem dieser Betten lag Philipp, seitlich aufgestützt, mit einer Bierflasche in der Hand. Er hatte sie längst gesehen.

Tessa rührte sich nicht mehr.

Leander interpretierte das natürlich falsch. »Oder gefällt dir ein anderer Platz besser? Wir können natürlich auch da drüben sitzen, da hätten wir eine geniale Aussicht über die Dächer bis zum Fernsehturm rüber.«

Tessa konnte seiner Blickrichtung nicht folgen, weil sie immerzu Philipp anstarren musste. Mit einem diabolischen Grinsen hob er seine Flasche und prostete ihr zu.

Erst nach Sekunden war Tessa zu einer Reaktion fähig.

»Leander«, brachte sie atemlos hervor. »Ich möchte bitte sofort gehen.«

23

»Was war denn los? Hast du das sprichwörtliche Gespenst gesehen? Du bist ja kreidebleich.«

Fluchtartig hatte Tessa das »Sky Beach« verlassen, den irritierten Leander im Schlepptau. Nun standen sie an einer Hausecke irgendwo zwischen Kronprinzstraße und Kleinem Schlossplatz, wo Tessa versuchte, wieder zu Atem zu kommen.

»Es geht schon wieder. Das war ... ach, einfach so ein unangenehmer Typ, über den ich mal einen ziemlich bösen Artikel geschrieben habe. Und den Mann wollte ich nicht den ganzen Abend im Nacken haben. Entschuldige meine übertriebene Reaktion.« Da es nicht sonderlich attraktiv fürs erste Date gewesen wäre, Leander die Wahrheit zu sagen, war diese kleine Notlüge bestimmt erlaubt.

Leander nahm sie in den Arm. Wie wohl sie sich bei ihm fühlte, als ob sie sich schon ewig kennen würden. Früher hatte sie so etwas für ein Klischee gehalten, genauso, wie sie nicht an die Liebe auf den ersten Blick geglaubt hatte, und nun erlebte sie es selbst.

»Schon gut, das kann ich verstehen, Tessa. Dann lass uns woanders etwas suchen, kein Problem.«

Doch von wegen »kein Problem«.

»Unglaublich.« Nach einer Stunde vergeblicher Suche stöhnte Leander auf. »Ist denn heute ganz Stuttgart unterwegs? Hat irgendeine Partnerbörse zum großen Dating-Tag aufgerufen?«

Bei ihrem Streifzug durch das Bohnenviertel, vorbei am Rathaus, über den Marktplatz und den Schillerplatz, hatten sie auf der Suche nach einer Lokalität mit wenigstens zwei freien Plätzen Winkel und Gässchen von Stuttgart gesehen, von deren Existenz Tessa bislang keinen blassen Schimmer gehabt hatte – und dabei hatte sie immer geglaubt, ihre Heimatstadt in- und auswendig zu kennen. Keinen einzigen freien Tisch hatten sie gefunden, und das, obwohl sie zum Ende ihrer Suche hin kaum mehr wählerisch gewesen waren.

»Ich hoffe, dir hat die Sightseeingtour trotzdem gefallen«, schob Leander augenzwinkernd hinterher. »Jetzt kann ich ja zugeben, dass ich zwischenzeitlich keine Ahnung mehr hatte, wo wir eigentlich waren.«

Tessa lachte wieder. Wenn ihr die Füße nicht so wehtäten, könnte sie noch ewig an Leanders Arm eingehakt durch Stuttgarts Innenstadt ziehen. Es war noch wunderbar warm, und es versprach, eine sternenklare Nacht zu werden. »Und was machen wir jetzt?«, fragte sie.

»Hm, ich bleibe auch an dieser Hausecke stehen, wenn es sein muss, Hauptsache, ich kann noch ein bisschen Zeit mit dir verbringen. Allerdings, zwei Stühle wären vielleicht doch nicht schlecht, oder … mir kommt gerade eine noch viel bessere Idee, hier entlang!« Er zog sie sanft mit sich in Richtung Königstraße. Schon bei den wenigen Schritten dorthin schwoll der Geräuschpegel menschlicher Stimmen merklich an.

Auf der Haupteinkaufsstraße schoben sich Heerscharen in Richtung Hauptbahnhof, und in die Gegenrichtung drängten die Nachtschwärmer zum Marienplatz. Das Chaos verhinderte eine Baumreihe, die sich wie eine Leitplanke in der Mitte der gesamten Königstraße dahinzog. Ein Zustand wie auf einer staugefüllten Autobahn.

Tessa wollte schon protestieren, dass sie in einem Lokal auf der Königstraße wohl erst recht keinen Sitzplatz finden würden und es ihr hier außerdem viel zu laut war, aber Leander hatte es gar nicht auf eines der Restaurants abgesehen, er steuerte vielmehr auf eines der Kaufhäuser zu, das so kurz vor Ladenschluss gerade eben noch geöffnet hatte. Vor einem der erleuchteten Schaufenster ließ er ihre Hand los.

»Warte bitte kurz auf mich. Ich bin in spätestens zehn Minuten wieder da. Nicht weglaufen, versprochen?«

Verwundert zog Tessa die Augenbrauen zusammen, aber das Funkeln in Leanders blauen Augen und der verschmitzte Zug um seine Mundwinkel machten sie neugierig. Also nickte sie.

Kaum dass er im Kaufhaus verschwunden war, kam sie sich verloren vor.

Sie stellte sich mit dem Rücken dicht ans Schaufenster und

beobachtete den Trubel. Ganz in der Nähe spielte ein Straßenmusiker unbeirrt von der Stimmenkulisse auf seinem Saxofon. Wie aus einer anderen Welt drang die romantische Melodie an ihr Ohr.

So fühlte sie sich auch, während sie die Passanten beobachtete und dabei die vergangene Stunde mit Leander Revue passieren ließ: wie aus einer anderen Welt.

Auf dem ungeplanten Spaziergang hierher hatten sie sich oft nur angesehen und einander wie ein Wunder bestaunt. Nach den gefühlt einhundert Speisekarten, die sie in den Schaukästen angesehen hatten, kannten sie nun auch die Essensvorlieben des anderen in- und auswendig.

Im »Felipe« hätten sie beide am liebsten gegessen, dort gab es die besten Pizzen weit und breit, genau so weit entfernt war allerdings auch die Aussicht auf einen Tisch.

Ihr Magen knurrte.

Hoffentlich ließ Leander sie nicht allzu lange warten. Nicht nur wegen des Hungergefühls. Es war verrückt, aber sie vermisste ihn schon jetzt.

Sie wollte jedoch nicht den Anschein erwecken, ungeduldig auf ihn zu warten, also tat sie so, als würde sie sich für das Schaufenster interessieren, in dem sich zwei kopflose, dafür aber vollbusige und gertenschlanke Damen ohne Cellulite-Sorgen in tief ausgeschnittenen, ultrakurzen Sommerkleidchen präsentierten. Mit so einem Stück Stoff müsste sie erst gar nicht in die Umkleide gehen. Ihre Oberschenkel waren zwar ganz ansehnlich, aber selbst mit einem Push-up-BH erzielte sie kein annähernd so wirkungsvolles Dekolleté – und für einen bunten Kartoffelsack an ihrem Körper war sie nicht bereit, einhundertfünfzig Euro auszugeben.

Wie lange dauerte das denn noch, bis Leander wiederkam? Auf einmal beschlich sie ein unguter Gedanke. Das Kaufhaus besaß einen zweiten Ausgang auf der Rückseite. Was, wenn das seine Art war, sich aus einem Date zu stehlen? Womöglich war sie doch nicht sein Typ, und er hatte ihr nur etwas vorgespielt, bis sich die Gelegenheit zur Flucht ergab? Vielleicht hatte sie vor Aufregung nur Mist geredet und das gar nicht gemerkt?

»Das Kleidchen würde dir gut stehen.«

Nein, das war nicht Leanders Stimme, die ihr das ins Ohr flüsterte. Tessa fuhr herum.

Philipp.

Sie wich einen Schritt zurück, um nicht auf Tuchfühlung mit ihm zu gehen, so dicht hatte er sich an sie herangeschlichen. Verflucht, sie hätte ein weiteres Zusammentreffen mit Philipp nicht verdrängen, sondern einkalkulieren sollen. Wie um alles in der Welt hatte er sie hier gefunden? War er ihnen die ganze Zeit über gefolgt?

Ruhig bleiben, Tessa, redete sie sich selbst gut zu, sei einfach ganz cool.

Wirkungslos.

Panikgefühle schnellten wie Flipperkugeln durch ihren Kopf und zerstörten jeden klaren Gedankenansatz. Dennoch, weglaufen kam nicht in Frage. Diese Genugtuung würde sie ihm nicht gönnen.

»Okay, Philipp. Das ist meine letzte Warnung, ehe ich dich anzeige. Halte dich von mir fern.« Nach außen hin versuchte sie, sich selbstsicher zu geben, doch das Herz klopfte ihr bis zum Hals.

»Spinnst du jetzt? Ich darf dir doch wohl mitten auf der Königstraße Hallo sagen, nachdem du im ›Sky Beach‹ einfach davongelaufen bist. Hast wohl Angst gehabt, ich würde dir dein Date vermasseln.«

»Darum geht es nicht. Du sollst mich in Ruhe lassen – und vor allem: Lass unseren Sohn aus dem Spiel.«

»Wie bitte? Ich habe doch gar nichts gemacht.« Seine Unschuldsmiene unterstützte Philipp mit hochgezogenen Augenbrauen.

Tessa rief sich innerlich zur Räson, was ihr allerdings nicht gelang. »Du warst im Krankenhaus in seinem Zimmer!«, stieß sie hervor.

»Ja, logisch. Ich darf ja wohl schauen, wie es meinem Sohn geht. Ist das ein Vergehen?«

»Das nicht. Aber diese Harlekin-Karte.«

»Harlekin-Karte? Ich habe keine Ahnung, wovon du sprichst.«

»Halt mich bitte nicht für bescheuert. Diese Karte gibt es in der Cafeteria im Krankenhaus zu kaufen.«

»Und?«

»Was soll das mit den dämlichen Sprüchen? ›Nur weil du die Augen offen hast, glaubst du, du siehst.‹«

»Na, falsch klingt das für mich jedenfalls nicht, dein Stalker scheint dich zu kennen.« Der Spott troff ihm förmlich aus dem Mundwinkel. »Das könnte tatsächlich von mir sein. Ist es aber nicht.«

Sollte sie ihm glauben? Mit ihrer Wut im Bauch konnte sie das nicht entscheiden.

»Lass es einfach, Philipp, damit beeindruckst du mich nicht!« Passanten drehten sich nach ihr um. Sie war wohl recht laut geworden.

»Nein? Dafür regst du dich aber mächtig auf.«

Wenn sie könnte, würde sie ihm an die Gurgel gehen. Aber körperlich und kräftemäßig war sie ihm deutlich unterlegen. »Es ist ja wohl auch nicht lustig, wenn jemand in meine Wohnung einbricht und Rosenblätter auf das Bettlaken meines Sohnes streut!«

»Unseres Sohnes.« Philipp zog seine dichten Augenbrauen zusammen. »Und was, bitte, ist das jetzt für eine Geschichte?«

»Das tote Mädchen aus dem Neckar war auf Rosenblätter gebettet, in ein weißes Laken gewickelt, das steht in jeder Zeitung!«

»Das weiß ich. Aber was hat das mit Julian zu tun?« Er hielt inne. »Sag mal, was unterstellst du mir da eigentlich? Drehst du jetzt völlig durch? Das kannst du mir nicht ernsthaft zutrauen!«

»Ich habe schon vor zweieinhalb Jahren den Fehler gemacht, dir nicht genug zuzutrauen. Wenn ich dich dabei erwische, wie du noch einmal versuchst, in meine Wohnung …«

Philipp schaute sich verärgert nach allen Seiten um und schüttelte den Kopf. »Tessa, du machst dich lächerlich. Komplett lächerlich. Du bist nicht mehr ganz klar im Kopf. Okay, ich habe dir einmal Rosen geschickt, aber das ist Wochen her. Ich habe auch vor der Redaktion und dem Hauseingang auf dich gewartet, jawohl, und ich fahre dir hinterher, weil ich den Drang verspüre, zu wissen, was du in deinem neuen Leben ohne mich tust. Weil ich dich immer noch liebe. Da tut man manchmal ein paar verrückte Dinge. Aber ganz sicher nichts von dem, was du mir vorwirfst. *Das* ist die Wahrheit.«

»Du kannst dir deine Wahrheit sonst wohin stecken. Und deine Liebe auch. Du hast mich damals wie heute belogen und betrogen! Lass Julian und mich in Ruhe. Verschwinde. Verschwinde aus meinem Leben!« Nun hatte sie endgültig die Aufmerksamkeit der Umstehenden auf sich gezogen.

»Okay, okay.« Philipp hob die Hände und machte einen Schritt rückwärts. »Ich habe verstanden. Dann mal noch ein schönes Leben. Und wehe, wenn unserem Sohn etwas zustößt. Pass gut auf Julian auf, das sage ich dir ein letztes Mal. Du hast jetzt die Verantwortung für ihn. Ganz allein. Und du hast es so gewollt.«

Tessa schaute schweigend zu, wie er sich ohne ein weiteres Wort in den Menschenstrom einreihte und aus ihrem Blickfeld verschwand. Das war einfach gewesen.

Viel zu einfach.

24

»Entschuldige, es hat etwas länger gedauert. Alles okay bei dir?«, fragte Leander, als er kurz darauf aus dem Kaufhaus kam.

»Ja«, sagte sie schnell und hellte mit einem Lächeln ihre Miene auf.

Ein prüfender Blick von ihm, doch dann schien er sich mit ihrer Antwort zufriedenzugeben.

»Möchtest du sehen, was ich gekauft habe?« Seine Frage war rhetorisch gemeint, denn er hielt bereits die Plastiktüte auf und ließ sie hineinschauen.

Eine rot-weiß karierte Picknickdecke. Darin eingebettet zwei Weingläser.

Leander grinste wie ein Junge, dem soeben ein genialer Streich eingefallen war. »So, und jetzt soll uns Felipe seinen besten Wein verkaufen und uns zwei ordentliche Pizzen zum Mitnehmen machen. Was möchtest du draufhaben?«

Ganz gleich, was aus Leander und ihr werden würde, an dieses Date würde sie sich auf ewig erinnern.

Angenehm gesättigt lagen sie, jeder sein Glas Wein in der Hand, nebeneinander auf der Picknickdecke auf dem »Monte Scherbelino«, den Rücken gegen Quadersteine gelehnt, und schauten über das Lichtermeer der Stadt, die ihnen zu Füßen lag.

Leander war so herrlich unkompliziert. Kurzerhand hatte er beschlossen, mit dem Bus aus der überfüllten Innenstadt zum Birkenkopf zu fahren, auf diesen aus Kriegstrümmern aufgeschütteten Berg, nur zwanzig Minuten entfernt, und doch fühlten sie sich wie im Urlaub in einem exotischen Land, fernab des Alltags.

Der Moment des Zweifels, ob es wirklich so eine gute Idee war, mit einem ihr immer noch weitestgehend fremden Mann beim ersten Date in die Einsamkeit zu flüchten, war verflogen. Besonders während des kurzen Aufstiegs – der »Monte Scherbelino« war nach dem Zweiten Weltkrieg auf fünfhundert Meter angewachsen – hatte Tessa sich entsprechende Gedanken gemacht.

Leander hatte in der zunehmenden Dunkelheit auf dem schneckenhausartig gewundenen, mittlerweile baumbestandenen Weg ihre Hand genommen, weil er ihre Beklemmungen wohl gespürt hatte, sie angelächelt, und wie durch einen Zauber waren ihre Bedenken verblasst.

In seiner Nähe konnte sie sich sicher fühlen.

Auf den letzten Metern hatte Tessa gut gelaunt ihre halbhohen Pumps ausgezogen, in denen sie nun wirklich nicht mehr laufen konnte, und sie an der Hand zum Takt ihrer Schritte geschwungen.

In der letzten Stunde hatte sie kaum mehr an Philipp gedacht. Und nicht nur das. Nach den nervenaufreibenden vergangenen Tagen konnte sie endlich wieder entspannen – den Augenblick genießen.

Die Hitze hatte sich inzwischen aus dem Kessel verflüchtigt, es war eine laue Nacht. Eine Nacht zwischen Ruinen, die hier auf dem Gipfel als zusammengewürfelte Fassadenreste herausschauten und den traurigen Teil der Stuttgarter Stadtgeschichte erzählten.

Die Stadt hatte viele Gesichter. Ihre Schönheit zeigte sich einem Besucher meist erst auf den zweiten Blick – der spröde Charme, zurückhaltend und eigen wie die Schwaben selbst, die sich nicht gleich jedem Fremden an die Brust drücken.

Heute Nacht waren ihre Sinne besonders geschärft. Sie sog die Nachtluft ein, die hier, in der grünen Lunge zwischen Hauptbahnhof und dem Stadtteil Botnang, erstaunlich frisch war, nahm den Wind in den Bäumen wahr, die Schreie von Fledermäusen und das Pulsieren der Stadt, das unter ihnen zu einem entfernten Rauschen verschwamm.

Ein Eichhörnchen traute sich in ihre Nähe, um zu erkunden, ob es vielleicht etwas aus den Pappschachteln zu stibitzen gäbe, doch als Tessa ihren Arm bewegte, um Leander auf den niedlichen Besucher hinzuweisen, suchte es das Weite. Mit ihrem Blick folgte sie dem rotbuschigen Schwanz über Trümmersteine hinweg, bis er in einer Spalte verschwand.

Leander hatte mit diesem Ort intuitiv die richtige Wahl getroffen, er schien gespürt zu haben, dass sie ein bisschen Abstand von der Welt brauchte – gemeinsam mit ihm.

Die Lichter des Fernsehturms blinkten einsam und erhaben auf der gegenüberliegenden Anhöhe. Dieses Nachkriegsbauwerk als Wahrzeichen der Stadt war für Tessa mehr als nur ein Heimatsymbol, der Turm war ein steinerner Vertrauter, den sie von ihrem Balkon aus morgens als Erstes und abends als Letztes sah. Schon als Kind hatte sie ihn aus jeder Perspektive bewundert. Er war immer da.

Wie gern hätte sie das Richtfest in den fünfziger Jahren miterlebt, bei dem den Handwerkern ein Fass Bier mit dem Hubschrauber nach oben gebracht wurde. Weniger lustig musste die Pressekonferenz zur Einweihung gewesen sein, die fand nämlich bei minus dreiunddreißig Grad am Fuß des Turmes im Angesicht einer gerade geplatzten Abwasserleitung statt.

Tessa schmunzelte innerlich und schaute zu Leander hinüber. Wie angenehm, dass sie an seiner Seite nicht mehr ständig das Gefühl hatte, etwas sagen zu müssen, um das Gespräch in Gang zu halten, wie bei ihrem ersten Telefonat – schön, dass sie mit ihm auch schweigen konnte, selbst beim ersten Date.

Leander hatte seinen Kopf in den Nacken gelegt und betrachtete den Sternenhimmel. Nach einer Weile streckte er den Arm nach oben, spreizte die Finger und schloss sie zur Faust. Dann ließ er die Hand wieder sinken und öffnete sie langsam. »Schade, keinen Stern gefangen … Probier du es mal.«

Tessa lächelte. Nie hätte sie es sich träumen lassen, in einer lauen Sommernacht mit einem Mann an ihrer Seite auf dem »Monte Scherbelino« zu liegen und Sterne vom Himmel zu pflücken. Und wenn das ein Traum war, dann wollte sie nie wieder daraus aufwachen.

»Schau mal, eine Sternschnuppe!«, flüsterte sie und starrte wie gebannt in den Himmel. Sehr, sehr lange hatte sie schon keine mehr gesehen.

»Hast du dir was gewünscht?«, fragte Leander. Wenn er sprach, fühlte sie sich wie ein Resonanzkörper, in dem er mit seiner angenehm tiefen Stimme sanfte Vibrationen erzeugte.

Sie schüttelte den Kopf. Nein, sie hatte sich nichts gewünscht, so schnell war ihr das nicht gelungen. Wenn sie über ihre Wünsche nachdachte, wollte sie in erster Linie zur Ruhe kommen, aber natürlich wäre die Gesundheit ihres Sohnes am wichtigsten – und wenn sie darüber hinaus noch einen Wunsch an die Sterne schicken durfte, dann den, einen Mann an ihrer Seite zu haben, der sie liebte.

»Wusstest du, dass heute die Nacht der Sternschnuppen ist?«, fragte Leander.

»Tatsächlich? Vielleicht hätte ich besser die Zeitung lesen sollen, statt sie zu schreiben.« Beide lachten sie auf.

Wenn sie heute Nacht wirklich besonders viele Sternschnuppen am Himmel sehen würden, könnte sie ihrem Wunschtraum vielleicht doch noch näher kommen. Daran zu glauben schadete jedenfalls nicht.

Sie hob ihr Glas, und sie stießen noch einmal an. Tessa bewegte den Schluck Rotwein genüsslich in ihrem Mund, samtigweich lag er auf ihrer Zunge und schmeckte nach Kirschen. Sie drehte ihren Kopf zu Leander, der sein Glas zur Seite stellte und unverwandt in den Himmel schaute.

»Immer wenn ich die Sterne sehe, muss ich an sie denken, noch mehr als sonst.«

»An sie?« Tessas Stimme klang heiser. So viele Möglichkeiten einer Antwort gingen ihr durch den Kopf.

»Sie, das ist Mira – benannt nach dem einzigartigen Stern, der einen langen Schweif besitzt wie ein Komet. Sie ist meine Tochter – oder sie war es. Ich weiß nicht, welche Zeitform die richtige ist.«

Vom ersten Schrecken, es könnte noch eine andere Frau im Spiel sein, befreit, atmete Tessa erleichtert aus. Dann erst konzentrierte sie sich richtig darauf, was Leander gesagt hatte.

»Warum weißt du das nicht?«, flüsterte sie.

Zuerst schwieg Leander, doch dann begann er zu erzählen. Nach und nach. Leise und eindringlich. Von seiner heute einunddreißigjährigen Tochter. Die geboren wurde, als er selbst erst zweiundzwanzig gewesen war und ihre Mutter siebzehn. Dass er sich trotz des »Unfalls« auf das Kind gefreut hatte, seine Freundin mit der frühen Mutterrolle aber nicht klarkam. Als Mira ein Jahr alt war, ließ sie das Kind von heute auf morgen bei Leander zurück und verschwand zu einem neuen Lover irgendwo in die Gegend um Frankfurt.

»Miras Mutter hat sich nie mehr gemeldet. Eine harte Zeit, ziemlich chaotisch. Anfänglich war ich total überfordert, ich steckte noch mitten im Journalistik-Studium. Darum vorhin auch meine Frage, wie du das bei deinem Job als Alleinerziehende schaffst.«

»Entschuldige, dann habe ich deine Bemerkung tatsächlich in den falschen Hals bekommen.«

»Schon gut. Ich hatte auch mit einigen Vorurteilen zu kämpfen. Viele Frauen, die ich kennenlernte, unterstellten mir, ich würde wohl keine Partnerin, sondern eine Köchin und Putzfrau suchen. Alleinerziehende Väter gab es vor dreißig Jahren nicht eben viele. Sicher, ich hatte immer mal wieder Beziehungen, längere und kürzere, aber die meiste Zeit habe ich meine Tochter allein großgezogen. Entgegen der vorherrschenden Meinung, dass mir das als Berufstätiger und noch dazu als Mann kaum gelingen kann. Vielleicht konnte ich Mira nicht immer alles geben, aber an einem hat es ihr nie gefehlt: meiner Liebe. Dann kam der schwärzeste Tag in meinem Leben, oder besser gesagt, es begann die dunkelste Zeit. Aber das ist nicht das richtige Thema fürs erste Date, entschuldige.« Damit verstummte Leander.

Tessa ließ ihm einen Moment. »Erzähl mir von dieser Zeit, wenn du dazu bereit bist«, bat sie dann. »Ich fände es jedenfalls schlimmer, heute nicht den echten Leander, sondern nur eine lachende Fassade kennengelernt zu haben.«

Leander lag weiterhin auf dem Rücken und schaute zu den Sternen. Seine Schultern waren breit genug zum Anlehnen, dennoch wirkte er schutzbedürftig, wie er so nachdenklich das Weinglas zwischen den Fingern drehte. »Wahrscheinlich hast du recht. Dieser Schatten ist Teil meiner Lebenswelt, und du solltest davon erfahren, wenn du wissen willst, wer ich bin.« Er atmete tief durch, und in seinen Augen schimmerte Schmerz, als er weitersprach. »Zwei Tage nach ihrem sechzehnten Geburtstag ist Mira verschwunden. Spurlos. Bis heute.«

Tessa fühlte sich wie überrollt. »Verschwunden? Warum?«

»Na ja, zuerst dachte ich, sie wäre einfach mal ein paar Tage zu einer Freundin gegangen, doch als sämtliches Nachfragen und Herumtelefonieren nichts brachte, bekam ich natürlich Angst, dass sie einem Verbrechen zum Opfer gefallen sein könnte. Ich ging zur Polizei. Eine große Suchaktion wurde gestartet, die haben sich wirklich intensiv bemüht. Ergebnislos. Mira war wie vom Erdboden verschluckt. Wenn du mich fragst, ist sie zunächst freiwillig gegangen, ausgerissen, wie man so schön sagt. Nur was dann passiert ist, weiß ich leider bis heute nicht.«

»Hattet ihr Probleme miteinander? Wollte sie vielleicht zu ihrer Mutter nach Frankfurt?«

Leander stützte sich auf seine Ellenbogen. »Das ist gut möglich. In diese Richtung hat die Kripo natürlich auch ermittelt. Und es gab einige Zeugenhinweise, die darauf schließen ließen, dass sich Mira am zweiten Tag ihres Verschwindens am Stuttgarter Hauptbahnhof aufgehalten hat. Doch dann verlor sich ihre Spur. Wir wissen nicht mal, ob sie in einen Zug eingestiegen ist. Wenn sie versucht hat, nach Frankfurt zu gelangen, ist sie bei ihrer Mutter jedenfalls nie angekommen. Die Polizei hat damals die Adresse von Miras Mutter allerdings in Frankfurt-Hahn ermittelt, ich hatte ja keine genaue Ahnung, wo sie wohnt und was sie macht. Mira allerdings hatte von klein auf den starken Wunsch, zu wissen, wer ihre Mutter ist. Eine Frage, die ich ihr nur leidlich beantworten konnte. Wahrscheinlich der Grund, warum sie sich immer mehr für spirituelles Zeug interessierte.«

»Spirituelles Zeug?«

»Na ja, Hellsehen, Kartenlegen, all so was. Ich glaube sogar, dass sie sich in irgendwelchen okkulten Kreisen rumgetrieben hat. Seit sie vierzehn war, schminkte sie sich ganz gruselig und lief nur noch in weiten schwarzen Gewändern herum, unter denen sie aus Scham auch ihre zusätzlichen Pfunde versteckte. Wenn ich sie fragte, ob sie nicht vielleicht mit den falschen Leuten zusammen sei, machte sie mir sofort eine Szene. Sie sei alt genug, um selbst zu bestimmen, wer ihre Freunde waren. Ich fand überhaupt keinen Zugang mehr zu ihr, und … na ja, es war dann wohl ein ziemlicher Fehler von mir, dass ich in ihr Zimmer gegangen bin, als sie nicht da war. Es war an ihrem sechzehnten Geburtstag, ich hatte einen Kuchen gebacken, aber Mira war schon am frühen Morgen wortlos aus dem Haus gegangen und verbrachte dann wohl den ganzen Tag mit ihren Freunden in der Stadt, obwohl wir ausgemacht hatten, am Nachmittag zu zweit zu feiern. Ich … ich wollte nicht schnüffeln, aber ich hatte so ein ungutes Gefühl. Und dann habe ich in ihrem Bett so eine Häkelpuppe gefunden, du weißt schon, so ein Voodoo-Ding.«

Tessa ahnte etwas. »Und damit hast du sie konfrontiert?«

»Ja. Am nächsten Tag, als sie gegen Mittag aus ihrem Zimmer kam. Sie war allem Anschein nach die ganze Nacht weggeblieben, aber selbst das war mir in dem Moment gleichgültig. Ich habe ihr die Puppe vorgehalten und sie angeschrien, ob sie sich eigentlich im Klaren darüber sei, was sie da tue. Noch heute sehe ich ihren stoischen Blick, so als ob sie mich gar nicht wahrnehmen würde. Dass sie meinen Wortschwall einfach an sich abperlen ließ, hat mich zum Überschäumen gebracht. Ich habe ihr gesagt, dass ich so etwas unter meinem Dach nicht dulde, wie schwer enttäuscht ich von ihr bin und dass sie ihre Sachen packen kann, wenn sie meint, mich hintergehen und für dumm verkaufen zu müssen. Sätze, die ich bis heute bereue. Denn am nächsten Tag war sie verschwunden.«

»Oh Gott, wie furchtbar.« Tessa musste sich kurz sammeln. Dann fragte sie leise: »Ist sie einfach so gegangen, oder hat sie etwas mitgenommen?«

»Ihren Rollkoffer mit unzähligen Aufklebern drauf. Kunterbunt. Von verschiedenen Bands, aber auch von Städten und Ländern, in denen ich mit ihr war. Eigentlich ein recht auffälliges Ding, mit dem sie dann ja auch am Hauptbahnhof gesehen wurde.«

»Und selbst der Koffer ist bis heute nirgendwo mehr aufgetaucht?«

»Nein. Ich werte das als gutes Zeichen. Vielleicht hat sie ihn immer noch bei sich, vielleicht steht er dort auf dem Dachboden, wo sie lebt, in einer anderen Stadt oder sogar einem anderen Land, in dem sie mit Mann und Kindern glücklich ist. Zumindest stelle ich mir das manchmal so vor. Und weil ich bis heute an die Möglichkeit glauben will, dass sie eines Tages wieder vor meiner Tür stehen könnte, wohne ich noch immer unter derselben Adresse, auch wenn es anfangs schier unerträglich war, mich weiter in der Wohnung aufzuhalten. Manchmal, in schwachen Momenten, wäre es mir dagegen fast lieber, ich wüsste, sie ist tot.«

Tessa konnte nicht anders, als ihn schockiert anzustarren.

Leander trank einen Schluck Wein und ließ sich wieder zurücksinken. »Dann hätte ich Gewissheit. Seit fünfzehn Jahren durchlebe ich Wechselbäder der Hoffnung und Verzweiflung. Fünfzehn Jahre befinde ich mich schon in einem unerträglichen Schwebezustand. Trauerarbeit zu leisten ist unmöglich, denn trauern kann ich erst, wenn ich sicher weiß, dass meine Mira tot ist. Und gegen diese Vorstellung habe ich mich lange Zeit mit aller Kraft gewehrt, bin jeden angegangen, der die Möglichkeit auch nur ansatzweise in Betracht zog. Heute wäre ich froh, würde ein Polizist an meiner Wohnungstür klingeln und mir sagen, dass meine Tochter nicht mehr lebt. Als Außenstehender kann man das sicherlich nur schwer nachvollziehen …«

»Im ersten Moment klingt es befremdlich, ja, aber ich kann dich verstehen. Und dennoch solltest du weiter daran glauben, dass sie eines Tages bei dir klingelt. Wurden denn damals auch die Medien eingeschaltet?«

»Ja, sogar im großen Stil, aber natürlich erst ein paar Tage nach ihrem Verschwinden, als die Fahndung richtig angelaufen war. Gebracht hat es leider nichts, außer dass ich fast verrückt geworden wäre. Stell dir mal vor, Hunderte von Hinweisen prasseln wie ein Platzregen auf dich ein. Ich wusste gar nicht, in welche Richtung ich denken und gehen sollte. Am Ende verliefen alle vermeintlich heißen Spuren sämtlicher Wichtigtuer, Wahrsager und wohlmeinender Leute im Sande.« Leander atmete tief durch. »Es war die schlimmste Zeit überhaupt, denn als sie erst einmal Wind davon bekommen hatten, stürzten sich sämtliche Medien auf mich. Fernsehen, Radio, Zeitung. Du weißt, wie viele Geier es in der Branche gibt. Und es kreisen sogar welche da draußen rum, die nicht davor zurückschrecken, nur der Schlagzeile oder der Einschaltquote wegen haltlose Gerüchte in die Welt zu setzen.«

»Gerüchte?«

Leander drehte sich zu ihr, hielt sich an seinem Weinglas fest und schaute in die rote Flüssigkeit. »Es hieß auf einmal, ich könne mein Kind selbst umgebracht haben. Die Medien haben mich den Leuten zum Fraß vorgeworfen, mich zum Schandfleck der Nachbarschaft gemacht. Familie und Freunde haben sich von mir abgewandt, mich am Boden liegen lassen wie einen Aussätzigen. Mit dem Verschwinden meiner Tochter am 13. August 2000 begann für mich eine andere Zeitrechnung. Seither sehe ich, wie die Uhrzeiger sich bewegen, aber für mich ist es so, als wäre keine Zeit vergangen.« Leander verstummte wieder. In Gedanken schien er weit weg zu sein und wischte sich wie zufällig immer wieder über die Augen.

Als er das Gerücht erwähnt hatte, er könne seiner Tochter etwas angetan haben, war Tessa im ersten Moment erschrocken. Doch wenn da etwas dran wäre, würde er jetzt nicht so offen mit ihr darüber sprechen, das hatte sie im Gespür. Außerdem brauchte es nicht viel Phantasie, um nachzufühlen, wie sehr er litt. Dazu musste sie ihn nur ansehen. Schlimm, ihn so traurig zu erleben, aber sie wusste nicht, was sie tun sollte. Seine Hand nehmen? Ihn in Ruhe lassen? Etwas sagen?

Sie tastete in der Dunkelheit nach seiner Hand. Als ihre Finger auf seine trafen, stellte er sein Weinglas beiseite und nahm ihre Hand. Er umschloss sie und führte sie an seine Lippen. Sanft küsste er ihre Fingerspitzen, widmete sich jeder einzelnen.

»Tessa, du bist so überraschend in mein Leben gekommen wie eine Sternschnuppe, die für mich vom Himmel gefallen ist. Das klingt total kitschig, ich weiß. Aber ich empfinde es so. Und wenn meine Tochter wirklich tot und nun da oben im Himmel ist, hat mit Sicherheit sie diesen Stern ausgewählt und zu mir hinuntergeworfen.«

Tessa senkte ihren Blick. Da seine Tochter nur gut sieben Jahre jünger war als sie selbst, keimte nach allem, was sie eben gehört hatte, die unwillkürliche Befürchtung in ihr auf, er könne in ihr einen Tochter-Ersatz sehen.

»Na ja, ich bin aber –«

»Keine Angst, ich sehe in dir eine Frau, nicht meine Tochter«, sagte er, als hätte er ihre Gedanken erraten. »Ich sehe eine Frau, in die ich mich auf den ersten Blick verliebt habe.«

Seine Worte flossen warm durch sie hindurch. Aber irgendwie ging ihr das alles auch ein bisschen zu schnell. »Ich weiß nicht, was ich sagen soll.«

Er legte ihr seinen Finger auf die Lippen. »Du musst nichts sagen. Du kannst mir auch zeigen, was du fühlst.«

Ihre Lippen fanden sich zu einem ersten Kuss. Erst ein sanftes Ertasten, ein spielerisches Knabbern, dann ein neugieriges Erforschen, spürbare Leidenschaft und das wachsende Gefühl, angekommen zu sein.

Nach einer Weile atemlos geworden, lösten sie sich aus ihrer Umarmung, legten die Wangen aneinander und schauten wieder hinauf zu den Sternen.

Innerlich fasste Tessa einen Entschluss. Sie wollte alles in ihrer Macht Stehende tun, damit Leander Gewissheit über das Schicksal seiner Tochter bekam.

Noch einmal streckte Leander seinen Arm zu den Sternen aus, schloss seine Finger und legte dann seine Hand in ihre. »Für dich. Habe ich dir gepflückt. Rosen welken doch so schnell.«

25

Nachdem sie zurück in der Innenstadt waren und sie sich schweren Herzens von Leander verabschiedet hatte, schaute Tessa auf ihr Handy.

Sieben entgangene Anrufe und eine WhatsApp. Alle von Frau Rose und über zwei Stunden alt.

Wir sind wieder im Krankenhaus, auf der Intensivstation. Bitte kommen Sie schnell.

Es fühlte sich an, als würde sie nach einem Fallschirmsprung auf dem Asphalt aufschlagen.

Scheiße, Scheiße, Scheiße. Die letzten Meter zu ihrem Auto rannte sie. Es stand in einer winzigen, versteckten Seitenstraße, wo sie immer einen Parkplatz fand – kostenlos. Einer der allerletzten Geheimtipps im Parkhaus-Scheichtum von Stuttgart.

Wie hatte sie sich nur darauf verlassen können, dass sie ihr Handy brummen hören würde? Warum hatte sie nicht zwischendurch mal kurz draufgeschaut? Weil sie nicht an zu Hause hatte denken wollen, beantwortete sie sich die Frage selbst, weil sie einmal einfach nur Frau sein und den Abend mit Leander genießen wollte. Das hatte sie nun davon.

Bis zum Krankenhaus waren es zum Glück nur fünf Minuten Fahrzeit. Um Mitternacht sollten die Straßen frei sein. Doch warum ließ sich ihr Wagen schon beim Ausparken kaum lenken? Was war das für ein merkwürdiges Fahrgefühl?

Sie stellte den Motor wieder ab und stieg aus. Ihr Auto stand nun schräg und blockierte die enge Straße, keine zwei Meter weit war sie gekommen. Da sah sie es. Das Vorderrad hatte keine Luft mehr. Das Hinterrad auch nicht. Sie lief um ihren Wagen herum. Platt. Platt. Jemand hatte ihr alle vier Reifen zerstochen.

»Fuck!«, schrie sie in die Nacht hinaus.

Instinktiv schaute sie sich um, ob jemand in der Nähe war. Sah nicht danach aus. Auf den ersten Blick jedenfalls nicht. Die umliegenden Büros waren verwaist. Um Tessa herum standen jede Menge dicht an dicht parkender Autos – bei denen die

Reifen noch intakt waren. Also kein Dummejungenstreich. Ein gezielter Angriff. Von jemandem, der gewusst haben musste, dass dies ihr Parkversteck war.

Aber da gab es niemanden außer Tom und ihrer Freundin Helen, mit der sie von hier aus schon mal die Stadt unsicher gemacht hatte. Philipp konnte davon nichts wissen, weil sie dieses Juwel schwäbischer Parkmentalität erst nach der Trennung entdeckt hatte – es sei denn, er verfolgte sie wirklich auf Schritt und Tritt.

Hatte sie ihrem Exmann zu viel angelastet? Aber wer folgte ihr dann seit geraumer Zeit wie ein Schatten und wusste mehr über sie, als ihr lieb war?

Tessa fröstelte und stieg zurück in ihr Auto. Hektisch wählte sie die Nummer der Taxizentrale, dann rief sie Tom an, der zum Glück sofort ans Telefon ging und gerade Dienstschluss hatte. In knappen Sätzen schilderte sie ihm die Lage und bat ihn, den Autoschlüssel bei ihr in der Klinik abzuholen und dann bei ihrem Fahrzeug auf den Pannendienst zu warten. Leander schrieb sie, dass Julian auf der Intensivstation lag, sie deshalb bis auf Weiteres nicht erreichbar sein und sich wieder bei ihm melden würde.

26

»Julian hat sehr schnell unglaublich hohes Fieber bekommen«, berichtete Frau Rose im Flüsterton. »Ich habe es mit Wadenwickeln versucht und ihm Fiebersaft gegeben. Er hatte Schmerzen am ganzen Körper. Ich dachte, das sind Gliederschmerzen und er entwickelt eine richtige Grippe. Es war so schrecklich, er hat enorm schnell geatmet, ich habe seinen Puls gefühlt und konnte die Schläge kaum zählen, fast hundertzwanzig. Der arme kleine Mann. Ich habe ihn auf meinem Schoß gewiegt, ihm sein Lieblingslied von der Katze im Schnee gesungen, seine Stirn gestreichelt und ihm gut zugeredet. Doch es wurde einfach nicht besser. Trotz des hohen Fiebers war er so kaltschweißig und wurde immer apathischer. Auf einmal war er wie weggetreten, er hat nicht mehr auf mich reagiert. Da ist mir das Herz in die Hose gerutscht, und ich habe einen Rettungswagen gerufen.«

Wie in Trance hatte Tessa die Schilderung der Symptome über sich ergehen lassen. Es gab nur eines, was sie jetzt noch von der Intensivschwester wissen wollte, die hinter Julians Bett stand und eine Infusionsflasche austauschte.

»Es … es wird doch alles wieder gut werden?« Beim Sprechen stießen ihre Lippen gegen den Mundschutz und dämpften ihre Stimme.

»Das werden die nächsten Stunden zeigen, Frau Steinwart.«

»Was heißt denn das?« Sie hatte die Schwester sehr wohl verstanden, aber ihr Kopf weigerte sich schlicht, die Tragweite der Aussage zu begreifen.

»Wir müssen abwarten. Je schneller so eine schwere Sepsis mit einem Antibiotikum therapiert wird, umso besser«, erklärte die Intensivschwester, die sich als Martina vorgestellt hatte, in geduldigem und verständnisvollem Ton.

Doch Tessa fühlte sich überhaupt nicht verstanden. Und was noch viel schlimmer war – sie fühlte sich vom Leben verraten. Wollte das Schicksal – oder der liebe Gott oder wer auch immer auf dieser Welt über Leben und Tod bestimmte – ihr den

Sohn wegnehmen? Warum ausgerechnet ihr? Womit hatte sie das verdient? Julian war doch das Einzige, was sie hatte – wofür sie überhaupt lebte.

»Wie lange denn abwarten?«, fragte Tessa flehentlich, und im nächsten Moment kamen ihr die Tränen. »Sagen Sie mir, dass mein Sohn nicht sterben wird.« Das Ende des Satzes hatte sie nur noch geflüstert.

»Frau Steinwart …« Die Intensivschwester legte ihr beruhigend die Hand auf den Arm.

Oh, wie sie es hasste, mit dem Nachnamen ihres Exmannes angesprochen zu werden. Wenn das hier überstanden war, würde sie sich als Erstes darum kümmern, ihren Mädchennamen wieder anzunehmen.

»Nun werden Sie doch endlich konkret! Sie müssen mich nicht schonen. Ich will wissen, womit zu rechnen ist.« Sie wollte schreien, aber sie nahm sich zusammen. Innerlich hingegen explodierte sie, und sie fühlte einen Schmerz, als würde sie in Stücke gerissen.

Die Schwester blieb ruhig. »Die Tagesoma Ihres Sohnes hat sehr aufmerksam und schnell gehandelt, insofern hat Julian gute Chancen, durchzukommen.«

»Was heißt ›gute Chancen‹? Lassen Sie doch endlich diesen heißen Brei weg, und reden Sie Tacheles mit mir!«

»Dabei helfen keine Zahlen. Jeder Patient ist anders, das gilt besonders für Kinder. Fünfzig bis sechzig Prozent der Patienten mit schwerer Sepsis überleben nicht, weil die ersten Symptome meist als Grippe fehlgedeutet werden und in der Folge zu lange unbehandelt bleiben. Dann kann es binnen Stunden zu multiplem Organversagen kommen, da sich die Infektion über die Blutbahnen schnell auf Nieren, Lunge, Leber und Herz ausbreitet und kaum mehr eingedämmt werden kann.« Sie nahm das leere Infusionsbehältnis und warf noch einmal einen kontrollierenden Blick auf den Monitor. »Diesen schweren septischen Schock gilt es zu verhindern.«

Fünfzig bis sechzig Prozent überleben nicht, hallte es in Tessas Kopf nach. Sie schluckte hart. »Dann tun Sie was, verdammt noch mal, tun Sie etwas, damit mein Sohn nicht stirbt!«

»Genau darum ist Julian hier. Im Moment sind wir dabei, seinen Kreislauf zu stabilisieren, und hoffen, dass das Antibiotikum bald anschlägt, damit wir die Sepsis schnell in den Griff bekommen. Julian ist noch nicht über den Berg, sein Zustand ist kritisch, das sehen Sie selbst, und da will ich Ihnen auch nichts vormachen. Aber Ihr Sohn ist ein kleiner Kämpfer.«

Die vielen Kabel und Schläuche, das Piepsen, der blinkende Monitor. Langsam ging Tessa auf ihren Sohn zu. Wie blass er war. Seine Haut hatte fast dieselbe Farbe wie das Leintuch, seine Haare klebten ihm an der schweißfeuchten Stirn, seine frechen Pausbacken waren eingefallen. Klebestreifen hielten dort irgendwelche Schläuche, und in seinem kleinen Mund steckte dieser riesige Tubus mit dem langen Schlauch, der zur Beatmungsmaschine führte.

Wenn sie nur könnte, würde sie Julian gern alle Qualen abnehmen. Schuldgefühle, ihn so oft allein gelassen zu haben, drückten sie nieder.

Sie ließ sich auf den Stuhl sinken, auf dem Frau Rose an Julians Bett Wache gehalten hatte, und versuchte zu verstehen. Wie schnell aus so einer kleinen entzündeten Wunde am Knie ein lebensbedrohlicher Zustand werden konnte! Wie schnell sich das Leben doch drehen und in sein Gegenteil verkehren konnte. Verfluchte Drehtür.

»Wie lange muss Julian noch an diese Maschine angeschlossen sein?«, fragte sie die Schwester nun etwas gefasster.

»Durch die Beatmung versuchen wir, seinen Blutgaswert zu regulieren; bis das geschafft ist, bleibt er im künstlichen Koma. Ich weiß, dass das schwer für Sie ist, aber versuchen Sie, sich auf das Positive zu konzentrieren. Sie haben Glück, dass Ihr Sohn eine so umsichtige Tagesoma hat, die die wirkliche Schwere der Symptome erkannt und den Notarzt alarmiert hat.«

Frau Rose machte eine abwiegelnde Handbewegung. Ihr sorgenvoller Blick galt Julian.

Ja, wenn Frau Rose nicht gewesen wäre ... Wenn alles gut ausging, hatte Julian ihr sein zweites Leben zu verdanken. Ganz gleich, wie neugierig und überfürsorglich die Nachbarin auch sein mochte, sie war ein Schatz, der mit Gold nicht aufzuwiegen war.

Die Intensivschwester trat an Tessas Seite. »Nehmen Sie ruhig die Hand Ihres Sohnes. Man weiß nicht genau, was die Kleinen in diesem Zustand mitbekommen, aber es wird ihm auf jeden Fall helfen. Reden Sie mit Julian.«

Ihre Kehle fühlte sich an, als würde in *ihrem* Hals so ein riesiger Schlauch stecken.

Ihr Sohn ist ein kleiner Kämpfer. Die Worte der Schwester kreisten durch ihre Gedanken, und sie versuchte, sich daran festzuklammern.

Vorsichtig schob sie ihre Hand unter die Finger ihres Sohnes und hoffte auf eine Reaktion, eine winzige Bewegung. »Mein kleiner Kämpfer«, flüsterte sie. »Ich lass dich nie wieder so lange allein, versprochen.«

Die Intensivschwester sah auf die Uhr. »Eine Viertelstunde können Sie noch bleiben, aber dann möchte ich Sie bitten, morgen früh wiederzukommen. Auch die kleinen Patienten brauchen Ruhe.«

Tessa wollte etwas entgegnen, doch in diesem Moment kam ein Pfleger herein.

»Frau Steinwart? Sind Sie das? Draußen vor der Schleuse wartet ein Herr Trautner auf Sie.«

27

»Danke, dass du gekommen bist, Tom.« Sie drückte ihm den Autoschlüssel in die Hand. »Du kennst ja die geheime Ecke, wo ich immer parke. Und hier ist mein Mitgliedsausweis vom Pannendienst. Die Straße muss frei werden. Lass ihn aber bitte nicht in die Vertragswerkstatt schleppen. Das Geld habe ich gerade nicht. Einfach zu einem günstigen Reifenhändler, in Stuttgart-West ist doch gleich einer. Wie heißt der noch?«

Tom musterte sie irritiert. »Tessa, wie geht es Julian?«

Ihr schossen Tränen in die Augen, und sie merkte, dass sie sich mit ihrem Wortschwall um diese Frage zu drücken versucht hatte.

»Nicht gut«, brachte sie hervor.

»Was war denn los? Frau Rose hat mich ganz aufgeregt auf der Dienststelle angerufen, weil du nicht erreichbar warst.«

Was sollte sie Tom nun sagen? Dass sie eine Verabredung gehabt und mit Leander die Welt um sich herum vergessen hatte? Sie brachte es nicht über sich. Sie hatte Gewissensbisse, Tom gegenüber dieses Date überhaupt zu erwähnen, auch wenn es keinen rationalen Grund dafür gab. Sie waren doch nur Freunde, schon immer gewesen.

Sie hörte jemanden den Gang entlangkommen und drehte sich um. Leander näherte sich ihnen mit hastigen Schritten.

Ausgerechnet jetzt. Hätte sie ihm nur vorhin keine Nachricht geschrieben. Sie hatte nur gewollt, dass er sich nicht fragte, warum sie nicht erreichbar war – nicht dass er sofort umdrehen und zu ihr ins Krankenhaus kommen würde.

»Tessa, da bist du ja! Ich habe nach deiner WhatsApp gleich die nächste U-Bahn zurück genommen und bin zum nächstliegenden Krankenhaus gefahren. Gott sei Dank treffe ich dich hier tatsächlich. Was ist mit Julian? Kann ich irgendwas für dich tun?« Erst jetzt registrierte er, dass Tom kein Besucher der Intensivstation, sondern gerade mit ihr im Gespräch gewesen war. »Oh, Entschuldigung, ich wollte nicht dazwischenplatzen.«

Doch genau das war ihm gelungen. Tessa fühlte sich genötigt, die beiden einander vorzustellen. »Tom, das ist Leander Weißmann. Wir … wir kennen uns seit kurzer Zeit.«

Tom maß sein Gegenüber von oben bis unten und fand dabei wohl die Antwort auf seine unausgesprochene Frage, in welcher Beziehung sie zu Leander stand. Sie sah es an der Enttäuschung in seinen Augen. Na prima, das fing ja gut an.

»Und das ist Tom … Thomas Trautner. Ein guter Freund von mir.« Wie bescheuert dieser Satz klang. Und so empfand sie auch die Situation. »Tom ist mein Nachbar, und er kümmert sich darum, dass mein Wagen von der Straße kommt. Jemand hat mir die Reifen zerstochen.«

»Um Himmels willen, da kommt ja heute alles zusammen!«, rief Leander. »Um den Wagen kümmere ich mich«, bot er sofort an, und an Tom gewandt fügte er hinzu: »Sie haben ja schon Augenringe. Da sollten Sie besser schlafen und um diese Uhrzeit nicht mehr unterwegs sein.«

»Ja, Mama.« Tom ließ den Autoschlüssel in die Hand von Leander fallen. »Bitte, Cobra 11, übernehmen Sie. Ich werde mich sicherlich nicht darum reißen, nach Dienstschluss *noch eine* Spazierfahrt durch Stuttgart zu machen. Ich bin nämlich tatsächlich hundemüde.«

Mit diesen Worten machte er auf dem Absatz kehrt.

»Tom!«, rief Tessa ihm hinterher, doch er reagierte nicht. Wie kindisch.

Sie war ihm bestimmt keine Rechenschaft schuldig. Noch dazu hatte sie im Moment ganz andere Sorgen, als sich mit Toms Eifersucht zu beschäftigen.

28

Kaum war Tessa auf den Beifahrersitz von Frau Roses Mercedes gesunken, brach die Welt über ihr zusammen. Sie rutschte auf dem beigefarbenen Cordbezug tiefer, verbarg das Gesicht in ihren Händen, und dann flossen die Tränen. Sie gab jede Kontrolle über ihre Gefühle auf, ein Weinkrampf schüttelte sie. Was, wenn Julian nicht überlebte?

Dieser unerträgliche Gedanke pumpte die Tränen aus ihr heraus, bis sie sich kraftlos und leer fühlte. Sie konnte kaum mehr aus den Augen schauen und würde wohl ersticken, wenn sie sich nicht bald die Nase putzte.

Frau Rose griff in die Ablage und reichte ihr ein Taschentuch. Die gute Seele hatte sich vehement, aber vergeblich dafür eingesetzt, dass die Ärzte Tessa erlaubten, die Nacht in Julians mittelbarer Nähe zu verbringen. Sie hatte ihren Sohn nicht allein lassen, sondern seine Hand halten wollen, ihn spüren lassen, dass sie da war. Oder wenigstens innerhalb von Minuten an seinem Bett sein können, falls sich sein Zustand verschlechterte. Aber die Klinik durfte oder wollte keine Ausnahme machen und ihr ein Bett zur Verfügung stellen, also hatte Frau Rose sie am Ende zur Vernunft bringen müssen, damit sie die Nacht nicht auf einem unbequemen Stuhl im Flur verbrachte und dabei ihre letzten Reserven verbrauchte.

Das Leben ihres Sohnes lag nun in den Händen der Ärzte und Schwestern, sie konnte nichts für ihn tun. Nichts außer beten, und das hatte sie bei ihrer Konfirmation zuletzt getan.

Frau Rose fand auch jetzt wieder beruhigende Worte und sagte, dass Tessa den Ärzten vertrauen solle, während sie ihren topgepflegten Mercedes 240 D mit der ackerbraunen Karosserie, dessen Scheinwerfer wohl schon die Straßen der achtziger Jahre erhellt hatten, sicher nach Hause lenkte. Trotz Häkelrolle auf der Hutablage bediente Frau Rose fahrtechnisch keine Klischees, sie war eine geübte und zügige Autofahrerin.

Erst nach zahlreichen Serpentinen, als sie das Ende der Weinsteige erreicht hatten und damit auf dem Rand des Stuttgarter Kessels angelangt waren, versiegten die Tränen, und Tessa bekam wieder etwas Luft durch die Nase.

»Ach, Frau Rose, wenn Sie nicht wären. Danke.«

»So bin ich eben«, sagte Frau Rose milde. »Ich habe mich schon immer gern um andere gekümmert. Falls heute Nacht noch irgendetwas sein sollte: Ich lasse mein Handy an, außerdem bin ich ja gleich nebenan. Und morgen früh kann ich auch schon um sieben Uhr wieder im Krankenhaus sein.«

Die Intensivschwester hatte ihnen bei der Verabschiedung gesagt, dass sie Tessa bei einer Verschlechterung natürlich sofort informieren würden. Sie hatte ihnen aber auch die Aussicht mit auf den Weg gegeben, dass Julian in den nächsten acht bis zehn Stunden von der Beatmungsmaschine entwöhnt werden würde, wenn sich sein Zustand in der Nacht weiter stabilisierte und er demzufolge im Verlauf des morgigen Tages wieder aus dem künstlichen Koma geholt werden konnte.

Wenn Julian aufwacht, dachte Tessa, werde ich an seinem Bett sitzen – und nicht Frau Rose.

»Frau Rose, es ist sehr nett, dass Sie morgen früh gleich wieder parat stehen wollen, aber ich werde meinem Chef sagen, dass ich ein paar Tage Urlaub brauche und auch generell etwas kürzertreten möchte. Letzteres wird er nicht von heute auf morgen organisieren können, aber ich denke, er wird es mittelfristig möglich machen. Und den Urlaub muss er mir genehmigen, egal wie, andernfalls werde ich mich krankschreiben lassen. Julian braucht mich doch.« Es klang fast so, als wollte sie sich damit selbst überzeugen.

Frau Rose entgegnete nichts. Das hatte Seltenheitswert. Erst nachdem sie den Blinker gesetzt und eines der wenigen Fahrzeuge auf der B 27 überholt hatte, die noch unterwegs waren, fragte sie: »Wollen Sie damit sagen, dass ich mich in Zukunft nicht mehr um Julian kümmern soll?«

»Doch, natürlich. Ich werde Sie immer noch brauchen. Sehr sogar, aber eben nicht mehr so oft.«

»Es wird mir sehr schwerfallen, Julian nicht mehr jeden Tag bei mir zu haben. Mir liegt der Kleine sehr am Herzen, und es geht ihm doch gut bei mir.«

»Das weiß ich«, sagte Tessa, und danach schwiegen sie beide.

Unterdessen erreichten sie den Asemwald und fuhren ins unterirdische Parkhaus.

Während der Fahrt im Aufzug suchte Tessa nach einer Formulierung, mit der sie Frau Rose nicht weiter verletzen würde, denn so absolut, wie Julians Tagesoma es aufgefasst hatte, hatte sie das ja gar nicht gemeint.

»Sie kümmern sich ganz wundervoll um Julian, Frau Rose, es geht dabei um mich, ich möchte mehr Zeit mit meinem Sohn verbringen.«

»Das verstehe ich, natürlich. Und nun erholen Sie sich ein wenig. Sie werden Ihre Kraft noch brauchen«, sagte Frau Rose bei der Verabschiedung im achtzehnten Stock.

Dieses Mal funktionierte es nicht. Tessa gewann in ihrer Wohnung keinen Abstand, ganz im Gegenteil.

In Julians Kinderzimmer, beim Anblick des leeren Piratenbettes, begannen ihre Tränen erneut zu fließen. Das Wissen, dass jemand in diesen Räumen herumgeschlichen war, sich umgesehen und womöglich zahlreiche Gegenstände berührt hatte, war kaum auszuhalten. Sie putzte sich die Nase und hatte trotzdem das Gefühl, keine Luft mehr zu bekommen.

Sie ging raus auf den Balkon und atmete tief durch. Es war windstill und die Temperatur endlich angenehm. Wolken hatten sich angesammelt und verhießen Regen.

Die frische Nachtluft machte Tessas Blick etwas klarer. Noch vor wenigen Stunden hatte sie mit Leander zusammen zu den Sternen geschaut, und nun fühlte sie sich so allein wie schon lange nicht mehr. Verlassen.

Nicht unbedingt von anderen Menschen. Tom war schließlich immer für sie da und ebenso ihre Freundin Helen. Verlassen fühlte sie sich von ihrer Stärke, ihrem Mut und ihrem analytischen Verstand. Das alles wurde verdrängt von einem einzigen, übermächtigen Gefühl: Angst.

Tessa zog ihr Handy aus der Hosentasche und sah auf das Display. Alles gut. Das Krankenhaus hatte nicht angerufen, auch nicht, als sie in der Tiefgarage keinen Empfang gehabt hatte.

Zur Ruhe kam sie dennoch nicht. Sie ging wieder hinein. Rastlos lief sie in ihrer Wohnung hin und her, achtete dabei auf jedes Detail, das sich verändert haben könnte, und wappnete sich innerlich für den Fall, dass sie eine weitere stumme Botschaft entdeckte. Doch auch wenn sie keine Spuren eines erneuten Eindringens in ihre Privatsphäre fand, das ungute Gefühl blieb. In ihrer Wohlfühloase, ihrem Rückzugsort, war sie nicht mehr gänzlich sicher, obwohl Tom gleich heute Morgen das Schloss ausgetauscht hatte. Sogar einen Sicherheitsriegel besaß sie jetzt. Der konnte allerdings nichts gegen ihre Angst ausrichten. Die hatte sich wie ein ungebetener Gast in ihr ausgebreitet und ließ sich nicht aussperren.

Unruhig dachte sie darüber nach, was sie jetzt tun sollte. Wie gern hätte sie noch mit jemand Vertrautem gesprochen, aber sie wollte weder Tom noch Helen aus dem Schlaf holen.

Sie wünschte sich mit Leander zurück auf den »Monte Scherbelino«, um sich an seiner Nähe zu beruhigen und mit ihm die Sterne zu zählen. Es würde vielleicht schon helfen, wenigstens mit ihm hier auf dem Balkon zu sitzen, aber er hatte ihr vorhin geschrieben, dass er ihr Auto zur Werkstatt hatte schleppen lassen, und sich mit einem virtuellen Gute-Nacht-Kuss von ihr verabschiedet.

Zwar hatte er noch dazugeschrieben, dass sie sich jederzeit bei ihm melden könne, wenn es Julian schlechter ginge – aber das war ja bislang nicht der Fall.

Unschlüssig blieb sie im Flur stehen. Würde sie Leander jetzt anrufen, müsste sie ihm auch von ihren Ängsten und der Bedrohung erzählen. So weit war sie noch nicht.

Ein knackendes Geräusch, so laut, dass sie zusammenfuhr. Irgendwo vom Balkon her. Sie brachte sich hinter dem Türrahmen in Deckung und hielt den Atem an.

Die Balkontür stand offen, aber wie sollte jemand so weit oben in ihre Wohnung einsteigen können? Das war ja absurd, es müsste schon ein Fassadenkletterer erster Güte sein. Sie spähte in die Richtung, aus der das Geräusch gekommen war. Das Herz klopfte ihr bis zum Hals, nicht kräftig und schnell, sondern flatternd und unkontrolliert.

Wer hatte es auf sie und ihren Sohn abgesehen, und warum? Ihr Exmann war der Einzige, der ihr dazu einfiel. Seine Warnung, sie solle nur gut auf Julian aufpassen, schließlich wäre es ein Jammer, wenn ihm etwas zustoßen würde – die konnte man auch als Drohung verstehen. Sie *hatte* sie als Drohung verstanden. Und musste es ernst nehmen, dass sie Philipp intuitiv zutraute, zu Unbeschreiblichem fähig zu sein.

Wohin sollte sie jetzt flüchten? Raus aus der Wohnung, damit sie im Treppenhaus von ihrem Stalker überwältigt wurde? Denn mit dem Aufzug bräuchte sie es erst gar nicht zu versuchen. Es wäre ein höchst seltener Zufall, wenn dieser gerade nicht im Erdgeschoss ruhen würde.

Während sie in ihrer Vorstellung die möglichen Szenarien durchspielte, geschah nichts weiter auf der anderen Seite der geöffneten Balkontür. Kein Geräusch war mehr zu vernehmen, keine Regung zu spüren, nur der leicht kühle Wind, der durch die Wohnung strich.

Langsam realisierte Tessa, dass es der Temperaturunterschied gewesen sein musste, der dieses Knacken verursacht hatte. Nach weiteren endlosen Sekunden des Abwartens traute sie sich aus ihrer Deckung und atmete tief durch.

Hier drin würde sie noch verrückt werden. Wahrscheinlich war sie gerade auf dem besten Weg, paranoid zu werden. Selbst von Philipp hatte sie sich das schon vorwerfen lassen müssen. Aber die Bedrohung war da, und sie richtete sich auch gegen ihren Sohn. Das, was sie am meisten liebte, war in Gefahr. In echter Gefahr.

Mit diesem Wissen allein in ihrer Wohnung sitzen zu bleiben hielt sie nicht aus.

Die einzige Person, mit der sie jetzt noch reden und die ihr zuhören konnte, weil sie sich bestimmt noch nicht schlafen gelegt hatte, war Frau Rose.

29

Merkwürdig, in einer Wohnung zu sitzen, die vom Grundriss her mit ihrer identisch, nur anders eingerichtet war. Tessa rutschte unruhig auf dem samtgepolsterten Stuhl im Sechziger-Jahre-Schick herum, während Frau Rose in der Küche stand und Tee aufsetzte. Hoffentlich keinen Kamillentee. Doch Tessa wollte nicht noch mit Extrawünschen kommen, nachdem die alte Dame sie trotz der nachtschlafenden Zeit so warmherzig empfangen hatte.

Von ihrem Platz an dem kleinen, runden Esstisch an der Fensterfront aus konnte sie Frau Rose beobachten, die gerade den pfeifenden Kessel vom Herd nahm. Der ursprünglich eigenständige Raum war durch das Entfernen einer Wand zur halboffenen Küche geworden. Vom Flur aus gesehen vermittelten zwei Türen allerdings nach wie vor den Eindruck, Wohnzimmer und Küche seien getrennte Räume, wie bei ihr zu Hause.

Zu Hause – wie fremd ihr das geworden war.

»Aber Ihr Türschloss hat Tom doch gleich heute früh ausgetauscht? Sonst hätte ich Ihnen ja nicht den neuen Schlüssel geben können. Als ich heute Morgen bei ihm war, habe ich übrigens seine Küche gesehen. Da herrscht eine Unordnung, das ist kaum zu beschreiben. Töpfe, Teller, Essensreste … Es wird Zeit, dass bei ihm wieder eine Frau ins Haus kommt.«

»Mhm«, machte Tessa, weil sie keine Lust hatte, darauf einzugehen. Verglichen mit dem Chaos in der Wohnung ihres Exmannes war der Singlehaushalt von Tom geradezu eine Spießerbude. Doch Frau Rose kannte Philipps Haushaltsführung nicht, und sie ließ zum Glück auch vom Thema ab, da sie unvermittelt ein ganz anderes Bedürfnis verspürte.

»Ich bin kurz auf Toilette!«, rief sie und fügte entschuldigend hinzu: »Ich habe leider gerade einen etwas nervösen Darm.«

So genau wollte ich es gar nicht wissen, dachte Tessa, als auch schon die Küchentür hinter Frau Rose zuflog und die Gute durch den Flur davoneilte.

Bislang war Tessa nur einmal in Frau Roses Wohnung gewesen. Meist klingelte sie kurz, um Julian abzuholen, hielt sich aber nicht groß bei Frau Rose auf, oder die beiden kamen direkt zu ihr rüber. Julian hatte hier sein eigenes Kinderzimmer mit ein paar Spielsachen, das Frau Rose ihm extra eingerichtet hatte. Zwar mit gebrauchten Möbeln, dennoch fand Tessa das etwas übertrieben, aber Frau Rose hatte es damit begründet, dass sie das Zimmer ohnehin nicht benötigen würde und so alle Spielsachen immer aufgeräumt seien.

Im Wohnzimmer hatten die Farben, Muster und Formen einer vergangenen Zeit überdauert, bis sie nun wieder modern geworden waren. Dabei hätte sich Frau Rose doch neu einrichten können, als sie nach dem Tod ihres Mannes hier eingezogen war.

Sein Foto stand als Einziges auf einem Häkeldeckchen in der Mitte des Sekretärs an der gegenüberliegenden Wohnzimmerwand. Über ihn hatte Frau Rose bisher wenig gesprochen, Tessa wusste nur, dass sie seinen frühen Tod durch Herzinfarkt nur schwer verkraftet und sich zahlreiche Beschäftigungen gesucht hatte, um nicht zu vereinsamen, da die beiden keine Kinder hatten.

Die Bücherregale waren gefüllt mit schön gebundenen Klassikerausgaben, darunter besonders viele Ausgaben von Goethe, stellte Tessa fest, und sie nahm sich vor, Frau Rose bei nächster Gelegenheit die gerade neu erschienene Biografie über ihn zu schenken.

Sie schaute noch einmal hinüber zu dem Schwarz-Weiß-Foto. Ein attraktiver Mann mit einem selbstsicheren Blick und einem sympathischen Lächeln. Sie konnte sich vorstellen, dass die beiden eine gute Ehe geführt hatten – weshalb der Verlust für Frau Rose sicher umso schmerzlicher gewesen war.

»Ja, das ist mein lieber Mann gewesen, Gott hab ihn selig.«

Tessa hatte gar nicht gemerkt, dass Frau Rose ins Wohnzimmer zurückgekommen war.

»Sie waren bestimmt ein glückliches Paar.«

»Ja, das waren wir bis zu seinem Tod. Ohne Aufgabe wäre ich danach verrückt geworden. Nur durch die Freiwilligenarbeit im Krankenhaus bin ich darüber hinweggekommen.« Sie nahm einen Teller mit Goldrand aus der Anrichte. »Es ist einfach so ein schönes Gefühl, wenn man gebraucht wird. Können Sie das verstehen?« Frau Rose ging an ihr vorbei zurück in die Küche und holte zwei Tassen aus dem Oberschrank.

Tessa nickte. Natürlich verstand sie. Nur hatte Frau Rose noch nicht begriffen, dass sie mit ihrer wohlmeinenden Fürsorge anderen die Luft zum Atmen nahm. Ob die Nachbarin durch den Tod ihres Mannes so geworden war? Wahrscheinlich hatte ihm früher ihre ganze Aufmerksamkeit gegolten.

Während Frau Rose in ihrem beigefarbenen Kostüm und der immer noch perfekt sitzenden Lockenstabfrisur durch die Küche lief, den Tee aufgoss und einen Teller mit Keksen füllte, begann Tessa sich zu entspannen. Alte Erinnerungen daran, wie sie als Kind ihre Mutter in der Küche beobachtet und sich von ihr am Herd Geschichten hatte erzählen lassen, stiegen in ihr auf.

»Wie lange waren Sie verheiratet?«

»Oh, dreißig Jahre. Wir haben geheiratet, als wir beide zwanzig waren. Gekannt haben wir uns schon unser ganzes Leben lang. Wir sind als Nachbarskinder im Stuttgarter Norden aufgewachsen, haben zusammen im Sandkasten gespielt, und später hat uns der gute und sichere Verdienst meines Mannes erlaubt, in genau diesem Gebiet ein großes Haus zu kaufen, mit viel Grün drumherum und einer wunderbaren Aussicht auf Stuttgart.«

»Und das mussten Sie nach dem Tod Ihres Mannes verkaufen?«

»Nicht aus finanziellen Gründen, er war in leitender Position beim Verfassungsschutz tätig und hat immer gut vorsorgen können. Nur habe ich mich in unserem Haus, in dem er mitten im Wohnzimmer an einem Herzinfarkt gestorben ist, einfach nicht mehr wohlgefühlt.«

»Verständlich.«

Frau Rose hielt in ihrem Tun inne und schaute nachdenklich zu Tessa herüber. »Sie kennen nicht die ganze Geschichte. Erschwerend kam hinzu, dass die Presse über mich hergefallen ist wie die Aasgeier.«

»Warum das denn?« Tessa wurde hellhörig und zog die Augenbrauen hoch. Sie wusste, wie wenig manche Kollegen die Privatsphäre achteten, aber diese Pauschalisierungen mochte sie nicht, auch wenn es zugegeben immer mehr schwarze Schafe in ihrer Branche gab.

»Jemand hatte das Gerücht in die Welt gesetzt, er könne mit seinen gerade mal fünfzig Jahren eines nicht natürlichen Todes gestorben sein. Die Presse hat mich daraufhin regelrecht ausgequetscht, man wollte alles über meinen Mann wissen und ob ich diese oder jene Theorie für möglich halte. Er war Leiter der Abteilung 4, die sich mit Spionageabwehr, Geheim- und Sabotageschutz, aber auch mit Scientology befasste, und hat im Laufe seiner Dienstjahre dafür gesorgt, dass einige berühmt-berüchtigte Namen von der Fahndungsliste auf die Insassenliste von Stammheim kamen. Da hat es sicherlich bei dem einen oder anderen Rachegelüste gegeben. Aber alles Unfug. Ich stand ja in der Küche und damit praktisch neben ihm, als es passierte. Für einen Herzinfarkt war er damals eigentlich zu jung, ja, aber zu jung zum Sterben ist man immer. Deshalb muss man keine Gerüchte in die Welt setzen, die alles nur noch schlimmer machen.« Frau Rose winkte ab. »Reden wir nicht mehr davon. Das geht mir immer noch nah. Wie war denn überhaupt Ihre Verabredung mit diesem Leander Weißhaupt – heutzutage sagt man ja Date, nicht wahr?«

»Weißmann, er heißt Leander Weißmann«, korrigierte Tessa reflexartig. Auch wenn es ein nett gemeinter Themenwechsel war, sie hatte keine besondere Lust, mit Frau Rose darüber zu reden – deren Neugierde kannte schließlich keine Grenzen.

Also antwortete sie der Höflichkeit halber: »Es war ganz nett, ja. Wir haben uns gut verstanden.«

»Das klingt nicht gerade begeistert, wie schade. Liegt es am Altersunterschied?«

Tessa rief sich den zauberhaften Abend mit Leander in Erinnerung. Ihr Bauchgefühl sagte ihr, dass dies ein Mann war, der zu ihr passen könnte, und die aufgeregten Schmetterlinge hatten sie kurzzeitig sogar an Liebe auf den ersten Blick denken lassen, doch mit etwas Abstand waren wieder Zweifel in ihr aufgekommen, wem ihr Herz wirklich gehörte, Tom oder Leander, und ob sie es überhaupt einem der beiden Männer schenken sollte.

»Leander ist ein sehr netter Mann, und der Altersunterschied spielt für mich keine Rolle. Er hat das Herz am richtigen Fleck, hat eine Tochter allein großgezogen und muss seit Jahren damit zurechtkommen, dass sie als Teenager abgehauen ist und er nicht weiß, ob sie überhaupt noch lebt.«

Mit einem Tablett kam Frau Rose an den Tisch, und noch ehe Tessa die Tasse vor sich hatte, zog der Geruch zu ihr herüber. Kamillentee.

Sie bedankte sich und lächelte tapfer, während Frau Rose sich setzte und ihr einen Keks anbot.

»Sind selbst gemacht. Essen Sie davon, Tessa, Sie machen mir sonst wirklich Sorgen. Das ist ja ein schlimmes Schicksal, das Ihr Verehrer da erlitten hat. Andererseits, vielleicht war er einfach kein so guter Vater.«

»Wie kommen Sie darauf?«

»Nun ja, Kinder laufen wohl nicht ohne Grund weg. Und vielleicht hat er Ihnen auch nicht alles erzählt.«

Tessa griff nach einem Keks. Während sich der leckere Haselnussgeschmack in ihrem Mund verteilte und sie pflichtschuldig auf der Masse herumkaute, musste sie wenigstens nichts sagen. Frau Rose schien aber auch gar keine Antwort zu erwarten, zumindest schaute sie schweigend in ihre Teetasse.

Die Stimmung war angeknackst, und Tessa begann sich innerlich darüber zu ärgern, dass sie es nicht länger bei sich in der Wohnung ausgehalten hatte.

Es hatte nach dem Klingeln eine Weile gedauert, bis Frau Rose geöffnet hatte, vielleicht hatte sie sich erst wieder anziehen müssen und gab sich nun besonders munter, um ihr kein schlechtes Gewissen zu machen, weil sie ihr doch versprochen hatte, für sie da zu sein. Die gute Seele hatte ja von der ganzen Aufregung schon einen nervösen Darm bekommen und war sicher am Rand ihrer Kräfte, auch wenn sie sich das nicht anmerken ließ.

Tessa schaute zum wiederholten Mal auf ihr Handy, um sich zu überzeugen, dass der Empfang ausreichend war, für den Fall, dass das Krankenhaus anrief. Beim Gedanken an ihren Sohn blieb Tessa ein Krümel im Hals stecken, und sie musste husten.

»Alles in Ordnung?«, fragte Frau Rose und war sofort zur

Stelle, um ihr auf den Rücken zu klopfen, bis der Anfall vorbei war und sie sich beruhigt hatte.

Tessa nickte. Doch in Ordnung war gar nichts. Was, wenn ihr Sohn die Nacht nicht überlebte? Panik durchflutete sie. Sie musste aufhören, über den schlimmsten Fall nachzudenken, und in fester Hoffnung bleiben, dass alles gut werden würde.

»Julian wird durchkommen. Da bin ich mir ganz sicher«, sagte Frau Rose und trank von ihrem Tee. Tessa hatte ihre eigene Tasse noch nicht angerührt, obwohl ihre Kehle förmlich nach einem Schluck lechzte.

»Woher wissen Sie, dass ich genau darüber gerade nachgedacht habe?«, fragte sie mit rauer Stimme.

»Wenn es nicht so wäre, würden Sie nicht immerzu auf das Handy schauen. Und als Mutter wird Ihnen gerade ohnehin nicht viel anderes durch den Kopf gehen. Wissen Sie, der Grund, warum ich niemals Kinder haben wollte, war die Vorstellung, dass das eigene Herz zukünftig außerhalb des eigenen Körpers herumläuft und man nicht immer da sein kann, um es zu beschützen. Eine Horrorvorstellung, dass dem eigenen Kind etwas zustoßen könnte. Ich weiß nicht, wie man mit einem solchen Schicksal zurück ins Leben finden soll. Wahrscheinlich existiert man nur noch und versucht verzweifelt, etwas zurückzuholen, was nicht mehr da ist. Aber Julian ist in den besten Händen, darauf können wir vertrauen, und bald wird er wieder hier bei uns sein und fröhlich mit seinen Spielsachen spielen.«

Bei dieser hoffnungsvollen Vorstellung stiegen in Tessa erneut die Tränen auf, und nachdem sie ein Stoßgebet zum Himmel geschickt hatte, nippte sie nun doch an ihrem Tee, allerdings drehte es ihr selbst von dem winzigen Schluck fast den Magen um.

Sie schob ihre Tasse in die Tischmitte. »Sie sind mir aber doch hoffentlich nicht gram, dass Sie Julian nicht mehr so oft bei sich haben werden, wenn ich mich mit meinem Chef auf weniger Stunden einige?«

»Ach, wo denken Sie hin? Gram ist auch der ganz falsche Ausdruck dafür. Natürlich werde ich den kleinen Kerl vermissen, wenn ich ihn nicht mehr jeden Tag stundenlang um mich habe, aber er ist ja nicht aus der Welt.«

»Genau.« Tessa stimmte voller Erleichterung zu. Aber so richtig überzeugt hatte Frau Rose noch nicht geklungen. »Außerdem engagieren Sie sich doch auch als ›grüne Dame‹ im Krankenhaus, die Patienten freuen sich bestimmt, wenn Sie noch öfter kommen, und arbeiten Sie nicht auch in diesem Wohnhaus für Mütter und Kinder?« Gut, das war ein ziemlich hilfloser Versuch, ihr andere Dinge schmackhaft zu machen, aber etwas Besseres fiel Tessa nicht ein. Frau Rose schien ihr das zum Glück nicht krummzunehmen.

»Nur keine Sorge, Sie haben ja recht. Ich vereinsame ganz bestimmt nicht. Schließlich habe ich tatsächlich auch noch mein eigenes Leben und meine eigenen Pläne. Vom Elisabeth-Haus habe ich Ihnen mal erzählt, ja, aber das haben Sie missverstanden. Dort arbeite ich schon sehr, sehr lange nicht mehr. Die ständigen Schichtdienste waren nichts mehr für mich, außerdem war mein Mann gerade verstorben, und nachts allein für das ganze Haus zuständig zu sein, besonders wenn dann auch noch ein Notfall reinkommt, das wurde mir zu viel.«

»Warum ein Notfall, das ist doch keine Klinik?« Mit der alten Dame über deren Vergangenheit zu plaudern war eine willkommene Ablenkung – und im Hinblick auf Frau Roses Neugierde angenehm unverfänglich.

Frau Rose seufzte und stand auf, um die Balkontür zu schließen. Draußen hatte wie aus dem Nichts ein schweres Sommergewitter eingesetzt, Regen klatschte an die Fensterscheiben, und lautes Donnergrollen unterbrach Frau Roses Erzählung, die sich wieder setzte und versonnen in ihre Teetasse schaute, als würde dort ein Film ablaufen.

»Ach, wissen Sie, man erfährt in so einer Einrichtung von manch schlimmem Schicksal, zuletzt kam mitten in der Nacht ein sechzehnjähriges Mädchen zu mir ins Mutter-Kind-Wohnheim, das ihr Baby gerade auf der Toilette des Hauptbahnhofs allein zur Welt gebracht hatte. Stellen Sie sich das mal vor. Niemand hatte die Schwangerschaft bemerkt, unglaublich! Beide, Mutter und Kind, waren in einer sehr schlechten Verfassung. Das junge Mädchen hatte sehr viel Blut verloren, und das Neugeborene war meiner Schätzung nach zwei, drei Wochen zu früh geboren und stark unterkühlt. Doch die Mutter weigerte sich vehement, nebenan in die Klinik zu gehen, sie fürchtete, nicht anonym bleiben zu können, und bat mich, sich nur eine Nacht ausruhen zu dürfen, denn sie wollte am nächsten Tag mit dem Zug zum Vater des Kindes fahren, in der Hoffnung, dass er sie beide aufnehmen würde.«

»Und wie haben Sie reagiert?« Die Unterhaltung nahm Tessa wider Erwarten gefangen.

»Ich habe versucht, ihr klarzumachen, dass sie ins Krankenhaus muss, weil sonst entweder das Baby oder sogar sie beide sterben würden, aber sie war panisch und hatte offenbar auch starke Angst vor elterlichen Konsequenzen. Während ich heimlich einen Arzt verständigte, ist sie mit ihrem Neugeborenen getürmt, und man hat sie nicht mehr gefunden.«

»Nie mehr?«

»Nie mehr. Es gab sogar einen Fahndungsaufruf. Aber ich wusste ja bis auf ihr Alter nichts von ihr. Keinen Namen – und ihr Aussehen konnte ich nur so gut wie möglich beschreiben. Alles, was ich von ihr habe, ist ein Zettel, den sie zurückgelassen hat.«

»Und was stand darauf?«

»Ich weiß es nicht mehr genau. Das Ganze ist fünfzehn Jahre her. Sie hat sich jedenfalls bei mir bedankt.« Frau Rose stand auf und holte aus einer der Schubladen des Sekretärs einen Schuhkarton heraus. »Hier müsste er drinliegen.«

Während Frau Rose ihr den Rücken zuwandte und den Schuhkarton durchsuchte, dachte Tessa an Leanders Tochter, die vor ebenso vielen Jahren und im selben Alter verschwunden war. Am Hauptbahnhof, wo das Mädchen aus Frau Roses Erzählung ihr Kind zur Welt gebracht hatte, war sie zuletzt gesehen worden. Nur hatte Leander nichts davon gesagt, dass seine Tochter schwanger gewesen war.

»Ich habe ihn tatsächlich noch, hier ist er, der Zettel.« Frau Rose kam damit herüber. Die Schrift war bildschön, trotz der bestimmt schlechten Verfassung des Mädchens sah sie aus wie gemalt, die Anfangsbuchstaben waren deutlich größer als der Rest der Worte.

Es tut mir leid, ich konnte nicht anders. Aber Sie sind ein Engel, Frau Rose. Vielen Dank für alles!

Anstelle ihres Namens hatte das Mädchen einen Stern gemalt.

Tessa war wie elektrisiert. War das eine Spur zu Leanders Tochter? Aufgeregt teilte sie Frau Rose ihren Verdacht mit. Die zuckte mit den Schultern und drehte den Zettel in ihrer Hand.

»Manchmal gibt es solche Zufälle.«

»Frau Rose, wann war das genau? In welcher Nacht ist dieses Mädchen bei Ihnen aufgetaucht, können Sie sich noch erinnern?«

»Natürlich. Schließlich war das mein letzter Nachtdienst. Es war der 15. August 2000. Ich habe mir schwere Vorwürfe gemacht, dass sich das Mädchen von mir nicht halten und zur Vernunft bringen ließ. Manchmal frage ich mich noch heute, was wohl aus ihr und dem Baby geworden ist.«

Tessa spürte, wie sie feuchte Hände bekam. »Frau Rose, wie sah das Mädchen aus?«, fragte sie heiser. »Hatte sie weite, schwarze Kleidung an, so gruftimäßig, und war sie stark geschminkt?«

»Nein, sie hatte ganz normale Sachen an. Jeans und T-Shirt. Sie war gertenschlank und sah fast schon magersüchtig aus, obwohl sie gerade ein Kind zur Welt gebracht hatte. Und sie hatte schwarze kurze Haare. Das habe ich damals auch der Polizei gesagt.«

Tessa kam wieder auf den Boden der Tatsachen zurück. Nichts weiter als ein paar Parallelen. Selbst wenn sich Mira umgezogen hätte, um nicht so aufzufallen, konnte sie es nicht gewesen sein. Leander hatte gesagt, sie hätte wegen ihrer überflüssigen Pfunde Komplexe gehabt, doch ein Teenager mit Gewichtsproblemen wurde kaum über Nacht zu einem dünnen, fast magersüchtigen Mädchen, schon gar nicht während einer Schwangerschaft. Aber irgendwas von Bedeutung musste an der Sache dran sein … Wie konnte es sonst sein, dass zwei Teenager im selben Alter zu exakt demselben Zeitpunkt verschwanden?

»Ich wüsste so gern, was aus Mutter und Kind geworden ist«, sagte Frau Rose gedankenverloren und brachte Tessa damit auf eine Idee.

»Das lässt sich mit diesem Zettel vielleicht herausfinden. Ich könnte doch einen Artikel schreiben, in dem ich den Fall von damals noch mal aufrolle. Immerhin jährt er sich zum fünfzehnten Mal. Das wäre ein guter Aufhänger. Und den Zettel fotografieren wir und drucken ihn ebenfalls ab.«

Frau Rose nickte eifrig, sie schien Feuer gefangen zu haben. »Das könnte vielleicht bewirken, dass sich die Mutter meldet, sie ist ja inzwischen erwachsen und hat von den Eltern keine Strafe mehr zu befürchten. Oder vielleicht erkennt jemand die Schrift, die ist ja schon speziell. Aber warum lediglich ein Zeitungsartikel? Wir sollten das bei Facebook einstellen, das findet doch einen viel weiteren Verbreitungskreis, gerade in dieser Altersgruppe. Tausendfach geteilt sind durch solche Aufrufe schon viele Vermisstenfälle geklärt worden. Und wer liest denn von den Dreißigjährigen heute noch Zeitung?«

Während Tessa noch verblüfft der Erkenntnis folgte, dass Frau Rose mit sozialen Medien offenkundig keine Berührungsängste hatte, holte diese ihr Handy vom Wohnzimmertisch, machte ein Foto von dem Zettel und sagte: »Ich werde einen Beitrag dazu erstellen. Vielleicht meldet sich die Mutter bei mir, oder sogar das Kind.«

Jetzt blieb Tessa der Mund offen stehen. Sie wusste ja, dass Frau Rose technisch nicht hinter dem Mond lebte, aber dass sie einen Account bei Facebook hatte, war ihr bislang entgangen. »Ich hatte ja keine Ahnung, dass Sie auch bei Facebook sind. Warum haben Sie mir denn keine Freundschaftsanfrage geschickt?«

»Ach, mir geht es dabei nicht um persönlichen Austausch. Den habe ich mit Ihnen ja im realen Leben sowieso. Mir geht es hauptsächlich um die Anregungen aus Strick- und Kochgruppen. Tolle Sache. Und wenn wir über Facebook nun auch noch das Mädchen von damals finden …«

Tessa nickte, hin- und hergerissen zwischen ihrer journalistischen Neugier und Rationalität und dem unguten Bauchgefühl, dass es sich bei der Schreiberin vielleicht doch um Leanders Tochter handeln könnte, auch wenn Frau Roses Beschreibung kaum auf Mira zutraf. Nur warum dann der Stern als Unterschrift? War das wirklich bloß ein Zufall?

Sie kam ins Grübeln. Wäre es nicht denkbar, dass Mira aufgrund ihrer Komplexe stark abgenommen und Leander die heimliche Schwangerschaft unter der weiten Kleidung weiterhin als überflüssige Pfunde missdeutet hatte?

Vielleicht lebte Leanders Tochter noch, womöglich sogar irgendwo ganz in der Nähe. Vielleicht unter anderem Namen.

Höchstwahrscheinlich aber, dachte Tessa bitter, verrenne ich mich gerade in haltlose Spekulationen. Dennoch bat sie Frau Rose, den Zettel Tom zeigen zu dürfen, wogegen diese nichts einzuwenden hatte. Sie schrieb Tom eine WhatsApp, dass er morgen früh, bevor er zum Dienst fahren würde, unbedingt bei ihr klingeln solle, sie müsse ihm etwas Wichtiges zeigen und dringend mit ihm sprechen. Immerhin lag der Vermisstenfall noch bei der Kripo. Erst wenn Tom ihr grünes Licht gab, würde sie einen Artikel darüber schreiben und eine Suchmeldung bei Facebook veröffentlichen.

30

Zurück in ihrer Wohnung überlegte Tessa, ob sie Leander einweihen und auch tatsächlich etwas Gutes damit tun würde, wenn sie ihm von dem Zettel erzählte. Da war sie sich nämlich gar nicht so sicher. Es würde womöglich unnötige Hoffnungen in ihm aufbauen. Allerdings konnte nur er ihr sagen, ob es sich tatsächlich um die Schrift seiner Tochter handelte oder ob sie sich hier nur etwas einbildete.

Offenbar hatte Leander gesehen, dass sie online gewesen war, denn kaum dass sie WhatsApp wieder geschlossen hatte, kam eine Nachricht von ihm: *Wie geht es Julian? Kann ich noch irgendetwas für dich tun? Schlafen kann ich gerade sowieso nicht. Ich schicke eine Sternschnuppe zu dir …*

Tessa las gerührt seine mitfühlenden Worte und legte ihr Handy beiseite. Hatte er die ganze Zeit drauf gewartet, dass sie online sein würde? Oder war das purer Zufall gewesen? Natürlich wartete er auf eine Antwort, schon allein, weil es nicht ihre Art war, auf eine von ihr gelesene Nachricht nicht gleich zu reagieren, aber im Moment fühlte sie sich schlicht überfordert. Von ihren Gefühlen und dem sich drehenden Gedankenkarussell.

Schließlich griff sie doch wieder zum Handy und schrieb: *Aus dem Krankenhaus keine Nachricht seither. Ich muss dich etwas fragen. Würdest du die Schrift deiner Tochter wiedererkennen?*

Ich denke schon, sie war ziemlich speziell … warum fragst du?

Als Antwort schickte sie Leander ein Foto von dem Zettel.

Die Häkchen wurden blau, und dann … passierte nichts.

Wie gebannt starrte Tessa auf den Status neben Leanders Profilbild, der allerdings nicht anzeigte, dass er zurückschrieb.

Gerade als Tessa eine Entschuldigung formulieren wollte, weil wohl die Phantasie mit ihr durchgegangen war, rief Leander an. Er klang atemlos.

»Ich musste mich erst mal sammeln. Das ist sie. Das ist Miras Schrift. Meine Güte, mir zittern die Knie. Wie kommst du an diesen Zettel, und warum hat sie das geschrieben?«

Nun begann auch Tessas Puls zu rasen, und sie erklärte Leander die Zusammenhänge – bis er am Ende darauf schwor, dass es im Leben keine Zufälle gab und ihr Kennenlernen eine Schicksalsfügung gewesen sein musste, sonst würde der Zettel wohl noch ewig in Frau Roses Kiste ruhen.

Im nächsten Atemzug versuchte er, sich selbst auf den Boden der Tatsachen zurückzuholen, da sie mit diesem Zettel Mira weder gefunden hatten noch überhaupt gesagt war, dass sie noch lebte. Nur eines wusste Leander nun: Seine Tochter hatte ein Kind bekommen, auf der Toilette des Hauptbahnhofs, und mit dem Neugeborenen vermutlich beim Vater des Kindes Unterschlupf gesucht.

Auf diese Neuigkeit reagierte er für Tessas Begriffe erstaunlich gelassen, auch wenn er sich Vorwürfe machte, von der Schwangerschaft nichts bemerkt zu haben. Am Telefon war es allerdings schwierig zu beurteilen, wie sehr ihn das tatsächlich mitnahm und wie viel von seinen Gefühlen er rausließ.

Tessa jedenfalls war geradezu schwindlig, als sie das Gespräch beendeten. Nach diesem Tag war das aber wohl kein Wunder. Noch mal eben frische Luft schnappen und dann ins Bett, dachte sie.

Das Hinausgehen auf den Balkon durch die angelehnte Tür war als Therapie gedacht, als Ausdruck von Normalität. Ein bisschen noch dasitzen und auf die Lichter des Fernsehturms schauen … Und nicht als Beweis dafür, dass der Psychopath ihr ganz nah war.

Auf ihrem Balkontisch, vom Wohnzimmerlicht wie von einem Spot angestrahlt, lag eine kleine rote Schachtel mit einer Schleife und dabei eine Karte, deren Motiv keine Überraschung mehr war.

Der Harlekin.

Verflucht! Sie hatte sich also doch nicht getäuscht. Er war in ihrer Wohnung gewesen, als sie nach Hause gekommen war, hatte sich auf dem Balkon versteckt, nachdem sie ihm diesen Fluchtweg eröffnet hatte, und die Wohnung wieder verlassen, als sie zu Frau Rose gerannt war. Sie war nicht paranoid, sie hatte seine Anwesenheit gespürt, die Gefahr gerochen.

Jetzt fröstelte sie, Gänsehaut kroch über ihre Arme, und in ihrem Nacken stellten sich die Härchen auf. Mit zittrigen Fingern nahm sie die Karte vom Tisch.

Was ist das Schwerste von allem? – Was dir das Leichteste dünkt: Mit den Augen zu sehen, was vor Augen dir liegt.

Diese dummen Sprüche, diese verfluchten Andeutungen! Wut baute sich in ihr auf. Gleichzeitig fühlte sie sich ohnmächtig, ängstlich, eingeschüchtert.

Doch neben ihrer Angst spürte sie auch ein wachsendes Gefühl der Überlegenheit, das an einem Gedanken emporkletterte, der ihr gerade gekommen war.

Offenbar hatte sie den Harlekin überrascht, er hatte wohl geglaubt, sie würde die Nacht bei Julian im Krankenhaus verbringen, und nicht mit ihr gerechnet. Trotzdem hätte er sich nicht verstecken müssen, er hätte sie mit Leichtigkeit überwältigen können. Das war aber nicht in seinem Interesse gewesen. Vielmehr wollte er nicht von ihr gesehen werden. Körperlich musste sie also keine Angst vor ihm haben.

Nur wie war er in ihre Wohnung gekommen? Das Schloss war heute Morgen ausgetauscht worden, und einen zweiten Schlüssel hatte nur … Tom.

Nein, was war das denn für ein Gedanke, völlig absurd!

Oder doch nicht? Mit Tom hatte sie zwar immer viel über Gott und die Welt geredet, aber kaum jemals über seine Vergangenheit. Was, wenn es in seinem Leben nicht nur seine erste große Liebe gegeben hatte, mit der er so lange zusammen gewesen war und von der er doch nichts erzählen wollte – was, wenn ein sechsjähriges Mädchen dabei eine Rolle gespielt hatte, das entführt worden war?

Tessa schüttelte den Kopf, obwohl sie allein war. Weg mit diesen komischen Gedanken. Tom war doch kein Mörder und schon gar kein Psychopath.

Sie löste die kunstvoll gebundene Schleife um die rote Schachtel, in der sich von der Größe her eine Armbanduhr befinden könnte, und öffnete sie.

Dann schrie sie. Sie schrie so laut, dass es in ihren Ohren schmerzte. Sie schrie und konnte nicht aufhören. Obwohl sie die

Schachtel am liebsten weit von sich geworfen hätte, hielt Tessa sie zwanghaft umklammert, so als stünde sie unter Strom.

Ich kann hier nicht weg, dachte sie verzweifelt. Ich habe kein Auto. Aber ich brauche jemanden an meiner Seite.

Angeekelt warf sie die Schachtel auf den Balkontisch und wich zwei Schritte zurück. Sie zitterte so sehr, dass sie ihr Handy kaum am Ohr halten konnte.

Schon nach dem zweiten Klingeln war Leander am Telefon.

»Du musst herkommen, Leander, sofort. Bitte.«

»In die Klinik? Ist was mit Julian?«

»Nicht Julian.« Tessa beschloss, ihm die Wahrheit zu sagen. Die Fassade der fröhlichen und selbstbewussten Frau aufrechtzuerhalten war ohnehin zwecklos. »Bei mir war jemand in der Wohnung. Ich habe furchtbare Angst.« Sie konnte ihren Blick nicht vom Inhalt der Schachtel abwenden.

»Ein Einbrecher? Ist er weg?«

»Es ist niemand mehr da, aber komm bitte trotzdem schnell.« Übelkeit stieg in ihr auf.

»Ich bin sofort da, keine zehn Minuten«, sagte Leander und legte auf.

Tessa rannte ins Bad, kaum dass das Gespräch beendet war. Sie schaffte es gerade noch bis zum Waschbecken und übergab sich dort. Dabei sah sie ständig das Auge in der Schachtel vor sich. Wie die dunkelblaue, fast schwarze, seelenlose Iris sie angestarrt hatte, aus dieser weißen Kugelmasse, die von roten Äderchen durchzogen war.

Unvermittelt hörte sie hinter sich ein Geräusch, das nicht zu ihrem Würgen passte. Sie schaute hoch, in den Spiegel.

Was hatte sie eigentlich so sicher gemacht, dass niemand mehr in ihrer Wohnung war?

Eine Perücke, eine weiße Maske mit schwarzer Träne auf der Wange, ein buntes Flickenkostüm.

Der Harlekin.

31

Leander hatte das einzig Richtige getan und die Polizei verständigt, nachdem sie ihm die Tür geöffnet hatte und daraufhin ohnmächtig geworden war.

Irgendwann später hatte Tessa den Eindruck gehabt, dass es um sie herum vor Menschen nur so wimmelte, und wie aus weiter Ferne bekam sie mit, dass manche mit ihr sprachen, sie Dinge zum Tathergang fragten, die sie nicht beantworten konnte, weil sie die Frage schon wieder vergessen hatte.

Ihr Bewusstsein hatte sich in einen gnädigen Schockzustand zurückgezogen, und die Beruhigungsspritze tat ihr Übriges. Nur eines wusste sie: Sie würde nicht in dem Krankenhaus bleiben, in das man sie gebracht hatte, nirgendwo, wo sie keine Tür hinter sich abschließen konnte.

Nachdem ihr Kreislauf stabil, die Platzwunde oberhalb der Schläfe versorgt und eine schwere Gehirnerschütterung ausgeschlossen war, hatte der Arzt schließlich eingewilligt, sie unter Aufsicht von Leander nach Hause fahren zu lassen, unter der Voraussetzung, dass er sie bei Auftreten von Erbrechen oder Sehstörungen sofort wieder in die Klinik brachte.

Draußen sangen bereits die ersten Vögel, und ein Silberstreif am Horizont kündigte das Ende der Nacht an.

Einer Harlekinnacht.

Einer Horrornacht.

Tessa stützte sich auf und schaute sich im Schlafzimmer um, als müsste sie sich mit ihrem eigenen Reich wieder vertraut machen. Ihr Blick schweifte über das Bett, das aus weiß gestrichenen Europaletten und einer daraufgelegten Doppelmatratze bestand, hinüber zu den ebenfalls weißen Obstkisten an der Wand, die dort zu einer geometrischen Form aufgestapelt waren und ihren begehbaren Kleiderschrank darstellten.

Leander musterte sie sorgenvoll und reichte ihr wieder das Glas Wasser, aus dem er ihr in den vergangenen Stunden Schluck um Schluck eingeflößt hatte. Er hatte seit ihrer Rückkehr aus dem Krankenhaus neben ihr auf dem Bett gelegen und auf sie aufgepasst.

Langsam war auch ihre Erinnerung zurückgekehrt, und sie hatte ihm erzählt, wie der Harlekin hinter ihr aufgetaucht war, der, als sie sich umdrehen wollte, mit einem Gegenstand zugeschlagen und sie damit genau an der Schläfe getroffen hatte. Keine zehn Minuten später hatte Leander geklingelt, ein wiederholtes Schrillen, das dumpf in ihr Bewusstsein drang, und sie hatte sich zur Tür geschleppt, um ihm zu öffnen, bevor sie erneut ohnmächtig geworden war.

Im Verlauf der letzten Stunde hatte sie Leander ihr Herz ausgeschüttet, ihm auch erzählt, was sie in den vergangenen Tagen durchlebt hatte und in welcher Gefahr sie und ihr Sohn schwebten.

Nachdem sie einen weiteren Schluck getrunken hatte, fragte sie: »Und der Harlekin hat keine Spuren hinterlassen, wirklich nicht?«

Die durchwachte Nacht hatte unter Leanders Augen ihre Spuren hinterlassen, und seine dunklen Haare standen in alle Richtungen ab. Offenkundig hatte er sich nach ihrem Anruf nicht mal die Zeit genommen, sich straßentauglich anzuziehen, denn er war in Jogginghose und Hausschuhen zu ihr gefahren, was ihm selbst noch gar nicht aufgefallen zu sein schien.

»Höchstwahrscheinlich hat der Eindringling Handschuhe getragen, aber das werden die Ergebnisse der Spurensicherung feststellen, die müssen erst noch ausgewertet werden«, sagte er. »Den Gegenstand, mit dem du niedergeschlagen wurdest, haben sie nicht gefunden. Das Auge in der Schachtel haben sie mitgenommen, übrigens ein Schweineauge, vermuten sie. Trotzdem wirklich eklig.« Leander verzog das Gesicht. »Richtige Einbruchsspuren gab es nicht, das Türschloss ist unversehrt, wobei die Polizei gesagt hat, dass bei einer unverschlossenen Wohnungstür schon ein Schlagschlüssel zum schnellen Öffnen genügt. An so was kommt jeder ganz einfach übers Internet dran, es gibt sogar offiziell Bücher mit Anleitungen zu kaufen, wie man am leichtesten eine Tür aufbricht, ganz zu schweigen von entsprechenden YouTube-Videos.«

»Das hat Tom mir auch schon gesagt.« Tessa stellte das Glas zurück auf den Nachttisch, der ebenfalls aus einer Obstkiste bestand, mit einer Mosaikplatte als Auflage, deren bunte Steinchen sie in mühevoller Kleinarbeit zu einem Muster arrangiert hatte.

Doch jetzt passte in ihrem Leben nichts mehr zueinander, jegliche Struktur war zerstört, und sie hatte keine Ahnung, wie sie dieser Bedrohung jemals wieder entkommen sollte.

Der Harlekin war zum wiederholten Mal in ihrer Wohnung gewesen, er war körperlich nicht so harmlos, wie sie geglaubt hatte, und er ließ sich von ihr nicht aufhalten. Noch schlimmer: Er schien ihr einen Schritt voraus zu sein. Es fühlte sich so endlos an, so chancenlos.

»Und du glaubst nicht, dass Tom dieser Harlekin sein könnte?«, fragte Leander in ihre Gedanken hinein. »Er hat den Zweitschlüssel zu deiner Wohnung …«

»Aber Tom hat doch gar kein Motiv.« Das klang mehr wie eine Frage und nicht wie eine empörte Feststellung.

»Sicher?« Leander zog die Augenbrauen hoch.

»Warum bist du denn so überzeugt davon, dass er der Harlekin ist?«

»Das bin ich gar nicht, es ist nur ein Verdacht.« Mehrfach fuhr er sich durch die dichten Locken und versuchte vergeblich, etwas Ordnung hineinzubringen. »Na ja, ich möchte dir nicht zu nah treten, Tessa, denn Tom ist seit vielen Jahren dein Freund und Vertrauter, aber er kommt mir, ehrlich gesagt, nicht gerade vor wie ein Typ, der anderen ihr Glück gönnt. Er scheint ziemlich eifersüchtig zu sein.«

»Aber das macht ihn doch nicht zu einem Mörder!« Ein bisschen war sie sogar sauer auf Leander, dass er diesen Verdacht gegen Tom erhoben hatte, und sie verspürte das Bedürfnis, ihren besten Freund zu verteidigen. »Erst recht macht es ihn nicht zu einem Mann, der mir und meinem Sohn als Harlekin verkleidet nachstellt, mir mit undurchsichtigen Botschaften, Rosenblättern und gruseligen Schweineaugen Angst macht und mir eins über den Schädel zieht. Tom hat mich immer nur beschützt.«

»Vielleicht geht es ja genau darum.«

»Worum?«

»Dir Angst zu machen. Und dann zur Rettung zu eilen. Das ist ziemlich krank, zugegeben, aber denkbar. So wie die Feuerwehrleute, die absichtlich Brände legen, um sich bei den Löscharbeiten zu profilieren. Tom will, dass du bei ihm Schutz suchst, damit er dir zeigen kann, dass er eben nicht nur ein guter Freund, sondern ein starker Mann ist – und dass du dich endlich näher an ihn bindest.«

So ganz abwegig war das nicht, das musste sie zugeben, aber sie sagte es nicht laut. Leander ahnte nichts davon, wie nah sie und Tom sich erst kürzlich gekommen waren. Und während ihr die Freundschaft zu Tom trotz ihrer aufkeimenden Gefühle am Ende viel zu wichtig war, um den nächsten Schritt zu machen, wollte er vielleicht längst mehr, und sie war immer blind dafür gewesen.

Blind … bei diesem Stichwort überkam sie eine Hitzewallung, als sei sie in eine zu heiße Badewanne gestiegen.

Sie rief sich die Botschaften des Harlekins in Erinnerung: *Du gehörst mir*, stand auf der ersten Karte. *Nur weil du die Augen offen hast, glaubst du, du siehst*, war der zweite Hinweis gewesen. Und verbunden mit der letzten Nachricht: *Was ist das Schwerste von allem? – Was dir das Leichteste dünkt: Mit den Augen zu sehen, was vor Augen dir liegt*, hatte er ihr das Schweineauge als makabres Geschenk dagelassen.

Durfte sie Tom so etwas wirklich zutrauen? Nein. Er war ein liebenswerter Mann, hinter seinem gütigen Gesicht konnte sich einfach kein Psychopath verstecken – schon gar nicht, ohne dass ihr in all den Jahren der Freundschaft je etwas aufgefallen wäre. Sicher, es gab da diese weißen Flecken in seiner Biographie … Aber nur weil sie nicht alles über ihn wusste, bedeutete das nicht, dass er ihr etwas Schlimmes verheimlichte.

Oder doch? Hatte er vielleicht im Laufe seiner langen Dienstzeit bei der Kripo die Seiten gewechselt und war zum unerkannten Serienmörder geworden, dem niemand auf die Spur kam, weil er sämtliche Ermittlungsschritte kannte? Seit ihrer Trennung von Philipp und dem Einzug in diese Wohnung kannte sie Toms Leben recht gut.

Aber wusste sie denn, ob das, was er ihr erzählte, auch wirklich immer die Wahrheit war? Arbeitete er in letzter Zeit tatsächlich so viel, oder verschaffte er sich damit ihr gegenüber nur ein Alibi?

Da sie nicht auf Leanders Äußerung reagierte, wertete er das wohl als Zustimmung und fuhr fort: »Du hast mal erwähnt, dass er seine große Liebe verloren hat und seitdem keine richtige Beziehung mehr eingehen konnte. Vielleicht hat ihn dieser Verlust innerlich mehr zerstört, seine Seele mehr verändert, als er nach außen hin preisgibt?«

Tessa neigte nachdenklich den Kopf, und sofort begann die Wunde oberhalb ihrer Schläfe zu pochen. Was Leander sagte, klang plausibel, und ihr fielen sogar noch ein paar Details ein, die diesen Verdacht stimmig machten und ihr einen Schauer über den Rücken jagten.

Tom hatte Zugang zu den Akten, er hätte sich im Fall des Sonnenschirmständer-Mordes jenes Täterwissen aneignen können, das er so bemüht ihrem Exmann zuschieben wollte. Philipp war seit ihrer Trennung nicht mehr berechenbar, bei ihm war eine Sicherung durchgebrannt, und er war zum Stalker geworden. Aber zum Mörder? Das hatte Tessa bei aller Angst nie zweifelsfrei glauben können. Und Tom?

»Ich werde auf jeden Fall meinen Zweitschlüssel von ihm zurückfordern«, sagte sie und richtete ihren Blick wieder auf Leander. »Es ist nicht notwendig, dass er ihn hat. Sollte ich meinen verlieren, kann ich den Schlüsseldienst rufen. Und dennoch, Leander, auch wenn vieles von dem, was du sagst, auf Tom passt, ich kann einfach nicht glauben, dass mein bester Freund der Harlekin sein soll. Dafür ist Tom einfach viel zu normal.«

»Na ja, Psychopathen sind ja nicht auf den ersten Blick zu erkennen. Das sind gute Schauspieler. Und die offenkundig durchgeknallten Typen sind im Grunde auch gar nicht gefährlich, denn da weiß man, wen man vor sich hat. Es sind die augenscheinlich Normalen, vor denen man Angst haben muss.«

»Ich will aber keine Angst mehr haben, verdammt noch mal!«, brach es aus Tessa heraus.

»Deshalb bin ich ja bei dir. Und ich bleibe es, solange du willst.

Geht es dir denn jetzt etwas besser? Hast du dich von dem Schock erholt? Noch Kopfschmerzen?«

»Die Wunde pocht etwas, aber ansonsten geht es mir besser.«

Er lächelte sie an und küsste ihre Fingerspitzen. »Deinen Kopf fasse ich dann lieber nicht an, aber es gibt ja noch andere Stellen, die ich liebkosen kann.«

Tessa lächelte ebenfalls, aber sie konnte und wollte auf seinen Annäherungsversuch nicht einsteigen. Einerseits übte er eine unglaubliche körperliche Anziehungskraft auf sie aus, und nicht grundlos hatte sie befürchtet, schon beim ersten Date mit Leander im Bett zu landen, doch andererseits ging ihr das zu schnell.

Leander merkte, dass sie sich leicht verspannte, und reagierte sofort darauf, indem er ihre Hand zurück auf das Bett legte. »Du brauchst auf jeden Fall eine sichere Unterkunft, weiterhin dein Schloss auszutauschen genügt wohl nicht. Hierzubleiben wäre viel zu gefährlich.«

Das war ihr auch bewusst. Andererseits wollte sie keine Angst zeigen und dem Harlekin durch ihre Schwäche noch mehr Macht und Stärke verleihen. Vielleicht würde sie ihn dadurch erst recht herausfordern, sodass er alles daransetzte sie aufzuspüren, ganz gleich, wo sie sich versteckte. Letztlich war sie aber vernünftig genug, ihn nicht auch noch dazu einzuladen, indem sie hierblieb und sich wie ein Kaninchen vor die Schlange setzte. Bei ihrer Freundin Helen könnte sie Unterschlupf finden. Das Anwesen am Stuttgarter Killesberg, in dem sie mit ihren Eltern wohnte, war gleich einem Hochsicherheitstrakt mit Überwachungskameras ausgestattet.

»Möchtest du vielleicht zu mir kommen?«, fragte Leander in ihre Überlegungen hinein. »Bei mir wäre noch ein Bett frei, und … ich meine, also … ich könnte auch auf der Couch schlafen, wenn dir das lieber wäre. Bei mir wärst du jedenfalls in Sicherheit.«

Tessa zögerte. Sie dachte an die Geborgenheit, die sie auf dem »Monte Scherbelino« in seiner Gegenwart empfunden hatte, sie spürte das Prickeln, wenn sie ihn anschaute, doch diese Verliebtheit ließ sie automatisch vorsichtig werden. Zu groß war die

Angst vor Enttäuschung. Nur wie sollte sie ihm das beibringen, damit er es nicht als Ablehnung empfand?

»Das ist sehr lieb von dir, Leander, aber …« Sie suchte nach Worten, weil sich sein hoffnungsvoller Blick bereits verändert hatte. »Wirklich sehr nett, und ich wäre gern bei dir. Aber ich gehe besser zu meiner Freundin Helen. Dort gibt es ein Gästezimmer, und das Haus ist mit Kameras ausgestattet.«

»Das ist natürlich ein Argument.« Wenn Leander enttäuscht war, so ließ er sich das nicht anmerken.

Tessa lächelte unsicher und musste gähnen. Das Gespräch und das viele Nachdenken hatten sie erschöpft. »Bist du nicht auch langsam müde?«, fragte sie.

»Offen gestanden, ja. Sehr sogar. Ich weiß nicht, wann ich zuletzt eine Nacht durchgemacht habe, und ich bin nicht mehr der Jüngste. Ich weiß nur nicht, ob ich zur Ruhe komme. Ich muss ständig an meine Tochter denken.« Leander schüttelte den Kopf, als wolle er damit auch die Erinnerung loswerden. Mit einem Blick auf Tessas Kingsize-Matratzenlager fügte er hinzu: »Hast du noch irgendwo Bettzeug, dann lege ich mich auf die Couch.«

»Nein, leider nicht.« Das von Julian hatte Kindergröße, damit würde er nichts anfangen können. Was wäre schon dabei, wenn er sich zu ihr legte? Sie waren beide so müde, dass bestimmt nichts passieren würde, was sie später bereuen könnte. »Du kannst gern hier bei mir schlafen, wenn du möchtest und es dir nichts ausmacht, mit mir Kissen und Decke zu teilen.«

»Das macht mir nichts aus, ganz im Gegenteil.«

Während Leander ins Bad ging, schaute Tessa noch einmal auf ihr Handy. Das Krankenhaus hatte sich noch immer nicht gemeldet, und die Nacht war fast überstanden. Es gab Hoffnung. Es gab tatsächlich Hoffnung in diesen schlimmen Stunden.

Einem Gefühl folgend öffnete sie Facebook und musste kurz über den Vornamen von Frau Rose nachdenken, den sie nie brauchte. Für eine Journalistin hatte sie ein phänomenal schlechtes Namensgedächtnis, vielleicht auch deshalb, weil sie es immer wieder mit so vielen Namen zu tun bekam, die am nächsten Tag schon wieder irrelevant waren.

Jetzt fiel es ihr wieder ein. Margarete Rose. Wie schön, durch eine Heirat so einen klangvollen Namen zu bekommen, dachte Tessa, während sie das Profil aufrief.

Der letzte Beitrag, den Frau Rose erstellt hatte, sprang ihr quasi entgegen: das Foto von dem Zettel, unterlegt mit Worten, die ans Herz gingen. Die Suchmeldung war vor drei Stunden online gegangen und bereits fünfhundertachtundsiebzig Mal geteilt worden. Wahnsinn!

Einmal auf die alte Geschichte gebracht, hatte Frau Rose offenkundig Feuer gefangen und nur darauf gewartet, wieder allein zu sein, um das Posting abzusetzen. Damit war es hinfällig geworden, sich wegen der Suche nach dem Mädchen von damals mit Tom abzusprechen. Die Sache war nicht mehr aufzuhalten.

»Ist irgendetwas passiert?«, fragte Leander, weil sie immer noch auf das Display starrte, als er aus dem Bad kam. Sie hatte ihn nicht kommen hören, weil er inzwischen barfuß war. Er hatte seine Jogginghose ausgezogen und trug jetzt nur noch schwarze Pants zu seinem weißen T-Shirt, das über seinem breiten Brustkorb leicht spannte.

»Nein«, sagte sie reflexartig und legte ihr Handy beiseite. Sie wollte nicht mit ihm darüber sprechen, solange es kein Ergebnis gab – es würde ihn nur wieder unnötig aufwühlen. »Lass uns schlafen, ich bin sehr müde.«

»Ich hatte gar nicht bemerkt, dass ich in Hausschuhen losgefahren bin«, sagte er. »So sehr war ich in Sorge um dich.«

Sie machte das Licht aus, das den Raum ohnehin kaum noch erhellte, weil es draußen Tag geworden war, und kuschelte sich an ihn. »Wie gut, dass du jetzt da bist.«

Er fragte nicht lange und nahm sie fest in den Arm. »Ich bin immer da, auch wenn du morgen zu Helen gehst. Wir schreiben uns, telefonieren, und wenn etwas ist, bin ich sofort zur Stelle.«

Eigentlich ein Traummann, dachte Tessa. Und nicht nur eigentlich. Er hatte einen tollen Körper und keine Angst vor echter Nähe – ganz im Gegensatz zu ihr. Philipps Betrug, die Scheidung und das Alleinsein hatten doch mehr Abdrücke in ihrer Seele hinterlassen, als sie für möglich gehalten hätte, und sie ärgerte sich über sich selbst, weil sie sich nicht richtig fallen lassen konnte.

Leander streichelte sanft über ihren Rücken und weitete das Fingerkreisen nach und nach aus, doch seine Bewegungen waren nicht fordernd. Es half ihr, sich zu entspannen, und sie gab einen wohligen Laut von sich. Leander schien es nicht eilig zu haben. Das machte sie wiederum mutiger.

Sie streichelte über seinen breiten Rücken, den sie kaum umfassen konnte, spürte, dass auch er ihre Berührungen genoss, und mit einem Mal war sie gar nicht mehr müde.

Sie schmiegte sich dicht an ihn, dabei bemerkte sie seine Erregung. Leander zog sich leicht zurück, weil er sie wohl wirklich nicht bedrängen wollte, doch sie schob ihr Becken nach vorn, bis sie ihn wieder spürte, und rieb sich mit kreisenden Bewegungen an seiner Lust. Zuerst vorsichtig, dann fordernder.

Da war es um ihn geschehen, und sie hielt ihn nicht auf. Sie gaben sich einer Leidenschaft hin, die scheinbar nicht enden wollte, und liebten sich, als seien sie sich schon ewig vertraut.

Leander tat genau das, was sie zur absoluten Hingabe brachte. Als er sich erschöpft neben sie legte und sie leicht verschwitzt wieder in seine Arme zog, war sie glückselig.

Die Lippen aufeinandergelegt, ruhten sie sich aneinander aus und mussten dabei irgendwann eingeschlafen sein.

Als Tessa hochschreckte, war es taghell, die Sonne schien ins Zimmer.

Wovon war sie aufgewacht? Ihr Handy, es klingelte. Das Geräusch wirkte auf sie wie ein Stromstoß, sie war schlagartig wach geworden, während Leander sich mit einem Brummen auf die andere Seite drehte. Hoffentlich war das nicht die Klinik.

Nein, es war Tom. Kaum war sie drangegangen, schimpfte er: »Mensch, Tessa, wo bist du denn? Ist alles okay? Erst schreibst du mir, ich soll vor dem Dienst unbedingt bei dir vorbeikommen, und dann machst du nicht auf. Ich stehe seit zehn Minuten vergeblich vor deiner Tür und muss jetzt gleich los.«

»Entschuldige, ich hab die Klingel nicht gehört. Ich habe eine heftige Nacht hinter mir. Ich mache dir sofort auf.«

Auf dem Weg zur Tür hatte sie noch Toms vertraute Stimme

im Ohr und konnte sich ihren schrecklichen Verdacht gegen ihn kaum mehr erklären. Er war jetzt wieder weit weg, so als sei er einem bösen Traum entsprungen.

In ihrer Verwirrung hatte sie vergessen, sich etwas anzuziehen, das merkte sie allerdings erst an Toms Blick, nachdem sie ihm die Tür geöffnet hatte.

»Oh, herrje!«, rief sie peinlich berührt und bedeckte wenigstens ihre Brüste mit den Händen, obwohl sein Blick an ihrer nackten Scham hängen geblieben war. »Sekunde, ich ziehe mir schnell meinen Bademantel über.«

Die Erinnerung an den Harlekin fiel über sie her, als sie ihr Bad betrat und in den Spiegel sah, und sie war froh, schnell wieder rauszukommen.

Tom hatte sich unterdessen gefangen, zumindest tat er so, denn er legte übertrieben viel Sachlichkeit in seine Stimme. »Ich wollte die Tür schon mit dem Zweitschlüssel öffnen, dann bist du beim dritten Anruf endlich ans Handy gegangen. Seit wann schläfst du denn so fest? Und was ist dir da passiert?« Er deutete auf die Stelle, wo das große Pflaster saß.

»Das ist der Beweis dafür, dass Julian und ich tatsächlich in höchster Gefahr schweben.« Während sie sprach, beobachtete sie jede Regung in Toms Gesicht. »Du hast heute Nacht nichts mitbekommen? Er war wieder in meiner Wohnung, nur hat er dieses Mal keine Rosenblätter verteilt, sondern mich bewusstlos geschlagen und mir noch ein paar weitere Andenken dagelassen. Es war ein Mann mit Perücke, Maske und Kostüm, wie ein Harlekin. Als ich wieder zu mir kam, war er weg. Alles Weitere werden dir deine Kollegen erzählen. Die waren hier und haben Spuren gesichert.« Da war kein falsches Zucken in seiner besorgten Miene zu erkennen, und seine zusammengezogenen Augenbrauen zeigten eine Verstörung, die echt zu sein schien.

»Warum hast du mich denn nicht angerufen, Tessa? Ich wäre doch sofort rübergekommen.«

Tessa hielt sich am Türrahmen fest, als sie merkte, wie ihr schwindlig wurde. Wahrscheinlich hatte sie doch eine leichte Gehirnerschütterung oder war zu schnell aufgestanden. Zu langen Erklärungen war sie jedenfalls nicht fähig, und abgesehen davon wusste sie nicht, wie sie Leanders Anwesenheit erklären sollte, ohne Toms Eifersucht ins Unermessliche zu steigern.

»Die Polizei war ja da, Tom. Ich wollte dich nicht extra noch wecken.«

Er verzog den Mund. »Und warum sollte ich jetzt so dringend vorbeikommen?«

»Das ist eine etwas längere Geschichte und hat sich im Moment auch erst mal erübrigt.«

»Aha«, sagte Tom nun deutlich genervt und logischerweise verständnislos.

Tessa merkte, dass sie zu schwach war, um ihn ins Bild zu setzen, denn ihr Kreislauf drohte sich zu verabschieden. »Es tut mir leid, ich melde mich später bei dir. Ach so, eine Sache noch …« Sie versuchte, es so beiläufig wie möglich klingen zu lassen. »Gibst du mir bitte noch meinen Zweitschlüssel wieder?«

Natürlich hatte sie bei Tom trotz ihrer Stimmlage die ungeschminkte Wirkung erzielt, er zuckte zurück, als hätte sie ihm eine Ohrfeige gegeben.

»Aber warum das denn, Tessa?«

Ob seine Bestürzung wirklich echt war?

»Ich werde die nächsten Tage sowieso nicht da sein«, entgegnete sie vage. In ihr kämpften gerade zu viele widersprüchliche Emotionen miteinander, als dass sie ihm gegenüber offen wie sonst hätte sein können. »Ich muss jetzt wirklich wieder zurück ins Bett.«

»Das sehe ich.« Sein Blick ging an ihr vorbei, und Tessa wandte sich um. Leander war wohl durch ihre Stimmen aufgewacht und nackt aus dem Schlafzimmer gekommen. Schlaftrunken versuchte er, die Situation zu erfassen, doch bevor er noch etwas sagen konnte, kam Tom ihm zuvor. »Jetzt verstehe ich, warum das eine heftige Nacht war. Dann mal noch viel Spaß euch beiden. Und hier dein Schlüssel, Tessa.« Er warf ihn ihr zu, aber sie war nicht schnell genug, ihn zu fangen, sodass er klirrend auf dem Fliesenboden landete. »Ich bin nicht scharf darauf, ihn zu benutzen, nur keine Sorge, Tessa. Ich wünsch dir noch ein geiles Leben, mit knallharten Champagnerfeten. Aber treib's nicht zu bunt, du weißt, Übermut tut selten gut.«

»Genau das meinte ich«, sagte Leander sanft, nachdem Tom auf dem Absatz kehrtgemacht und Tessa die Tür zugeworfen hatte. »Hast du seinen Blick gesehen?« Er wartete nicht auf ihre Antwort, sondern ging an ihr vorbei ins Bad.

Sie schaute ihm nach und dachte dabei an die wunderschöne gemeinsame Nacht und dann wieder an Tom. Leander hatte recht. Da war am Ende etwas gewesen, das ihr Angst gemacht hatte. Ein aggressiver, fast wilder Blick, den sie an Tom nicht kannte. Bloße Eifersucht oder weit mehr?

32

Das Schicksal meint es doch gut mit dir, dachte Tessa, als sie zwei Tage später am Abend an Julians Gitterbettchen im Krankenhaus saß.

Ja, er hatte die Sepsis überstanden und war am Vormittag endlich auf die normale Station verlegt worden. Natürlich hing er noch am Antibiotika-Tropf, war jedoch außer Lebensgefahr.

Von seinem Zimmer aus hatte Julian bei Tag eine weite Aussicht über Stuttgart, über den markanten Turm des Hauptbahnhofs hinweg bis hin zum geliebten Fernsehturm, den er in der Ferne gleich entdeckt hatte. Fast wie zu Hause – nur viel weiter weg, da sie sich auf der anderen Seite des großen Kessels befanden. Doch wenigstens konnte man auch hier den Blick weit schweifen lassen, was eine Wohltat war, wenn man nicht rausdurfte. Die nächtliche Aussicht über schwach beleuchtete Häuser, die, wie Felsblöcke dahingerollt, verstreut am Hang lagen, hinunter auf das gleißende Lichtermeer der Stadt, erinnerte Tessa an die Stunden mit Leander auf dem »Monte Scherbelino«.

Der Harlekin hatte die vergangenen zwei Tage Ruhe gegeben, und mittlerweile schöpfte Tessa sogar erste Hoffnung, dass sie nicht mehr in seinem Fokus stand. Wobei sie daran noch nicht so richtig glauben konnte – wahrscheinlich nahm er nur neuen Anlauf.

Helen war aus allen Wolken gefallen und hatte sich die jüngsten Ereignisse haarklein berichten lassen – natürlich war ihre Freundin auch etwas eingeschnappt gewesen, weil sie erst so spät von allem erfuhr –, aber dann hatte sie ohne Umschweife von ihrer Arbeit im »Haus der Geschichte« Urlaub genommen, während Tessa sich in der Redaktion krankgemeldet hatte, um sich nicht mit ihrem Chef in lange Debatten zu verstricken. Über eine Verkürzung der Arbeitszeit würde sie mit Werkmann reden, sobald sie wieder mehr Kraft hatte.

Helen hatte eine solche Angst um sie entwickelt, dass sie ihr nicht mehr von der Seite gewichen war, auch nicht im Krankenhaus. Helens Fürsorge in allen Ehren, dachte Tessa, während sie Julian beim Schlafen beobachtete, doch nach zwei Tagen war das inzwischen fast schon unangenehm geworden, weshalb sie diesen Moment des Alleinseins genoss.

Sie würde trotzdem noch ein paar weitere Tage bei Helen bleiben – die Strips über ihrer Platzwunde erinnerten sie bei jedem Blick in den Spiegel an den Grund dafür –, auch wenn sie lieber heute als morgen in ihre Wohnung zurückgekehrt wäre.

Dort hatte sie das Türschloss ein zweites Mal austauschen lassen, dieses Mal von einer Firma, und nur sie allein besaß jetzt die Schlüssel. Zwar glaubte Tessa nicht wirklich daran, dass sich der Harlekin nach dem ganzen Polizeiaufgebot noch einmal in ihre Wohnung wagen würde. Doch selbst wenn, sie hatte vorgesorgt: Eine günstige kleine IP-Überwachungskamera, unauffällig auf dem Flurschränkchen positioniert und per WLAN mit dem Router gekoppelt, war technisch einfach zu installieren gewesen – und nun hatte sie ihre Wohnung vom Smartphone aus jederzeit im Blick.

Es gab also keinen übermäßigen Grund zur Sorge, auch wenn Helen das natürlich anders sah. Immerhin war ihre Freundin bereit gewesen, für Tessa frische Kleidung und ein paar Spielsachen für Julian aus der Wohnung zu holen, sodass Tessa jetzt wenigstens mal eine Stunde für sich sein konnte und nicht reden musste.

Das hörte sich ziemlich undankbar an, dennoch war sich Tessa bewusst, dass Helen ihr einen sehr großen Freundschaftsdienst erwies, indem sie sich Zeit für sie nahm und in Absprache mit Frau Rose dafür sorgte, dass weder Julian noch sie auch nur einen Moment allein waren. Frau Roses schnellem Handeln war es zu verdanken, dass dazu überhaupt noch Anlass bestand.

Tessa war ihr für Julians Rettung endlos dankbar. Da war eine kleine Aufmerksamkeit das Mindeste, was sie ihrer Nachbarin zukommen lassen wollte. Die neue Goethe-Biografie für Frau Rose war heute bei Helen in der Post gewesen. Normalerweise kaufte Tessa bei ihrer Lieblingsbuchhändlerin in Degerloch ein, doch jeder zusätzliche Weg in der Öffentlichkeit bedeutete ein erweitertes Risiko, verfolgt zu werden. Tessa hatte einen Dankesbrief geschrieben, und zusammen mit dem Buch, das sie nur noch schön verpacken musste, würde Frau Rose sich über dieses Geschenk bestimmt freuen, selbst wenn ihr jegliches Aufhebens um ihre Person ansonsten unangenehm war.

Julians fortschreitende Genesung, so betonte Frau Rose immer wieder, sei ihr größtes Geschenk. Sie sei froh, somit weiterhin bei ihrem kleinen Liebling sein zu können, wenn auch nicht mehr so oft wie früher.

Nach eigenem Bekunden wusste Frau Rose ihre unerwartete Freizeit zudem besser zu nutzen, als Tessa gedacht hatte. Bei Facebook. Seit sie die Suchmeldung gepostet hatte, kannte Frau Rose kein anderes Thema mehr. Mittlerweile war das Foto von der handschriftlichen Danksagung über sechstausend Mal geteilt worden, doch es gab noch keine heiße Spur.

Mit Tom hatte Tessa seit ihrer letzten Begegnung nur ein einziges Telefonat geführt, und zwar genau zu diesem Thema. Ob es nur ein Gefühl war und somit eine Unterstellung, konnte sie nicht sagen, aber nachdem er den Namen Leander gehört hatte, als Vater des Mädchens, hatte sie Tom am anderen Ende der Leitung die Akte förmlich weglegen sehen. Sie hoffte, dass sie sich irrte.

Julian wurde unruhig. Er hatte noch nicht wieder in seinen Schlafrhythmus zurückgefunden und wachte wahrscheinlich gleich wieder auf. Sie war so unendlich dankbar, dass Julian überlebt hatte, sie konnte dieses Gefühl kaum in Worte fassen. Vor allem aber empfand sie Demut.

Leander hatte tatsächlich Wort gehalten und sie mit liebevollen Nachrichten und Anrufen unterstützt, ohne es im Gegensatz zu Helen dabei zu übertreiben.

Ihre Sehnsucht nach Leander war im gleichen Maße gestiegen, wie es Julian besser ging. Zwar war es erst zwei Tage her, dass sie die Nacht miteinander verbracht hatten, sie konnte sich noch lebhaft an seine Zärtlichkeiten erinnern, und doch schien seitdem eine halbe Ewigkeit vergangen zu sein. Es würde doch nichts dagegensprechen, sich morgen Abend mit ihm zu treffen? Wenn Helen darauf bestand, dann auch mit Begleitung bis zu seiner Wohnung. Hauptsache, sie konnte Leander wiedersehen.

»Mama?«, murmelte Julian im Halbschlaf.

»Ich bin hier, mein Schatz. Mama ist da.« Sie griff durch das Gitter seines Bettchens und streichelte über sein Ärmchen. Dünn war er geworden, aber sein Gewicht würde er schnell wiedererlangen.

Julian wachte auf und lächelte sie an. Nicht auszudenken, wenn sie nie mehr seine Stimme und sein Lachen gehört hätte – wenn seine Augen für immer geschlossen geblieben wären.

»Julian fertig mit Schlafen. Will aufstehen. Will mit dir spielen.«

»Aber mein Schatz, es ist schon spät, und wir dürfen nicht so laut sein. Die Kinder in den anderen Zimmern schlafen schon. Und Helen holt erst noch deine Spielsachen. Sie kommt gleich wieder.«

»Was vorlesen, Mama, dann was vorlesen, bitte!« Julian war schon sehr geübt darin, seiner Stimme einen Klang zu verleihen, der es Tessa schwer machte, ihm einen Wunsch abzuschlagen. Doch darum ging es ihr auch gar nicht, wenn er wollte, würde sie ihm die ganze Nacht vorlesen. Nur woraus? Da fiel ihr ein, dass es am Ende der Station einen kleinen Spielbereich gab, wo auch eine Bücherkiste stand.

»Okay, Julian, dann geht Mama kurz ein Buch holen. Ich bin in fünf Minuten wieder da, in Ordnung? Schön lieb sein.« Im Grunde musste sie ihn nicht extra ermahnen. In seinem Gitterbettchen konnte er nichts anstellen.

Auf dem Flur traf sie auf die Nachtschwester, die gerade mit einer Nierenschale mit Erbrochenem aus dem Nebenzimmer kam.

»Ich hole kurz ein Buch für Julian aus der Spielecke. Er ist wach.«

»Ja, natürlich, das ist kein Problem. Lassen Sie die Tür offen, dann höre ich, wenn er ruft. Wie schön, dass es ihm wieder so gut geht.«

Auf Station galt Julian als kleines Wunder, weil er alles so komplikationslos überstanden und sich schnell erholt hatte. Bei der Verlegung hatte Tessa ein paar Tränen der Erleichterung vergossen und sich überschwänglich bei Martina, der Intensivschwester, bedankt, die so viel Lob gar nicht hören wollte und sich lächelnd auf Julians Kämpfernatur berief.

Als es noch so schlecht um Julian gestanden hatte, hatte sie seinem Vater natürlich eine Nachricht schreiben müssen, doch daraufhin hatte sie nur gestern und vorgestern zwei WhatsApps von Philipp erhalten, in denen er sich zwar nach seinem Sohn erkundigt, dabei aber auch bekräftigt hatte, sich gänzlich aus ihrer beider Leben zurückziehen zu wollen.

Anscheinend hatten ihre deutlichen Worte vor dem Kaufhaus doch Wirkung gezeigt – in seiner zweiten Nachricht schrieb er allerdings, dass Julian eines Tages den Weg zu seinem Vater finden würde, das könne sie gar nicht verhindern.

Letzteres hatte wieder wie eine Drohung geklungen. Zumindest empfand sie das so, weil er damit einen neuralgischen Punkt bei ihr erwischte, aber es war genauso gut möglich, dass er es gar nicht so gemeint hatte.

Am Ende der Station lag die Spielecke vor einer großen Fensterfront. Bei Tag konnte man über den Eingang und den großen Vorplatz hinweg über den Klinikpark schauen, der sich in luftiger Höhe zwischen der Lenzhalde und dem Bismarckturm erstreckte. Jetzt, in der Dunkelheit, markierten kleine Lichtpunkte die Wege durch den Klinikpark.

Morgen sollte das Wetter wieder sonnig und warm werden. Bestimmt durfte sie dann mit Julian im Rollstuhl spazieren gehen, vielleicht war er auch schon wieder kräftig genug, ein paar Meter ohne Hilfe zu laufen oder sogar ein wenig auf dem kleinen Spielplatz zu schaukeln.

Angrenzend an den Park verlief eine breite Straße, die an der Klinik vorbei zum alten Messegelände auf dem Killesberg führte, und gleich auf der anderen Straßenseite begann der Kräherwald, den sie mit Julian auf der Suche nach besonders schönen Stöcken und Steinen durchstreifen würde, sobald er entlassen worden wäre, das nahm sie sich fest vor. Was für herrliche Aussichten!

Als sie sich zur Bücherkiste hinunterbeugte, sah sie aus dem Augenwinkel einen Arzt aus dem Zimmer nebenan kommen. Tessa richtete sich auf und sprach ihn an. »Ach, Entschuldigung, darf ich Sie kurz etwas fragen? Wäre es wohl möglich, dass ich mit meinem Sohn morgen ein bisschen in den Park gehen kann? Julian Steinwart«, schob sie hinterher.

Die Miene des Arztes hellte sich auf. »Ach, unser kleiner Kämpfer. Ich schaue ihn mir morgen zur Visite noch mal an, bis dahin hat er dann auch seine nächste Infusion bekommen. Aus meiner Sicht spricht bislang nichts dagegen, vorausgesetzt, dass Sie dem kleinen Mann ein Eis kaufen, das hat er sich nämlich verdient.«

In Zukunft wird er an seinem zweiten Geburtstag jedes Jahr eine ganze Schüssel voll Eis von mir bekommen, dachte Tessa. Laut sagte sie: »Ich bin Ihnen und Ihren Kollegen wirklich dankbar dafür, dass Julian in seinem Leben noch ganz viel Eis essen wird – und dass ich eine zweite Chance bekommen habe, ihn beim Aufwachsen zu begleiten, ihm die ganze Welt zu zeigen.«

»Dafür müssen Sie sich nicht bedanken, wir tun stets, was in unserer Macht steht. Nur kommen auch wir leider manchmal zu spät. Den Tod kann man nicht immer verhindern.«

»So wie bei dem unbekannten Mädchen aus dem Neckar«, murmelte Tessa.

»Ach ja, dieses Mädchen …«, sagte der Arzt.

»Kennen Sie sie?« Hoffnung baute sich in ihr auf.

»Nein, leider nicht. Aber ich lese die Berichte in der Zeitung, als Kinderarzt geht mir so etwas immer nah. Bei uns ist sie allerdings nie vorstellig geworden. Allein aufgrund der vielen Narben und Misshandlungen ist es auch schwer vorstellbar, dass der Täter sie in Behandlung gebracht hätte – da hat er sie lieber sehenden Auges an einer Paracetamol-Überdosis sterben lassen.«

»Ihr Tod hätte verhindert werden können?«

»Mit an Sicherheit grenzender Wahrscheinlichkeit ja. Wir hatten selbst schon Patienten, die in suizidaler Absicht einige Tabletten Paracetamol geschluckt hatten. Die gelten eigentlich als harmlos. Aber das Zeug hat es bei Überdosierung in sich. Reagiert man rechtzeitig, lassen sich schwere Leberschäden durch die Gabe von N-Acetylcystein verhindern. Das ist ein Wirkstoff, der in jedem einfachen Hustenlöser zu finden ist. Eine unbehandelte Überdosierung führt allerdings unweigerlich zu einer Leberauflösung. Das dauert ein paar Tage, man stirbt nicht gleich. Man bekommt zunächst Gelbsucht, Fieber, Übelkeit, Erbrechen, starke Schmerzen – das kann man als Bezugsperson nur übersehen, wenn man es nicht bemerken will, verstehen Sie? Das Mädchen aus dem Neckar hat bei vollem Bewusstsein ein tagelanges Martyrium durchlitten, bis sie kollabierte, ins Koma fiel und schließlich verstarb.«

Tessa schluckte trocken. Doch ehe sie ihre Sprache wiederfand, ertönte der Pieper des Arztes.

»Entschuldigen Sie, ein Notfall.«

Tessa sah dem Arzt hinterher, der bereits durch den Flur eilte und hinter der nächsten Biegung verschwand.

Ihr Tod hätte verhindert werden können, dachte sie und wurde diesen Gedanken nicht mehr los. Sie rief sich den Grund ins Gedächtnis, weswegen sie hierhergekommen war, und suchte drei Bücher für Julian aus. Sie fand sogar sein Lieblingsbuch: »Die kleine Raupe Nimmersatt«.

Als sie wieder aufschaute, schwebte eine große Menge weißer Luftballons an der großen Fensterfront vorbei, und Tessa wich intuitiv einen Schritt zurück. Doch nein, das waren gar keine gewöhnlichen Luftballons, sondern dreißig bis vierzig Einmalhandschuhe, wie man sie in Krankenhäusern verwendete und die gern mal von den Ärzten aufgeblasen und mit lustigen Gesichtern bemalt wurden, um den kleinen Patienten die Angst zu nehmen.

Bei ihr hatte das als Kind das genaue Gegenteil bewirkt. Im Alter von zwei Jahren hatte Tessa aus einem nicht nachvollziehbaren Grund eine panische Angst vor Luftballons entwickelt. Eine Phobie, durch die sich manche Einladung zum Kindergeburtstag zum Horrortrip entwickelt hatte und die sie bis heute nicht losgeworden war.

Tentakelartige Finger reckten sich an monsterartig aufgeblasenen Händen in den Himmel, stiegen vom Wind getragen nach oben und legten die Vermutung nahe, dass jemand sie gerade erst losgelassen hatte.

Unten auf dem Parkplatz vor der Klinik? Aus dem Kofferraum eines Autos? Jemand, der einem Kind eine Freude machen wollte? Aber doch nicht um diese Uhrzeit. Oder war es jemand, der ihre Phobie kannte und damit spielte?

Aber nicht mit ihr. Nicht mehr. Tessa trat dicht an die Fensterfront und schaute nach unten.

Eine Gestalt. Im Schein einer Parkplatzlaterne, wegen der Entfernung jedoch schwierig auszumachen. Eines sah sie dennoch: Die Gesichtsfarbe: leuchtend weiß. Die Kleidung: bunt.

Gedankenblitze.

Dann ein Entschluss: ihn konfrontieren, ihm direkt ins Gesicht schauen, diesem Wahnsinn ein Ende bereiten. Sofort.

Tessa spürte wieder Energie in sich, so viel, dass sie ihre Hände zu Fäusten ballte. Das war ihre Chance! Angetrieben von der Hoffnung, dem Harlekin das Handwerk zu legen, blendete sie sämtliche Gefahren aus.

Zeit nachzudenken hatte sie ohnehin nicht.

33

Er war nicht weit weg, sie konnte seine Anwesenheit körperlich spüren. Regungslos blieb sie am Klinikeingang stehen.

Im nahen Kräherwald stieß ein Käuzchen seine Rufe aus. Schaurig hallten sie von der Hochhauswand wider.

Ob ihre Schreie jemand hören würde? Vielleicht. Wenn sie noch die Möglichkeit bekäme, zu schreien.

Wo war er? Irgendwo auf diesem ausgedehnten Vorplatz, versteckt hinter einem Baum oder den hüfthohen Hecken?

»Mistkerl«, zischte sie und schaltete die Taschenlampe ihres Handys ein.

Es waren kaum zwei Minuten vergangen, seit sie an der Fensterfront gestanden hatte, obwohl ihr die Fahrtzeit im Aufzug ewig lang erschienen war. Ihr Herz schlug so schnell, als sei sie die Stufen hinuntergerannt.

Ein Rascheln in der nahen Hecke. Tessa richtete den Lichtstrahl darauf. Die Blätter vibrierten.

Ein Vogel. Sie atmete tief durch. Nur ein Vogel.

Sie machte einen Schritt vorwärts, trat aus dem überdachten Eingang heraus. Vor ihr befand sich eine Reihe parkender Autos. Ein zu schlechtes Versteck. Vielleicht lauerte er hinter der Mauer um den Tiefgarageneingang. Oder er beobachtete sie vom Klinikpark aus, zusammengekauert in einem der Holzhäuschen sitzend, die zu dem Spielplatz gehörten.

Als ihr Blick die Schatten der Spielgeräte erfasste, stockte ihr der Atem.

An einer Schaukelkette festgebunden schwebte ein Bündel der monsterartigen Luftballons. Und an einer der Schnüre hing eine Karte. Er hatte ihr noch eine Botschaft hinterlassen. Er wollte, dass sie dorthin ging.

Tessa machte einen Schritt vorwärts. Dann noch einen. Sie schob einen Fuß vor den anderen, als müsste sie den Tritt in einen nahen Abgrund vermeiden. Lief sie geradewegs in eine Falle? Oder ging die Gefahr gar nicht von da vorn aus? Vielleicht wollte er nur, dass sie sich auf die Luftballons konzentrierte und abgelenkt war.

Je weiter sie sich vom Gebäude entfernte, desto mehr glaubte sie, ihn im Rücken zu spüren. Sie atmete flach, schaute nach hinten.

Es gab hier draußen zu viele Verstecke für ihn. Unruhig zuckte der Lichtschein ihrer Handy-Taschenlampe durch die Dunkelheit, über die Hecken, die den Vorplatz unterteilten. War sie eigentlich völlig verrückt, hier allein die Heldin spielen zu wollen? Was für eine dämliche Kurzschlussreaktion.

Was tun? Sie war nicht mehr weit von der Schaukel entfernt. Der schmale, leicht unebene Plattenweg führte zum Spielplatz und weiter in den angrenzenden Wald.

Tessa verharrte. Sie vergaß sogar zu atmen. Dort, auf der anderen Straßenseite, zwischen den Bäumen, stand er – der Harlekin. Durch das rot glühende Ende seiner Zigarette war sie auf ihn aufmerksam geworden. Er hatte sie längst im Visier. Mit gelassener Bewegung beschrieb er kleine Halbkreise in der Luft und winkte ihr damit zu. Er stand vielleicht dreißig Meter weit entfernt.

Tessa riss ihr Handy hoch. Doch der Lichtschein war zu schwach, die Sekunden zu kurz, um mehr als seine Verkleidung zu erkennen. Nur einer Sache war sie sich sicher, ehe die Gestalt zwischen den Bäumen verschwand.

Der Harlekin zog einen Koffer hinter sich her. Mit vielen bunten Aufklebern.

34

Ihm nach? In den Wald? Sie machte zwei, drei hastige Laufschritte. Dann hielt ihr Verstand sie auf. Allein? Nein, das wäre Wahnsinn. Es gab zu viele Wege, zu viele Verstecke. Verflucht!

Sie leuchtete den Waldrand ab. Keine Spur mehr vom Harlekin. Als sei er eine Erscheinung gewesen. So plötzlich, wie er aufgetaucht war, war er auch wieder verschwunden.

Der Koffer mit den bunten Aufklebern – konnte er Mira gehört haben? Sie hatte nur eine Beschreibung, Leander hingegen hätte das Gepäckstück auf diese Distanz bestimmt erkannt.

Da war noch diese Karte, die ihr der Harlekin hinterlassen hatte.

Tessa ging zu der Schaukel und richtete den Lichtschein auf die Botschaft. Wider Erwarten kein Harlekinmotiv. Dieses Mal waren es bunte Luftballons. Darüber stand *Einladung*. Wie für einen Kindergeburtstag.

Tessa drehte die Karte herum. Wieder ein gedruckter Text.

Einladung zur Schnitzeljagd
Wir suchen einen Schatz. Den für dich größten.
Ort und Startzeitpunkt werden dir noch bekannt gegeben.
Ich freue mich mit Julian über deine Zusage.
Dein Harlekin

Neben dem Absender, mit einem rotfarbigen Stift von Hand dorthin skizziert, ein Wirrwarr aus Zickzacklinien.

Tessas Magen schraubte sich zusammen. Sie las die Zeilen noch einmal. *Den für dich größten Schatz*. Damit konnte nichts und niemand anderer gemeint sein als ihr Sohn. Und er hatte geschrieben, er freue sich *über* ihre Zusage, nicht *auf*. Ein grammatikalisches Versehen oder Machtdemonstration?

Das Adrenalin schoss ihr durch den Körper. Der einzige Gedanke, den sie jetzt noch fassen konnte, war: fliehen. Mit Julian. Bevor es zu spät war. Nur wohin? Wo könnte sie mit ihm sicheren

Unterschlupf finden und ihn gleichzeitig medizinisch versorgt wissen? Wäre es nach dieser Drohung möglich, die Polizei eine Wache vor dem Krankenzimmer aufstellen zu lassen? Würde das genügen? Und was, wenn es Tom war, vor dem sie sich in Sicherheit bringen musste, ein Polizist? Was, wenn er zudem einen Komplizen in seinen Reihen hatte?

Sie richtete den Lichtschein wieder auf die Karte. *Dein Harlekin.* Ihre Hände zitterten so sehr, dass sie die Computerschrift kaum mehr lesen konnte.

Verflucht, du wirst meinem Sohn kein einziges Haar krümmen, das schwöre ich dir bei meinem Leben, dachte sie.

Ihr Blick wurde von den rot leuchtenden Zickzacklinien angezogen. Rauf, runter, kreuz und quer. So, als ob jemand einen Stift ausprobiert oder seinen Namen daruntergesetzt hatte, obwohl er noch gar nicht schreiben konnte. Julian.

Der Harlekin war bei ihrem Sohn gewesen. Ganz nah. Im Krankenhaus. Von dort hatte er auch die Einmalhandschuhe.

Langsam sickerte die Erkenntnis in Tessa durch, dass sie an Flucht womöglich gar nicht mehr zu denken brauchte.

»Frau Rose?«, schrie Tessa in ihr Handy. »Sie müssen sofort herkommen!«

»Um Gottes willen, was ist denn passiert?«

Tessa umklammerte ihr Handy. Niemand war erreichbar gewesen. Helen nicht, Tom nicht, Leander nicht. Sie hatte sich schon von aller Welt verlassen gefühlt, bis sie Frau Roses Nummer angewählt hatte und die vertraute Stimme gleich nach dem zweiten Klingeln drangegangen war.

»Was ist denn nur passiert? Nun sagen Sie schon. Gibt es Komplikationen? Warum reden Sie denn nicht? Tessa, sind Sie noch dran?«

»Ja … ich … Frau Rose … ich habe nur kurz das Zimmer verlassen. Wirklich, nur ganz kurz! Ich bin zur Spielecke am Ende der Station gegangen, um ein Buch zu holen, damit ich Julian etwas vorlesen kann. Er war schon wieder so quietschfidel und wollte beschäftigt werden, und dann …« Ihre Stimme brach und ging in ein Schluchzen über.

»Was, und dann? So reden Sie schon! Musste er zurück auf die Intensivstation?«

Wenn es doch nur so wäre. Auch wenn das ein paradoxer Wunsch war, dort wäre er wenigstens vor dem Harlekin in Sicherheit gewesen.

»Schlimmer, viel schlimmer«, rief Tessa mit erstickter Stimme. »Julian … er ist … ist weg.«

»Wie meinen Sie das, weg?« Während Frau Rose die Tragweite dieses Wortes noch nicht erfassen konnte, hielt Tessa die Einladung zur Schnitzeljagd in ihrer schweißnassen Hand und war sich so sicher wie noch nie in ihrem Leben.

»Der Harlekin, er war da. Er hat Julian entführt! Ich wollte doch nur ein Buch für ihn holen. Mein Gott, Frau Rose, ich war nur fünf Minuten weg. In dieser Zeit muss er in Julians Zimmer gewesen sein. Als ich den Harlekin vor dem Klinikeingang sah, hatte er ihn bereits entführt.«

»Aber Julian hängt doch noch an der Infusion …« Frau Rose schien sich an irgendwelchen praktischen Dingen festhalten zu wollen.

»Nicht mehr ständig. Die Schwester hat ihn vor einer Stunde für heute davon befreit. Er sollte erst morgen früh den nächsten Beutel bekommen.«

Darum hatte sich der Harlekin in den vergangenen Tagen so ruhig verhalten. Er hatte Julians Krankenhausaufenthalt benutzt, um seelenruhig abzuwarten, bis sie ihm in die Falle lief. Bis er ihren Sohn in der Falle hatte.

»Mein Gott, was mache ich denn jetzt? Die Station ist informiert, die Polizei auch, und ich stehe vor der Klinik. Frau Rose, bitte, bitte kommen Sie schnell! Ich zittere am ganzen Körper. Wenn der Harlekin meinem Sohn etwas antut – das überlebe ich nicht.«

»Bleiben Sie ruhig, Tessa. Ich bin sofort bei Ihnen. Vielleicht ist das mit dem Harlekin ja nur ein dummer Zufall, und er war gar nicht in der Klinik. Vielleicht hat sich Julian nur in einem anderen Zimmer versteckt oder sich auf Erkundungstour im Krankenhaus verirrt. Bestimmt finden wir ihn wieder.« Es war der hilflose Versuch, die mächtige Welle aufzuhalten, die Tessa auf sich zurollen sah. Denn ebenso gut wie Frau Rose wusste sie, dass Julian kein Abenteuerkind war, das aus seinem Gitterbettchen kletterte und einfach so davonlief.

Während sie an das Gekritzel ihres Sohnes auf der Einladungskarte dachte, das anmutete wie ein letzter Gruß, schaute sie hinüber zum Kräherwald, wo der Harlekin mit dem bunten Koffer gestanden hatte.

35

Mein Harlekin mag mich nicht mehr.

Er besucht mich nur noch alle paar Tage im Verlies, fragt kurz, wie es mir geht, lässt mir einen Vorrat an Essen da, leert die Campingtoilette und verschwindet wieder.

Ich war nicht brav genug.

Obwohl ich gar nicht weiß, was ich getan habe. Mein Harlekin achtet noch immer darauf, dass ich meine Medizin nehme. Trotzdem habe ich seit Tagen Bauchschmerzen, unter der letzten rechten Rippe tut es besonders weh, ein dumpfes Drücken, das mir manchmal fast den Atem nimmt. Außerdem zieht es ganz schlimm im Rücken.

Vielleicht hätte ich ihm das nicht sagen sollen. Ich glaube, damit habe ich ihm noch mehr Kummer gemacht. Es ist doch bestimmt nur, weil ich beim Schlafen falsch gelegen habe.

Vielleicht kommt mein Harlekin ja auch deshalb nicht mehr so gern zu mir, weil es hier so furchtbar riecht. Dabei müsste er nur jeden Tag den Inhalt der Chemietoilette entsorgen, wie er es früher auch getan hat. Ich gehe schon so selten wie möglich dorthin, damit es nicht noch mehr stinkt.

Ich brauche frische Luft, sonst ersticke ich noch. Es wird nicht viel helfen, trotzdem setze ich mich auf das Fahrrad, das mit der Hinterachse an einer Stützkonstruktion befestigt ist, sodass der Reifen den Antriebsmechanismus in Gang setzt, sobald ich in die Pedale trete. Während die Luft erst geräuschvoll angesaugt wird und dann aus dem Drehkolben nach unten ausströmt und meine Beine umstreicht, schließe ich die Augen und stelle mir vor, über Felder und Wiesen zu fahren. Neben mir ein Mädchen mit wehenden Haaren. Sie lacht. Vielleicht ist sie meine Freundin.

Obwohl ich mich kaum anstrengen muss, fällt mir das Atmen bald schwerer, mein Tagtraum bekommt Risse, und ich muss mit Seitenstechen vom Fahrrad steigen.

Erschöpft lege ich mich mit angewinkelten Beinen auf mein

Bett, weil es sich so am besten aushalten lässt, und schaue an die Betondecke.

Erst denke ich gar nichts, ich habe zu nichts Lust, nicht mal Musik zu hören, auf dem Laptop zu spielen oder fernzusehen, obwohl ich die ganze Zeit über Strom habe. Ich höre meinem eigenen Atem zu, bis er sich beruhigt hat, und dann versuche ich, mir auszumalen, was sich wohl über meinem Verlies befindet.

Ein Haus? Oder ganz viel Erde und dann der blaue Himmel, den ich nur aus Filmen kenne? Ich wüsste so gern, wie sich Sonnenstrahlen auf der Haut anfühlen. Wie es ist, wenn sie mich kitzeln und wärmen. Es muss schön sein.

Wenn ich manchmal nachts das Verlies zu einem Spaziergang mit meinem Harlekin verlasse, verbindet er mir die Augen und dreht mich alle paar Schritte um die eigene Achse, damit ich keine Orientierung entwickle, bis wir endlich im Freien angekommen sind, wo gleich sein Auto steht. Bis dahin muss ich viele Stufen gehen und mich währenddessen an einem Geländer festhalten. Wenn meine Beine mir nicht gehorchen wollen, stützt mich mein Harlekin und redet mir gut zu. Die Ausflüge mit ihm waren immer schön. Nur die Sonne habe ich nie gesehen.

Was mein Harlekin wohl jetzt gerade macht? Sitzt er in Kummer versunken in seiner Wohnung? Oder denkt er gar nicht so viel an mich? Wo lebt er überhaupt? Ist er weit weg von mir?

Früher habe ich mich oft auf den Campingstuhl gestellt und meine Nase an der Stahltür platt gedrückt, um durch den Türspion zu schauen. Doch da ist nur ein weiterer Raum oder eine Art Gang – jedenfalls nichts als kahle Wände.

Viel interessanter ist der Türspion selbst. Er sieht anders aus als die, die man im Fernsehen sieht. Dieser hier besteht aus sieben kleinen Gucklöchern. Eins in der Mitte und sechs im Kreis darum verteilt. In den dicken Stahlkranz ist außerdem eine Inschrift eingeprägt: »Karl Ebinger, Stuttgart-Zuffh«.

Seitdem ich lesen kann, frage ich mich, was das bedeutet. Dieses Internet, wo ich vielleicht nachschauen könnte, wer Karl Ebinger ist, habe ich ja nicht. Eine Vermutung habe ich allerdings längst.

Mir bleibt fast das Herz stehen, als ich den Schlüssel im Panzerschloss höre und sich zuerst der obere und dann der untere Türhebel dreht.

Mein Harlekin ist wieder da!

Am liebsten wäre ich ihm vor Freude um den Hals gefallen, aber ich will ein braves Mädchen sein und nehme schnell die Position ein, die er von mir verlangt. Den Rücken zur Tür, die Beine im Schneidersitz und meine Hände unter den Po.

»Hallo, mein Schneewittchen.«

Seine Stimme klingt nicht gut, zwar hell und freundlich, aber kraftlos, denke ich, während ich mich zu ihm umdrehe und dabei ein Lächeln aufsetze.

»Ich habe dir etwas zu essen mitgebracht«, sagt er, ohne eine Begrüßung von mir zu erwarten. Flüchtig schaut er sich im Raum um.

Was ist denn das?, denke ich, als mein Harlekin einen flachen Karton auf den Tisch legt und ihn aufklappt. So etwas hat er mir noch nie mitgebracht.

Dann erinnere ich mich an die Filme, in denen Kinder solche Kartons hingestellt bekommen, wenn die Erwachsenen keine Zeit für sie haben. Dieses Essen nennt sich Pizza.

Hunger habe ich keinen, aber natürlich klettere ich vom Bett und setze mich auf den Klappstuhl, den er als einzigen aufgestellt hat. Sonst haben wir immer zusammen gegessen, was er selbst für uns gekocht hat.

Es riecht gar nicht schlecht, was er mitgebracht hat. Ein runder Teig, darauf liegt eine rot-gelbe Masse mit Pilzen und Schinken, wenn ich das richtig erkenne. Aber es sieht ziemlich matschig aus, und von diesem fleckigen Karton zu essen finde ich seltsam.

»Was ist? Magst du die Pizza nicht? Alle Kinder mögen das.«

Aha. Und wenn alle Kinder das gern essen, muss ich das auch tun. Ich will ja ein braves Mädchen sein, damit ich bald hier rauskomme und zur Schule gehen darf. Ob ich dort auch eine Freundin haben werde? Mit der ich reden kann und die immer für mich da ist? Solche Geschichten habe ich in meinen Büchern gelesen. Ob es so etwas tatsächlich gibt, oder ist das nur ein Märchen? Was ein Märchen ist, hat mir mein Harlekin erklärt, nachdem ich so Angst vor dem Struwwelpeter bekommen hatte.

Ob es in der Welt da draußen eine Freundin für mich gibt, habe ich meinen Harlekin allerdings nie gefragt, weil ich nicht möchte, dass dieser Traum zerplatzt.

Wenn ich mein Verlies bald für immer verlassen darf, möchte ich eine Freundin haben und mit ihr Fahrrad fahren, in einen Kirschbaum klettern, Drachen in den Himmel steigen lassen, in der Sonne liegen und von ihr schwimmen lernen.

Ich kann mich erinnern, dass ich als kleines Kind von meinem Harlekin in einer rosafarbenen Plastikwanne gebadet wurde und darin spielen durfte, bis das Wasser kalt und der ganze Boden nass war. Seit ich in die Wanne nicht mehr reinpasse, kann ich mich nur noch mit einem Lappen waschen und meine Haare unter dem Wasserhahn shampoonieren. Es muss schön sein, vom Wasser getragen zu werden.

»Die Pizza wird kalt. Warum isst du nicht?«

Vielleicht kann ich so etwas auch mal mit meiner Freundin essen, das macht bestimmt Spaß. Dann geht es mir womöglich besser, und ich habe wieder Hunger. »Bekomme ich denn kein Besteck?«

»Nein, das habe ich heute nicht dabei, brauchst du auch nicht. Die Pizza ist schon vorgeschnitten, du kannst die Stücke in die Hand nehmen.«

Mein Harlekin beugt sich zu dem Korb hinunter, in dem er sonst das Essen für uns transportiert. Vielleicht hat er doch noch etwas anderes mitgebracht, und es ist alles wie immer.

»Hast du noch genügend Müsliriegel?«, fragt er mich und stapelt Chips, Erdnüsse und Schokolade auf den Tisch, wie ich sie in einer solchen Menge noch nie vor mir gesehen habe. Er achtet sonst sehr darauf, dass ich nicht so viel von diesen ungesunden Sachen esse, wie er sagt. Warum ist ihm das jetzt egal – warum bin ich ihm gleichgültig geworden?

Nachdem er seinen Korb ausgeräumt hat, kramt mein Harlekin in der Hosentasche seines ausladenden Kostüms und zieht zwei Tablettenpackungen heraus. »Es kann sein, dass ich drei oder vier Tage lang nicht zu dir kommen werde. Du weißt ja, von den Herztabletten musst du eine am Tag schlucken, und von den Schmerztabletten darfst du nicht mehr als zwei nehmen. Hast du das verstanden, mein Schneewittchen?«

Ich nicke reflexartig, weil ich in Gedanken ganz woanders bin. Es ist also doch wahr – es geht ihm schlecht, und er muss ins Krankenhaus. Mein Alptraum wird wieder lebendig und drückt mit seinen Klauen meinen Magen zusammen. Ich hatte vorher schon keinen Appetit, aber nun ist mir so übel vor Panik, dass ich glaube, mich nicht mehr in den Griff zu bekommen.

Was passiert mit mir, wenn er nicht mehr wiederkommt?

Diese Angst hatte ich so gut verdrängt, der Möglichkeit nur eine geringe Chance zugerechnet und mich deshalb sogar mit seinem unregelmäßigen Auftauchen arrangiert – aber nun, mit dem Wissen, fast eine Woche ohne Kontakt nach außen zu sein und mit der Angst leben zu müssen, dass er vielleicht nie mehr wiederkommt … das halte ich nicht aus.

Mein Harlekin ist schon auf dem Sprung, es interessiert ihn gar nicht mehr, ob ich die Pizza esse. Er darf jetzt nicht die Tür hinter sich verriegeln, nicht weggehen. Und ich kann hier nicht bleiben.

Ich muss hier raus.

»Können wir nicht mal wieder einen Ausflug machen – heute?«, frage ich hastig. Ich weiß selbst, dass ich dazu viel zu schwach bin, aber es ist ohnehin nur ein Test. Nein, es ist mehr als das. Ich will wissen, ob er noch zu mir steht, ihm das nutzlose Versprechen abringen, dass wir uns wiedersehen. Damit ich mich an irgendetwas festhalten kann. Wenn ich ehrlich bin, verbinde ich mit der Frage aber noch viel mehr. Es ist ein Gedanke, der gerade erst in mir reift, ein Wunsch, der immer größer wird: Flucht.

»Wir können jetzt keinen Ausflug machen! Du bist krank, mein Schneewittchen. Du musst erst wieder gesund werden.«

»Es geht mir schon viel besser, ehrlich.« Ich versuche, so überzeugend wie möglich zu klingen.

»Lüg mich nicht an. Du bist krank, mein Schneewittchen, sehr, sehr krank.«

»Was heißt das?«, frage ich. Damit kann er mich doch nicht

zurücklassen. Oder kümmert er sich genau deshalb nicht mehr so sehr um mich, weil er weiß, dass ich todkrank bin und er mir nicht mehr helfen kann?

Mein Harlekin reagiert nicht und nimmt den Schlüssel zu meinem Verlies aus seiner Hosentasche. Dann stimmt es also doch, was ich nie so richtig glauben konnte: Mein Herz ist nicht gesund und wird bald nicht mehr schlagen.

Ich bringe meine Frage kaum über die Lippen, aber ich will die Wahrheit wissen. »Ich werde also bald tot sein?«

»Wie kommst du denn darauf?« Ich höre echtes Entsetzen in seiner Stimme. »Du wirst nicht sterben, solange ich lebe. Niemals. Sprich nicht mehr davon, hast du verstanden? Ich will nichts mehr hören! Du bist krank, aber nicht todkrank.« Im Verlauf seiner Rede ist er zorniger geworden.

»Warum bist du denn so wütend?«, frage ich meinen Harlekin, der, kaum dass ich gefragt habe, wie ausgewechselt ist, seine Stimme klingt wieder warm und weich.

»Es ist alles gut. Ruh dich aus, mein Schneewittchen, nimm brav deine Tabletten, bis ich wieder da bin, und dann reden wir noch einmal drüber.« Für ihn ist das Gespräch damit erledigt, und er wendet sich zur Stahltür hin.

»Und was ist, wenn du nie mehr wiederkommst?«, platze ich heraus.

»Was du für Sorgen hast, mein Schneewittchen.« Seine wiedergewonnene Ruhe weicht einer offenen Ungeduld, mit der er sich noch einmal halb zu mir umdreht. »Ich muss dich ein paar Tage allein lassen, ja, aber deshalb lasse ich dich doch nicht im Stich! Hier drin bist du sicher. Dir kann nichts passieren, und ich werde dich immer beschützen. Was denkst du denn anderes von mir? Es gibt nur eben manchmal Dinge, die wichtiger sind.«

»Was ist denn wichtiger als ich?«, schreie ich und merke schon im gleichen Moment, dass es ein Fehler war, meinen Harlekin gegen mich aufzubringen.

Doch er wird nicht wieder wütend, wie ich gedacht habe. Seine Augen füllen sich mit Tränen. »Du bist mein Ein und Alles, mein Schneewittchen. Du bist mein Leben, begreifst du das denn nicht? Ohne dich gäbe es mich längst nicht mehr.«

Mein Harlekin liebt mich also doch noch. Ich bin das Wichtigste für ihn. Glückseligkeit steigt in mir auf.

»Ich werde dich nie verlassen«, sage ich und weiß, dass ich gerade noch das Gegenteil gewollt habe. Der Gedanke an Flucht ist jedoch wie ausgelöscht.

»Doch, das wirst du, eines Tages wirst du mich verlassen. Aber den Zeitpunkt werde ich bestimmen.«

Ich lächle, zum ersten Mal nach langer Zeit ist es echt und kommt tief aus meiner Seele. So muss das Gefühl sein, wenn man einen Sonnenaufgang beobachtet. »Du meinst, wenn ich bald zur Schule gehen darf?«

»Davon habe ich nicht gesprochen.«

»Doch, du hast es mir versprochen!« Jetzt ist es mir egal, wenn mein Harlekin wütend wird. Er darf es mir nicht noch einmal verbieten, nicht einfach so.

»Ich habe gesagt, wenn du brav bist. Aber so, wie du neuerdings mit mir redest, bist du kein braves Mädchen. Also wird aus der Sache mit der Schule dieses Jahr leider wieder nichts, mein Schneewittchen.«

Unerträgliche Enttäuschung breitet sich in mir aus. Dann kommt die Wut – auf mich selbst. Ich habe es wieder vermasselt.

»Es tut mir leid, ich wollte nicht unartig sein. Ich habe nur solche Angst, wenn ich so viele Tage allein bleiben soll. Warum denn? Musst du ins Krankenhaus?«

»Ins Krankenhaus? Nein. Wie kommst du darauf? Ich habe andere Dinge zu tun.«

»Was denn?«

»Sei nicht so neugierig. Aber wenn du es genau wissen willst, gibt es da draußen eine Frau und ein dreijähriges Kind, auf das ich aufpassen muss, weil die Mutter eine schwere Grippe hat.«

»Kannst du mich dann nicht mitnehmen, bitte? Ich werde auch ganz lieb sein und alles tun, was du sagst.«

»Du lügst schon wieder.« Seine Stimme ist messerscharf. »Geh auf dein Bett und setz dich in Position. Essen kannst du, wenn ich weg bin. Und halte mich nicht für dumm. Du denkst über Flucht nach.«

Mir wird heiß und kalt, während ich zurück auf mein Bett klettere. Woher weiß er das?

»Nein, das tue ich nicht.« Innerlich lobe ich mich selbst, denn das klang wirklich überzeugend.

»Ich sehe es in deinen Augen, mein Schneewittchen. Du bist leicht zu durchschauen. Wehe, wenn du mich noch einmal anlügst. Und gnade dir Gott, wenn du versuchst, zu fliehen. Dann werde ich dich töten müssen.«

Für einen Moment bleibt mir die Spucke weg. *Mich töten?*

Jetzt ist es so weit, mich ihm entgegenzustellen. Viel zu lange war ich ein liebes und braves Mädchen – nur wofür, wenn ich doch mein Leben lang hier eingesperrt bleiben soll?

»Du kannst mir nicht drohen! Ich habe nämlich herausgefunden, wo ich bin.« Ich mache eine kurze Pause. »Und ich weiß, wer du bist.«

Mein Harlekin erstarrt mit dem Schlüssel in der Hand.

Das hat gesessen. Damit hat er nicht gerechnet. »Da staunst du, was? Dein Name ist Karl Ebinger, so steht es an der Tür, und ich bin in Stuttgart-Zuffh.« Das letzte Wort klingt zugegebenermaßen etwas seltsam, und ich bringe es kaum über die Lippen, aber Ortsnamen sind manchmal ein bisschen schwierig. Jetzt habe ich ihn in der Hand, und er muss mir jeden Wunsch erfüllen.

Mein Triumphgefühl geht im schallenden Gelächter meines Harlekins unter.

»Mein kleines Schneewittchen. Was für süße, kindliche Gedanken du doch hast. Das ist eine Stahltür aus dem Zweiten Weltkrieg, und Karl Ebinger war der Hersteller und Firmenbesitzer in Stuttgart-Zuffenhausen. Aber mit einer Sache hast du recht: Du wirst diesen Bunker niemals verlassen, solange du lebst. Du gehörst mir.«

36

Seit einer halben Stunde kreiste ein Hubschrauber über den nachtschwarzen Baumwipfeln. Begleitet vom Lärm der Rotorblätter lief Tessa durch den Kräherwald. Schweißgebadet rutschte ihre Hand aus der von Leander.

Nicht Julian, hämmerte es im Takt ihrer schnellen Schritte in ihrem Kopf, nicht Julian. Das durfte nicht sein, das konnte nicht sein, nicht ihr Sohn. Es waren doch nur fünf Minuten gewesen.

Fünf verdammte Minuten.

In der Klinik war alles, jedes Stockwerk, jede Station, nach ihrem Sohn abgesucht worden, doch das heisere Bellen des Suchhundes hatte schließlich eine deutliche Sprache gesprochen. Julian war in den Händen des Harlekins und mit ihm im Kräherwald verschwunden.

Eine Hundertschaft durchkämmte das Unterholz in nordwestlicher Richtung, die steile Böschung hinunter bis ins Feuerbacher Tal, während sie ihrem mütterlichen Instinkt folgte und mit Leander von dem Waldeingang aus, wo sie den Harlekin zuletzt gesehen hatte, auf dem etwas breiteren Weg ging, der auch als Fahrweg genutzt wurde und sich in mehreren Schleifen ebenfalls bis ins Tal wand.

Sie hatte nicht mal richtiges Schuhwerk an, bloß Sandalen, doch nichts und niemand hätte sie daran hindern können, Julian zu suchen. Nicht auszudenken, was für Ängste ihr kleiner Junge in diesem Koffer durchleiden musste … Hineingepresst in eine rüttelnde, schwankende Dunkelheit, die ihn ins Unbekannte zerrte.

Welche Verlockung hatte Julian nur dazu bewogen, mit dem Harlekin mitzugehen? Hatte er geglaubt, das sei ein lustiges Versteckspiel? Oder war er gar nicht freiwillig in den Koffer hineingeklettert? War er betäubt worden? Hatte er Schmerzen? War ihr Sohn vielleicht gar nicht mehr am Leben?

Als sie das dachte, fühlte es sich an, als ob ihr jemand ein Messer in die Brust gejagt hätte, und sie rang nach Luft.

Ihr Unterbewusstsein zwang sie, sich mit dieser schlimmsten aller Möglichkeiten auseinanderzusetzen, obwohl sie nicht daran glaubte – nicht daran glauben wollte.

Der Harlekin hatte sie zur Schnitzeljagd eingeladen, er wollte mit ihr spielen – ein tödliches Spiel, wenn sie ihren noch immer behandlungsbedürftigen Sohn nicht rechtzeitig fand. Auch dem Harlekin musste klar sein, dass Julian weiterhin ins Krankenhaus gehörte, weil er noch nicht vollkommen gesund war. Das bedeutete, wer auch immer hinter dieser Maske steckte, war selbst so krank im Kopf, dass er Julians Tod billigend in Kauf nahm, ihn womöglich sogar bewusst einkalkulierte – und damit auch die seelischen Qualen, die sie durchleiden sollte. Wer, um Himmels willen, tat so etwas?

»Rechts oder links?« Keuchend griff Leander wieder nach ihrer Hand, als sie an der nächsten Weggabelung ankamen, wo die ehemalige Stadtbahnstrecke verlief und ein Grünstreifen das Gleisbett noch gut erahnen ließ.

»Links.« Sie wusste selbst nicht, was sie so sicher machte, dass die Hundertschaft in der falschen Richtung suchte und Julian ganz in ihrer Nähe war – und der Harlekin somit nicht weit weg. Julian wog immerhin fünfzehn Kilo, das machte das Ziehen des Koffers über den steinigen Weg anstrengend, ganz zu schweigen von der Alternative, ihn lange durch das Unterholz zu schleppen.

Als sie Leander erzählt hatte, dass der Koffer bunte Aufkleber trug, hatte er sie mit großen Augen angeschaut, unsicher wie sie selbst, wie er diese Tatsache einordnen sollte. Purer Zufall, weil es mehrere Trolleys dieser Art gab, oder ein Hinweis auf Mira? Und wenn es einer war, was hatte das dann zu bedeuten?

Oder war der Harlekin womöglich nur ein Stück den Waldweg entlanggegangen, um in einem kleinen Bogen sofort zurück zu dem zweiten, häufiger genutzten Waldeingang zu gelangen, ehe sich die Polizei am Krankenhaus formierte? Dort gab es einen kleinen Parkplatz. Was, wenn er längst in ein Auto gestiegen und davongefahren war?

Auf einmal geriet ihr sicheres Gefühl ins Wanken, die Summe der Möglichkeiten war durch die Zeit, die sie bereits verloren hatten, so bedrückend groß, dass es Tessa die Tränen in die Augen trieb. Denn am Ende des Klinikparks erstreckte sich auch noch eine große Schrebergartenkolonie, wo er leicht unterschlüpfen könnte. Helen und Frau Rose waren dorthin gegangen, einem Suchtrupp hinterher.

Aber würde der Harlekin so vorhersehbar handeln? Nein, er verfolgte einen Plan und war mit Sicherheit besser vorbereitet.

Als der Hubschrauber ins Tal abdrehte, konnte man für einen Moment die Geräusche der Umgebung besser wahrnehmen. Sehen konnte Tessa nur, so weit es der Schein der Taschenlampe erlaubte, die Leander mitgebracht hatte. Links und rechts davon war nichts als dunkelschwarze Schatten.

Der kühle Nachtwind hielt die Blätter in Bewegung, es raschelte, Zweige knackten. Tessa zuckte zusammen. Das war ein ungewöhnlich lautes Knacken gewesen. Ruckartig drehte sie sich um und zielte mit dem Lichtschein wie mit einer Waffe zwischen die Bäume. Sie verharrte, horchte. Noch ein lautes Knacken – aber aus der anderen Richtung. Tessa fuhr herum.

Ein gutes Stück weit die Böschung hinunter schimmerte zwischen einem aufgeschichteten Haufen dicht belaubter Zweige etwas Buntes hervor.

»Da!«, zischte sie Leander zu. Der Harlekin, sie hatten ihn. Seine Tarnung war ihm zum Verhängnis geworden. Er hatte sich in seinem Versteck zu sicher gefühlt.

Der Wille, ihren Sohn aus den Klauen des Psychopathen zu befreien, war übermächtig, doch Leander hielt sie mit dem Finger über den Lippen zurück und knipste die Taschenlampe aus. Tessa verstand.

Ihre Augen mussten sich erst an das fehlende Licht gewöhnen, doch im fahlen Mondlicht konnte sie bald wieder den Zweighaufen ausmachen, der wohl wie zufällig in dieser Senke platziert wirken sollte.

Auf Leanders Zunicken hin schlichen sie die kurze steile Böschung hinunter, durch knöchelhoch liegendes Laub, darauf bedacht, im Schutz der Bäume zu bleiben und ihre Bewegungen den Geräuschen des Waldes anzupassen.

Tessas schneller Herzschlag nahm ihr fast den Atem.

Der Harlekin rührte sich nicht. Er musste ihnen den Rücken

zuwenden und nicht bemerkt haben, dass ihn der bunte Fetzen seines Kostüms verriet. Oder hatte er begriffen, dass er in der Falle saß und eine Flucht insbesondere mit dem Koffer zwecklos sein würde?

Noch rund zehn Schritte.

War er bewaffnet? So schätzte sie ihn nicht ein. Nur … was machte sie eigentlich so sicher, dass er sie nicht wieder in eine Falle lockte?

Tessa war bei diesem Gedanken einen Moment lang unkonzentriert und blieb mit der Sandale an einem Ast unter dem Laub hängen. Sie strauchelte, machte reflexartig zwei Schritte nach vorn und verlor dennoch das Gleichgewicht.

Nein, schrie sie innerlich, während sie fiel.

Mit dem Kinn landete sie auf dem Waldboden und biss sich dabei heftig auf die Zunge. Sie roch gewitterfeuchte Erde und schmeckte Blut.

Leander reagierte geistesgegenwärtig und warf sich mit Anlauf auf den Zweighaufen, jedes Risiko eingehend, die Taschenlampe zur Schlagwaffe erhoben.

Es war ein satter Aufprall, Leander stöhnte auf.

Danach war es ruhig. Eine unwirkliche Stille breitete sich aus. Leander rührte sich nicht mehr. Niemand bewegte sich.

Großer Gott, was war passiert? Hatte der Harlekin mit einem gezückten Messer den Angriff abgewartet?

Von Panik durchflutet, wusste Tessa nicht, was sie tun sollte. Wie hatte sie nur zulassen können, dass Leander sich in eine solche Gefahr begab? Doch wie hätte sie das verhindern sollen? Er selbst hatte jede Vorsicht aufgegeben – um Julian zu retten.

Sollte sie Hilfe holen, selbst Schutz suchen oder nah bei ihrem Sohn bleiben und sich mit bloßen Händen dem Kampf stellen? Sie hatte die Konfrontation mit dem Harlekin schon einmal überlebt, die Wunde an ihrer Stirn, die sie bei ihrer ersten Begegnung davongetragen hatte, war noch nicht verheilt. Und da war sie nicht vorbereitet gewesen. Der Harlekin hatte es außerdem mit einer Frau zu tun gehabt, die vor Angst und Ekel vollkommen verstört gewesen war. Nicht mit einer, die bereit war, für das Leben ihres Kindes ihr eigenes zu opfern. Dieser unbedingte Wille brannte nun in jeder Faser ihres Körpers. Für Julians Leben würde sie alles tun.

»Leander?«, rief sie verhalten und nahm erneut den bitteren Geschmack ihres Blutes im Mund wahr. Entschlossen rappelte sie sich auf. Dann bückte sie sich und hob den Ast auf, der sie zu Fall gebracht hatte. Er wog schwer, mit der Hand konnte sie ihn gerade noch umgreifen.

Unvermittelt hörte sie Leander keuchen. »Verflucht!«

Gott sei Dank, er atmete und redete! Ihre Finger krampften sich um ihre hölzerne Waffe. »Ich bin hinter dir. Und ich kann zuschlagen.«

»Hier ist niemand.« Leander richtete sich mühsam auf und hielt sich dabei die linke Rippenseite.

»Wie?«, fragte sie, weil sie es nicht fassen konnte.

»Es war auch nie jemand hier.« Mit dem Fuß kickte Leander die Zweige beiseite. »Siehst du? Ich bin auf die Kante dieses Baumstumpfes geprallt, und das da«, Leander hob den bunten Stofffetzen, der eindeutig zum Kostüm des Harlekins gehörte, »hat er sich entweder versehentlich abgerissen, oder es ist eine gezielt gestreute Finte, um uns auf die falsche Spur zu locken.«

Tessa schluckte und würgte mit der bitteren Enttäuschung auch das angesammelte Blut in ihrem Mund hinunter.

»Immer einen Schritt voraus«, murmelte sie.

»Aber er war hier. Er macht mit uns wie angekündigt eine Schnitzeljagd – die wir allerdings gewinnen werden. Los, komm!« Leander schaltete die Taschenlampe wieder an, nahm Tessas Hand und zog sie weiter.

Gern hätte sie sich an Leanders Zuversicht festgehalten, doch je länger sie durch den Wald liefen, desto mehr brach sich ihre Verzweiflung Bahn.

Fünf Minuten. Fünf verdammte Minuten.

Sie schlitterten die Böschung hinunter, weiter entfernt blitzten zwischen den Bäumen wie an einem langen Seil aufgehängt die Taschenlampen der Hundertschaft auf. In einer stummen Prozession bewegten sich die Polizisten durch den Wald und stießen mit ihren Suchstöcken prüfend ins Laub. Über ihnen ertönte wieder das Dröhnen des Hubschraubers.

Tessa fühlte sich wie im falschen Film, wie mittendrin in einem Horrorstreifen. Es war ihr Kind, nach dem gesucht wurde. So viele Menschen halfen ihr dabei. Das hätte ihr Hoffnung geben müssen, doch keiner hatte Julian bisher gefunden, und vom Harlekin gab es nur diese eine Spur.

Inzwischen hatten sie bestimmt hundert Höhenmeter überwunden, der Untergrund wurde ebener und kündigte das schmale Feuerbacher Tal an, wo es eine Durchgangsstraße, vereinzelt dastehende Häuser und eine zweite große Schrebergartensiedlung gab. So viele Versteckmöglichkeiten! Auf der anderen Seite erhob sich der nächste bewaldete Berg, der Rotwildpark, und zog sich kilometerweit dahin, bis zum Schloss Solitude. Kilometer! Wie sollten sie da an der richtigen Stelle suchen?

Unvermittelt stand sie mit den Sandalen knöcheltief im Wasser und schrie auf. Es war der Feuerbach, der sich als stilles Gewässer am Waldrand entlangschlängelte.

»Scheiße! Hättest du mich nicht warnen können?«, fuhr sie Leander an, der die Taschenlampe hielt. Vom nahen Tierheim bellten die Hunde.

»Nein, konnte ich nicht«, gab Leander zurück, und sein Ton war ungewohnt scharf. »Ich habe in die andere Richtung geschaut, weil ich nämlich nach Julian gesucht habe«, sagte er mit Nachdruck. »Und ich stehe selbst im Wasser.«

»Entschuldige.« Ihr wurde die Kehle eng. »Meine Nerven. Ich wollte nicht ungerecht sein.«

»Ich auch nicht. Ich weiß, wie es ist, wenn man verzweifelt sein Kind sucht.«

Das saß. Wie Leander sich fühlen musste, welche Erinnerungen in diesen Stunden wohl in ihm hochstiegen, darüber hatte sie noch gar nicht nachgedacht.

Er zog seine Schuhe aus, sie tat es ihm gleich und ging ebenfalls barfuß weiter. Steinchen, Zweigspitzen und Tannennadeln stachen in ihre Fußsohlen. Aber was waren diese Schmerzen schon gegen all das, was Julian durchleiden musste und was womöglich Mira angetan worden war?

Recht schnell erreichten sie einen kleinen leeren Parkplatz am Waldrand und hatten wieder Asphalt unter den Füßen.

»Wohin jetzt?«, fragte sie, und Leander schaute erst zur Straße, dann Richtung Tierheim, danach drehte er sich zum Sportplatz, der bei den Schrebergärten endete. Er schien ebenfalls ratlos zu sein.

»Dorthin«, entschied er und wandte sich in Richtung der Schrebergärten.

Tessa wollte Leander folgen, doch dann hielt er sie abrupt zurück. Stumm deutete er auf einen Mülleimer, der ihnen bislang den Blick verstellte, und auf das, was er dahinter entdeckt hatte.

Ein Koffer. Mit bunten Aufklebern.

Für Tessa gab es kein Halten mehr. Sie stürzte auf den Koffer zu, legte ihn vorsichtig auf die Seite. Er war schwer. Fieberhaft rüttelte und zerrte sie an dem Verschluss.

»Julian«, rief sie dabei immer wieder, »Mami ist da, Mami ist da. Alles wird gut.«

Julian gab keinen Laut von sich. Sie schickte ein Stoßgebet zum Himmel, dass ihr Sohn nicht tot war – oder hatte genau das den Harlekin dazu gebracht, aufzugeben?

Endlich konnte sie die Klappe öffnen.

Der Koffer war leer.

Nein, nicht ganz.

Es lagen Backsteine darin.

Tessa sank in sich zusammen und heulte. Was für ein grausames Spiel. Erst als sie sich etwas beruhigt hatte, konnte sie den Gedanken fassen, die Nummer anzurufen, die ihr der Einsatzleiter gegeben hatte, und teilte ihm in ziemlich zusammenhanglosen Sätzen ihren Fund mit.

Der Beamte am anderen Ende der Leitung schwieg, man hörte nur das ohrenbetäubende Bellen eines Hundes, in das hinein der Mann schließlich sagte: »Wir sind gegenüber bei den Schrebergärten. Eine rote Hütte, gleich am Anfang. Wir denken, wir haben ihn.«

Tessa drehte sich zu Leander um. Der stand hinter ihr und starrte wohl schon die ganze Zeit reglos auf den Koffer. Als sie wiederholte, was der Einsatzleiter gesagt hatte, brachte er nur ein heiseres Wort über die Lippen: »Mira.«

Gemeinsam rannten sie los, so schnell ihre Beine sie trugen. Tessas Fußsohlen brannten, und ihre Lunge drohte zu bersten, als sie mit Leander die angegebene Hütte erreichte.

Zahlreiche Polizisten hatten den Garten umstellt und hinderten sie am Weitergehen.

»Ist mein Sohn da drin?«, rief sie atemlos.

»Der Hund hat angeschlagen. Wir bereiten den Zugriff vor.«

Ein Schäferhund an der Leine seines Hundeführers stand aufmerksam bei Fuß und ließ die Tür nicht aus dem Blick.

Etwas weiter entdeckte sie Tom in zweiter Reihe, in Zivil, die Hände in den Hosentaschen, als wartete er an einer Bushaltestelle und nicht auf den Zugriff bei einer Entführung.

Irritiert musterte Tessa ihn. Er hatte sie bestimmt bemerkt, so wie sie angerannt gekommen waren, doch er tat so, als würde er sie nicht sehen, denn er schaute in alle Richtungen, nur nicht zu ihr und Leander. Hatte ihn die Eifersucht wieder im Griff? Und weshalb stand er so unbeteiligt da? Es ging schließlich um Julian! Es blieb ihr jedoch keine Zeit, länger über Toms merkwürdiges Verhalten nachzudenken.

Der Einsatzleiter gab den Befehl zum Zugriff. Ein Poltern aus der Hütte, Stimmen. Tessa schloss ihre Hände zur Faust, dass ihre Fingernägel sich schmerzhaft in ihre Handflächen bohrten, weil sie eingreifen wollte, aber nicht konnte. Gleichzeitig vertraute sie darauf, dass die Beamten ihre Sache richtig machen würden. Julian war gefunden, der Horror war vorbei. Der Harlekin hatte sich doch überschätzt.

Nur noch wenige Sekunden, und sie würde ihren Sohn wieder in die Arme schließen können.

Dennoch dauerte es eine gefühlte Ewigkeit, bis einer der Männer wieder in der Tür erschien.

»Leer.«

Das Wort stach ihr mitten ins Herz. Das konnte doch nicht wahr sein!

Der nächste kam heraus und bestätige die knappe Meldung seines Kollegen: »Kein Hohlraum unter dem Boden. Aber der Junge war hier. Wir haben seinen Schlafanzug gefunden.«

Tessa spürte, wie eine Ohnmacht nahte. Als sie alles nur noch wie durch Watte hörte und ihr schwarz vor Augen wurde, hielt sie sich an Leander fest.

Immer einen Schritt voraus, war das Letzte, was sie denken konnte, bevor ihre Beine nachgaben.

37

Wo ist Julian?
Stuttgart. Fünf Tage nach seinem mysteriösen Verschwinden aus der Stuttgarter St.-Severin-Klinik ist die Suche nach dem kleinen Julian (3), der allem Anschein nach von einem als Harlekin verkleideten Entführer in einem Koffer in den Kräherwald verschleppt wurde (wir berichteten), am gestrigen Mittwochabend offiziell eingestellt worden.
Insgesamt rund eintausend Einsatzkräfte und freiwillige Helfer hatten während dieser fünf Tage das Gebiet rund um die Klinik nach dem Jungen durchkämmt, der dringend auf ärztliche Hilfe angewiesen ist.
Auf einer Fläche der Größe von 5000 Fußballfeldern wurden Wald, Wiesen und Wohnflächen abgesucht, ebenso wie die Scheune eines Reitstalls und der Keller einer Sportanlage. Ein Teich wurde leer gepumpt, und es kamen vierzig Mantrailer-Hunde zum Einsatz.
Hubschrauber kreisten Dutzende Male mit Wärmebildkameras über dem Areal. Auch wenn der kleine Junge nicht mehr am Leben sein sollte, würde sein Körper von einer Wärmebildkamera erkannt werden, so Polizeisprecher Karle. Die Kripo hat in den vergangenen Tagen zudem Funkzellen ausgewertet, um herauszufinden, wer zum Zeitpunkt der Entführung in diesem Gebiet mit seinem Handy unterwegs war.
Bislang haben sich dadurch jedoch keine Hinweise auf einen möglichen Täter ergeben. Die Spur verlor sich bei einer Hütte in einer Schrebergartensiedlung, rund fünfhundert Meter vom Entführungsort entfernt, und konnte von den eingesetzten Hunden nicht wiederaufgenommen werden.
Selbst wenn die Suche als erfolglos angesehen werden muss, werde die Akte Julian natürlich nicht geschlossen, betonte Karle auf der Pressekonferenz, und die Polizei bittet weiter dringend um Hinweise in dem rätselhaften Fall.

Wutentbrannt schlug Tessa die Zeitung zu und warf sie quer durchs Gästezimmer über Tisch und Bett hinweg in die Ecke, wo das Nachrichtenblatt unter den Kleiderschrank rutschte.

»Die spinnen doch! Die Polizei kann doch nicht einfach die Suche nach Julian einstellen!«

Seit dem Morgen hatte sie den Artikel bestimmt fünfzig Mal gelesen, doch natürlich stand jetzt, am Nachmittag, immer noch dasselbe darin. Im Grunde war es das, was ihr auch die Polizei gesagt hatte: Die Spur war kalt, ein Fortführen der groß angelegten Suche nach Julian hätte unter diesen Umständen geringe bis gar keine Aussicht auf Erfolg mehr. Doch das wollte Tessa nicht hören. Ihr kleiner Sohn war irgendwo da draußen, und wenn sie es nicht weiter versuchten, würden sie ihn niemals finden.

Helen kam mit dem eiskalten Orangensaft, den sie aus der Küche geholt hatte, zurück, stellte die Gläser auf dem Couchtisch ab und nahm Tessa wortlos fest in den Arm. Ihre wilden Locken kitzelten Tessa an der Wange, sodass sie den Trost gar nicht genießen konnte und eine unduldsame Handbewegung machte.

»Schscht …«, machte Helen und streichelte ihr über die Schulter. »Nicht aufregen, du brauchst deine Kraft noch. Und sie stellen die Suche nach Julian ja nicht komplett ein. Den Hinweisen wird weiter nachgegangen, das habe ich dir vorhin schon gesagt.«

»Aber mehr wird nicht getan! Du hast es doch gelesen: ›Selbst wenn die Suche als erfolglos angesehen werden muss, werde die Akte Julian natürlich nicht geschlossen‹«, zitierte Tessa den Pressesprecher. »Das heißt im Klartext, sie lehnen sich zurück und warten, bis ihnen jemand den entscheidenden Hinweis liefert. Aber nicht mal daran glauben sie. Nach fünf Tagen! Nach fünf verdammten Tagen haben sie meinen Sohn aufgegeben.«

Helen schüttelte den Kopf. »So darfst du das nicht sehen, Tessa.«

»Nein? Wie dann?« Sie funkelte ihre Freundin an. »Lieber so, dass Tom hinter allem steckt und die Ermittlungen bremst?«

»Aber wieso sollte er das tun?« Helens rehbraune Augen weiteten sich. Diesen Blick hatte sie schon als Kind draufgehabt und damit wie die Unschuld vom Lande wirken können. Bis heute war Helen ein bisschen naiv und eher ängstlich geblieben, aber seit Schulzeiten hatte Tessa mit ihr bereits eine ganze Herde Pferde gestohlen.

»Helen, weil er der Harlekin ist. Tom hält die Fäden in der Hand. Du hättest sehen müssen, wie unbeteiligt er in dem Schrebergarten stand, als würde ihn das alles geradezu langweilen. Weil er natürlich längst wusste, was passieren würde. Die Polizei war zwar schnell vor Ort, aber bis die Suche ins Rollen kam, blieb ihm genug Zeit, Julian in ein sicheres Versteck zu bringen, seine weiteren Spuren zu verwischen und sich umzuziehen.«

»Gut, Letzteres ist denkbar«, gab Helen zu, »aber vieles von dem, was du sagst, ist auch Spekulation. Vielleicht sollte ich mal mit Tom reden und sehen, wie er sich dann verhält?«

»Probier dein Glück. Er reagiert weder auf meine Nachrichten noch auf meine Anrufe.«

»Dann rufe ich ihn auf der Dienststelle an.«

»Das habe ich auch schon gemacht. Dort hat er sich krankgemeldet.«

»Vielleicht ist er wirklich krank.«

»Dann kann er Frau Rose trotzdem die Tür aufmachen. Das hat er sonst auch getan. Aber selbst auf ihr Klopfen hin hat er nicht reagiert.«

»Okay, das ist wirklich merkwürdig. Ihm wird doch nichts passiert sein?«

Tessa zog die Augenbrauen hoch. »Du sorgst dich um ihn? Helen, ich kann mir lebhaft vorstellen, warum Tom nicht erreichbar ist. Er ist bei Julian – *er* ist der Harlekin. Mach die Augen auf, es passt alles zusammen. Seine Botschaften, die mir sagen sollten, dass ich blind für seine Liebe war. Er hatte einen Schlüssel zu meiner Wohnung, und er konnte sich das Täterwissen über den Sonnenschirmständer-Mord von 1999 aneignen, das der Mörder des unbekannten Mädchens offensichtlich hatte. Überleg mal … darum auch seine Prophezeiung, dass wir einen unruhigen Sommer vor uns haben – Tom wusste das, weil er vorhatte, selbst dafür zu sorgen.«

»Aber du kannst es nicht beweisen.«

»Noch nicht. Doch sobald ich den Grund kenne, warum er den Sonnenschirmständer-Mord nachahmt, habe ich ihn.«

Helen nippte an ihrem Orangensaft und drehte das Glas nachdenklich in ihren Händen. Nach einer Weile sagte sie: »Der verurteilte Täter, der 1999 dieses Kind aus der Wilhelma entführt und getötet hat, hat sich damals in Haft das Leben genommen, richtig? Ich glaube, es könnte interessant sein, sein Umfeld mal näher zu beleuchten. Jemanden zu befragen, der diesen Mörder kannte, mit dem er vielleicht sogar über die Tat gesprochen hat. Wer weiß, was für Freunde er so hatte …«

»Allerdings. Den gleichen Gedanken hatte ich auch schon.«

»Kannst du herausfinden, wie der Mörder hieß?«

»Das habe ich bereits. Es ist letztlich doch ganz gut, wenn man bei der Staatsanwaltschaft einen Stein im Brett hat. Ich habe die Kontaktdaten seiner Exfrau bekommen, sie arbeitet als Flugbegleiterin auf internationalen Flügen und will sich am Sonntag mit mir treffen, sobald sie von ihrer aktuellen Tour zurück ist.«

Helen stellte ihr Glas auf dem Couchtisch ab. »Na, das ist ja ein Ding. Sie ist bereit, mit dir zu sprechen? Das könnte vielleicht etwas bedeuten.«

Ehe Tessa etwas entgegnen konnte, meldete ein Piepton ihres Handys, dass eine persönliche Nachricht über den Messenger bei Facebook eingetroffen war. Seit sie dort eine Suchmeldung nach Julian gepostet hatte, wurde sie von einer Welle der Anteilnahme überrollt. Dagegen war das Posting von Frau Rose auf der Suche nach der verschwundenen Mira und ihrem Kind eine Randnotiz geworden.

Der Beitrag über das Verschwinden von Julian war bereits unglaubliche siebzigtausend Mal geteilt worden, und sie erhielt immer wieder Nachrichten voller Zuspruch von wildfremden Menschen. Das war ja lieb gemeint, aber wirklich geholfen war ihr damit nicht. Das hörte sich undankbar an, doch jedes Mal fuhr sie vor Aufregung Achterbahn, weil sie natürlich mit jeder Nachricht hoffte, dass dieses Mal der entscheidende Hinweis käme. So auch jetzt.

Unter heftigem Herzklopfen klickte sie die Nachricht einer gewissen Yvonne Gumper an.

Hallo Tessa, ich glaube, ich habe deinen Sohn gesehen. Ich bin mir sogar ziemlich sicher. Im Killesbergpark, in der Nähe der großen Rutsche.

Tessa schluckte trocken. Das war nicht weit weg. Gerade mal rund einen Kilometer vom Entführungsort entfernt. Die Frau war noch online, und Tessa schrieb so schnell sie konnte zurück. Ihre Hand zitterte so sehr, dass sie die Buchstaben kaum traf.

Wann war das, und war Julian allein?, schrieb sie.

Gerade eben, antwortete die Frau. *Ich sehe die beiden noch und spaziere ihnen unauffällig hinterher. Bei deinem Sohn ist ein Mann, ungefähr vierzig bis fünfundvierzig Jahre alt, kurze dunkle Haare, ziemlich groß, leichter Bauchansatz.*

Tessa wurde schwindlig, obwohl sie auf der Couch saß. War Tom wirklich so mutig, am helllichten Tag mit Julian durch den Park zu spazieren? Nicht zu fassen. Was wollte er damit provozieren?

»Tessa?«, fragte Helen von der Seite. »Ist alles in Ordnung? Du bist ja kreidebleich geworden.«

»Ich glaube, wir haben ihn«, flüsterte sie, als könnte ein lautes Wort die fragile Hoffnung zerstören. »Ruf die Kripo an. Killesbergpark. Julian ist in Begleitung eines Mannes, es könnte Tom sein.«

»Soll ich das auch sagen?«

»Was?«

»Das mit Tom.«

»Helen, es ist mir scheißegal, was du sagst, Hauptsache, die Polizei fährt da hin!«, brach es aus Tessa heraus.

Ihre Freundin ließ sich nicht weiter davon beeindrucken und hängte sich ans Telefon, während Tessa weitertippte.

Die Kripo wird gerade verständigt. Trägt der Mann ganz normale Kleidung? Gibt es etwas Auffälliges? Du musst mir alles beschreiben, was du siehst, und lass die beiden um Himmels willen nicht aus den Augen, bitte!

Sie starrte gebannt auf das Display, bemüht, jede Regung der Frau sofort mitzubekommen, und musste glücklicherweise nicht lange warten.

Ich bin ihnen dicht auf den Fersen. Aber sie sind ziemlich schnell unterwegs. Der Junge fährt auf einem Fahrrad, und der Mann joggt nebenher.

Tessa ließ den Kopf sinken, in der Hoffnung, die Welle der

Enttäuschung würde über sie hinwegrollen, aber sie wurde mit voller Wucht davon getroffen. Mit tränenerstickter Stimme sagte sie: »Helen, du kannst wieder auflegen. Es hat sich erledigt.«

»Aber warum denn?« Helen hatte das Handy zwar vom Ohr genommen, ließ ihren Daumen jedoch noch ungläubig über dem Display schweben.

Tessa las gleichzeitig vor, was sie zurückschrieb: *Julian ist drei Jahre alt, er kann noch nicht Fahrrad fahren.*

Die Antwort kam prompt: *Oh, das tut mir leid, dann ist das wohl doch nicht dein Sohn. Sorry, ich wollte nur helfen. Ich hatte gar nicht richtig auf dem Schirm, dass er erst drei ist. Dann noch viel Glück bei der Suche!*

Tessa schrie. Sie schrie sich ihre Wut aus der Seele. Die aufgestauten Gefühle der vergangenen fünf Tage kamen in einem vulkanartigen Ausbruch an die Oberfläche. Ihr Zorn vermischte sich mit Verzweiflung zu einem glühenden Schmerz, der in einem Weinkrampf gipfelte.

Helen redete ihr gut zu und machte tiefe Atemzüge, denen sie ihre anpassen sollte, doch Tessa fand den Rhythmus nicht, ihr entglitt zunehmend die Kontrolle über sich selbst.

Wie lange konnte sie dieses Auf und Ab zwischen immer wiederkehrender Hoffnung und freiem Fall noch ertragen? Wie viel Schmerz konnte sie noch aushalten? Wenn ihre Freundin sie nicht festhielte – Tessa wusste nicht, was passieren würde.

Jetzt schämte sie sich dafür, dass sie Helens Anwesenheit im Krankenhaus als lästig empfunden hatte. Ohne ihre Freundin wäre sie längst durchgedreht. Wie ein Drachen im Sturm würde sie davonfliegen, wenn es dieses feste Band zwischen ihnen nicht gäbe, das sie zwar nicht am Boden, aber dennoch festhielt. Selbst wenn sie sich mittlerweile nur noch ein-, zweimal im Monat sahen, in Krisenzeiten hatten sie schon immer fest zueinandergehalten.

Und das hier war weit mehr als eine Krise – es war der direkte Blick in die Hölle. Seit Tagen hatte Tessa nichts gegessen, nur eine Scheibe Brot und einen Apfel, weil Helen sie förmlich dazu gezwungen hatte. Freiwillig wollte sie nichts zu sich nehmen. Sie war voller Schuldgefühle, die sie innerlich auffraßen.

Fünf Minuten. Fünf verdammte Minuten.

Helen reichte ihr ein Taschentuch nach dem anderen.

»Du darfst dir nicht solche Vorwürfe machen, Tessa. Du bist eine gute Mutter, du hast Julian nicht aus den Augen gelassen, sondern in der Sicherheit seines Gitterbettchens. Es konnte ja niemand ahnen, dass …«

»Ich hätte es aber ahnen müssen!«, widersprach Tessa schluchzend.

Es dauerte, bis der Tränenstrom versiegte. Ihre Augen fühlten sich dick und unförmig an, wie Fremdkörper, mit denen sie in eine Welt schaute, die nicht mehr ihre war. Die sich zwar weiterdrehte, die nach einem satten Aufprall jedoch aus der Bahn getrudelt und im Aus gelandet war wie eine fehlgeleitete Bowlingkugel.

Jeden Morgen glaubte sie beim Aufwachen für den Bruchteil einer Sekunde, nur einen Alptraum gehabt zu haben, bis die Realität sie einholte und der erste Blick ihrem Handy galt, ob vielleicht eine wichtige Nachricht eingegangen war.

Als Bildschirmschoner nutzte sie das Foto von Julian, das sie in Absprache mit der Kripo für die Suchaktion ausgewählt hatte, weil man darauf sein Gesicht und den Körperbau gut erkennen konnte. Frau Rose hatte es bei einem ihrer Ausflüge in die Wilhelma aufgenommen. Im Hintergrund sah man die Elefanten, Julian stand auf der breiten Stufe vor dem Gehege. Seine braungrünen Augen leuchteten in der Sonne, verschmitzt und selbstbewusst schaute er in die Kamera.

Ein Foto als zweidimensionales Abziehbild eines Lebensglücks, das mit jeder Minute schwand, in der Julian nicht wiedergefunden wurde.

Es war durch alle Medien gegangen, drei Fernsehsender hatten Tessa zudem aufgesucht. Oder waren es vier gewesen? Sie wusste es nicht mehr genau, auch nicht, was sie in den Interviews und Aufrufen gesagt hatte, so als hätte man sie unter Betäubung vor die Kamera gesetzt.

Julian war so dringend auf ärztliche Hilfe angewiesen. Wie konnte der Harlekin da nur zusehen? Warum gab er ihr kein Zeichen mehr? Oder war der Gedanke an Medizin längst überholt und Julian tot? Wenn er doch wenigstens eine Lösegeldforderung stellen würde – sie würde alle Hebel in Bewegung setzen, um diese zu erfüllen. Doch es geschah nichts. Einfach nichts.

Sollte dieses Foto ihre Erinnerung bleiben? Für immer? Nie mehr Julians Lachen hören, nie mehr sein ungestümes Wesen erleben, nie mehr seine bedingungslose Liebe spüren – ihm nie mehr Liebe geben dürfen?

Fünf Minuten. Fünf verdammte Minuten.

Es war allein ihre Schuld, wenn Julian starb. Sie hätte ihn niemals aus den Augen lassen dürfen. Dabei hatte sie ihm doch nur einen Wunsch erfüllen und die Bilderbücher holen wollen. War das sein letzter Wunsch gewesen? Wieder stiegen die Tränen in ihr hoch, und sie ließ sich von Helen noch ein Taschentuch geben.

»Wir werden Julian bestimmt finden.«

Merkte Helen denn nicht, wie trostlos das klang? Wie hoffnungslos?

»Das hat Leander auch immer gesagt – er hat seine Tochter nie wiedergesehen.«

»Aber er ist der Letzte, der aufgibt. Keiner von uns wird die Hoffnung aufgeben.«

Tessa nickte tapfer und putzte sich die Nase. In den vergangenen Tagen hatten sie alles getan, um die polizeiliche Suche zu unterstützen und Julian zu finden. Freunde und Kollegen hatten Plakate und Flugblätter verteilt, Frau Rose hatte eine eigene Facebook-Seite für Julian erstellt, Leander hatte für einen Eintrag auf »vermisste-kinder.de« gesorgt und wollte nun auch noch eine Homepage einrichten.

Wieder ein Signalton auf ihrem Handy. Dieses Mal eine Mail von der Detektei Jansen und Partner, die Tessa beauftragt hatte. Betreff: Suchergebnisse im Fall Julian.

»Die könnten etwas gefunden haben«, sagte Tessa aufgeregt, während sie die Nachricht öffnete.

»Und?«, fragte Helen ungeduldig, als Tessa den Text noch nicht mal überflogen hatte. Es war Tessas fester Wille gewesen, eine Detektei zu beauftragen, die sich auf Vermisstenfälle mit Kindern spezialisiert hatte, auch wenn Leander das aus seiner

Erfahrung heraus für rausgeschmissenes Geld hielt. Doch es war einer der wenigen Strohhalme, an die sie sich klammerte.

Hastig las sie die Mail noch einmal, um sicherzugehen, dass sie keine wichtige Information übersehen hatte.

»Das ist nicht zu fassen. Der schreibt mir hier nur belangloses Zeug und Dinge, die wir längst wissen. Er stellt es als Erfolg dar, herausgefunden zu haben, wem die Schrebergartenhütte gehört, und er will sich nun mit den Besitzern in Verbindung setzen. Das kann er sich sparen! Die Kripo war doch längst bei den alten Leuten, denen der Garten seit Jahrzehnten gehört. Die kommen nicht mehr oft dorthin und haben deshalb auch nicht bemerkt, dass jemand ihr Vorhängeschloss aufgebrochen und durch ein anderes ersetzt hat. Und für so eine lächerliche Auskunft verlangt er einen Stundensatz von einhundert Euro, die Spesen nicht zu vergessen! Unglaublich!«

»Reg dich nicht auf, das ist es nicht wert. Vielleicht kommt er ja noch zu einem brauchbaren Ergebnis. Wir sollten jedenfalls nichts unversucht lassen.«

»Aber zu welchem Preis? Hoffen, bangen, warten. Diese Ungewissheit macht mich fertig. Leander hatte recht. Muss ich mich denn von solchen Gaunern ausnehmen lassen, die sich an meinem Leid eine goldene Nase verdienen wollen?«

Kaum hatte sie ausgesprochen, klingelte ihr Handy. Eine Nummer erschien auf dem Display, die sie nicht zuordnen konnte.

Zögernd nahm sie das Gespräch entgegen.

»Guten Tag, spreche ich mit Tessa Steinwart?« Eine freundliche Frauenstimme mit einem warmen Unterton.

»Ja, und mit wem spreche ich?«

»Schön, dass ich Sie erreiche. Es geht um eine wichtige Sache. Mich hat das Verschwinden Ihres Sohnes sehr betroffen gemacht, und da ich die Gabe besitze und als Hellseherin arbeite, habe ich die Geister gebeten, mir zu sagen, wo sich Julian –«

»Hören Sie auf damit.«

»Bitte, ich könnte Ihnen vielleicht wirklich –«

»Mir mein Geld aus der Tasche ziehen, das können Sie – mehr nicht. Ich glaube nicht an diesen Hokuspokus. Auf Wiederhören.« Wutentbrannt legte sie auf.

Sie war kaum wieder zu Atem gekommen, als ihr Telefon erneut klingelte.

»Ich will meine Ruhe haben, verdammt noch mal!«, brüllte sie ins Telefon.

Stille in der Leitung, dann die verunsicherte Stimme von Leander. »Aber warum denn? Was hab ich dir getan?«

Tessa schloss die Augen und atmete tief durch. »Entschuldige, du warst gar nicht gemeint.«

»Dann ist ja gut … Ich wollte dir Bescheid sagen, dass die Homepage fertig ist. Es gibt ein Kontaktformular, und ich habe einige Fotos benutzt, die du mir gegeben hast. Willst du dir die Seite mal anschauen, bevor ich sie ins Netz stelle?«

Tessa schüttelte den Kopf. Seit der Koffer seiner Tochter aufgetaucht war, war Leander wie besessen davon, nicht nur Julian, sondern vor allem auch den Harlekin zu finden. Damit er endlich Gewissheit hatte, dass seine Tochter tot war – so schlimm sich das anhörte. Leander glaubte nicht mehr daran, dass Mira noch lebte, denn von dem Koffer hätte sie sich seiner Meinung nach nie getrennt.

Bislang hatte er sich mit der vagen Hoffnung getröstet, sie könne irgendwo glücklich mit ihrer Familie leben und den Koffer auf den Dachboden gestellt haben. Nun bestand sein einziger Wunsch darin, seine Tochter endlich beerdigen zu können – und sei es nur gedanklich durch das endgültige Wissen um ihren Tod.

»Bist du noch dran, Tessa?«

»Ja … also, ich meine nein … ach, stell die Homepage doch bitte einfach online. Ich kann mich jetzt nicht damit befassen. Mir geht so langsam die Kraft aus, es tut mir leid. Danke, dass du dich darum gekümmert hast.«

»Ich würde mich gern auch um dich kümmern. Dir etwas Leckeres zu essen machen und dich einfach im Arm halten. Morgen Abend? Aber bitte ohne Helen, wenn das okay ist.«

Tessa schaute prüfend zu ihrer Freundin, ob diese etwas gehört hatte. Aber Helen verzog keine Miene, und wenn, ließ sie sich nichts anmerken. Leander spielte auf den vorgestrigen Abend an, als er zu Besuch gekommen und Helen nicht gewillt gewesen war, sie beide auch nur für eine Minute allein zu lassen.

Vordergründig wohl, um gemeinsam die Suche nach Julian zu besprechen, hintergründig, weil ihr die Beziehung zu Leander von Anfang an ein Dorn im Auge gewesen war.

Das sprach Helen zwar nicht mehr offen aus, aber Tessa kannte ihre Freundin gut genug. Vorgestern hatte sie zwischen den Stühlen gestanden, aber nun waren ihr ihre eigenen Bedürfnisse deutlich wichtiger.

»Gern. Dann bis morgen Abend, bei dir zu Hause«, sagte sie und verabschiedete sich mit einem Luftkuss von Leander.

Helen sagte nichts, nachdem Tessa aufgelegt hatte – doch ihr Blick sprach Bände.

38

Ich muss mit dir sprechen. Treffen um zehn bei mir.

Wortlos hielt Tessa ihrer Freundin das Handy hin. Sie saßen im T-Shirt beim Frühstück auf der Terrasse, umgeben vom Duft blühender Oleanderbäume, als befänden sie sich in Südspanien. Tessa war das einerlei. Für sie war diese Welt ohnehin unwirklich geworden, ganz gleich, wo sie sich aufhielt. Am liebsten hätte sie sich den ganzen Tag in ihrem Gästezimmer verkrochen, um nicht länger der lachenden Sonne wie einer höhnischen Fratze ins Gesicht schauen zu müssen.

Doch Helen hatte den Tisch so schön gedeckt, dass Tessa sich aus Dankbarkeit über ihre Fürsorge wenigstens zu einer halben Butterbrezel zum Kaffee hatte überreden lassen, als nun die überraschende Nachricht von Tom eingetroffen war.

»Der fragt dich nicht mal«, stellte Helen fest und gab ihr das Handy zurück. »Taucht einfach wieder auf.«

»Und was soll ich jetzt machen?«

»Nichts.« Helen stach ihr Messer in das Laugenbrötchen und schnitt es ruckartig auf. »Der hat ja wohl nicht mehr alle Tassen im Schrank. Erst reagiert er fast eine Woche lang nicht auf deine Nachrichten und Anrufe, und jetzt sollst du auf einmal springen? Sei bloß vorsichtig, Tessa. Du hast mir selbst gesagt, was du über ihn denkst.«

»Aber wenn Tom so etwas schreibt, ist es wichtig.«

Helen tauchte ihr Messer in das Marmeladeglas und setzte einen kritischen Blick auf. »Ich weiß, dass ich dir oft etwas naiv erscheine, Tessa, und bestimmt hast du damit auch recht, aber im Moment bist du diejenige, die zu unvorsichtig ist. Menschen können zwei Gesichter haben, auch wenn du das offenkundig nicht so richtig wahrhaben willst, wenn du jetzt zu einem Treffen mit ihm fährst. Denk nur an Familienväter, die treu sorgend ihrer Arbeit nachgehen, bei Freunden beliebt sind, und dann stellt sich heraus, dass sie vor zwanzig Jahren einen Mord begangen haben. So etwas hört man doch immer wieder.«

»Dann sag mir, was ich tun soll. Ich glaube, dass er mir etwas Wichtiges sagen will.«

»Dann ruf Tom an und frag ihn, worum es geht. Du musst dich deshalb nicht mit ihm treffen.«

»Das stimmt.« Wieder war sie dankbar, ihre Freundin bei sich zu haben. Selbst auf die einfachsten Lösungen kam sie nicht mehr, weil ihr Denken allein auf Julian gerichtet war.

Tessa legte ihr Handy auf den Tisch und aktivierte den Lautsprecher, als sie Toms Nummer wählte. »Ich möchte, dass du mithörst«, sagte sie zu Helen.

Doch Tom ging nicht ans Telefon. Tessa ließ es klingeln und klingeln, bis sie schließlich aufgab.

Stirnrunzelnd wandte sie sich an Helen. »Das gibt's ja wohl nicht. Er hat mir doch gerade eben die Nachricht geschrieben. Aber vielleicht ruft er gleich zurück.«

Helen zuckte mit den Schultern und vertrieb eine Wespe von der Marmelade. Tessa nippte nervös an ihrem Kaffee, doch erst als Helen ihr Brötchen bereits aufgegessen hatte, kam anstelle des erwarteten Rückrufs eine WhatsApp von Tom.

Ich muss mit dir persönlich sprechen. Bitte, Tessa, komm um zehn zu mir. Es ist wichtig.

Warum hatte er nicht zurückgerufen, nur geschrieben?

»Allein gehst du auf keinen Fall dahin, Tessa. Du brauchst nur in den Spiegel schauen, deine Platzwunde ist gerade erst verheilt. Aber ich habe um halb elf einen Zahnarzttermin, den will ich nicht verschieben. Ich bin froh, wenn die Krone endlich sitzt. Schreib ihm, dass du später kommst.«

Tessa nickte, schrieb und wartete Toms Antwort ab. Wie hatte ihr Leben nur so eine Wendung nehmen können? Es war noch nicht lange her, dass sie nächtelang mit ihm zusammengesessen hatte, und nun traute sie sich nicht mal mehr allein in seine Wohnung.

Doch Helen hatte recht. Es war wichtig, vorsichtig zu sein. Ihre Zweifel an ihm waren gesät und ließen sich nicht mehr so einfach fortwischen.

Später kann ich nicht. Bitte komm um zehn.

»Das gefällt mir nicht«, sagte Helen. »Wenn es so wichtig

ist, kann er sich auch nach dir richten. Warum pocht er auf die Uhrzeit?«

»Weil er wahrscheinlich Dienst hat.«

Helen zog die Augenbrauen hoch und schenkte sich noch mal Kaffee nach. »Tessa … er hat sich krankgemeldet, das hast du mir selbst erzählt.«

Resigniert legte Tessa ihr Handy neben den Teller, auf dem die halbe Butterbrezel lag, von der sie gerade einmal abgebissen hatte. »Und jetzt? Allein gehe ich wirklich nicht dahin.«

»Dann nimm Frau Rose mit. Frag sie, ob sie Zeit hat.«

»Das ist eine Idee!«, rief Tessa, doch dann kamen ihr Zweifel. »Sollte ich denn allein unterwegs sein?«

»Ich denke, das können wir riskieren. Du steigst hier in der Garage in dein Auto und fährst im Asemwald nicht in die Tiefgarage. Vormittags sind zwischen den Häusern immer Leute unterwegs, die in der Ladenzeile einkaufen waren. Ruf Frau Rose an, sie soll dich am Parkplatz abholen.«

Tessa nickte. Das hörte sich ziemlich wasserdicht an.

Schon kurz darauf erhielt sie von Frau Rose eine Antwort. Obwohl Frau Rose selbst nicht mehr gut über Tom dachte, war sie unerschrocken genug, ihr Rückendeckung zu geben, und sie verabredeten sich auf Viertel vor zehn.

»Und mir soll Frau Rose alle fünf oder wenigstens alle zehn Minuten eine Nachricht schreiben. Per Vibrationsalarm bekomme ich das mit. Falls ich nichts mehr von ihr höre, lasse ich den Zahnarzt die Behandlung sofort abbrechen und rufe die Polizei.«

Als Tessa in ihr Auto einstieg, hatte sie dennoch das Gefühl, irgendetwas nicht bedacht zu haben.

39

Als sie in ihrem dunkelblauen VW Beetle aus der Garage fuhr, achtete Tessa peinlich genau darauf, ob entlang der Straße jemand war, der sie beobachtete. Helen winkte ihr vom Garagentor aus zu, und Tessa hob tapfer die Hand. Es fehlte ihr an Kraft, selbst diese kleine Geste zu erwidern.

Es waren nur eine ältere Dame mit einem Einkaufstrolley und ein Pärchen mit einem Kinderwagen unterwegs. Die beiden lachten miteinander, und der Vater stupste eine am Verdeck befestigte Spielzeugkette an, damit sich die bunte Holzfigur daran um ihre eigene Achse drehte.

Tessa schossen die Tränen in die Augen. Einem Impuls folgend, ließ sie die Scheibe hinunter und rief den Eltern mit gebrochener Stimme zu, dass sie gut auf ihr Glück aufpassen sollten, denn es könne alles so schnell vorbei sein.

Von dem Vater erntete sie einen irritierten Blick, die Frau blieb nicht mal stehen und stellte auf Durchzug. Die beiden hielten sie wohl für eine Spinnerin – und tatsächlich zeigte der Mann ihr jetzt einen Vogel.

»Ich bin nicht verrückt, Sie blödes Arschloch!«, rief sie zurück. »Ich habe mein ganzes Glück verloren – diesen Schmerz wünsche ich niemandem!«

Peinlich berührt über ihre Impulsivität schloss Tessa das Fenster und beobachtete im Rückspiegel, wie die beiden sich kopfschüttelnd anschauten.

Natürlich war ihre Mahnung völlig überflüssig gewesen, was sollte das Pärchen auch damit anfangen, das erkannte Tessa selbst. Seit Julians Verschwinden war sie sich selbst fremd geworden.

Sie bog rechts ab und erhöhte das Tempo. Eine halbe Stunde würde sie zum Asemwald unterwegs sein, und sie wählte bewusst nicht die Strecke durch den Kessel, sondern den zeitlich gleich langen Weg am Kräherwald vorbei. Auch das war eine Entscheidung jenseits aller Rationalität, denn wie hoch war die Chance, dass Julian unversehrt dort wiederauftauchte, wo er verschwunden war, ausgerechnet jetzt, wo sie die Straße entlangfuhr? Und doch zog es sie wie magisch an diesen Ort.

Im Sonnenschein wirkte alles so friedlich, nur Julians vergrößertes Foto an jedem dritten Laternenpfahl machte deutlich, dass hier vor fünf Tagen ein Verbrechen geschehen war und Hundertschaften die Gegend durchkämmt hatten.

Fünf Minuten. Fünf verdammte Minuten.

Ein Gedanke schlich sich in ihren Kopf und breitete sich mit Macht in ihr aus. Es gab eine Möglichkeit, den Schmerz nicht länger ertragen und nicht erleben zu müssen, wie man ihr die Nachricht vom Tod ihres Sohnes überbrachte, was mit jeder Stunde wahrscheinlicher wurde.

Eine ruckartige Armbewegung am Steuer nach rechts, mit sechzig Stundenkilometern gegen einen Baum, das dürfte genügen, um nicht wie Leander den Rest ihres Lebens mit Schuldgefühlen und in falscher Hoffnung leben zu müssen.

Ja, sie war feige. Und schwach.

Ein kleiner Dreh nur, mehr war nicht erforderlich, um diesem Grauen binnen Sekunden ein Ende zu setzen. Ein verlockender Impuls. Sie würde genau dort sterben, wo ihr Sohn verschwunden war.

Tessa umklammerte das Lenkrad und starrte auf ihre rechte Hand. Nur eine kleine Bewegung, mehr braucht es nicht, dachte sie. Nach rechts! Sie zwang ihre Hand am Lenkrad dem Schaltknüppel entgegen und steuerte den Wagen von der Straße.

Da klingelte ihr Handy.

Es war, als würde sie aufwachen. Der Impuls war zerstört. Zerrissen der Gedanke, von dem sie eben noch besessen gewesen war. Sie riss das Lenkrad herum, geriet auf der Fahrbahn ins Schleudern und kam entgegen der Fahrtrichtung auf Höhe des Parkplatzes zum Stehen.

Das Handy klingelte noch immer.

Ein unkontrollierbares Zittern überfiel sie. Wenn das der erlösende Anruf war, würde sie keinen Zweifel mehr daran hegen, dass Gott existierte.

Tessa schielte auf das Display. Frau Rose.

Über die Freisprecheinrichtung nahm sie den Anruf entgegen.

»Tessa, ich wollte Ihnen nur sagen, dass ich gerade einen gefüllten Schweinebraten in den Ofen geschoben habe, damit Sie zum Mittag was Ordentliches essen, und ich werde Sie unten am Auto abholen, damit Sie nicht allein mit dem Aufzug fahren müssen. Wo sind Sie denn jetzt?«

»Ich ...«, keuchte Tessa, »bin mitten auf der Straße. Sie haben mir gerade das Leben gerettet, Frau Rose.«

»Aber Tessa, was reden Sie denn da? Sie sind ja ganz wirr.«

»Ich bin okay. Es ist nichts passiert. Es kam mir zum Glück kein Auto entgegen. Ich fahre gerade auf den Parkplatz am Kräherwald und ... Moment mal. Neben mir parkt ein Mietwagen, und die Sporttasche auf der Rückbank sieht aus wie die von meinem Exmann. Nein, das ist sie, ganz sicher, das erkenne ich an diesem Philip-Morris-Aufkleber. Was macht mein Ex denn hier?«

»Wahrscheinlich will er noch mal nach Julian suchen.«

»Oder er weiß, wo Julian ist, und schickt mich auf Schnitzeljagd.« Ohne ein Wort des Abschieds legte Tessa auf.

Es galt, keine Zeit zu verlieren.

Doch der Schock machte sich in ihren wackeligen Knien bemerkbar, und nach ein paar raumgreifenden Schritten in den Wald hinein musste Tessa erst einmal stehen bleiben. An einen Baum gelehnt, atmete sie tief durch, um ihre leichte Kreislaufschwäche zu überwinden. Dabei schaute sie in alle Richtungen, ob sie irgendwelche Zeichen oder vielleicht sogar Philipp selbst entdeckte.

Bei Tag wurde ihr die wahre Ausdehnung des Waldes jetzt auf bedrückende Weise erst richtig bewusst. Kein Wunder, dass der Harlekin ihn als erstes Versteck gewählt hatte.

Es dauerte ihr viel zu lang, darauf zu warten, dass sie sich auf ihren Beinen halbwegs sicher fühlte, also lief sie einfach los. Ihrem Instinkt folgend, wählte sie den Weg, den sie auch mit Leander gegangen war.

Keine Schnitzeljagd-Zeichen und keine Spur von Philipp.

Hinter der nächsten Wegbiegung fragte sie sich, ob sie in die andere Richtung hätte gehen sollen. Doch warum? Wenn der Harlekin einmal diesen Weg gewählt hatte, dann hatte das seinen

Grund, und wenn Philipp diesen Grund kannte, hätte sie ihren Exmann bald gefunden.

Ihren Exmann und Julians Vater – das musste sie sich wieder ins Gedächtnis rufen, und dabei erinnerte sie sich auch an Philipps Drohung, dass seinem Sohn nichts passieren dürfe.

Auf einmal war Julian wieder sein Kind gewesen, wo er sich doch sonst nicht für ihn interessierte. Der Alltag mit einem Kleinkind war ihm viel zu anstrengend, als dass er sich auch nur für ein paar Stunden mit Julian abgeben würde. Den stolzen Vater spielte er bei passender Gelegenheit aber gern. Begreifen würde sie dieses Verhalten nie, vor allem, weil er sich doch ebenso sehr ein Kind gewünscht hatte wie sie. Doch wahrscheinlich war er von einem fußballspielenden, musikalischen und immerzu mustergültig braven Wunderknaben ausgegangen, der nicht als Säugling, sondern im Alter von sechs Jahren zur Welt kam – und nicht von durchwachten Nächten, Trotzanfällen und Chaoszuständen in der gesamten Wohnung. Da war er lieber zu seiner Geliebten geflüchtet, und nachdem dank des Höschens in der Aktentasche alles aufgeflogen war, hatte er sich die Rolle des armen, verstoßenen Ehemannes auf den Leib geschneidert, schließlich hätte sie ihm sein Fremdgehen verzeihen müssen und sich nicht so herzlos von ihm scheiden lassen dürfen.

Er hatte ernsthaft erwartet, dass sie mit dem Mann, der ihr ein Messer ins Herz gerammt und es schmerzhaft umgedreht hatte, weiterlebte. Um jeden Preis.

Ein Schauer durchrieselte sie, und sie rieb sich fröstelnd die Arme. War das der Grund? Wollte er sie um jeden Preis zurückgewinnen, ihr zeigen, dass sie einen Fehler gemacht hatte, es ohne ihn schaffen zu wollen? Wollte er ihre Liebe erzwingen, indem er sie mit den größten Seelenqualen bestrafte, sie auf Schnitzeljagd schickte, bis er auf dieses Spiel keine Lust mehr hatte und am Ende selbst – natürlich rein zufällig – Julian fand, wofür sie ihm bis ans Lebensende dankbar sein müsste? Wenn es so war, glaubte Philipp wirklich, dass er damit durchkommen würde?

Offensichtlich.

Genau dort, wo sie mit Leander die Böschung hinuntergegangen war, weil dort im Zweighaufen der bunte Stofffetzen gehangen hatte, kniete Philipp in der Hocke auf dem Waldboden und schaufelte mit bloßen Händen Laub und Erde beiseite. Auf dem Rücken trug er einen Rucksack. Er war so beschäftigt, dass er sie überhaupt nicht wahrnahm.

Tessa rannte auf ihn zu. Als sie ihn erreichte, dachte sie nicht länger nach. Keuchend packte sie die Schlaufe des Rucksacks und riss Philipp daran so kräftig nach hinten, dass er das Gleichgewicht verlor, auf den Rücken fiel und mit dem Kopf gegen einen mit Moos bewachsenen Felsen schlug.

»Tessa!« Philipp fasste sich mit schmerzverzerrtem Gesicht an den Hinterkopf. »Spinnst du?«

»Was machst du da?«, fragte sie scharf und deutete auf die Stelle, wo er gegraben hatte. Ihre Angst durfte sie nicht zeigen. Weit und breit kein Spaziergänger, niemand, der ihr zu Hilfe eilen konnte.

»Ich suche Julian, was denn sonst?«

»Und warum ausgerechnet hier?«

Den bunten Stofffetzen hatte die Kripo sichergestellt, aber der Zweighaufen markierte noch immer die Stelle, an der Leander sich bei seinem mutigen Einsatz eine Rippe geprellt hatte. Die Felsblöcke, die ähnlich wie auf dem »Monte Scherbelino« herumlagen, waren Tessa in der Dunkelheit gar nicht aufgefallen. Allerdings waren diese hier mit Moos bedeckt. Die weiche Schicht hatte verhindert, dass ihr Exmann sich eine Platzwunde oder Schlimmeres zugezogen hatte.

Philipp rieb sich noch einmal den Hinterkopf, ehe er ihre Frage beantwortete, begutachtete seine Finger, erhob sich und zupfte ein wenig Laub von seinem dunklen T-Shirt und der hellen kurzen Hose. »Weil es hier einen Hinweis auf den Harlekin gab, das weiß ich von der Kripo.«

»Und was bringt dich dazu, hier mit bloßen Händen zu graben? Ist Julian etwa da unter der Erde? Hast du ihn dort vergraben?« Sie war nahe dran, den Verstand zu verlieren. Anklagend machte sie einen Schritt auf Philipp zu, der eine Unschuldsmiene aufsetzte. »Gib es zu!«

»Tessa, ich hab es dir schon einmal gesagt. Du bist völlig

durchgeknallt. Ich habe hier gegraben, ja, weil ich unter dem Laub ein Loch bemerkt habe. Aber es ist nur der Zugang zu einem Fuchsbau, siehst du?«

Es stimmte, was er sagte. Er hatte eine Öffnung freigelegt, die eindeutig ein Fuchsbau war, und dennoch traute sie Philipp nicht über den Weg. »Verkauf mich ja nicht für dumm.«

»Wie kommst du nur darauf, dass ich etwas mit der Entführung zu tun haben könnte?« Er zog seine dichten Augenbrauen zusammen, und Tessa versuchte, in seinem Gesichtsausdruck zu lesen.

Dieser Mann war ihr fremd geworden. Als hätte sie ihn nie gekannt, und mittlerweile traute sie ihm alles zu.

Sie machte zwei drohende Schritte auf Philipp zu. Es war die Hoffnung, Julian zu finden, die ihr den Mut verlieh, sich so nah vor seinen Vater zu stellen und ihn zu konfrontieren. »Das fragst du dich wirklich? Gründe gäbe es genug.«

»Gründe genug vor allem für dich, Tessa, ganz still zu sein. Lass diese Vorwürfe gegen mich sein, oder …«

»Oder was?« Sie funkelte Philipp an. »Willst du mir drohen? Was hast du in deinem Rucksack? Bist du es, der die Schnitzeljagd mit mir veranstaltet?«

»Was faselst du da? Da drin sind Flugblätter. Nichts als Flugblätter, die ich überall aufhänge – weil *du* nicht auf unseren Sohn aufgepasst hast.«

Tränen schossen ihr in die Augen, und sie fühlte, wie die kurzzeitig aufgebaute Stärke aus ihr entwich. »Es waren nur fünf Minuten!«

»Fünf Minuten zu viel. Ich habe dich beschworen, unseren Sohn keinen Moment aus den Augen zu lassen. Es ist deine Schuld!« Er packte sie an den Schultern und drängte sie rückwärts, bis sie einen Baumstamm in ihrem Rücken spürte.

»Lass mich in Ruhe! Mach deinen Rucksack auf, ich glaube dir kein Wort.« Die ersten Tränen brachen aus ihr heraus. Philipp hatte noch nie damit umgehen können, wenn sie weinte, doch anstatt sich zurückzuziehen, wurde er noch aggressiver.

Er packte sie am Hals, sodass ihr Kopf fixiert war und sie ihm direkt in die Augen schauen musste. »Wag es nicht noch einmal, mich zu beschuldigen.«

Angewidert roch sie seinen Atem. »Du bist betrunken.«

»Na und? Was spielt das für eine Rolle? Jetzt hör mir mal gut zu, Tessa: Wenn unser Sohn nicht lebend wiedergefunden wird, dann gnade dir Gott. Hast du verstanden?«

Philipp drückte zu, sodass sie keine Luft mehr bekam und in Panik geriet. Sie wand sich in seinem Griff, konnte seiner unbändigen Kraft jedoch nichts entgegensetzen.

In seinen Augen funkelte der blanke Hass.

In diesem Moment begriff Tessa, dass er tatsächlich zu allem fähig wäre. Sie wollte um Hilfe rufen, doch es kam nur ein Gurgeln aus ihrer Kehle.

40

»Du sollst mir gefälligst gehorchen!«

Ich stehe wie angewurzelt in meinem Verlies und starre meinen Harlekin an. Der kalte Schweiß steht mir auf der Stirn. Natürlich habe ich den Schlüssel im Schloss gehört, natürlich hätte ich mich längst auf meinem Bett in Position setzen sollen, aber ich konnte nicht.

»Mir ist so …«, bringe ich gerade noch hervor und stürze zur Chemietoilette, wo ich mich übergebe.

Ich habe aufgehört zu zählen, wie oft das heute schon passiert ist. Die Übelkeit hat sich an meinem Magen festgekrallt und drückt nun wieder mit aller Kraft zu, sodass ich würge und mir die Luft wegbleibt.

Ich kauere vor dem stinkenden Kasten, spüre den kalten Steinboden an meinen Knien und winde mich unter Krämpfen. Trotz starkem Brechreiz bringe ich allerdings nur noch eine gelbliche Flüssigkeit hervor. Mein Magen ist leer, dennoch lässt mich die Übelkeit nicht aus ihrem Schraubgriff entkommen.

Ich spüre die Hand meines Harlekins, der meine langen Haare zu einem Zopf zusammenfasst und festhält, bis ich mich erschöpft auf meine Fersen zurücksinken lasse.

Ich sollte mich freuen, dass mein Harlekin wieder da ist. Stattdessen laufen mir die Tränen runter und der Rotz aus der Nase. Schnell wische ich mein Gesicht mit dem Ärmel ab und verziehe meinen Mund zu etwas, was wohl mehr einer Fratze als einem Lächeln gleicht.

Mein Harlekin lächelt zurück, sein Zorn ist verraucht, Gott sei Dank. Seine Stimme füllt sich mit Sorge. »Mein armes Schneewittchen, was ist denn los?«

Ratlos ziehe ich die Schultern hoch. Ich will meinem Harlekin doch keinen Kummer machen. Er war so lange weg. Vier, fünf, sechs Tage? Ich weiß es nicht. Jedenfalls kam es mir vor wie eine Unendlichkeit, so sehr habe ich ihn vermisst.

Er hat mir den Strom angelassen, ich hätte nach Herzenslust

fernsehen und auf dem Laptop spielen können, doch meine Schmerzen unter der Rippe sind immer schlimmer geworden, sodass ich nur auf dem Bett gelegen und mir den blauen Himmel darüber vorgestellt habe. In meinen Gedanken ließ ich Vögel ihre Kreise ziehen. Mit großen bunten Schwingen in den Farben des Regenbogens, schillernde Könige der Lüfte am blauen Himmel. Doch wenn mir die Augen zufielen, mischten sich darunter schwarze Vögel, die sich mit schaurigen Schreien auf meine regenbogenbunten Luftakrobaten stürzten und auf sie einhackten, bis sie zu Boden stürzten und dort liegen blieben.

»Wahrscheinlich hast du etwas gegessen, was nicht mehr gut war. Mein armes Schneewittchen, du hast dir den Magen verdorben, aber dir geht's bald wieder besser.«

Ich nicke tapfer, obwohl es nicht sein kann, dass ich etwas Schlechtes zu mir genommen habe. Weil ich seit Tagen Bauchschmerzen und nur zwei Müsliriegel gegessen habe.

Da ich nicht wusste, wann mein Harlekin wiederkommen würde, habe ich mir auch die Schmerztabletten aufgespart, bis ich es wirklich nicht mehr ausgehalten habe.

»Komm, ich helfe dir aufs Bett.«

Ich kann kaum auf meinen eigenen Beinen stehen, so sehr zittere ich, und nur unter großer Anstrengung schaffe ich es die Leiter hoch. Auf der Matratze will ich mich ausstrecken, doch ich halte es nur mit angewinkelten Beinen aus.

»Meine Güte, du bist ja ganz nass geschwitzt, mein Schneewittchen. Du musst frische Sachen anziehen.«

Wieder nicke ich, obwohl ich nicht weiß, woher ich auch nur die Kraft nehmen soll, mich noch mal aufzusetzen. Ich will einfach nur schlafen. Das dumpfe Bohren in meinem Bauch nicht mehr spüren, einfach liegen bleiben und sterben.

Sterben – habe ich das gerade wirklich gedacht? Ich will doch gar nicht tot sein! Anders glaube ich es jedoch nicht mehr auszuhalten. Nicht in meinem Körper und nicht in diesem Gefängnis.

Nur unter großer Mühe gelingt es meinem Harlekin, mir ein frisches T-Shirt anzuziehen. Doch er beschwert sich mit keinem Wort bei mir, dass ich mir wie ein Baby helfen lasse.

Seine Augen hinter der Maske wirken so traurig, dass mir noch elender zumute wird. Aber ich habe keine Kraft mehr, seinen Kummer zu verhindern.

Sicher wird er mich dafür bestrafen, indem er mich verlassen und tagelang nicht wiederkommen wird.

»Hast du Schmerzen, mein armes Schneewittchen?«

Ich beiße die Zähne zusammen und schüttle den Kopf. Unter keinen Umständen werde ich das vor ihm zugeben. Helfen kann er mir sowieso nicht, wenn es die Tabletten auch nicht können.

Ich habe zunächst zwei davon genommen, wie mein Harlekin es mir gesagt hat. Als die nicht geholfen haben, noch zwei, dann noch welche, noch welche und noch welche, alle, die ich aufgespart hatte, bis ich endlich einschlafen konnte.

Seit ich wieder aufgewacht bin, quält mich dieses Erbrechen, und die Schmerzen sind auch wieder da – schlimmer als zuvor.

»Ich sehe dir an, dass du leidest, mein krankes Schneewittchen. Warum lügst du mich an? Vertraust du mir denn nicht mehr? Ich kann dir doch helfen. Ich habe Paracetamol dabei.« Er geht zu seinem Korb und holt die Schachtel heraus. »Hier sind zwei Stück für dich.« Er hält sie mir zusammen mit einem Becher Wasser hin.

Ich presse die Lippen zusammen. Mich würgt es allein schon beim Gedanken, sie in den Mund zu nehmen.

»Willst du wirklich unartig sein, mein Schneewittchen? Es sind nur zwei Tabletten, und sie werden dir helfen.«

Wie soll ich meinem Harlekin das Gegenteil begreiflich machen, ohne ihn dabei noch mehr zu enttäuschen?

Ich schüttle den Kopf. »Es ist ja nur, weil ich spucken musste. Mir geht es bestimmt bald besser.«

»Keine Widerrede. Du nimmst jetzt etwas gegen deine Schmerzen. Ich kann dich nicht leiden sehen, mein Schneewittchen.«

»Wenn ich die Medizin nehme, bleibst du dann noch ein bisschen bei mir? Nur, bis ich eingeschlafen bin?«

»Aber natürlich, ich bleibe, so lange du willst. Heute habe ich Zeit für dich.«

So muss es sein, wenn man aus der Dunkelheit kommt und in den Sonnenaufgang schaut. Mit diesem Gefühl sammle ich meine

Kräfte, stütze mich ein wenig auf dem Ellenbogen ab und nehme die Tabletten in den Mund. Meine freie Hand zittert jedoch so sehr, dass ich den Becher nicht halten kann.

Mein Harlekin flößt mir das Wasser ein, ich schlucke und würge, kann den Brechreiz mit eisernem Willen unterdrücken und lasse mich zurück in mein Kissen sinken.

Mit geschlossenen Augen murmle ich: »Erzählst du mir eine Geschichte? Eine Gute-Nacht-Geschichte, so wie früher?«

»Stimmt, das habe ich schon lange nicht mehr gemacht. Ich habe nur gar kein Buch hier, aus dem ich dir vorlesen könnte. Und ich kann mir so schlecht etwas ausdenken.«

»Dann erzähl mir eine wahre Geschichte.«

»Oje, da gibt es so viele. Was willst du denn hören?«

»Etwas mit …« Das Sprechen fällt mir schwer. »Mit einem blauen Himmel, bunten Vögeln und einer Familie.«

Mein Harlekin antwortet mir mit Schweigen, und mich beschleicht schon die Befürchtung, dass ich zu viel verlangt habe oder er meine verwaschenen Worte gar nicht richtig verstanden hat, doch dann holt er tief Luft und sagt: »In Ordnung. Es beginnt mit ›Es war einmal‹, wie in einem Märchen, aber es ist eine wahre Geschichte, und sie hat ein schlimmes Ende. Willst du sie trotzdem hören?«

Ich nicke, ohne zu wissen, worauf ich mich einlasse.

Hauptsache, mein Harlekin bleibt bei mir und ich kann seine vertraute Stimme hören.

»Also, es war einmal ein kleines Mädchen …«

»Wie alt war sie?«

»Sechs Jahre alt, und sie ist mit ihrem Vater an einem schönen Sommertag in den Zoo gegangen.«

»Bin ich dieses Mädchen?«

»Nein, aber sie hatte genau solche schwarzen, langen Haare wie du. An diesem Tag hatte sie ihre Haare zu einem Pferdeschwanz zusammengebunden und Haarspängchen darin getragen, auf denen Elefanten mit rosafarbenen Ohren waren. Elefanten waren ihre Lieblingstiere, und deshalb wollte sie mit ihrem Vater auch als Erstes zu diesen großen Dickhäutern gehen. Da der Vater sein Mädchen über alles liebte und seiner Prinzessin keinen

Wunsch abschlagen konnte, liefen sie gegen den Besucherstrom zum Elefantengehege, um die fast fünfzigjährige Elefantendame Vilja zu begrüßen, die schon der Vater als Kind besucht hatte, weil sie bereits seit den fünfziger Jahren in der Wilhelma lebte.«

»Gibt es Vilja heute noch?«

»Nein, sie ist 2010 gestorben, als älteste asiatische Elefantin Europas. Für das Mädchen sollte es der letzte Ausflug in ihrem Leben sein, aber das wussten die beiden zu diesem Zeitpunkt noch nicht. Der Mann allerdings folgte ihnen längst wie ein Schatten durch die Wilhelma.«

»Welcher Mann?«

»An ihm war nichts Besonderes. Er war groß, schlank und unauffällig. Einzig seine schönen Augen waren bemerkenswert. Sein Blick konnte stechend sein, aber niemand hätte etwas Böses dahinter vermutet – und das hat er sich an diesem Tag zum Vorteil gemacht.«

»Wann war dieser Tag?«

»Es war der 17. Juli 1999. Es war ein Samstag, bei fast dreißig Grad strömten die Besucher in die Wilhelma, als gäbe es keine Freibäder in Stuttgart. Auch das Mädchen ließ sich mit ihrem Vater auf schmalen Dschungelpfaden durch die begehbare Freiflugvoliere schieben.«

»Gibdoa die bunna Vöga?«

»Was hast du gesagt? Du sprichst auf einmal so undeutlich.«

Ich weiß auch nicht, was mit mir los ist. Ich bin so unendlich müde, dass es mich größte Anstrengung kostet, meine Frage verständlich zu wiederholen. Aber ich muss wissen, ob es dort bunte Vögel gibt. Dann möchte ich dahin. Eines Tages, wenn ich hier rausdarf. Mehr wünsche ich mir nicht. Eine Freundin, ein Fahrrad und einmal die bunten Vögel sehen.

»Ach so, jetzt verstehe ich, was du meinst. Ja, es gibt dort Papageien und viele andere farbenprächtige Tiere. Das Mädchen war ganz fasziniert von ihnen, sie achtete weder auf den Weg noch auf die Menschen, und der Vater war in ständiger Sorge, sein Kind in diesem Dschungel zu verlieren. Er ließ sie nicht aus den Augen, sodass sie wohlbehalten, aber völlig verschwitzt auf der anderen Seite der Freiflugvoliere wieder herauskamen. Die Sonne brannte mit voller Mittagskraft vom Himmel, das Mädchen klagte über Kopfschmerzen und wollte unbedingt ein Eis haben. Der Vater ließ seine Tochter also auf einer Bank im Schatten eines Kastanienbaumes sitzen und ging zu dem mobilen Eiswagen, um seiner Tochter eine Kugel von ihrem Lieblingseis zu holen. Es dauerte nur fünf Minuten. Auf diesen unbeobachteten Moment hatte der Mann gewartet. Er ging zu dem Mädchen, sprach sie mit ihrem Namen an, den er aufgeschnappt hatte, und erklärte ihr, der Vater hätte ganz plötzlich Kreislaufprobleme bekommen, sei zusammengebrochen und man würde ihn gerade ins Krankenhaus bringen. Wäre das Mädchen nicht sofort in Panik geraten, hätte sie sicherlich ein paar Ungereimtheiten bemerkt, zum Beispiel, dass sie kein Martinshorn gehört und der Mann sich ihr in aller Seelenruhe genähert hatte. Jetzt hatte er es plötzlich eilig, und sie rannte an seiner Hand aus der Wilhelma, im Glauben, er würde sie zu ihrem Vater ins Krankenhaus bringen. Stattdessen endete sie auf Rosen gebettet in einem weißen Laken und wurde an einen Sonnenschirmständer gebunden im Neckar versenkt. Bis dahin vergingen allerdings noch einige Tage, in denen das Kind von seinen Eltern verzweifelt gesucht wurde. Der Vater kehrte immer wieder zu der Bank unter dem Kastanienbaum zurück, wo er seine Tochter nur fünf Minuten aus den Augen gelassen hatte. In der ganzen Stadt hingen Suchplakate und Phantombilder des Entführers, so viele Menschen hatten den Mann gesehen. Die dreißigköpfige Sonderkommission ging über eintausend Hinweisen nach, doch der Mörder lief noch zwei Jahre später unerkannt herum. Bis er in einer Kneipe in Degerloch vor Eifersucht ausrastete und mit dem angeblichen Liebhaber seiner Frau in eine Schlägerei geriet. Auf dem Polizeirevier erkannte man, dass man den lange gesuchten Mörder der Sechsjährigen vor sich hatte, und in seinem Geständnis betonte er, dass er das hübsche Mädchen nicht hatte umbringen wollen. Sie sollte bei ihm bleiben, und er hatte lieb zu ihr sein wollen, aber sie wehrte sich dagegen und … Schneewittchen? Bist du eingeschlafen?«

41

»Zum Glück habe ich auf mein ungutes Gefühl gehört und nach Ihrem Anruf sofort die Polizei verständigt«, sagte Frau Rose, als sie den Sprudel auf den Balkon brachte und in die Gläser einschenkte. »Die waren nach meiner Schilderung auch sofort einverstanden, eine Streife vorbeizuschicken. Nicht auszudenken, was sonst passiert wäre.«

»Ja, wer weiß …«, murmelte Tessa und wandte ihren Blick von den Geranien in den Balkonkästen ab, um wie benebelt nach dem Glas zu greifen. Es war, als ob die Hand ihres Exmannes noch immer ihren Hals zudrückte, als sie das kühle Wasser schluckte. Der endlos scheinende Moment, in dem sie keine Luft mehr bekommen hatte, saß ihr noch in den Knochen, doch in ihrer Panik war ihr auch bewusst geworden, wie sehr sie am Leben hing.

Erschrocken über sich selbst, dachte sie schon die ganze Zeit darüber nach, was sie dazu gebracht hatte, den Wagen fast von der Straße zu lenken, und fand keine Antwort darauf. Zurück blieb die gruselige Erkenntnis, dass sie nicht mehr jederzeit ihr eigener Herr zu sein schien, und das jagte ihr eine Heidenangst ein.

Obwohl es in Frau Roses Wohnung kühler war als draußen, hatte Tessa darum gebeten, auf dem Balkon zu sitzen, weil sie glaubte, so besser atmen zu können.

Helen hatte sich schon Sorgen gemacht und mehrfach angerufen, ehe sie von Frau Rose erfahren hatte, was passiert war, und eigentlich, dachte Tessa, sollte sie längst bei Tom sein, aber Frau Rose hatte ihm eine Nachricht geschickt, dass sie sich verspäten würde, damit sie sich erst mal von dem Schock erholen konnte.

»Tessa, ich denke, Sie brauchen psychologische Unterstützung. Sie halten das sonst nicht durch.«

Tessa nickte gedankenverloren und beobachtete ein weißblondes Haar, das sich oberhalb von Frau Roses Ohr aus der perfekten Lockenstabfrisur gelöst hatte und sich im warmen

Sommerwind wiegte. »Ich weiß jetzt, was Sie meinten, als Sie mir sagten, dass mit einem Kind das eigene Herz außerhalb des Körpers herumläuft. Genau so fühle ich mich. Nur finde ich mein Herz seit sechs Tagen nicht mehr. Ach, Frau Rose, da ist so eine unbeschreibliche Leere in mir, und es ist so schwer, die Hoffnung nicht zu verlieren – mich selbst nicht aufzugeben.«

»Ich kann es Ihnen so gut nachfühlen, Tessa. Niemand, der das nicht selbst erlebt hat, kann den Schmerz einer Mutter ermessen. Doch auch für mich ist es so, als ob mein eigenes Kind entführt worden wäre. Ich bin mir allerdings sicher, dass Julian lebt. Und Sie sollten ebenso fest daran glauben.«

Tessa nickte mechanisch und setzte ein tapferes Lächeln auf, indem sie ihre Mundwinkel unter Anstrengung auseinanderzog. In ihr stiegen Tränen auf, sammelten sich zu einem Kloß in ihrem Hals, doch sie fanden nicht den Weg nach draußen. In den vergangenen Tagen hatte sie so viel geweint, dass sie jetzt nur noch ein tiefes Loch in sich spürte, in das alles, auch sie selbst, hineingesogen wurde.

»Ich weiß gar nicht mehr, was ich glauben soll. Hat Philipp wirklich nach Julian gesucht und deshalb den Fuchsbau ausgegraben? Wenigstens will die Polizei diesen Bereich jetzt noch einmal absuchen.«

»Ja, dann wissen wir mehr. Was ich aber nicht begreifen kann, ist, warum die Beamten Ihren Exmann nach kurzer Vernehmung laufen ließen – er hat nur ein Bußgeld wegen Alkohol am Steuer zu erwarten. Dabei hat er Sie gewürgt! Ich verstehe dieses lasche Handeln nicht. Der Mann ist doch gemeingefährlich. Wer weiß, was das nächste Mal passiert.«

Tessa zuckte mit den Schultern. »In deren Augen ist nichts passiert. Sie sind schließlich rechtzeitig gekommen. Es wäre an mir, einen Strafantrag zu stellen und eine einstweilige Verfügung zu erwirken, der Philipp natürlich widersprechen und die Sache ganz anders darstellen wird, nämlich so, dass ich ihn zuerst angegriffen habe, was ja auch stimmt, und er sich dann nur gewehrt hat.«

»Nur? Das stand ja wohl in keinem Verhältnis. Das müssen doch auch die Beamten erkennen. Laufen die wirklich alle so blind durch die Gegend?«

Selten hatte Tessa Frau Rose so echauffiert erlebt, und sie hatte ja recht, doch die Aufregung kostete nur Energie. Viel schlimmer fand Tessa, dass die Suche nach Julian nach viel zu kurzer Zeit eingestellt worden war, zumindest in ihren Augen.

Resigniert hob sie die Schultern. Gestern noch war im Angesicht ihrer Wut die Zeitung in die Ecke geflogen, im Moment brachte sie kaum die Kraft auf, den Arm zu heben. »Gesetz ist Gesetz, und die Beamten folgen auch nur den Dienstvorschriften.«

»Wenn ich das schon höre! Die sollten mal genauer hinschauen, und zwar nicht in ihre verdammten Paragrafen, sondern auf das, was draußen geschieht. Da läuft der Mörder dieses unbekannten Mädchens immer noch frei herum, und von Julian finden sie keine Spur. Ist das denn zu fassen?«

Tessa stützte ihren Ellenbogen auf dem Balkontisch ab, drückte ihr kühles Glas an die Stirn und rollte es daran entlang. Frau Roses Aufregung in allen Ehren, doch das konnte sie jetzt nicht gebrauchen.

Tessa trank ihr Glas leer. »Ich glaube, ich sollte so langsam zu Tom rübergehen.«

Frau Rose merkte nun endlich, dass sie sich selbst in Rage geredet hatte, und besann sich. »Sind Sie denn schon erholt genug? Sie sehen nicht so aus.«

»Tom wartet seit einer Stunde auf mich. Abgesehen davon will ich hören, was er mir zu sagen hat. Ungewissheit ist das, was mich momentan am meisten fertigmacht.«

»Verstehe.« Frau Rose erhob sich. »Aber ich lasse Sie nicht allein«, sagte sie, während sie voran durch das Wohnzimmer ging, in der senfgelben Bluse und dem beigen Rock, jener Kombination, die sie auch an dem Nachmittag getragen hatte, als das tote Mädchen am Ufer des Neckars gefunden worden war. »Sollte Tom etwas im Schilde führen, wird er mich kennenlernen. Ich wollte vorhin schon fast selbst zum Kräherwald fahren und hätte es auch getan, wenn ich nicht gewusst hätte, dass die Streife schneller da ist.« Im Flur nahm Frau Rose den Wohnungsschlüssel vom Haken. »Ich hätte Sie mit Zähnen und Klauen vor Ihrem Exmann verteidigt, darauf können Sie sich verlassen. Den Spazierstock einer alten Dame sollte man nicht unterschätzen.«

Tessa musste bei der Vorstellung lächeln, was Frau Rose zum Glück nicht bemerkte, denn sie nahm tatsächlich ihren Stock aus dem hohen braunen Keramikgefäß, in dem sie auch ihre beiden Regenschirme aufbewahrte. Einen grün-beige karierten und einen schwarzen für Beerdigungen. Mit dem Spazierstock hatte sie Frau Rose bislang nur ein Mal gehen sehen, als ihr das Knie Probleme gemacht hatte.

Frau Roses Hilfsbereitschaft war wirklich anrührend, wenn auch gegen Tom mit Sicherheit ziemlich wirkungslos. Andererseits hatte sie nicht nur Julians Leben gerettet, sondern durch ihr vorausschauendes Handeln auch Tessa vor dem bewahrt, wozu ihr Exmann noch fähig gewesen wäre.

Darum fühlte sich Tessa in Frau Roses Gegenwart erstaunlich sicher, als sie die Wohnung verließen und bei Tom klingelten.

42

Tom war sofort an der Tür, er öffnete in Jogginghose und Hausschuhen und einer Frisur, die nicht für die Öffentlichkeit taugte. Das machte nicht den Eindruck, als wollte er zu einem dringenden Termin – warum hatte er sie dann so unbedingt um zehn herbestellt?

»Hallo Tessa, schön, dass du gekommen bist«, sagte er leise und ließ dabei die Schultern hängen. Schwarze Ringe lagen unter seinen grünbraunen Augen, was seinen Blick noch intensiver machte. Dennoch wirkte der grinsende Totenkopf auf seinem T-Shirt gegen ihn wie das blühende Leben. »Du bist nicht allein?«, fragte er sichtlich irritiert, als er Frau Rose bemerkte, die etwas verdeckt im Hintergrund stehen geblieben war. »Kann ich etwas für Sie tun?« Mit gespreizten Fingern fuhr er sich durch die halblangen Haare, um darin leidlich Ordnung zu schaffen.

»Ich wollte, dass Frau Rose mitkommt«, sagte Tessa schnell, um keinen Zweifel daran aufkommen zu lassen, dass diese Entscheidung nicht verhandelbar war.

»Aha.« Tom rührte sich nicht vom Fleck. Tessa konnte ihm ansehen, wie es hinter seiner Stirn arbeitete. Innerlich machte sie sich darauf gefasst, dass er die Nachbarin abweisen würde, doch er entschied sich, sie beide hereinzubitten, wenn er mit seiner Miene auch keinen Hehl daraus machte, dass ihn das wenig begeisterte.

Tom ging voran ins Wohnzimmer und wies mit wortloser Geste auf das schwarze Ledersofa. Für sich räumte er den Sessel frei, auf dem die heutige Zeitung und die Fernbedienung gelegen hatten.

»Darf ich einen Kaffee anbieten?«, fragte er förmlich wie ein Kellner, und Tessa bemerkte, dass er die persönliche Anrede vermied.

»Für mich nichts, danke.« Sie wollte, dass er ohne weitere Umschweife mit der Sprache rausrückte, warum er sie hergebeten hatte.

»Für mich bitte einen Tee, ich trinke ja keinen Kaffee«, sagte Frau Rose, und Tessa hätte ihr am liebsten einen Tritt gegen das Schienbein verpasst.

Tom schien es jedoch gar nicht unrecht zu sein, sich einen Moment in die Küche zurückziehen zu können.

Aus dem Augenwinkel sah Tessa, wie Frau Rose daraufhin sofort ihr Handy herausholte und eine Nachricht an Helen schrieb. Unbehaglich rutschte Tessa auf die Sofakante und presste ihre Handflächen zwischen die Knie.

Noch bis vor Kurzem hatte sie es geliebt, mit Tom bis in die späte Nacht bei Gott-und-die-Welt-Gesprächen auf dem Sofa zu sitzen und dabei die kleinen geometrischen Figuren, Punkte und Linien in den von Tom mit Edding selbst gemalten Schwarz-Weiß-Bildern phantasievoll zu neuen Formen zu verbinden, die sie darin entdeckte. Ein Baum, ein Gesicht, der Körper einer Frau – heute starrten ihr nur Fratzen entgegen.

Als Tom mit dem Tee zurückkam, stellte er Frau Rose kommentarlos die Tasse hin und beäugte dabei den Stock, den sie neben sich an die Sitzkante gelehnt, aber nicht losgelassen hatte. Ihm war mit Sicherheit bewusst, dass die Nachbarin diese Gehhilfe normalerweise nicht benötigte.

Tom setzte sich schräg in den Sessel, sodass er Frau Rose nicht direkt anschauen musste, stattdessen richtete er seinen Blick so forschend auf Tessa, dass es ihr bald unangenehm wurde und sie ihm auswich, indem sie seine Hausschuhe mit den Totenköpfen fixierte.

»Du siehst nicht gut aus, Tessa«, stellte Tom überflüssigerweise fest, in einem ungeschickten Versuch, das Gespräch zu beginnen.

Du auch nicht, dachte Tessa, sie entgegnete jedoch nichts. Wenn sie nur wüsste, wen sie wirklich vor sich hatte. Hätte sie ihm doch nur mehr Fragen zu seiner Vergangenheit gestellt! Andererseits hatte Tom ihr gleich zu Beginn ihrer Freundschaft deutlich gemacht, dass er über seine verflossene große Liebe nicht reden wollte. Seinen Wunsch hatte sie respektiert und dabei natürlich an eine Mauer geglaubt, die er aus Trauer in sich aufgebaut hatte – nicht aber, dass er auch andere Gründe haben könnte, warum er nicht an sie erinnert werden wollte. Womöglich wegen einer Tat, die er lange zu verdrängen versucht hatte?

»Du fragst dich sicherlich, warum ich dich so dringend hergebeten habe«, begann Tom erneut und wartete ab, bis sie seinem Blick begegnete, ehe er weitersprach. »Also, zunächst sah es so aus, als wäre uns der Harlekin einen Schritt voraus. Wir konnten anhand der Karten, die er dir hinterlassen hat, zwar ein druckerspezifisches Spurenbild sichern, doch solange wir keinen Tatverdächtigen haben, hilft uns das nicht weiter, genauso wenig wie die sichergestellte DNA an dem bunten Kleidungsfetzen im Kräherwald und an Julians Schlafanzug. Auch die Auswertung der Funkzellen brachte uns keinen Hinweis. Nun habe ich heute Morgen aber einen Anruf eines Kollegen bekommen …«

Tom machte eine kurze Pause, in der er sichtlich nach einer passenden Formulierung suchte. Vor Anspannung presste Tessa ihre Knie so fest zusammen, dass ihre dazwischen eingeklemmten Hände schmerzten. Es war, als würde sie sich selbst fesseln, doch so glaubte sie, wenigstens noch ein bisschen Halt in sich selbst zu finden.

»Es geht um das alte Ehepaar, dem der Schrebergarten gehört. Sie wohnen auf dem Killesberg.«

»Ja, und?« Tessa zog die Augenbrauen zusammen. »Ist das nicht logisch, dass man sich einen Garten in der Nähe der Wohnung aussucht, vor allem, wenn man schon älter ist?«

»Genauer gesagt wohnen sie in unmittelbarer Nachbarschaft zu deiner Freundin Helen, und das Ehepaar ist sogar sehr gut mit ihren Eltern bekannt. Es könnte Helen also womöglich nicht entgangen sein, dass der Schrebergarten seit Längerem nicht mehr richtig genutzt wird.«

Tessas Anspannung löste sich in Verständnislosigkeit auf. »Was willst du denn damit sagen?« Doch schon im nächsten Moment fühlte sie sich, als ob sie in eine Wanne mit zu heißem Wasser gestiegen wäre.

Nur weil du die Augen offen hast, glaubst du, dass du siehst.

Helen! Der unerfüllte Kinderwunsch, den sie seit Jahren mit

sich herumschleppte, weil sie nicht den richtigen Partner fand. Wie quälend musste es für sie gewesen sein, ihre beste Freundin mit einem Kind und nun auch wieder mit einer neuen Liebe glücklich zu sehen?

Aber war das nicht zu weit hergeholt? Was hatte die räumliche Nähe zu diesen Schrebergarten-Nachbarn schon zu bedeuten? Sie kannte Helen seit ihrer Kindheit, und wenn sie, nun wieder etwas ruhiger geworden, darüber nachdachte, von wem dieser Verdacht ins Feld geführt worden war, war es wohl eher Tom, der von sich ablenken wollte.

Tom erhob sich, lehnte sich an die offene Balkontür und schaute hinaus, während er sagte: »Es ist im Moment nur ein Anfangsverdacht oder besser ein Gedanke, dem wir allerdings nachgehen müssen, schließlich steht Helen in enger Beziehung zu dir.«

Tessa schüttelte den Kopf. »Wenn ich Helen verkannt haben und meine beste Freundin tatsächlich was mit der Entführung meines Sohnes zu tun haben sollte … Oh Gott, vorhin saß ich noch beim Frühstück mit ihr auf der Terrasse. Helen hat zwar einen starken Kinderwunsch, aber so kaltblütig kann sie doch nicht sein!«

»Wenn man eine Kindesentführung auf dem Gewissen hat und damit unauffällig weiterleben will, muss man wohl zwei Gesichter haben«, wandte Frau Rose nachdenklich ein. Bislang hatte sie regungslos zugehört, doch nun kam Bewegung in sie. »Grundgütiger! Wenn es wirklich Helen gewesen ist, wie sehr muss sie gelitten haben? Was muss im Leben einer Frau passieren, dass sie solch ein Verbrechen begeht? Ich kenne Helen zwar nicht besonders gut, aber sie ist eine so nette junge Frau, ich kann mir gar nicht vorstellen, dass sie Julian entführt haben soll.« Frau Rose zog die Augenbrauen zusammen. »Das macht man doch nicht einfach nur deshalb, weil der Wunsch nach einem Kind nicht erfüllt wird. Da müsste noch viel mehr dahinterstecken.«

Nun hielt Tessa nichts mehr auf dem Sofa. »Ich kann das nicht glauben. Nicht meine Helen. Selbst wenn wir uns längere Zeit nicht gesehen haben, wussten wir immer, eine ist für die andere da. Helen ist so eine treue Seele, sie kann das nicht getan haben.« Vor Aufregung bekam sie Schweißausbrüche, aber auch, weil es in der Wohnung zunehmend wärmer wurde.

»Andererseits, kein Mensch ist ohne Fehler«, entgegnete Frau Rose. Sie verzog das Gesicht, als sie von ihrem Schwarztee trank, der offenbar zu lange gezogen hatte, und schob die Tasse von sich. »Jeder trägt sein Päckchen, aber für Helen muss diese Last unerträglich geworden sein, sonst greift eine Frau doch nicht zu solchen Mitteln.«

Tessa ging vor Frau Rose auf und ab, dann blieb sie vor ihr stehen und fasste sich an die Nasenwurzel. »Das denke ich auch. Und natürlich ist Helen nicht ohne Fehler, so wie wir alle. Sie kann ziemlich naiv sein, auch impulsiv, sie hat ein überschäumendes Temperament, aber das macht sie nicht zu einer Psychopathin, schon gar nicht zu einer, die auch das tote Mädchen aus dem Neckar auf dem Gewissen haben könnte.«

Tom machte eine abwägende Geste und ging auf den Balkon hinaus, um den Sonnenschirm aufzuspannen, damit es sich drinnen nicht weiter aufheizen konnte. »Wir können einen anderen Menschen nie mit einer solchen Sicherheit beurteilen. Und dass der Täter seinem Opfer gegenüber nicht gefühllos war, zeigt sich daran, dass er das Mädchen in ein mit Rosenblättern bestreutes Laken gewickelt und dem Fluss übergeben hat. Es war ein Akt des Loslassens, ein Abschied, den der Mörder brauchte, denn er hat in seiner Vorstellung bestimmt keinen kaltblütigen Mord begangen, sondern wahrscheinlich sogar an dem Mädchen gehangen. Wir wissen zudem nicht einmal, ob das Mädchen die Überdosis Paracetamol nicht selbst genommen hat.« Mit dem Fuß schob Tom den Plastik-Sonnenschirmständer in die richtige Position. Ein handelsübliches Modell aus dem Baumarkt, das ziemlich neu aussah. Er war mit der Ausrichtung des Schattens offenkundig noch nicht zufrieden, denn er verpasste dem Schirmständer einen Fußtritt, damit er ein Stück weiterrutschte. »Statistisch gesehen laufen in Deutschland zwei bis drei Millionen Psychopathen herum, in einem Saal mit hundert Leuten sind demnach zwei oder drei Verrückte. Bei der Trefferquote kann man im Leben schon mal an so jemanden geraten und merkt es erst, wenn es zu spät ist.« Er drehte sich um. »Sie leben unauffällig. Zurückweisung ertragen sie nicht, dann werden sie ziemlich aggressiv und sind im schlimmsten Fall zu allem fähig.«

Tessa erstarrte mitten in der Bewegung. Genau, dachte sie, Zurückweisung ertragen sie nicht. Er spricht von sich selbst. So zwanghaft, wie er zudem versucht, den Verdacht auf Helen zu lenken … Wie hätte ihre Freundin denn an das Täterwissen kommen sollen, um das unbekannte Mädchen an exakt derselben Stelle in den Fluss zu werfen wie der ursprüngliche Sonnenschirmmörder – und dann sollte sie auch noch Julian entführt haben? Niemals.

Frau Roses Handy piepte. Zwischendurch hatte sie mehrfach draufgeschaut und Nachrichten geschrieben. Auch jetzt tippte sie ein paar Worte und stand dann auf. »Wenn es sonst keine Neuigkeiten gibt, können wir ja jetzt gehen. Ich habe einen Schweinebraten im Ofen, der muss raus.«

So lapidar, wie sie das sagte, wurde Tessa bewusst, wie enttäuscht sie war, weil sie sich viel mehr von diesem Gespräch erhofft hatte. Hatte Tom wirklich geglaubt, sie würde sich wegen dieser Anschuldigungen von Helen abwenden und in ihre Wohnung in den Asemwald zurückkehren? Sie folgte Frau Rose zur Wohnzimmertür. »Ich finde auch, wir sollten aufhören, Helen zu verurteilen, nur weil sie die Nachbarin dieses Schrebergarten-Ehepaares ist. Aber danke für die Information, Tom.«

»Ich bin noch nicht fertig«, entgegnete er mit einer Bestimmtheit, die sie innehalten ließ. »Nur möchte ich Sie bitten, Frau Rose, mich jetzt für fünf Minuten mit Tessa allein zu lassen. Wenn Sie mir nicht trauen, können Sie ja mit Ihrem Stock vor der Tür stehen bleiben und über das Handy weiter Sicherheitskontakt halten – ich nehme mal an, zu Helen. Vielleicht wollten Sie sich aber auch um den Schweinebraten kümmern, es wäre wirklich schade, wenn er verbrennt, denn ich bin der Letzte, der Tessa etwas antun würde.«

Peinlich berührt schaute Frau Rose auf ihren Stock, fing sich aber schnell wieder. »Den brauche ich für mein Knie, und mit wem ich was kommuniziere, geht Sie einen feuchten Kehricht an.«

»Gleichfalls. Also bitte …« Tom wies in Richtung Tür. In seiner Tonlage war er freundlich geblieben, doch seine Körperhaltung ließ keinen Zweifel daran, dass er es ernst meinte.

»Nur, wenn Tessa zustimmt«, sagte Frau Rose und blieb wie eine Statue stehen.

In Tessa schossen die Gedanken wie Billardkugeln nach dem Anstoß durcheinander. Zuerst glaubte sie, eine der Kugeln würde es ins Loch schaffen, doch am Ende blieben sie alle auf dem Tisch liegen. Tom schaute sie auf eine fast flehende Weise an. Irgendetwas, was er unbedingt noch loswerden wollte, quälte ihn, und seine Augenringe sprachen dazu Bände. Vom Kopf her wollte Tessa gehen, doch ihr Bauch sagte ihr, dass sie bleiben sollte.

»In Ordnung«, entschied sie, und kaum hatte sie es ausgesprochen, erinnerte sie sich daran, dass auf ihr Bauchgefühl seit einiger Zeit kein Verlass mehr war – aber da war Frau Rose schon zur Tür hinaus.

Tessa blieb im Wohnzimmer stehen und verschränkte ihre Arme vor der Brust, als wollte sie sich selbst festhalten. Tom sollte es nur nicht wagen, ihr zu nahe zu kommen. Abwartend legte sie den Kopf schräg und war gespannt, womit er nun herausrücken würde.

Doch er sagte gar nichts und schaute sie nur durchdringend an. »Na du?«, fragte er leise, im Anklang an alte Zeiten, in denen sie sich fast stumm verständigt hatten.

»Was ist?«, fragte sie, leicht gereizt.

»Das muss ich dich fragen«, gab er verhalten zurück.

»*Ich* habe mich nicht tagelang verkrochen und nicht mehr auf Nachrichten reagiert.«

»Das tut mir leid. Mich hat's seelisch komplett aus der Bahn geworfen. Ich brauchte ein paar Tage Auszeit.«

»Aha«, sagte Tessa, weil ihr dazu tatsächlich nichts mehr einfiel. »Ich vermisse seit sechs Tagen meinen Sohn, aber wenn du dir ausgerechnet jetzt eine Auszeit nehmen musst, bitte, dann wundere dich nur nicht über meine Reaktion.«

»Das tue ich ja auch nicht. Ich weiß, dass ich momentan nicht deine bevorzugte Bezugsperson bin. Aber du verhältst dich so abweisend mir gegenüber, als hätte ich ein schweres Verbrechen begangen.«

Tessa schwieg und wandte ihren Blick zu Boden.

»Sag mal, denkst du das etwa tatsächlich von mir?« Es lag kein böser Unterton in seiner Frage, Tom war ehrlich erschüttert. Er kam auf sie zu, doch Tessa wich zurück, bis sie mit den Kniekehlen an den Wohnzimmertisch stieß.

»Komm mir nicht zu nahe.«

»Aber ich habe dir doch nichts getan, ich bin immer noch ich.«

»Du bist mir fremd geworden.« Als sie das aussprach, machte sich ein Kloß in ihrer Kehle breit. »Früher warst du jedenfalls immer für mich da.«

»Daran hat sich doch nichts geändert. Nur geht es mir seelisch nicht gut, begreifst du das? Ich wollte dich damit nicht auch noch belasten und dachte, dein Leander kümmert sich um dich.«

Eifersucht, daher wehte also der Wind. Allein die Art, wie er Leanders Namen aussprach, so als würde man ihn nötigen, Kaffee mit Salz zu trinken.

»Das hat er auch«, sagte Tessa scharf und ging an Tom vorbei in den Flur. »Und ich habe auch noch andere Freunde, zum Beispiel Helen. Nur dachte ich, ich hätte auch dich. Aber da habe ich mich wohl getäuscht – wie sehr, wird sich herausstellen.«

»Tessa, warte!« Er eilte ihr nach, doch er versperrte ihr nicht den Weg. »Geh, wenn du möchtest. Aber bitte hör mir vorher noch kurz zu. Ich war bis heute Morgen in der Landesklinik. In der psychiatrischen Abteilung. Deshalb war ich nicht erreichbar, und jetzt wollte ich dich so schnell wie möglich sehen, um dir die Dinge zu erklären. Darum solltest du unbedingt gleich um zehn kommen. Ich hatte mich selbst eingewiesen, weil ich für mich keine Garantie mehr übernehmen konnte.«

Tessa schluckte. Ihre Hand am Türgriff wurde feucht. »Keine Garantie für …«

»Ich weiß nicht, was du jetzt von mir denkst, aber ich stand bereits mit einem Fuß auf dem Balkongeländer.«

Schockiert blieb Tessa der Mund offen stehen. »Du wolltest dich umbringen? Aber warum denn?«

»Ich … ich wollte das ja eigentlich gar nicht. In dem Moment war nur alles so finster in mir, und ich dachte, ich könnte den Schmerz nicht mehr aushalten. Tessa, seit wir uns kennen, habe ich Gefühle für dich – und die Hoffnung, aus uns könnte irgendwann ein Paar werden. Nach der Trennung von Philipp wollte ich dir Zeit geben, und natürlich hatte ich auch Angst vor einer neuen Beziehung. Irgendwann allerdings noch mehr davor, dass du Nein sagen könntest. Und dann kam da auf einmal dieser Leander aus deinem Schlafzimmer. Ich hab das nicht ertragen. Nur wollte ich lieber gehen, als deinem Glück im Weg zu stehen.«

Tessa löste ihre Hand vom Türgriff. Tom hatte sich ihretwegen umbringen wollen, das musste sie erst mal richtig begreifen. Er empfand also viel mehr für sie, als sie gedacht hatte.

Schuldgefühle keimten in ihr auf.

»Gut, dass du nicht gesprungen bist …«, murmelte sie.

»Ich war zu feige, oder irgendetwas hat mich zurückgehalten. Jedenfalls bin ich vom Geländer wieder runtergestiegen und hatte anschließend einen Nervenzusammenbruch. Als der Arzt kam, war ich mit einer Einweisung sofort einverstanden.«

»Es tut mir leid … das habe ich ja nicht geahnt.« Sie überwand ihre letzte Zurückhaltung und umarmte Tom. So wie früher.

Lange hielten sie sich aneinander fest, bis sich ein Atem an den anderen angeglichen hatte.

»Sag mir nur eins«, flüsterte Tom. »Liebst du ihn?«

Tessa presste ihr Gesicht an seine Schulter. Was sollte sie darauf entgegnen, nach dem, was er ihr gerade erzählt hatte? Doch was wäre überhaupt die ehrliche Antwort darauf? Ihr Inneres war viel zu leer, ihre Gefühle irgendwo verpackt und untergestellt, als dass sie sich über ihre Empfindungen im Klaren wäre, wie bei einem Umzug, bei dem sie an nichts rankam.

In ihrem Herzen gab es Platz für Leander, so viel war klar, einen großen Raum, den es allerdings auch für Tom gab. Der von Leander war randvoll gefüllt mit Schmetterlingen, doch seit Julians Entführung hatten sie die Flügel eingeklappt.

»Ich weiß es nicht.«

Tom löste sich langsam von ihr und strich ihr eine Träne von der Wange. »Es tut mir leid, ich hätte das nicht fragen dürfen.

Ich will nur, dass du eines weißt: Ich werde immer für dich da sein – remember? Das habe ich dir mal versprochen. Und das bin ich jetzt auch wieder. Als Freund, und vielleicht, eines Tages, auch mehr. Wer weiß, was die Zeit bringt.«

Tessa wandte sich von ihm ab, bevor ihre Tränen ungehemmt zu fließen begannen. »Ja, wer weiß das schon.«

43

»Ich wusste gar nicht, dass du eine Katze hast«, sagte Tessa und betrachtete verwundert das schlanke Tier mit dem silbergrauen Fell, das in der Küche zielstrebig an ihr vorbei zum Napf lief und sich lautstark miauend beschwerte, dass er leer war.

»Habe ich auch nicht wirklich«, entgegnete Leander, stellte die Schale auf die Arbeitsplatte in Holzoptik und holte das Futter aus dem Schrank.

Terrakottafarbene Wände, das Bild eines Olivenbaumes und verschiedene Topfkräuter auf der Fensterbank schufen ein mediterranes Küchenflair, in dem Tessa sich wohlfühlte, so als ob sie einen Ort der Zuflucht gefunden hätte, abgeschirmt von den Ängsten und Schrecken des Tages.

Helen hatte nicht gewollt, dass sie zu Leander fuhr, sie war der Meinung, dass heute schon genug passiert war und jedes Verlassen des Hauses ein weiteres Risiko sei. Außerdem müsse Tessa sich ausruhen, so der eindringliche Rat ihrer Freundin, aber das konnte sie auch – und vielleicht noch viel besser – bei Leander tun.

»Die Katze ist mir zugelaufen, schon letzten Sommer. Seitdem füttere ich sie. Ich habe Aushänge gemacht, aber niemand vermisst dieses schöne Tier, verrückt, oder? Manchmal treibt sie sich tagelang rum, aber sie kommt immer wieder zu mir zurück. Hier, Mira, lass es dir schmecken.«

»Mira?«

»Findest du es seltsam, dass ich sie so genannt habe?«

»Ich …« Tessa zögerte. Ein wenig befremdlich fand sie es schon, dass er der Katze den Namen seiner Tochter gegeben hatte, aber wenn sie darüber nachdachte, wie er zu dem Tier gekommen war, war es naheliegend.

»Weißt du, vor fünfzehn Jahren, nachdem meine Tochter verschwunden war, hätte ich ihren Namen nicht mal aussprechen können, ohne in Tränen auszubrechen. Der Schmerz ist heute noch genauso da, aber er wandelt sich und findet neue Ausdrucksformen.« Nach einem Seufzer öffnete Leander den

Küchenschrank. »Kaffee oder Wasser für dich? Ich kann dir auch gern einen Aperol Spritz machen, ich hab alles dafür da.«

»Du hast dir gemerkt, dass ich das gern trinke?«

Leander hob die Augenbrauen und legte Verwunderung in seine Stimme. »Natürlich, was denkst du denn?«

Dass ich die Aufmerksamkeit eines Mannes nicht mehr gewohnt bin, dachte Tessa, durchflossen von einem Cocktail aus alter Wehmut und neuem Glücksgefühl. Laut sagte sie: »Gern einen Aperol Spritz.«

Die Katze wandte sich zufrieden vom Fressnapf ab und beschnupperte neugierig die Besucherin. Tessa beugte sich zu ihr hinunter und hielt ihr die Hand hin. Schnurrend rieb Mira ihr Köpfchen daran und streifte um ihre Beine, was sich bei der Sommerhitze auf der nackten Haut doch etwas unangenehm anfühlte. Dennoch wollte sie die Katze nicht zurückweisen und streichelte ihr über den Rücken. Da fuhr Mira überraschend herum und schnappte nach ihrer Hand.

»Aua«, rief Tessa reflexartig.

Leander drehte sich erschrocken zu ihr um. »Hat sie dich gebissen?«

Tessa schüttelte ihre Hand, um den Schmerz zu vertreiben, und rang sich dabei ein Lächeln ab. »Schon gut, nicht so schlimm, nur gezwickt.«

»Entschuldige, ich hätte dich vorwarnen sollen. Das macht sie manchmal, obwohl man es gut mit ihr meint und sie nur streicheln will.«

»Na ja, wer weiß, was sie früher erlebt hat.« Nachdenklich sah Tessa zu, wie die Katze aus der Küche stolzierte.

»Sollen wir uns auf die Terrasse setzen?«, schlug Leander vor, nachdem er ihr Glas gefüllt und für sich ein Bier aus dem Kühlschrank genommen hatte. »Da lässt es sich besser aushalten.«

Tessa nickte und folgte ihm durch die Wohnung. Leander lief barfüßig, und da er eine lange Jeans und ein Poloshirt trug, war es kein Wunder, dass es ihm selbst in diesen Abendstunden zu warm war. Er gehörte zu den Männern, die selbst bei der größten Hitze keine kurzen Hosen trugen, wofür Tessa nach ihrem Geschmack jedoch ganz dankbar war.

Sie hatte sich für einen Jeansrock und ihr figurbetontes blau-weißes Lieblingsoberteil entschieden, in dem sie sich wohlfühlte, jedenfalls mehr als beim ersten Date. Doch wirklich schick hatte sie sich heute auch nicht gemacht, weil ihr nicht der Sinn danach stand.

Wie gern hätte sie Leander unter anderen Umständen und viel unbelasteter kennengelernt. Andererseits – wer konnte sie besser verstehen als er?

Tessa durchquerte das Wohnzimmer, das in deutlichem Kontrast zur modernen Küche stand. Kiefernholzmöbel aus den achtziger Jahren, eine für damals typische Wohnwand mit Buchrücken, die auf Konsalik schließen ließen, dazu zwei Vitrinen, in denen unter anderem ein Kristallservice stand, dessen einzige Aufgabe es wohl war, das Sonnenlicht in bunte Farben zu brechen. Sogar das Sofa mit dem dunkelgrünen Cordbezug stammte aus den Achtzigern, die hier anscheinend stehen geblieben waren.

»Ich weiß, hier müsste dringend frischer Wind rein«, sagte Leander, der ihrem Blick gefolgt war. »Aber die Wohnung gehörte meinen Eltern. Ich bin als Student mit meiner damals hochschwangeren Freundin hier eingezogen. Danach habe ich das knappe Geld lieber für Mira verwendet, und nachdem meine Tochter verschwunden war, wollte ich nichts mehr verändern.«

Auf der Terrasse angekommen, setzte sich Tessa auf Leanders Angebot hin in die Hollywoodschaukel und er sich neben sie. Die Abendsonne schien ihnen über einen kleinen Bungalow am anderen Ende des Gartens hinweg direkt ins Gesicht.

Tessa nippte an ihrem Aperol und schloss die Augen. Das sanfte Wiegen löste zwar nicht ihre starke Anspannung, doch sie konnte das erste Mal seit Tagen wieder tief durchatmen.

Dabei musste sie allerdings an Tom denken und daran, wie er heute Vormittag in seiner schlechten Verfassung vor ihr gestanden hatte, nachdem er sich ihretwegen etwas hatte antun wollen. Gewissensbisse nagten an ihr, weil sie nun mit Leander hier saß. Doch wie sollte sie sich über ihre Gefühle im Klaren werden, solange sie Tom nicht wieder zu hundert Prozent vertrauen konnte?

Sie spürte Leanders Hand, mit der er ihren Kopf sanft an seine Schulter lehnte, und es gelang ihr tatsächlich, zur Ruhe zu finden.

Das Kettenkarussell in ihr hielt an, die Sitze noch leicht schwankend, doch innerlich hatte sie das gute Gefühl, wieder festen Boden unter den Füßen zu haben. Leander hatte tatsächlich den Knopf gefunden, der den Dauerstrom in ihr abschalten konnte.

Die Abendsonne wärmte ihre Haut, kribbelte auf den Wangen. Tessa führte ihr Glas mit immer noch geschlossenen Augen an die Lippen. Was für eine Wohltat, nichts mehr denken zu müssen, die innere Ruhe zu genießen, nur für ein paar Minuten.

Fünf Minuten. Fünf verdammte Minuten.

Als ob jemand mit der Faust auf den Anschaltknopf geschlagen hätte, setzte das Gedankenkarussell erneut zu einem Wellenflug an, bei dem es nur wieder den furchtbaren Blick in dunkle Täler gab.

Fünf verdammte Minuten.

Tessa richtete sich auf, stemmte abrupt ihre Beine auf den Boden, sodass die Hollywoodschaukel zum Stillstand kam, und starrte in die Sonne, dass ihr sofort die Tränen in die Augen schossen.

Leander legte den Arm um sie. »Dieses verfluchte Karussell, nicht wahr? Ach, Tessa, ich kenne das so gut. Jahrelang habe ich diese unfreiwilligen Fahrten mitgemacht, und es war niemand da, der es für mich angehalten hätte. Ich musste mühsam lernen, es aus eigener Kraft zu stoppen. Das wirst du auch irgendwann können. Und solange dir die Energie dazu fehlt, halte ich es für dich an, wann immer du willst. Du hast gemerkt, es funktioniert, und ich bin glücklich, dass es mir gelungen ist.«

Tessa schmiegte sich wieder an seine Schulter, doch der magische Moment war verflogen, und die Sonne, die sie eben noch als wohltuend empfunden hatte, erzeugte nun ein schmerzhaftes Brennen in ihrem Gesicht.

»Könntest du bitte den Sonnenschirm aufstellen?«, bat sie Leander. »Ich halte das hier draußen sonst nicht aus.«

»Oh, das tut mir leid, aber ich habe keinen. Der Letzte ist

mir samt dem Ständer beim letzten Sturm kaputtgegangen. Die Plastikhülse ist einfach rausgebrochen. Aber die Dinger aus dem Baumarkt taugen ja auch nichts. Ich will jetzt einen aus Stein und Metall besorgen, bin aber noch nicht dazu gekommen.«

Beim Stichwort Baumarkt zuckte Tessa zusammen. Aber was hatte das schon zu bedeuten, wenn doch jeder Zweite so einen Sonnenschirmständer bei sich zu Hause stehen hatte? Genau das war ja das Problem der Kripo.

»Nicht so schlimm«, wiegelte Tessa ab, um Leander kein schlechtes Gewissen zu machen. »Da hinten zieht ohnehin ein Gewitter auf, das dauert nicht mehr lange.«

»Stimmt, das sieht ziemlich finster aus. Aber der Garten kann's gebrauchen, dann muss ich nicht gießen.«

Der Rasen war an einigen Stellen vertrocknet, doch die Rosensträucher in den Beeten standen in schönster Blüte, was in Tessa allerdings keine schönen Erinnerungen weckte. An den üppigen Hortensiensträuchern im Schatten des Bungalows blieb ihr Blick hängen.

»Die Hortensien sind so schön, die würde ich mir auch in den Garten setzen, wenn ich nicht nur einen Balkon hätte. Aber stört es dich nicht, dass es keine richtige Hecke zum Nachbargrundstück gibt?«

»Der Bungalow gehört zur Wohnung, ich musste ihn mitkaufen – beziehungsweise meine Eltern, die zuvor hier gewohnt haben. Als wir hier eingezogen sind, fand ich die Idee ganz reizvoll, Mira in Zukunft, wenn sie vielleicht in Stuttgart studieren würde, den Bungalow als erste eigene Wohnung zur Verfügung zu stellen, aber das Schicksal wollte es anders.« Leander nahm einen lang gezogenen Schluck aus seiner Bierflasche. »Jetzt dient er als Lagerort für Gartengeräte und allen möglichen Kram, der sich angesammelt hat.«

Lagerort … in so einem Bungalow könnte auch Julian versteckt sein, wenn er noch lebte. Mit gut isolierten Wänden und verdunkelten oder gar zugemauerten Fenstern wäre das ein denkbarer Ort. Man hörte doch oft von Fällen, bei denen unter dem Boden eines solch augenscheinlich harmlosen Gebäudes ein Verlies ausgehoben worden war.

Und wieder setzte sich das innere Karussell in Bewegung, so schnell, dass ihr die Luft wegblieb und sie die Augen schloss.

»Besonders in diesen heißen Augustnächten«, hörte sie Leander sagen, »die mich an Miras Verschwinden erinnern, stelle ich mir vor, dass meine Tochter zurückgekehrt ist, dort drin lebt und glücklich ist. An solchen Gedanken berausche ich mich, ich kann mir alles in so lebendigen Farben ausmalen, dass ich es zu meiner Wahrheit erklärt habe, bis nun ihr Koffer aufgetaucht ist. Seither weiß ich nicht mehr, was ich denken soll.«

Tessa öffnete ihre Augen, die ihr eine Welt boten, in der sie ohne Julian nicht mehr leben wollte. Doch was wäre, wenn man Julian nicht finden würde und sie wie Leander ein Leben lang warten müsste?

»Das ist so ein unerträglicher Schwebezustand, Tessa. Die Chance auf eine Nachricht, ob nun positiv oder negativ, war über die Jahre auf ein Minimum geschrumpft, nun ist alles wieder offen wie bei einer Wunde, von der die Kruste abgerissen wurde.«

Ein Blitz zuckte über die schwarzblaue Wolkenwand, die sich langsam näher schob. Kaum drei Sekunden später folgte ein so ohrenbetäubender Donnerschlag, dass Tessa das Beben bis in ihren Körper spürte.

»Ich weiß auch nicht, wie lange ich diesen Schwebezustand noch aushalte.« Sie trank von ihrem Aperol Spritz und dachte daran, Leander von ihrem Selbstmordversuch zu erzählen, davon, wie sie plötzlich die Kontrolle über ihr eigenes Handeln verloren hatte, allerdings schämte sie sich so sehr dafür, dass sie es lieber verdrängen wollte. Mit Tom könnte sie darüber reden, er würde sie verstehen – wenn sie ihm noch vertrauen würde. Auch den jüngsten Übergriff ihres Exmannes wollte sie Leander gegenüber nicht ansprechen, er würde sich nur Sorgen machen.

Er verstand sie trotz der unausgesprochenen Dinge zwischen ihnen.

»Du bist stark, Tessa. Du schaffst das, und du darfst die Hoffnung nicht aufgeben. Ich glaube fest daran, dass Julian noch lebt und wir ihn wiederfinden.«

Ein erneuter Blitz und der darauffolgende Donnerschlag verzögerten Tessas Antwort, die mit brüchiger Stimme kam. »Aber es sind schon so viele Tage vergangen.«

»Das hat nichts zu sagen. Nur wenige Angehörige haben das Glück, den Vermissten schnell wieder in ihre Arme schließen zu können, dreißig Prozent der Fälle werden innerhalb von vier Wochen geklärt. Diese Zahl hat man mir damals genannt, und daran habe ich mich einige Wochen geklammert. Erst danach ist die Wahrscheinlichkeit ehrlich gesagt ziemlich hoch, dass die Vermissten für immer verschwunden bleiben. Entschuldigung, ich hätte das nicht erwähnen sollen.« Leander stellte sein Bier beiseite und nahm wieder ihre Hand.

»Schon gut. Du bist wenigstens ehrlich. Keiner spricht es aus, aber mein Kopf zwingt mich förmlich dazu, mich jeden Tag mehr mit der schlimmsten aller Möglichkeiten zu befassen. Du weißt, wie ich fühle, und trotzdem fühle ich mich ziemlich allein damit.«

»Du bist aber nicht allein. Manchmal glaube ich, das Schicksal hat uns zusammengeführt. Es kann doch kein Zufall sein, dass wir uns gerade jetzt kennengelernt haben, und das nicht mal bewusst, weil du mir diese Freundschaftsanfrage, die dank der Marotten von Facebook bei mir angekommen ist, gar nicht geschickt hattest. Oh, jetzt fängt es an zu regnen. Komm, lass uns reingehen. Hier ist es zwar überdacht, aber das wird gleich ziemlich ungemütlich. Drinnen sind wir geschützt.«

Tessa folgte Leander unter einem Donnerschlag zurück in die Wohnung.

»Ob Julian das Gewitter auch hören kann? Dann hat er jetzt große Angst, und ich kann nicht bei ihm sein, um ihn zu trösten.«

»Solche Gedanken haben mich auch immer verrückt gemacht. In meinen Horrorvorstellungen lag Mira hilflos und verletzt in einem Wald. Ihr Rufen hat mich zahllose Nächte aus meinen Alpträumen aufschrecken lassen.«

»Wie grauenhaft. Hast du damals bei einem Psychologen Unterstützung gesucht?« Tessa wusste, warum sie das fragte. Es würde ihr Mut geben, für sich selbst professionelle Hilfe in Anspruch zu nehmen.

»Gesucht schon, aber nicht gefunden. Ein halbes Jahr Wartezeit war das Wenigste. Ich hätte vor allem in den ersten Wochen

Unterstützung gebraucht, aber damals gab es ja noch nicht mal irgendwelche Foren mit ebenfalls Betroffenen, das Internet steckte ja noch in den Kinderschuhen.«

»So viele Angehörige kann es doch gar nicht geben, die dieses Schicksal teilen?«

»Du machst dir ja keine Vorstellung davon, wie viele Menschen in Deutschland tatsächlich jedes Jahr als vermisst gemeldet werden. Rund einhunderttausend. Die Bevölkerung einer mittelgroßen Kleinstadt verschwindet, ohne dass sich jemand für die Sorgen und Probleme der Zurückgebliebenen interessiert, die auch mit den Jahren nicht besser werden.«

Angesichts dieser Zahl blieb Tessa die Sprache weg. Natürlich hörte man in den Medien immer wieder von einem Vermisstenfall, aber dass es so viele waren, hätte sie nicht geglaubt. Bis vor sechs Tagen war es allerdings auch jenseits ihrer Vorstellungskraft gewesen, ihren Sohn dazu zu zählen.

»Möchtest du noch einen Aperol?«, fragte Leander, als er ihr Platz auf dem dunkelgrünen Sofa anbot.

»Nein danke, lieber etwas ohne Alkohol. Ich muss ja noch fahren.« Der Anflug von Enttäuschung in Leanders Miene machte ihr deutlich, dass er wohl mit ihrer Übernachtung gerechnet hatte. »Einfach nur eine Apfelsaftschorle«, bekräftigte sie, um seinem Einwand zuvorzukommen.

Doch Leander schien gedanklich wo ganz anders zu sein. »Hast du eigentlich mal wieder was von Tom gehört?«

»Wie kommst du denn jetzt darauf?« War Leander etwa genauso eifersüchtig auf Tom, wie er es ihm umgekehrt in die Schuhe schob? Oder was hatte ihn jetzt auf die Idee und damit die Stimmung leicht zum Kippen gebracht? Glaubte er etwa, sie hätte heute Abend noch eine zweite Verabredung?

»War ein ziemlicher Gedankensprung, ich weiß. Aber weil wir über Vermisste gesprochen haben und er offenbar untergetaucht ist.«

»Ist er nicht. Tom hat sich heute Vormittag gemeldet, und ich war bei ihm.«

»Einfach so, schwupps, weil der Herr wieder geneigt ist, auf der Bildfläche zu erscheinen, und nach dir ruft?«

»Wir haben das geklärt.«

Leander zog die Stirn in Falten. »Ah ja, und du willst mir nicht sagen, was los war?«

Also doch Eifersucht, dachte Tessa. Da Leander nicht unfreundlich geworden war, wollte sie ihn aber nicht gänzlich in der Luft hängen lassen.

»Es ging ihm nicht gut. Er war kurzzeitig in stationärer Behandlung.«

»Warum das denn?«

Tessa schwieg.

»Warum lässt du dir denn alles aus der Nase ziehen?« Leander war verunsichert, aber nicht ungehalten. »Was soll ich nicht wissen?«

Anstelle einer Antwort dachte Tessa über die Frage nach, die Tom ihr gestellt hatte, während sie Leander anschaute. Was für Gefühle waren in ihr? Wäre es nicht viel zu früh, von Liebe zu sprechen?

»Hat es etwas mit Toms Gefühlen zu dir zu tun?«

Leander war feinfühlig genug, die Zusammenhänge zu erahnen, doch was sollte er mit der Information anfangen, dass Tom sich ihretwegen das Leben nehmen wollte? Er würde nur wieder mit Eifersucht reagieren. Außerdem war es Toms Sache, wem er von seinem Selbstmordversuch erzählte – und Leander gehörte zum Kreis seiner Vertrauten ganz bestimmt nicht dazu.

»Es sind verschiedene Gründe«, gab sich Tessa vage.

»Okay. Es ist ja auch seine Sache.« So ganz überzeugt klang Leander nicht.

»Ich müsste mal kurz zur Toilette.« Auch wenn ihr Bedürfnis noch nicht so stark war, sah sie darin ihre Chance, endgültig von dem Thema wegzukommen.

»Im Flur links«, sagte Leander, während er sich auf den Weg in die Küche machte.

Als sie die Tür aufzog, stellte sie erschrocken fest, dass sie mal wieder zum Opfer ihrer Rechts-Links-Schwäche geworden war.

Es offenbarte sich ihr der Blick in Miras Zimmer – oder besser gesagt in eine Grufti-Höhle. Die Wände waren schwarz gestrichen, die Möbel schwarz, die Bettwäsche ebenso, kein einziger Farbtupfer.

»Das andere Links«, hörte sie Leander sagen, bevor er in die Küche verschwand.

Peinlich berührt zog sie sich zurück. Hoffentlich nahm Leander ihr nicht übel, dass sie die Tür zu diesem unberührten Ort der Erinnerung aufgestoßen hatte.

Als sie von der Toilette wiederkam, fand sie ihn in Miras Zimmer, und er bat sie herein.

»Sie hat bestimmt nichts dagegen«, sagte er, als sei Mira gerade bei einer Freundin zu Besuch und würde jeden Moment zurückkommen. »Ich bin oft hier drin, sitze auf ihrem Schreibtischstuhl, so wie jetzt, und rede mit ihr wie früher, wenn sie dabei auf ihrem Bett gesessen hat – nur gibt sie mir eben keine Antwort mehr. Jedenfalls nicht direkt. Tessa, sag, glaubst du, dass meine Tochter noch lebt?«

Was sollte sie darauf entgegnen? Leander zog gar nicht in Betracht, dass sich der bunte Koffer, in dem Julian entführt wurde, noch in Miras Besitz befinden könnte, obwohl er zuletzt der Meinung gewesen war, sie hätte sich nie von ihrem Lieblingsstück getrennt. Und was das bedeuten würde, mochte sie sich gar nicht zu Ende ausmalen.

»Ich hoffe es für dich«, sagte sie, führte das aber nicht weiter aus. Sie mochte ja selbst nicht daran glauben, dass Mira, wenn sie noch lebte, der Harlekin sein könnte.

Allerdings übte die düstere und abgründige Atmosphäre in diesem Zimmer ihre Wirkung auf sie aus und ließ in Tessas Augen nun so manches möglich erscheinen. Mit Satanismus und okkulten Praktiken hatte sie sich bislang kaum beschäftigt – Mira dafür offenkundig umso mehr. Die Regale waren voll mit Büchern, die entsprechende Rückenaufschriften trugen. Kein einziges Buch darunter, das eine Jugendliche normalerweise las, dafür zudem noch Themen wie Bunkerbauten im Zweiten Weltkrieg.

»Ziemlich spezieller Lesegeschmack für eine Sechzehnjährige«, bemerkte Tessa.

»Mir wäre auch lieber gewesen, sie hätte Harry Potter gelesen. Auf das Bunkerthema kam sie, weil ihr Urgroßvater im Zweiten

Weltkrieg der Bauherr sämtlicher Bunkeranlagen in Stuttgart war.«

»*Das* war dein Großvater? Ihm haben wir doch den Wagenburgtunnel und den Schwabtunnel als Großluftschutzräume zu verdanken, richtig?«

»Genau, aber nicht nur die beiden. In der Stuttgarter Unterwelt liegen rund zweihundertfünfzig bekannte Bunker und Fluchtstollen, tatsächlich sind es wohl bis zu vierhundert, dazu kommen sechstausend, die er unter Privathäuser bauen ließ, ein gigantisches Projekt, das mein Großvater mit Umsicht geführt hat und gleichzeitig mit einer solchen Schnelligkeit durchziehen ließ, dass die Zahl der Schutzplätze am Ende deutlich höher lag als die der Einwohner. Von meinem Großvater habe ich noch Plankopien, auf denen zum Beispiel auch die Räume und Gänge des weitverzweigten Bunkersystems unter dem Feuerbacher Bahnhofsvorplatz skizziert sind – das war für immerhin eintausend Personen gebaut worden. Die hätte ich Mira aber wohl besser nicht gezeigt.«

»Warum?« Tessa zog die Augenbrauen hoch.

»Mit ihren Freunden hat sie im Feuerbacher Tiefbunker illegale Partys veranstaltet, bis sie aufgeflogen sind. Richtig im großen Stil, mit passwortgeschützten Einladungen über eine Seite im Darknet. Es wurden Eintrittsgelder kassiert und Getränke verkauft, und sie war einer der führenden Köpfe. Gab netten Ärger mit der Polizei.«

»Oha. Und ich dachte, die Bunker wären sämtlich zugeschüttet und somit nicht mehr zugänglich.«

»Das stimmt meistenteils. Aber denk mal an das Bunkersystem unter dem Marktplatz am Stuttgarter Rathaus, dort gab es doch das offiziell betriebene Bunkerhotel, bis dem Pfarrer der gegenüberliegenden Leonhardskirche das Treiben im Untergrund in den sechziger Jahren zu suspekt wurde und er die Schließung verlangte.«

»Jetzt fällt es mir auch wieder ein. Da existieren doch noch immer diese beiden Treppenzugänge zwischen Kirche und Gustav-Siegle-Haus, die leidlich in Müllcontainer-Optik kaschiert wurden.«

»Eben. Auch beim Feuerbacher Bunker war es für die Jungs und Mädels mit ein bisschen Know-how keine große Hexerei, da reinzukommen. Das hier«, Leanders Stimme wurde traurig, »war übrigens die Voodoo-Puppe, über die ich mit Mira zuletzt in Streit geraten bin.« Er deutete mit einem Kopfnicken auf das Bett, wo sich als einzig heller Gegenstand eine beigefarbene Häkelfigur mit überdimensionalen schwarzen Kugelaugen und einem hässlich verzogenen Mund aus Zickzackfäden vor der dunklen Bettwäsche abzeichnete. Ihr dicker Bauch war mit Stecknadeln gespickt – keine andere Stelle des Körpers sonst.

Tessa wurde es bei dem Anblick mulmig. »Leander, was waren deine letzten Worte an deine Tochter?«

Er zog die Augenbrauen zusammen. »Ich hab ihr die Puppe vorgehalten und sie angeschrien, ob sie sich eigentlich im Klaren darüber sei, was sie da tue, dass ich so etwas unter meinem Dach nicht dulde, und wenn sie glauben würde, mich hintergehen und für dumm verkaufen zu … oh nein. Mira hat das falsch verstanden. Sie dachte, ich wäre hinter ihre Schwangerschaft gekommen und würde sie aus dem Haus weisen … ich … oh mein Gott, ich bin tatsächlich schuld an allem.« Er bedeckte seine Augen mit den Händen.

»Aber warum ist Mira erst am nächsten Tag gegangen? Hat sie wirklich geglaubt, du würdest sie rauswerfen? Oder hattet ihr noch einmal Streit?«

»Nein, es ist so gewesen, wie ich es dir erzählt habe. Vielleicht hat sie gehofft, dass ich einlenke, aber wir hatten keine Gelegenheit für ein Gespräch mehr. Für mich war es ja auch nur ein Streit, ich hätte doch nie gedacht, dass sie abhaut.«

»Hm«, machte Tessa gedankenverloren. War der Verdacht, Leander könne etwas mit dem Verschwinden seiner Tochter zu tun haben, eigentlich jemals stichhaltig durch die Kripo entkräftet worden, oder hatte nur nie ein Beweis gegen ihn geführt werden können? Warum war sie dieser Frage nicht mehr nachgegangen?

Weil die Schmetterlinge in ihr mit ihren bebenden Flügeln alle Bedenken fortgewischt hatten.

Was, wenn sie Leander tatsächlich keine Freundschaftsanfrage gestellt hatte und ihre Begegnung auf Facebook nicht die wildromantische Schicksalsfügung gewesen war, als die er das gern darstellte? Der fehlende Sonnenschirmständer, das auf Rosen gebettete Mädchen … Was, wenn Leander das Verschwinden seiner Tochter niemals verkraftet hatte und er sich gewaltsam Ersatz verschafft hatte? Das würde bedeuten, sie hätte mit dem Entführer ihres Sohnes geschlafen. Einem Entführer, der den Verständnisvollen so perfekt gab, dass sie sein Spiel nun vielleicht zu spät durchschaute. Wenn er der Harlekin war, musste sie ganz vorsichtig sein, damit er nicht bemerkte, dass sie ihm auf der Spur war. Wenn er auch nur ahnte, dass sie Verdacht geschöpft hatte, schwebte sie in höchster Gefahr.

Tessa warf einen Blick auf die Uhr ihres Handys, dabei war es ihr ziemlich egal, wie spät es war, sie wollte jetzt gehen. »Oh, die Zeit ist ganz schön gerannt. Ich fahre dann mal nach Hause.«

Leander erhob sich so ruckartig vom Schreibtischstuhl, dass dieser nach hinten rollte und er fast darüberfiel, als er ihr entgegengehen wollte. »Jetzt schon? Deine Apfelsaftschorle steht doch noch in der Küche, und ich dachte, wir machen es uns noch ein bisschen gemütlich.«

Innerlich voller Anspannung wandte Tessa sich zum Gehen. »Ich bin erschöpft und möchte mich ein bisschen hinlegen.«

»Aber das kannst du doch auch hier tun?«

Sie blieb widerstrebend im Türrahmen stehen. Warum ließ er sie nicht einfach gehen, sie hatte ihren Wunsch doch unmissverständlich geäußert. Was hatte er mit ihr vor?

»Bitte sei mir nicht böse, aber im Haus von Helen, mit der Alarmanlage, fühle ich mich sicherer.«

Leander kam auf sie zu, umfasste ihre Handgelenke ziemlich fest und ließ ihren Blick nicht los. »Ich bin dir nicht böse, ganz und gar nicht, ich möchte nur, dass du bleibst – bei mir. Fühlst du dich bei mir nicht sicher?«

Sie schaute Leander in die Augen, bekam Beklemmungen und machte sich von ihm los. »Das hat damit nichts zu tun. Ich werde jetzt zu Helen fahren.« Ihre Stimme zitterte, und sie räusperte sich, als sei ein Frosch im Hals der Grund dafür gewesen.

»Aber du hast doch gerade erst den Aperol getrunken.«

»Das geht schon.« Tatsächlich hatte sie ja vorgehabt, länger zu bleiben, aber da hatte sie auch noch nicht geahnt, mit welchen Gedanken sie im Verlauf des Abends konfrontiert werden würde.

»Willst du nicht wenigstens warten, bis das Gewitter nachgelassen hat?«

»Das Auto ist ein Faradayscher Käfig, darin ist man vor Blitzschlägen geschützt«, erklärte Tessa und zitierte damit den Predigtsatz ihres Exmannes, der es nie verstanden hatte, warum Autofahrten für sie bei einem Gewitter zum Horrortrip mutierten. Das hatte sich bis zur Stunde nicht geändert, doch die Vorstellung, die Nacht bei Leander zu verbringen, nahm gerade alptraumhafte Züge an.

»Wie du meinst, Tessa. Ich merke schon, dass ich dich nicht umstimmen kann, sosehr ich es mir auch wünsche. Jetzt loszufahren ist in meinen Augen die falsche Entscheidung, und das in jeglicher Hinsicht.«

44

Das Dröhnen von Turbinen, ein sirrendes Rauschen weit über ihren Köpfen, überlagert von Lautsprecherdurchsagen, das Gepäck nicht unbeaufsichtigt zu lassen, Menschenschlangen vor den Sicherheitsschleusen, zu viele Eindrücke, die auf Tessa einwirkten, als sie am Arm von Helen eingehakt die Rolltreppe im Terminal des Stuttgarter Flughafens hinauffuhr, um das Café anzusteuern, in dem sie mit Anna Kiefl, der Exfrau des für den Mord an dem aus der Wilhelma entführten Mädchen verurteilten Mannes, verabredet waren.

»Zu viel für dich?«, fragte Helen, obwohl sie nur ansatzweise eine Ahnung hatte, von welch heftigen Panikattacken Tessa während der letzten Tage heimgesucht wurde. Seit dem Abend mit Leander hatte sie das Haus nicht mehr verlassen und sich konsequent in Helens Gästezimmer verkrochen. Ihre Freundin hatte ihr unermüdlich Tee gebracht, die nicht angerührten Snacks wieder mitgenommen, nur um es erneut mit einer anderen Leckerei zu versuchen, damit Tessa irgendetwas aß. Doch seit ihr diese neue Angst den Magen zuschnürte, fühlte sie sich wie abgetrennt von ihrem Körper, nicht mehr zuständig für die Hülle, in der sie nur noch existierte.

»Es geht schon«, sagte sie, obwohl die Panik bereits durch ihren Brustkorb kroch, ihren Hals verengte und ihr das Atmen schwerer machte. »Das Treffen ist wichtig.«

Acht Tage. Seit acht Tagen war Julian verschwunden. Einhundertzweiundneunzig Stunden Angst, Ungewissheit, Hoffen und Bangen. Unerträglich der Gedanke, dass Julian nicht mehr am Leben sein könnte. Entsetzlich die Vorstellung, dass er gefangen gehalten, womöglich sogar misshandelt wurde und dabei nach seiner Mama schrie.

Fünf verdammte Minuten.

Der letzte Satz, den Leander zu ihr gesagt und den sie als versteckte Drohung interpretiert hatte, war Tessa in den vergangenen Tagen nicht aus dem Kopf gegangen. Das Verhältnis zwischen ihnen hatte sich deutlich abgekühlt – von ihrer Seite aus gesehen. Leander schrieb ihr weiterhin Nachrichten, liebevoll, besorgt und aufmunternd, doch sie antwortete nur auf jede zweite oder dritte WhatsApp von ihm, und am Telefon war sie kurz angebunden.

Gestern hatte Leander sie gefragt, ob er sich Sorgen um ihre Beziehung machen müsse, doch sie hatte schnell verneint, weil sie sich auf kein Gespräch in diese Richtung und schon gar nicht auf ein neuerliches Treffen einlassen wollte. Es war besser, sich bedeckt zu halten und ihn glauben zu lassen, dass alles in Ordnung war, solange sie nicht sicher sein konnte, ob er ihr sein wahres Ich zeigte oder womöglich zwei Gesichter hatte und ihr Kennenlernen kein Zufall gewesen war.

Bislang hatte sie sich mit ihm einen Spaß daraus gemacht, darüber zu spekulieren, wie es zu dieser Freundschaftsanfrage und damit zu ihrem Kontakt kommen konnte, mittlerweile blieb ihr das Lachen im Hals stecken. War es zu weit gedacht, wenn sie sich fragte, ob er sich in ihr Profil eingeloggt hatte, um diese Anfrage auszulösen? Dafür müsste er nämlich nicht mal ein Hacker sein, nur gut im Kombinieren. Wie oft hatte Tom ihr eine Standpauke gehalten, nicht zu einfache Passwörter zu verwenden. Um den Namen ihres Sohnes und sein Geburtsdatum herauszufinden, genügte leider ein kurzes Blättern in ihrer Pinnwand-Chronik.

Sie könnte sich dafür verfluchen, dass sie jedem, der es darauf anlegte, diese Möglichkeit eröffnet hatte, doch jetzt musste sie sich zunächst wieder auf andere Dinge konzentrieren, denn im Café inmitten der oberen Terminalebene saß die Frau, die Tessa nach deren Beschreibung am Telefon sofort als Anna Kiefl erkannte.

Lange rotbraune Haare zum Zopf gebunden, der Pony glatt bis zu den Augenbrauen frisiert und stilvoll geschminkt. Sie rührte in ihrem Latte macchiato und schaute erst auf, als Tessa mit Helen direkt neben ihrem Tisch stand, von dem aus sie einen weiten Blick hinunter auf die Abflugebene und die Schlangen an den Airline-Schaltern hatten.

»Anna Kiefl?«, erkundigte sich Tessa sicherheitshalber, und nun huschte ein zartes Lächeln über die rot geschminkten Lippen der Flugbegleiterin. Ihre Dienstkleidung hatte sie bereits abgelegt und gegen eine Jeans mit einem weißen Shirt getauscht, das mit einem Wasserfall-Ausschnitt leger an ihrem Oberkörper herabfiel und dennoch nicht über ihre Modelmaße hinwegtäuschte.

»Oh, Sie sind ja schon da.« Anna Kiefl erhob sich leicht, um Tessa zu begrüßen. Schlanke Finger und ein fester Händedruck.

»Schon ist gut«, sagte Tessa, »wir sind sogar ein bisschen zu spät.« Der Grund war eine Panikattacke gewesen, als sie ins Auto eingestiegen waren. Tessa hatte warten müssen, bis die schlimmste Beklemmung vorbei war, und war dann auf den Beifahrersitz rübergerutscht, um während der Fahrt die Augen schließen zu können und sämtliche Außenreize auszusperren.

»Zu spät? Das habe ich gar nicht bemerkt. Mir fehlt das Zeitgefühl. Sie wissen schon, der Jetlag. Und Sie sind …«

»Ich bin Helen Gesing, eine gute Freundin von Frau Steinwart. Ich hoffe, es ist in Ordnung, dass ich mitgekommen bin«, erklärte Helen. »Ich setze mich auch gern an einen anderen Tisch, wenn Sie lieber allein sprechen wollen. Ich habe Tessa nur begleitet, weil es ihr gesundheitlich nicht ganz so gut geht, sie wollte das Treffen mit Ihnen aber auf keinen Fall versäumen.«

»Kein Problem, setzen Sie sich ruhig dazu«, sagte Anna Kiefl. »Ich hatte nur die Bedingung gestellt, dass nichts von unserem Gespräch in der Presse erscheint, dabei bleibt es doch, nicht wahr?« Mit hellwachen blauen Augen suchte sie Tessas Blick. Kaum zu glauben, dass diese Frau gerade via Zürich aus New York wiedergekommen war und somit gut zwölf Stunden Flug inklusive Zeitverschiebung hinter sich hatte.

»Ich bin nicht als Journalistin hier«, sagte Tessa, und nachdem Helen zwei Cola geholt und sich gesetzt hatte, fügte sie hinzu: »Ich bin wie gesagt aus privaten Gründen hier, darauf gebe ich Ihnen mein Wort. Und für Sie ist ein Gespräch jetzt wirklich nicht zu anstrengend?«

Wieder huschte ein Lächeln über die Lippen von Anna Kiefl. »Machen Sie sich um mich keine Gedanken. Wissen Sie, ich mache seit fünfundzwanzig Jahren nichts anderes, als um die Welt zu jetten. Früher von Stuttgart aus, mittlerweile bin ich Maître de Cabine bei der Swiss Air und fliege ab Zürich.«

Tessa hob ungläubig die Brauen, doch Anna Kiefl zuckte nur mit den Schultern, die unter dem Shirt sehr schmal, fast zerbrechlich wirkten. »Das machen viele von uns, wir nehmen den Flieger, so wie andere mit dem Zug zur Arbeit pendeln. Manchmal, wenn ich morgens wach werde, habe ich vergessen, in welcher Stadt ich eigentlich bin. Wir werden oft in Hotels derselben Kette einquartiert, die identisch eingerichtet sind. Kürzlich war ich der festen Überzeugung, in Brüssel zu sein, bis ich vor die Tür gegangen bin und bemerkt habe, dass ich in London bin. Jetzt habe ich erst mal zwei Tage frei und kann meinen Jetlag pflegen, bevor es nach Madrid geht, und nächste Woche dann wieder über den Großen Teich, diesmal nach Boston.« Sie trank einen Schluck von ihrem Latte macchiato. »Alles nur der ganz normale alltägliche Wahnsinn. Also, fragen Sie mich, was Sie über meinen Exmann wissen möchten.«

»Ich …« Von ihrer Direktheit überrascht, wusste Tessa nicht mehr, wo sie anfangen sollte. So viele Fragen schwirrten ihr durch den Kopf. Ein ungewohntes Gefühl, doch es war natürlich ein himmelweiter Unterschied, ob sie als Journalistin ein Interview führte, bei dem es darum ging, das Vertrauen des Gegenübers zu gewinnen und ihm wichtige Informationen zu entlocken, oder ob sie als persönlich Betroffene einer Frau gegenübersaß, deren Mann ein Kind aus der Wilhelma entführt und ermordet hatte.

»Ich wüsste gern«, begann Tessa vorsichtig, »wer Ihr Mann war, was für Freunde er hatte und ob Sie eine Idee haben, warum jetzt, sechzehn Jahre später, der Sonnenschirmständer-Mord exakt nachgeahmt wird. Ich hoffe, damit dem Mann auf die Spur zu kommen, der als Harlekin verkleidet meinen … meinen Sohn entführt hat.« Diese Sätze auszusprechen hatte Tessa so viel Kraft gekostet, dass sie glaubte, das Gespräch nicht fortsetzen zu können, obwohl sie gerade erst begonnen hatten.

Betroffenheit zeichnete sich im Gesicht von Anna Kiefl ab. »Es gibt also seit wir telefoniert haben keine neuen Erkenntnisse zu der Entführung Ihres Sohnes?«

Tessa schüttelte den Kopf. Wie gern hätte sie einen Schluck von der eiskalten Cola getrunken, doch ihr Hals schnürte sich zu, und sie fasste sich an die Nasenwurzel, um die aufsteigenden

Tränen wegzudrücken. »Die Polizei hat die Suche nach fünf Tagen als ergebnislos eingestellt. Julian ist wie vom Erdboden verschwunden, seit mittlerweile neun Tagen«, sagte sie unter größter Beherrschung. »Ich habe solche Angst, dass er nur noch tot aufgefunden wird, und sehe ständig diesen Harlekin vor mir, wie er mit dem Koffer …« Tessa hielt abrupt inne, als sie eine Kinderstimme hörte, einen Jungen, der nach seiner Mama rief.

Das hatte wie Julian geklungen.

Hinter ihrem Rücken, ganz in der Nähe.

Das war Julian! Seine Stimme, hundertprozentig.

Tessa wirbelte auf ihrem Stuhl herum. Wo war er? Wie elektrisiert schaute sie sich um, rechnete damit, dass Julian gleich aus irgendeiner Ecke des Cafés auf sie zugestürmt käme. Dann fühlte Tessa eine Hand auf ihrem Arm und hörte Helen leise sagen: »Das war nicht Julian. Es war der kleine Junge dort hinten am Tisch.«

Ein etwa dreijähriges dunkelhaariges Kind mit einem Teddybär und einem kleinen Rucksack hatte nach seiner Mutter gerufen, weil diese zum Tresen gegangen war, um sich einen Strohhalm geben zu lassen, und offenkundig nicht schnell genug zurückgekommen war.

Tessa konnte sich nicht von der Szene abwenden. Bislang hätte sie schwören können, unter tausend Kindern die Stimme ihres Sohnes herauszuhören, und nun musste sie erkennen, dass ihr das nicht mehr möglich war. Konnte sie sich überhaupt noch richtig an den Klang erinnern? Oder war das, was sie in ihrem Inneren hören konnte, bereits eine Verzerrung? Würde sie das jemals herausfinden?

Die Mutter war unterdessen an den Tisch zurückgekehrt, und der Junge tauchte seinen Strohhalm glücklich lächelnd in die Apfelsaftschorle. Wohin die Reise der beiden wohl gehen mochte?

Wie leicht hätte dieser kurze unbeobachtete Moment dazu führen können, dass alle Träume der Mutter zerstört wären? Daran verschwendete die Frau natürlich keinen Gedanken, es wäre ja auch Wahnsinn, sich in jeder Sekunde zu sorgen, dass ein Entführer in der Nähe sein und ein Kind verschwinden könnte. Für Tessa war dieser Horror wahr geworden.

»Warum hat Ihr Mann damals dieses Mädchen aus der Wilhelma entführt?«, fragte Tessa leise.

Anna Kiefl schaute einem Ehepaar nach, das mit zwei roten Koffern an ihnen vorbeizog. »Das habe ich mich auch immer gefragt. Bis zu seiner Verhaftung habe ich ja nicht mal gewusst, dass ich mit einem Mörder zusammenlebte. Zwei Jahre lang nicht. Erst im Prozess habe ich Antworten darauf bekommen.«

»Und welche?«, fragte Helen, während Tessa noch verdauen musste, dass es möglich war, nach so einer Tat ganz normal weiterzuleben, zwei Jahre lang, ohne dass dem Partner etwas auffiel.

»Mein Exmann hatte die Entführung weder geplant, noch wollte er das Mädchen töten. Vom Charakter her war er ruhig und zurückhaltend, eher der häusliche Typ. Er war selbstständiger Computerfachmann, während ich beruflich immer auf Reisen war. In seiner Freizeit ging er oft in die Wilhelma, er war ein leidenschaftlicher Tier- und Pflanzenfotograf. Er hatte aber auch eine Vorliebe für andere Fotos … von Kindern.«

Helen schlug sich die Hand vor den Mund und gab einen erstickten Laut von sich.

»Und das haben Sie nicht bemerkt?«, fragte Tessa voller Erstaunen. Es war ihr so rausgerutscht, und sie hoffte, die Frau damit nicht beleidigt zu haben, zumal Anna Kiefl dem ersten Eindruck nach nicht oberflächlich war, sondern eine Frau, die ihr Umfeld aufmerksam wahrnahm.

Anna Kiefl verneinte. »Lange nicht. Genauer gesagt, bis zu seiner Verhaftung nicht. Was glauben Sie, was für Vorwürfe ich mir deshalb schon gemacht habe. Hätte ich bemerken müssen, dass er ein Meister darin war, seine Pädophilie zu verstecken? Bis zur Entführung haben ihm durchweg unschuldig wirkende Fotos zur Befriedigung seiner kranken Neigung genügt. Und zwischen uns gab es ja Sex. Allerdings hatte ich schon immer diesen ziemlich mädchenhaften Körper, und bis heute frage ich mich, ob ihm … na ja, wie soll ich das sagen … währenddessen kranke Phantasien durch den Kopf gegangen sind.«

Tessa schwieg betroffen.

Nach dem ersten Schock fasste sich Helen langsam wieder

und fragte: »Gab es einen Grund, warum er sich ausgerechnet dieses Mädchen ausgesucht hat? Kannte er sie?«

»Nein, es war ein Zufall, wie er in der Vernehmung ausgesagt hat. Es hätte auch jedes andere Kind sein können. Das Mädchen war nur einen für ihn günstigen Moment lang unbeaufsichtigt und ist auf den Trick hereingefallen, mit dem er sie aus der Wilhelma gelockt hat.«

Eine Lautsprecherdurchsage, in der die Passagiere Barkefeld und Scheunert dringend zum Gate 162 gebeten wurden, unterbrach das Gespräch. Ein Moment, in dem Tessa sich ein wenig sammeln konnte.

»Ihr Exmann wollte das Kind nicht töten, sagten Sie. Warum hat er es dann doch getan?«

Anna Kiefl setzte zur Antwort an, überlegte, holte tief Luft und entgegnete: »Er hat das Mädchen zu uns in die Wohnung gebracht, während ich auf Arbeit unterwegs war, und sie dort drei Tage lang festgehalten. Kurz vor meiner Rückkehr dämmerte ihm wohl, dass er die Kleine nicht einfach wieder laufen lassen konnte. Das fehlende weiße Laken ist mir nie aufgefallen, und den Sonnenschirmständer auf dem Balkon hatte er durch einen neuen ersetzt. Er hat das Mädchen in unserem Ehebett erstickt, in dem ich danach noch zwei Jahre lang mit meinem Mann geschlafen habe.«

»Oh Gott, wie grauenhaft«, entfuhr es Tessa.

»Es war ein Schock, ja, und ich war lange in Therapie. Ein Mann kam mir bis heute nicht mehr ins Bett, dieses Vertrauen ist nie wiedergekommen, deshalb habe ich auch keine Kinder, obwohl ich mir immer welche gewünscht habe. Jetzt bin ich sechsundvierzig Jahre alt, und das Thema hat sich für mich erledigt, zurück bleibt eine tiefe Bitterkeit.«

»Kein Hass auf den Mann, den Sie geliebt haben und der Sie so … ich finde gar keine Worte dafür«, sagte Helen.

Anna Kiefl straffte ihre Schultern. »Anfänglich schon. Aber ich habe mich dazu durchgerungen, jeden Prozesstag im Gericht zu sitzen. Nicht um ihn zu verstehen, sondern um die Tat zu begreifen und zu verarbeiten. Dasselbe hat übrigens auch die Mutter des ermordeten Mädchens getan. Sie war unglaublich tapfer, wollte dem Entführer und Mörder ihrer Tochter in die Augen schauen.«

Ein unbehagliches Kribbeln lief durch Tessas Körper. »Und was war mit dem Vater?«, fragte sie.

»Er hat den Mord an seiner Tochter psychisch nicht verkraftet und besaß deshalb nicht die Stärke, im Gerichtssaal zu sitzen, und wartete draußen. Vor allem, weil er sich selbst die Schuld gab. Er hat es einfach nicht verwunden, seine Tochter für fünf Minuten aus den Augen gelassen zu haben.«

Lange genug hatte Tessa sich beherrscht, aber nun war es vorbei. Die Tränen stiegen auf und kullerten ihre Wangen hinunter. Schnell wandte sie ihr Gesicht ab und suchte in ihrer Handtasche nach einem Taschentuch. Während sie um Fassung rang und sich mehrfach die Nase putzte, übernahm Helen das Gespräch.

»Was ich nicht begreife, ist, warum der heutige Täter den Sonnenschirmständer-Mord bis ins Detail nachgeahmt hat, obwohl das unbekannte Mädchen aus dem Neckar nicht sexuell missbraucht wurde.«

»Das verstehe ich auch nicht«, sagte Anna Kiefl. »Ich finde es aber ohnehin ein wenig gruselig, dass mein Exmann in diesen Tagen für mich quasi wiederaufersteht. Nach seinem Selbstmord dachte ich, endlich damit abschließen zu können.«

»Wissen Sie, was aus den Eltern geworden ist?«

Die Miene der Flugbegleiterin verdunkelte sich. »Das weiß ich nicht, und ich will es auch nicht wissen. Sie fragen sich vermutlich, warum? Ich will es Ihnen sagen. Nach der Urteilsverkündung hat mich die Mutter vor dem Gerichtsgebäude bespuckt, sie war so vollkommen außer sich, dass selbst ihr Mann sie kaum im Zaum halten konnte.«

»Aber warum denn?«, fragte Helen.

»Sie unterstellte mir, ich hätte die Tat meines Mannes gedeckt, sie wollte mir einfach nicht abnehmen, dass ich zwei Jahre lang nichts gewusst habe, obwohl es seitens des Richters und der Ermittler daran nie einen Zweifel gegeben hat. Aber das war nicht alles. Sie hat mich verflucht und mir gewünscht, dass mich eines Tages derselbe unermessliche Schmerz treffen solle, damit ich begreife, was es heißt, ein Kind auf so grausame Weise zu verlieren.«

»Wie furchtbar, so was würde mir niemals in den Sinn kommen«, sagte Tessa mit erstickter Stimme und weinte in ihr Taschentuch. »Sie können doch nichts für das, was Ihr Exmann getan hat.«

Anna Kiefl hob in einer hilflosen Geste die Hände. »Die Mutter hat mir ja leidgetan, aber in dem Moment hatte ich das Gefühl, dass bei ihr eine Sicherung durchgebrannt ist und sie zwanghaft versucht, ihren seelischen Schmerz auf andere zu übertragen. Und da mein Mann hinter Gittern nun nicht mehr greifbar war, sollte ich dafür herhalten und büßen für das, was er ihr angetan hatte.«

»Das ist ein klassischer Fall von Projektion«, sagte Helen. »Da braucht man kein Psychologe zu sein, um das zu erkennen.«

»Das dachte ich auch. Und davon wollte ich mich fernhalten«, sagte Anna Kiefl. »Darum habe ich jeglichen weiteren Kontakt zu dem Ehepaar vermieden.«

»Können Sie mir die Namen der beiden nennen?«, fragte Tessa und putzte sich ein letztes Mal die Nase.

»Raimund und … sie hatte auch so einen altertümlichen Vornamen, ach ja, Grete Seehofer.«

»Das klingt ziemlich bieder«, bemerkte Helen und trank von ihrer Cola.

»Das waren die beiden auch. Das Mädchen war zudem ihr einziges Kind, das sie ziemlich spät bekommen haben. Ich glaube, in ihrer Welt existierte so ein Begriff wie Pädophilie gar nicht.«

Tessa steckte ihr Taschentuch weg. »Ich werde versuchen, die beiden ausfindig zu machen, vielleicht hilft uns das weiter.«

Anna Kiefl wartete eine erneute Lautsprecherdurchsage ab und sagte dann: »Die Entführung ist jetzt sechzehn Jahre her, die Verurteilung vierzehn Jahre, und die Drohung der Mutter mit ihrem irren Blick habe ich bis heute nicht vergessen. Sollten Sie diese Frau aufsuchen, möchte ich nicht, dass sie von unserem Gespräch erfährt. Ich habe gern mit Ihnen gesprochen, weil mich Ihr Schicksal sehr berührt und ich hoffe, Ihnen weiterhelfen zu können. Aber ich will mit der Sache ansonsten nichts mehr zu tun haben, genauso wenig wie mit den Medien, die damals einem Überfallkommando glichen. Selten habe ich meinen Job so sehr geliebt wie in dieser Zeit. Im Grunde bin ich bis heute auf der Flucht und weiß gar nicht, ob es einen Ort auf der Welt gibt, wo ich zur Ruhe kommen würde.«

»Ich kann mir vorstellen, dass Sie dieses Gespräch auch noch einmal aufgewühlt hat. Umso mehr bin ich dankbar, dass Sie meine Fragen beantwortet haben und …« Tessa wurde vom Klingeln ihres Handys unterbrochen. Früher wäre ihr das nicht passiert, weil die Lautlos-Funktion ihr bester Freund gewesen war, aber mittlerweile war permanente Erreichbarkeit geboten, Tag und Nacht. Ein Grund mehr, warum sie im wahrsten Sinne des Wortes nicht mehr abschalten konnte.

Wie erlösend es sein könnte, endlich eine Nachricht zu erhalten, was mit Julian passiert war. Wie sehr sehnte sie diesen Moment herbei, und wie stark graute ihr davor.

»Bitte entschuldigen Sie«, sagte sie zu Anna Kiefl, »aber das könnte wichtig sein.« Es war eine Nummer von einem Stuttgarter Festnetzanschluss, die ihr bekannt vorkam, aber nicht eingespeichert war. Sie nahm das Gespräch entgegen und presste ihren Nachnamen hervor.

»Frau Steinwart, wie gut, dass ich Sie noch einmal erreiche.« Diese melodiöse Stimme hatte sie tatsächlich schon einmal gehört. War das nicht diese Hellseherin? »Bitte legen Sie nicht wieder auf. Die Geister haben mir gesagt, wo Julian ist, aber damit wir ihn finden, müssen Sie …«

»Was muss ich?«, herrschte Tessa die Frau an. »Tausend Euro bezahlen, oder noch mehr? Sie gehen mir auf den Geist – das habe ich Ihnen schon mal gesagt. Mir können Sie kein Geld aus der Tasche ziehen, suchen Sie sich gefälligst ein anderes Opfer.«

Nachdem Tessa aufgelegt hatte, schlug ihr das Herz bis zum Hals. Sie hatte sich bei diesem kurzen Telefonat so aufgeregt, dass sie erst mal tief durchatmen musste, bevor sie wieder sprechen konnte.

»Eine Betrügerin, die sich als Wahrsagerin ausgibt«, erklärte sie. »Wie skrupellos muss man sein, aus der Not anderer Menschen ein Geschäft zu machen? Entschuldigen Sie bitte die Unterbrechung.«

»Keine Ursache. Ich wollte gerade sagen, dass ich mich freuen würde, wenn wir in Kontakt bleiben könnten.« Der Blick aus Anna Kiefls blauen Augen war offen und ehrlich. »Ich weiß, wie es ist, wenn sich das Leben von einer Minute auf die nächste komplett ändert. Das verbindet uns, darum war ich auch bereit, mit Ihnen zu sprechen.«

Tessas Handy klingelte erneut, und ihr entfuhr ein Stoßseufzer. Dieselbe Nummer.

»Ganz schön hartnäckig, die Dame«, bemerkte Anna Kiefl. »Nun, ich befürchte, dass ich Ihnen auch nicht wirklich weiterhelfen konnte.«

Mit einem Fingerwisch lehnte Tessa den Anruf ab und steckte ihr Handy in die Handtasche. »Das wird sich noch zeigen. Die Rechnung geht jedenfalls auf mich.«

Sie machte den Kellner auf sich aufmerksam, der an dem Tisch stand, an dem die Mutter mit dem kleinen Jungen saß und gerade bezahlt hatte.

Die Mutter nahm ihr Kind an die Hand, der Kleine allerdings wehrte sich aus nicht ersichtlichen Gründen, ihr zu folgen. Er blieb stocksteif stehen, und als sie ihn weiterziehen wollte, begann er, wie am Spieß zu schreien. Mit Engelszungen redete die Mutter auf ihn ein, doch es half nichts, und Tessa litt gleichermaßen mit den beiden mit. Die Mutter bekam einen verzweifelten Gesichtsausdruck und einen hochroten Kopf, da sämtliche in der Nähe befindliche Reisende und Gäste des Cafés die lautstarke Szene beobachteten.

Julian hatte zum Glück keine so ausgeprägte Trotzphase entwickelt, er war gern an der Hand gefolgt, wohin auch immer es gehen sollte. Zum Glück?, dachte Tessa bitter. Es war ihr zum Verhängnis geworden, dass er so folgsam war und so viel Vertrauen in seine Umwelt hatte.

Während sie das Kind beobachtete, das offenkundig keinen Schritt mehr vorwärtsgehen wollte, kam ihr ein erschreckender Gedanke. »Wäre es möglich, dass Julian mit dem Entführer in ein Flugzeug gestiegen ist?«

»Dazu bräuchte er ja selbst auf Inlandsflügen einen Reisepass für das Kind«, warf Helen ein.

»Das ist richtig. Allerdings sehen sich Kinder in dem Alter ziemlich ähnlich, und es ist keine Seltenheit, dass sie einen anderen Nachnamen tragen als zumindest ein Elternteil. Wenn der Entführer sich also einen falschen Pass besorgt hat …«

»Dafür bräuchte er aber noch mehr kriminelle Energie als ohnehin schon«, setzte Helen nach.

»Nicht unbedingt«, widersprach Anna Kiefl. »Die meisten Menschen bewahren wichtige Dokumente an einfachen Stellen auf. Im Sekretär oder in der obersten Schublade des Schreibtisches. Dem Entführer würde der Kontakt zu einer Familie mit einem gleichaltrigen Kind plus ein unbeobachteter Moment in deren Wohnung genügen. Wenn vor dem nächsten Urlaub das Fehlen des Passes auffällt, wird kurzerhand ein neuer beantragt, keiner würde auf die Idee kommen, dass mit dem alten ein Kind entführt wurde.«

»Aber die Airlines sind doch informiert?«, fragte Tessa nun alarmiert.

»Nein, wir haben in Europa keine Ausreisekontrolle, und alles andere ist Sache der Bundespolizei am Flughafen. Wenn es einen hinreichenden Verdacht gibt, wird die Kripo sicherlich die Passagierlisten kontrollieren.«

»Bei hinreichendem Verdacht …«, murmelte Tessa. Jetzt hörte sie aus dem Weinen des Jungen heraus, was mit ihm los war. Er hatte offenkundig Angst vorm Fliegen bekommen.

Anna Kiefl hob bedauernd die Schultern. »Erst sind die Kinder neugierig, doch dann wollen sie plötzlich nicht mehr, das kenne ich. Ich gehe mal hin, vielleicht kann ich helfen.«

Nachdem sich Anna Kiefl verabschiedet hatte, verließen auch Tessa und Helen das Café. Doch kaum hatten sie sich ein paar Schritte entfernt, blieb Tessa abrupt stehen.

»Was ist?«, fragte Helen. »Hast du etwas vergessen?«

»Meinen Exmann. Jedenfalls für ein paar Stunden. Da vorn an dem Schalter für Last-Minute-Reisen, siehst du ihn?«

Nach diesem Hinweis genügte ein Blick zwischen Helen und ihr, um sich zu verständigen. Mit zitternden Beinen versteckte sich Tessa hinter dem drehbaren Buchständer des Reisemarktes, bereit, die Polizei zu rufen, während Helen mit großen Schritten auf Philipp zuging.

Von ihrer Warte aus konnte sie beobachten, wie er erschrocken herumfuhr, als Helen seinen Namen sagte. Nach einem kurzen Wortgefecht zeigte er ihrer Freundin einen Vogel und hielt ihr ein Flugblatt vor die Nase, auf dem Julian abgebildet war.

45

Fünfzehn Tage. Dreihundertsechzig Stunden.

»Nicht die Hoffnung aufgeben, Tessa.« Helen saß an ihrem Bett und streichelte ihr über den Kopf, während Tessa die Augen geschlossen hielt. Trotz der Hitze lag sie unter einer dicken Daunendecke im Gästezimmer, das ihre Höhle geworden war.

Ihr Handy piepte, und trotzdem rührte sie sich nicht. Sie hätte nur den Arm bis zum Nachttisch ausstrecken müssen, doch selbst diese kleine Regung war ihr zu viel. Alles war so anstrengend geworden, so unglaublich mühsam, als hätte man sie in Blei gegossen und dennoch gezwungen, sich zu bewegen.

»Soll ich draufschauen?«, fragte Helen, und Tessa nickte. Selbst das kostete unbeschreibliche Kraft. »Tessa?«, hakte Helen nach, und da wurde ihr klar, dass ihre Kopfbewegung trotz ihrer enormen Anstrengung nach außen hin nicht sichtbar geworden war.

»Ja«, hauchte sie. Wobei es ihr im Grunde gleichgültig war. Eine Nachricht mehr oder weniger von Leander, ein Anruf mehr oder weniger von Tom, was machte das schon aus in einem Leben, das keinen Sinn mehr hatte.

Das dachte sie ohne Verzweiflung und Traurigkeit, sondern mit derselben Gleichgültigkeit, mit der sie immer wieder die Augen schloss, um in einen traumlosen Schlaf zu fallen. Für Minuten, für Stunden, selten eine ganze Nacht lang. Die Uhrzeit interessierte sie nicht mehr, die Zeit war ihr Feind geworden.

»Das war Leander. Er schreibt, dass er gestern einen Stern für dich aus dem Himmel gepflückt hat und ihn so lange in seinen Händen für dich aufbewahrt, bis es dir besser geht und du ihn wiedersehen willst.«

Ich will gar nichts, dachte Tessa, sie wollte nur, dass diese Übelkeit wegging, die sie seit dem Aufwachen plagte. Wie lange sie geschlafen hatte, wusste sie nicht, es könnte vormittags oder auch schon nachmittags sein, aber das spielte ja auch keine Rolle.

»Ein bisschen kitschig, was er da schreibt«, bemerkte Helen. »Findest du nicht?«

Tessa brachte ein Schulterzucken zustande. Helen konnte ja nicht wissen, auf welchen besonderen Moment Leander damit anspielte. Die Nacht auf dem »Monte Scherbelino« war schon so lange her – wie in einem anderen Leben erschien ihr das, zu einer Zeit, als ihre Welt, ihre Seele, noch nicht in Trümmern gelegen hatte.

Helen konnte jetzt nicht ernsthaft erwarten, dass sie mit ihr über Kitsch diskutierte, und das tat sie wohl auch nicht, wahrscheinlich wollte ihre Freundin mit ihrer leicht provokanten Frage nur eine Reaktion aus ihr herauskitzeln, damit sie mal wieder etwas sagte, und wenn es nur ein einziger Satz war. Doch wozu noch reden? Der Schmerz, der ihren Körper zur Hülle gemacht hatte, ließ sich ohnehin nicht in Worte fassen.

»Soll ich ihm etwas antworten?«, fragte Helen. Das Kopfschütteln hatte sie wohl erwartet.

Außer Helen ließ Tessa niemanden mehr an sich heran. Am wenigsten diese hartnäckige Wahrsagerin, deren Nummer sie inzwischen blockiert hatte.

»Und du willst wirklich nichts essen?«

»Mir ist schlecht«, brachte Tessa hervor.

»Das ist ja auch kein Wunder, du bist ausgehungert. Iss wenigstens ein Stück Zwieback, du wirst sehen, dann geht's dir besser.«

Zum Glück konnte Helen nicht weiter insistieren, da es an der Haustür klingelte.

Kaum war sie aus dem Zimmer gegangen, fühlte Tessa die Übelkeit in immer größeren Wellen in sich aufsteigen. Wenn es ihr jetzt nicht rechtzeitig gelang, aufzustehen …

Sie schaffte es gerade noch, über den Flur zur Toilette zu stolpern, was ihr Kreislauf kaum mitmachte. Doch da ihr Magen tatsächlich leer war, würgte und hustete sie nur unter Tränen.

»Ach herrje, da hat sich meine Frage ja erledigt«, hörte sie Helen hinter sich sagen. »Frau Rose ist an der Tür, sie wollte dich so gern besuchen, und ich dachte, es täte dir vielleicht doch gut, mal jemand anderen zu sehen, aber ich schicke sie wohl besser wieder weg. Ich bin gleich wieder bei dir.«

Als Helen zurückkam, fand Tessa mit ihrer Hilfe den Weg zurück ins Bett und ließ sich erschöpft in die Kissen sinken, als hätte sie einen Marathonlauf hinter sich gebracht. Leider hielt auch ihre Übelkeit noch an.

»Hast du dir einen Virus zugezogen?«, fragte Helen. »Aber wie kann das denn sein, du hast das Zimmer ja nicht verlassen.«

Für müßige Fragen hatte Tessa nichts übrig, also gab sie einen Seufzer von sich, in den sich das Klingeln ihres Handys mischte.

»Ich geh dran«, sagte Helen sofort, »wahrscheinlich ist das Frau Rose, ich bin sie kaum losgeworden, weil sie genau wissen wollte, wie es dir geht, und dir irgend so ein Wundermittel ans Herz legen wollte.« Helen nahm den Anruf entgegen. »Tessa geht es leider nicht gut … wie bitte, ach, Sie sind ja gar nicht Frau Rose. Mit wem spreche ich denn? Nein, ich bin eine Freundin von Frau Steinwart.« Dann sagte Helen nichts mehr. So lange nicht, dass Tessa irgendwann die Augen aufmachte und in das kreidebleiche Gesicht ihrer Freundin schaute, die jetzt auch ihre Sprache wiederfand. »Moment, ich gebe Sie an Frau Steinwart weiter.«

Tessa konnte gar nicht so schnell nachdenken, wie sie das Handy am Ohr hatte.

»Ich habe mit unterdrückter Nummer angerufen, weil Sie mir zuhören müssen. Nur zuhören. Ich will kein Geld von Ihnen, glauben Sie mir, darum sage ich Ihnen jetzt, was ich Ihrer Freundin gerade schon erzählt habe. Die Geister haben mir genau beschrieben, wo Sie Ihren Sohn finden.«

Es war wieder diese Hellseherin. Doch die Reaktion ihrer Freundin, Helens Erschrecken über das, was sie soeben zu hören bekommen hatte, hinderte Tessa am vorschnellen Auflegen.

»Aha, und wo soll das sein?«

»Julian ist in einem Bunker, in einem kleinen, zusätzlich verriegelten Raum, in dem nichts als ein Hochbett steht. Er lebt, noch vor einer Stunde haben sie ihn dort gesehen, aber Sie müssen sich beeilen, haben die Geister gesagt.«

»So, so, das haben die Geister gesagt.« Obwohl Tessa mit Skepsis reagierte, hatte das Adrenalin in ihr zu fließen begonnen. Was, wenn an der Aussage doch etwas dran war? Aber dafür war sie viel zu vage. »Okay, und wo genau? Bunker gibt es viele in Stuttgart. Das konnten Ihnen die Geister aber wahrscheinlich nicht sagen.«

»Doch. Im Kräherwald. Dort muss es einen Fluchtstollen geben, er trägt die Bezeichnung ›Nr. 21‹. Die beiden Eingänge sind nach dem Krieg gesprengt worden, aber an einer Stelle mitten im Wald gibt es noch einen kleinen Zugang, sagen die Geister. Den müssen Sie finden.«

Tessa wurde schwindlig, als sie vom Bett aufstehen wollte, sie bedankte sich mit dünner Stimme bei der Hellseherin für die Information.

»Wir müssen zu diesem Bunker«, sagte Tessa, kaum dass sie das Gespräch beendet hatte.

»Du gehst in deinem Zustand nirgendwohin«, sagte Helen ungewohnt scharf und schüttelte den Kopf, dass ihre rotbraunen Locken flogen. »Wir müssen jetzt vor allem Ruhe bewahren. Ich werde die Kripo verständigen und ihnen von dem Anruf berichten.«

»Und dann? Die werden die Hellseherin für genauso verrückt halten, wie ich es bislang getan habe. Wenn aber stimmt, was sie sagt, läuft uns die Zeit davon. Hätte ich der Frau bloß eher zugehört. Ich werde jedenfalls nicht untätig hier sitzen bleiben.«

»Die Kripo muss dem Hinweis dieser Hellseherin nachgehen, die Angaben waren zu präzise, um sie außer Acht zu lassen. Aber das ist nicht unsere Aufgabe, schon gar nicht in deinem Zustand. Wenn dieser Stollen wirklich existiert, dann braucht es außerdem einen Fachmann als Begleitung. Allein dort hineinzugehen ist womöglich lebensgefährlich. Du weißt nicht, was dich da drin erwartet, nachdem man die Zugänge gesprengt hat. Die Steinschlaggefahr ist hoch, und vor allem könnten sich giftige Gase entwickelt haben, die ein Betreten nur mit Schutzausrüstung möglich machen.«

»Und wie sollte Julian dann da überlebt haben – die Hellseherin hat doch gesagt, dass mein Sohn lebt!«

»Vielleicht gibt es eine entsprechende Belüftung für den einen Raum. Ich kenne mich da auch nicht hundertprozentig aus, ich weiß nur das, was ich durch unsere Ausstellung im ›Haus der Geschichte‹ über das Thema erfahren habe, und genau darum rufe ich jetzt bei der Kripo an. Keine Alleingänge.«

Während Helen sich mit dem zuständigen Ansprechpartner

verbinden ließ, nahm Tessa das Tablet ihrer Freundin, mit dem diese sich beschäftigt hatte, bevor sie aufgewacht war.

Seit dem Anruf der Hellseherin fühlte Tessa auf magische Weise, wie die Energie langsam in ihren Körper zurückfloss. Wobei das eher nichts mit übersinnlichen Kräften zu tun hatte, sondern vielmehr damit, dass mit dieser unglaublichen Nachricht die Hoffnung zurückgekehrt war.

Auch wenn ihre Finger noch etwas phlegmatisch reagierten, ihr Gehirn arbeitete bereits wieder auf Hochtouren, als sie die Nummer des Fluchtstollens in Verbindung mit »Kräherwald« in die Suchmaschine eingab und einige Treffer erhielt.

Gleich als Erstes listete Google einen Artikel, der am 29.4.2008 in den »Stuttgarter Nachrichten« erschienen war. Tessa saugte den Bericht über die Entdeckung des Stollens im Kräherwald in sich auf, als sei sie am Verdursten.

Eine steile Waldböschung nahe der Kräherwaldstraße. Mit Moos bewachsene Betontrümmer übersäen den Boden. Das geübte Auge erkennt, dass hier der Zugang zu einem Luftschutzstollen gewesen sein muss, der nach dem Krieg gesprengt worden ist. Christian Ebker und seine Mitstreiter von der Forschungsgruppe »Untertage« steuern auf ein kleines Loch in der Erde zu. Ein Fuchs hat hier seinen Bau gegraben – und dabei unbewusst den Weg zum früheren Eingang gewiesen.
Im Schutzanzug zwängen sich die Neugierigen durch das vierzig Zentimeter kleine Loch. Innen erwarten sie Betonwände und ein intakter Stollen. »Er würde sich eignen, um ihn der Öffentlichkeit zugänglich zu machen«, sagt Ebker, und die Vorfreude ist ihm anzumerken. Doch zunächst einmal wird das Loch unter den kritischen Augen städtischer Mitarbeiter wieder zugeschüttet, damit sich keine Unbefugten in den unsicheren Stollen vorwagen.

So viele Jahre waren seit der Verbreitung dieser Nachricht vergangen, in Sachen Erschließung des Stollens war seitdem jedoch offenkundig nichts geschehen. Eine mögliche Erklärung dafür fand Tessa in einem Nachruf auf den Entdecker, der 2010 im Alter von einundfünfzig Jahren überraschend verstorben war.

Mit einem Ohr bei Helen, bekam Tessa mit, dass diese unterdessen den richtigen Ansprechpartner erreicht hatte und sie sich vor Aufregung mehrfach verhaspelte, als sie die Neuigkeiten vortrug.

Tessa klickte sich begierig weiter durch die Informationen, die ihr die beiden Forschergruppenvereine zur Stuttgarter Unterwelt am Kräherwald boten. Der Luftschutzstollen war am Hang unterhalb der Kräherwaldstraße errichtet worden, weil die auf dem Kamm exponiert gelegenen Gebäude – so wie alle Bauten auf den Höhenlagen rund um den Stuttgarter Kessel – bevorzugtes Angriffsziel der alliierten Bomber gewesen waren. Da nicht jedes Haus über einen Keller verfügte, der sich zum Schutzraum umbauen ließ, wurde der vollständig aus Beton bestehende öffentliche Sammelluftschutzraum unter dem offiziellen Namen »Pi21« erbaut, mit zwei massiven Eingangsbauwerken, die nach dem Krieg gesprengt wurden. Vor ihrem geistigen Auge sah Tessa die moosbewachsenen Trümmer liegen – und ihren Exmann vor dem Fuchsbau knien.

Sie war Julian so nah gewesen!

Fieberhaft suchte sie nach Informationen zum Ausbau des Stollens und fand heraus, dass es darin Sanitäranlagen, einen Notausgang und einen Befehlsstand gab, zumindest laut einer historischen Bauzeichnung. Allerdings äußerte sich ein Fachmann dahingehend, dass die Pläne mit der Realität oft nichts zu tun hätten. Fakt sei jedoch, dass sich der Stollen mehrfach verzweigt achtzig Meter weit unter der Erde erstrecke. Er reiche bis unter die Kräherwaldstraße und teilweise sogar bis unter die dortigen Häuser.

Achtzig Meter lang, mehrfach verzweigt. Tessa wurde es ganz anders zumute.

In einem weiteren Text fand sie einen Hinweis darauf, dass durch die Sprengung der Eingangsbauwerke auch Deckenteile im Inneren herausgerissen worden seien, sodass die Begehung selbst für Fachleute riskant sei. Außerdem sei die Durchlüftung durch die Verfüllung der Zugänge nicht mehr in ausreichendem Maße gegeben, weshalb sich eine gefährliche Gaskonzentration aufbauen könne. Mit ihren Bedenken hatte Helen also voll ins Schwarze getroffen.

Tessa fiel auf, dass ihre Freundin schon lange nichts mehr gesagt hatte. Sie schaute auf, direkt in das versteinerte Gesicht von Helen, die das Telefonat offenbar längst beendet hatte.

»Was ist los?«, fragte Tessa mit einem unguten Gefühl unter der Haut.

Helen schüttelte den Kopf und senkte den Blick. »Es tut mir leid, dir das sagen zu müssen, Tessa, aber die Hellseherin ist anscheinend einfach nur eine durchgeknallte Spinnerin. Sie hatte sich bereits bei der Kripo gemeldet und denen die gleiche Story erzählt. Der Stollen wurde daraufhin in einem Spezialeinsatz durchsucht – ohne Ergebnis. Julian wurde nicht gefunden.«

»Dann waren sie vielleicht nicht in jedem Winkel! Ich habe das gerade recherchiert. Der Stollen ist weitverzweigt und rund achtzig Meter lang. Sie haben Julian womöglich übersehen!«

»Sie waren mit einer Wärmebildkamera unterwegs.«

»Und wenn die aus irgendwelchen Gründen versagt hat?«

»Tessa, die Männer haben jeden Stein angehoben, wie der Beamte sich ausdrückte, und seiner Meinung nach ist es ausgeschlossen, dass Julian irgendwo da drin ist.«

»Und deiner Meinung nach?« Mit gekräuselter Stirn musterte sie ihre Freundin herausfordernd, so wie früher, wenn Helen es erst mit ihrer Unterstützung gewagt hatte, sich gegen die Autorität eines Lehrers aufzulehnen.

Helen machte eine hilflose Geste. »Na ja, ich habe ja auch gehört, was die Hellseherin gesagt hat. Klingt doch plausibel, wenn man bedenkt, dass der Harlekin mit Julian in den Kräherwald hineingegangen ist. Das würde erklären, wie er einfach spurlos mit ihm verschwinden konnte. Andererseits, warum haben die Hunde dann nicht angeschlagen, und der Beamte meinte außerdem, dass er es bei jedem länger ungeklärten Fall mit mindestens einem Vertreter dieser Branche zu tun bekommt. Das sind Menschen, die professionell unfassbar glaubhaft die wildesten Geschichten erzählen, die sie sich aus Presseinfos und Ortskenntnissen zusammengereimt haben, nur um die Polizei zu beschäftigen und sich wichtigzumachen.«

»Du hast meine Frage nicht beantwortet.«

Helen knetete ihre Finger. »Hältst du es denn wirklich für

möglich, dass diese Frau mit Geistern sprechen kann, Tessa? Wir wissen nicht mal genau, wer sie ist, kennen sie nur vom Telefon.«

»Du hast mir wieder keine Antwort gegeben. Ich glaube, dass Julian in diesem Stollen eingesperrt sein könnte.«

»Und was hat dich davon überzeugt?«

Tessa holte tief Luft. »Nicht mein Verstand, aber mein Bauchgefühl. Und ich werde keine Ruhe finden, wenn ich mich nicht selbst davon überzeuge, dass Julian wirklich nicht in dem Stollen ist. Ich werde da reingehen, jetzt sofort, und es wird mich niemand davon abhalten – auch du nicht, Helen.«

»Das weiß ich. Dafür kenne ich dich lange genug«, entgegnete sie ernst. »Dir sollte aber auch klar sein, dass ich dich nicht allein lassen werde.«

46

Sämtliche Geschwindigkeitsbegrenzungen missachtend, fuhr Tessa zum Parkplatz am Kräherwald, obwohl Helen sie zunächst gar nicht ans Steuer hatte lassen wollen. Ihre Freundin wusste allerdings auch, dass jeglicher Widerspruch, jegliche Mahnung an die Vernunft zwecklos wäre.

»Aber wir kehren um, sobald es zu gefährlich wird«, erinnerte Helen sie an das Versprechen, das Tessa ihr gegeben hatte, und stieg aus dem Wagen.

Als sie die Stelle im Wald erreicht hatten und nebeneinander vor dem Einstieg in die Unterwelt knieten, sahen sie, dass der gelbbraune Boden rund um das Erdloch platt getreten war, kräftiges Wurzelwerk stellenweise herausgerissen und das Laub beiseitegeschafft worden war.

Wie weit würden sie ohne Schutzausrüstung in dieses achtzig Meter lange Gangsystem vordringen können? Würde ihr Instinkt sie an den Abzweigungen den richtigen Weg wählen lassen – zu Julian?

Tessa hatte ihr das Versprechen bestätigt, doch im Notfall würde sie allein weitergehen, das hatte sie sich insgeheim vorgenommen. Sie würde diesen Stollen nicht eher verlassen, bis sie Julian gefunden hatte.

Doch das musste Helen nicht wissen, auch nicht, dass sie mit ihren Vermutungen über die Gefahren in diesem unerschlossenen Kriegsbauwerk richtiggelegen hatte. Tessa hätte sich ansonsten mit ihrer übervorsichtigen Freundin in endlose Diskussionen verstrickt.

Am Ende hätte Helen ihr noch verboten, den Stollen zu betreten, und darauf bestanden, dass sie der Hellseherin keinen Glauben schenkten, da diese laut Kripo schließlich keine Gläser rücken könne, sondern ganz im Gegenteil nicht mehr alle Tassen im Schrank hatte.

Tessa suchte Helens Blick. Mit einem Kopfnicken sprachen sie sich gegenseitig Mut zu.

Es wäre natürlich möglich, dass der Harlekin ihren Sohn längst an einen anderen Ort gebracht hatte. Oder besser gesagt, ihr Exmann. Oder Tom? Oder Leander? Und wenn Julian noch da drin war, wo war dann der Harlekin? Wann war er zuletzt bei ihrem Sohn gewesen, und wann würde er wiederkommen?

So viele Fragen gingen ihr durch den Kopf, während sie die Taschenlampe anknipste und noch einmal tief durchatmete, dann zwängte sie sich durch das vermeintliche Fuchsloch ins Unbekannte.

Hätte sie doch nur darauf bestanden, in Philipps Rucksack zu schauen, und sich nicht so leicht von ihm linken lassen. Dann hätte sie höchstwahrscheinlich festgestellt, dass er Lebensmittel für Julian dabeihatte, der zu diesem Zeitpunkt garantiert noch im Stollen gewesen war.

Gewesen war? Tessa glaubte fest daran, dass die Hellseherin die Wahrheit gesagt hatte, und dazu gehörte auch, dass die Geister Julian noch vor einer Stunde in dem Stollen gesehen hatten.

Über lose Erdbrocken und Geröll rutschte Tessa bergab. Haltsuchend, wo sie keinen fand.

Was musste Julian da drinnen nur für Todesängste ausstehen? Jede Minute, die er noch länger in seinem Gefängnis ausharren musste, war zu viel, und sie war schuld daran, weil sie diese Hellseherin mehrfach abgewimmelt hatte.

Endlich gab der Trümmerschutt den Beginn einer Treppe frei, die weiter in die Tiefe führte. Hier konnte Tessa sich aufrichten. Mit einer Hand hielt sie sich keuchend und leicht gebeugt stehend am Geländer fest, da sich ihre Übelkeit wieder bemerkbar machte.

Nachdem Helen zu ihr aufgeschlossen hatte, wartete Tessa nicht länger, auch wenn die Signale ihres Körpers eindeutig eine kurze Pause forderten, doch daran war nicht zu denken.

Jeder Schritt die Treppe hinunter hallte von den nackten betonverschalten Wänden wider, und je weiter sie hinunterstiegen, desto mehr fröstelte Tessa, obwohl sie sich eine Jacke angezogen hatte. Die Luft war etwas abgestanden, und es roch leicht modrig, doch keineswegs nach faulen Eiern, was auf die gefährlichen Faulgase hindeuten würde.

Unten angelangt, beleuchtete Tessa nervös ihre Umgebung. Eine Gewölbedecke aus Stahlbeton spannte sich über ihnen auf, höher als eine Zimmerdecke, und der Gang war so breit, dass drei oder vier Menschen nebeneinanderher gehen konnten.

Eindringendes Wasser hatte entlang der Auswaschungen im Laufe der Jahre bizarre Stalaktiten und Stalagmiten wie in einer Tropfsteinhöhle geformt. Allerdings gab es hier drin nicht genug Feuchtigkeit, sodass die Stalaktiten wie starre Seile von der Decke hingen.

Sie folgten dem Gang um eine scharfe Linksbiegung, wo sich die Reste einer aus roten Backsteinen gemauerten Gasschleuse befanden und die ersten Trümmer lagen, die sich aus der Decke gelöst hatten. Ein Betonteil hing noch dort oben fest, dem Anschein nach war es jedoch so leicht eingekeilt, dass es bei der kleinsten Erschütterung herunterzufallen drohte.

Mit mulmigem Gefühl gingen sie darunter durch, stiegen über Trümmer hinweg und gelangten nach einer Rechtsbiegung zur ersten Abzweigung, wo entlang der Decke stoffummantelte Kabel um Porzellanisolatoren gewickelt verliefen, so als würden sie immer noch Strom führen.

Tessa atmete tief durch, ihr Herzschlag ließ sich dadurch jedoch nicht beruhigen. Geradeaus weiter oder schräg rechts?

»Der Weg nach rechts könnte nur ein Verbindungsgang sein«, murmelte Tessa, während Helen einen kleinen Notizblock aus der Tasche holte, die Zahl eins aufschrieb und den Zettel in dem Gangabschnitt unter einen Stein klemmte, aus dem sie gekommen waren. So weit, sich den Rückweg zu markieren, hatte Tessa gar nicht gedacht, und sie dankte es Helen mit einem kurzen Lächeln.

»Erst mal geradeaus weiter«, entschied Tessa und bestimmte das Tempo mit raumgreifenden Schritten. Dabei staunte sie über sich selbst, zu welchen Höchstleistungen ihr Körper bereits wieder imstande war, nachdem sie noch vor einer Stunde nahezu bewegungsunfähig im Bett gelegen hatte.

Ohne Helen wäre sie außerdem nicht so mutig, aber mit ihrer Freundin im Rücken spürte sie eine gewisse Sicherheit, auch wenn Helen seit dem Betreten des Stollens kein Wort mehr gesprochen hatte und sichtlich angespannt war.

Den nächsten Abzweig nach rechts ließen sie bis auf eine Markierung unbeachtet. Tessa glaubte sich auf dem richtigen Weg, in ihrem Inneren konnte sie spüren, wie sie ihrem Sohn näher kam, und von dieser Euphorie ließ sie sich tragen, über alle körperlichen Beschwerden hinweg, zu denen sich nun auch noch leichte Kopfschmerzen gesellten.

Geister, Hellseher – in ihrem gesamten Leben hatte sie damit nichts zu tun gehabt, das Ganze sowieso für Hokuspokus gehalten und alle Menschen müde belächelt, die ein Medium bemühten, um Lebensentscheidungen nach Vorhersagen zu treffen, die nach Tessas bisheriger Ansicht so korrekt waren wie eine vierzehntägige Wetterprognose.

Allerdings hatte die Hellseherin durch ihren Hinweis einen Puzzlestein geliefert, durch den sich alles zu einem Bild zusammenfügte. Fast alles.

Unvermittelt nahm der Gang mit einer Nische in der Wand ein abruptes Ende. Wie war das möglich? Auf dem Schutthaufen vor ihren Füßen lagen verrostete Blechschalen, dazwischen eingekeilt einige mit Steinstaub bedeckte tellerartige Gebilde neben verbogenen Löffeln.

Nach dem ersten Schrecken bemerkte Tessa jedoch, dass der Stollen sich nach rechts fortsetzte. Im Weitergehen sah sie vor ihrem inneren Auge Menschen vor sich, die hier drin vor den Bombenangriffen Schutz gesucht hatten und wohl kaum mehr als eine dünne Suppe zu essen gehabt hatten.

Essen. Wenn sie daran dachte, wie abgemagert das unbekannte Mädchen aus dem Neckar gewesen war, konnte sie nur hoffen und beten, dass Julian in den vergangenen fünfzehn Tagen genug Nahrung bekommen hatte.

Wenn sie ihrem Sohn doch nur sagen könnte, dass sie ganz in seiner Nähe war.

Kaum zu Ende gedacht, musste sie sich erneut für einen Weg entscheiden. Tessa leuchtete in beide Richtungen, was die Wahl nicht leichter machte. Gerade eben war sie sich noch so sicher gewesen.

»Hast du auch dieses komische Ohrensausen?«, fragte Helen, die sich damit zum ersten Mal wieder äußerte.

»Nein«, entgegnete Tessa, was nur halb der Wahrheit entsprach. Ihre Kopfschmerzen waren stärker geworden, und sie hörte ihren Puls als ständiges Klopfen im Ohr, wodurch sie sich jedoch nicht irritieren ließ. »Gehen wir noch mal nach rechts«, entschied sie entsprechend ihres Bauchgefühls, auch wenn sie damit der Logik nach im Kreis zu laufen drohten.

Helen, die gerade eine Wegmarkierung anbringen wollte, schaute auf. »Ich denke, das ist ein Fehler. Lass uns hier schräg links weitergehen.«

»Oder wir teilen uns auf.«

»Das kommt überhaupt nicht in Frage. Schau mal …« Helen hatte eine grobe Skizze von ihrem bisherigen Weg gezeichnet. »Wenn wir nach rechts gehen, stoßen wir garantiert nur auf einen Verbindungsgang, der uns zurück zum Stolleneingang führt, ohne dass wir in diesem linken Teil gewesen sind.«

Tessa war noch nicht überzeugt, doch das lange Überlegen machte sie unerträglich nervös, und je länger sie stehen blieben, desto stärker wurde ihr Herzklopfen, also folgte sie dem Vorschlag ihrer Freundin, auch wenn sie dabei kein gutes Gefühl hatte.

Doch was Helen sagte, klang einleuchtend, und womöglich war auch die Kripo mit ihren Männern nicht bis in diesen Bereich vorgedrungen.

»Julian!«, rief Tessa in dem scheinbar endlosen Gang gegen die nackten Wände. »Kannst du mich hören?« Ihre eigene Stimme erschien ihr fremd, verzerrt von ihrer Angst, erneut einer falschen Hoffnung zu erliegen oder nicht schnell genug gewesen zu sein. »Deine Mama ist hier! Julian? Hörst du mich?«

Ihre Verzweiflung wuchs, bis sich plötzlich ein rechteckiger Raum vor ihnen erstreckte, in einem erstaunlich guten Erhaltungszustand, der größer als ihr Wohnzimmer war.

Ringsum an den Wänden reihten sich Stahlgestelle als Stockbetten aneinander, die wirkten, als müsste man nur etwas Bettzeug holen, um hier zu übernachten. War das ein einfacher Schlafbereich gewesen oder eine Krankenstation, ein Quarantäneraum, wie ihn viele Schutzbauten besaßen?

In der Nische gab es eine Toilette, die nichts weiter war als eine kniehohe Betonröhre, in der sich noch der herausnehmbare, emaillierte Blecheimer befand. Auf dem gemauerten Sockel daneben stand eine Petroleumlampe, die abgesehen von ein paar Roststellen und einer leichten Staubschicht den Eindruck machte, als sei sie eben erst dort abgestellt worden.

»Wir sind auf der richtigen Spur«, murmelte Tessa ergriffen und dachte dabei an die Aussagen der Hellseherin über den Raum, in dem sich Julian befinden sollte. »Schnell weiter!«

Der Schein ihrer Taschenlampe streifte Helens Gesicht, deren Blick starr zu Boden gerichtet war.

»Was ist los?«, fragte Tessa erschrocken, doch Helen reagierte nicht. Auf dem Boden war nichts zu sehen, und erst jetzt wurde Tessa gewahr, dass der Blick ihrer Freundin einfach nur starr ins Leere ging.

»Hm?«, machte Helen erst, als Tessa sie mehrfach kräftig an den Schultern rüttelte.

»Was hast du, Helen?«

Es war, als würde sie aus weiter Ferne zurückkehren. »Nichts, warum fragst du? Lass uns weitergehen. Ich denke, wir haben Julian gleich gefunden.«

»Nichts? Du warst doch gerade komplett weggetreten, wie in einem anderen Film. So hab ich dich ja noch nie erlebt, du hast mir richtig Angst eingejagt.«

»Nun mach mal nicht die Pferde scheu.« Helen lachte kurz auf. »Ich habe wie du im Raum gestanden und mich umgesehen.«

»Umgesehen? Du hattest einen merkwürdig starren Blick und warst gedanklich ganz weit weg.«

»War ich nicht. Haben wir jetzt Zeit für solche komischen Diskussionen?«

Ratlos und leicht gereizt schaute Tessa ihre Freundin von der Seite an. Glaubte Helen wirklich, sie könne ihr ein X für ein U vormachen? Irgendetwas, was sie nicht zugeben wollte, war gerade in ihr vorgegangen, etwas, das eigentlich unbemerkt bleiben sollte. Doch ein weiteres Nachbohren wäre müßig und tatsächlich Zeitverschwendung.

»Also weiter«, sagte Tessa und ging voran. Dabei rief sie wieder nach Julian. Sie rannte fast, es konnte ihr gar nicht schnell genug gehen, bestimmt würden sie gleich hinter der nächsten Linksbiegung, der sie folgen mussten, den nächsten Raum erreichen. Im Zickzack ging es durch die Anlage einer weiteren Gasschleuse, und dann war Ende.

Ende. Ende. Ende.

Betonwände rings um sie herum. Keine Tür, kein weiterer Gang, nur ein zugeschütteter Notausstieg.

Fassungslos drehte sich Tessa zu ihrer Freundin um. Vor Enttäuschung ging ihr Atem schwer, und ihr Herz schlug schmerzhaft gegen ihre Brust.

Doch Helen stand gar nicht hinter ihr.

Wie war das möglich? Wo war sie? Tessa leuchtete den Gang entlang, den sie gekommen war. »Helen?«

Ihre Freundin konnte sich doch nicht in Luft aufgelöst haben. Leider konnte Tessa nicht genau sagen, wann sie Helen zuletzt hinter sich gehört hatte, da sie wohl den Widerhall ihrer eigenen Schritte für die von Helen gehalten hatte.

Vielleicht stand sie noch hinter der Biegung – aber aus welchem Grund? Und warum antwortete sie dann nicht? Es war ihr doch hoffentlich nichts passiert? Allerdings wäre ein Steinschlag nicht zu überhören gewesen, dachte Tessa.

Sie eilte zurück, doch kurz vor der Ecke, wo sie abgebogen war, hielt sie abrupt inne.

War das eine Falle? Würde sie dem Harlekin direkt in die Arme laufen?

Gegen ihn würde sie wehrlos sein.

Diese Aussichtslosigkeit machte sie zugleich wütend. Mit einer leisen, fast geräuschlosen Bewegung hob sie einen Steinbrocken vom Boden auf. Scharfkantig und etwas größer als ihre Hand, aber so, dass sie ihn gut festhalten und werfen konnte. Mit dem Bücken bekam sie durch den erhöhten Druck in ihrem Schädel jedoch solche Kopfschmerzen, dass sie fast aufgeschrien hätte.

An die kalte Wand gepresst, atmete sie tief durch, dann schob sie sich vorsichtig bis an die Mauerkante und wagte mit der Taschenlampe einen Blick um die Ecke.

Helen oder den Harlekin, einen von beiden hatte sie erwartet.

Doch da war niemand, keiner von beiden – oder waren sie doch ein und dieselbe Person, und Tom hatte mit seinem Verdacht richtiggelegen?

War sie mitten in ein makabres Versteckspiel geraten, in eine tödliche Falle mit der Hellseherin als Komplizin und Lockvogel?

Wohin jetzt? Es blieb ihr nichts anderes übrig, als den Weg zurück einzuschlagen.

Warum, fragte sie sich unvermittelt, hat es dich bisher eigentlich nie interessiert, zu erfahren, wer die Geliebte deines Exmannes war? Sie kannte zwar die Farbe ihres Strings, nicht aber den Namen.

Helen und Philipp hatten sich immer gut verstanden.

Während sie wie elektrisiert darüber nachdachte, kamen ihr die Botschaften des Harlekins wieder in den Sinn. *Nur weil du die Augen offen hast, glaubst du, du siehst. Was ist das Schwerste von allem? – Was dir das Leichteste dünkt: Mit den Augen zu sehen, was vor Augen dir liegt.*

Vor den in den Gang hineinragenden aus Backstein gemauerten Überresten der Gasschleuse wurde Tessa langsamer, da diese Stelle perfekt für einen Angreifer war, um sich dahinter zu verschanzen.

Wenn sie doch nur eine andere Waffe dabeihätte. Der Stein, dessen Kanten sich in ihre Hand bohrten, weil sie ihn so fest umklammert hielt, würde ihr bei einem Zusammentreffen auf kurzer Distanz nichts nutzen.

Tessa schlich sich so leise wie möglich an den ersten Mauervorsprung heran. Ihr Körper war in höchster Alarmbereitschaft, und sie hob ihren Arm, um notfalls doch zuschlagen zu können – und um wenigstens das Gefühl einer Chance zu haben.

Am liebsten wäre sie nicht mehr weitergegangen, doch ihr blieb keine andere Wahl.

Unwillkürlich hielt sie die Luft an, als sie einen schnellen Schritt um die Mauer herum machte. Den Überraschungseffekt brauchte sie sich gar nicht zunutze zu machen, denn da war niemand, auch nicht hinter den folgenden Vorsprüngen. Ohne einen Zwischenfall ließ sie die Gasschleuse hinter sich.

Fast schon sehnte Tessa die Konfrontation mit dem Harlekin

herbei. Zumindest wäre ihr das lieber als das weitere Aushalten dieser Anspannung, mit der sie sich vorantastete. Neben der Panik, die ihr unaufhaltsam den Rücken hinaufkroch, besaß Tessa jedoch noch die Hoffnung, dem Harlekin am Ende doch einen kleinen, aber entscheidenden Schritt voraus zu sein.

Es war nicht mehr weit bis zu dem Raum, in dem sie Helen zuletzt gesehen hatte. Auf alles war Tessa gefasst, nur nicht darauf, Helen genauso anzutreffen, wie sie zuletzt mit ihr gesprochen hatte. Ihr den Rücken zugewandt, stand sie im Raum, den Kopf leicht gesenkt, ihre Arme hingen an den erschlafften Schultern am Körper herunter.

»Helen?«

Als sie nicht reagierte, zögerte Tessa, aus Angst, das könnte nun die Falle sein.

»Ich fühle mich so schwach«, gab Helen unvermittelt von sich. »Können wir Julian später weitersuchen? Ich muss mich kurz ausruhen.«

Helen hatte es kaum ausgesprochen, da stand Tessa auch schon neben ihrer Freundin. »Du musst raus hier!« Energisch nahm sie Helen an der Hand, die zum Glück kaum Kraft hatte, Widerstand zu leisten, und zog sie mit sich.

Die Kopfschmerzen, das Ohrensausen, das Herzrasen, das alles waren erste Anzeichen einer Kohlenmonoxid-Vergiftung gewesen, die sie ignoriert hatte. Bei Helen war es nur noch eine Frage der Zeit, bis sie ohnmächtig werden würde. Und wenn sie sich noch richtig an den Chemieunterricht erinnerte, bliebe ihr dann noch etwa eine halbe Stunde, bis sie ihre Freundin entweder aus dem Stollen hinaus an die frische Luft geschafft haben müsste oder der Tod eintreten würde.

Vorausgesetzt, dass ich selbst so lange durchhalte, dachte Tessa, während sie Helen hinter sich herzog, die schwankte, als sei sie betrunken.

Als sie zu der Stelle kamen, wo sie sich nicht einig gewesen waren, welchen Abzweig sie nehmen sollten, wünschte Tessa sich verzweifelt, doch auf ihr Bauchgefühl gehört zu haben.

Julian war nicht in dem Ausläufer des Stollens gewesen, ebenso war ihr Verdacht richtig gewesen, dass es einen Verbindungsgang gab, der wieder zum Eingang zurückführen würde, wie Tessa kurz darauf feststellte.

An dieser Stelle blieb sie wie gebannt stehen. Links von ihr war ein weiterer Raum, viel kleiner als der andere. Bis auf ein paar verrostete Fässer in der Ecke war er leer. Doch der Gang setzte sich dahinter weiter fort, führte tiefer in den Stollen hinein.

Noch bevor Tessa sich zu Helen umdrehen konnte, spürte sie einen Ruck an ihrer Hand, dann sah sie, dass ihre Freundin in die Knie gesunken war.

»Geh!«, keuchte Helen hinter ihren Locken hervor, die ihr ins Gesicht gefallen waren, und deutete mit schwacher Geste in die Richtung, wo sich noch weitere Räume befinden konnten.

Obwohl mit letzter Kraft ausgesprochen, hatte es wie ein Befehl geklungen, und angetrieben vom Gedanken an die Rettung ihres Sohnes setzte sich Tessa in Bewegung.

Doch schon nach wenigen Schritten kehrte sie um und sank neben ihrer Freundin in die Knie. »Wenn ich dich hier zurücklasse, stirbst du. Ich bringe dich erst nach draußen in Sicherheit.«

Helen schüttelte den Kopf, so vehement ihr das möglich war.

»Natürlich! Ich lasse dich doch hier drin nicht sterben.«

Je länger sie sprach, desto mehr litt auch Tessa unter Atemnot. Und so selbstsicher sie ihre Stimme klingen ließ, so wenig hatte sie eine Idee davon, wie sie Helen über den Geröllgang nach oben und durch das Fuchsloch hinausschaffen sollte.

»Zweiter Ausgang!«, keuchte Helen, und da wurde auch Tessa schlagartig klar, was ihre Rettung sein könnte.

Bisher waren sie nur auf den verschütteten Notausstieg getroffen, doch laut der Beschreibung besaß der Stollen zwei Eingänge – und der zweite befand sich mit ziemlicher Sicherheit am Ende dieses Ganges, wo auch Julians Verlies liegen könnte.

Was tun? Die bekannte Strecke zurückgehen, aber nicht wissen, wie sie ihre geschwächte Freundin an die Oberfläche schaffen sollte, oder das Risiko wählen, mit der Hoffnung auf einen doppelt glücklichen Ausgang?

Von innerer Verzweiflung zerrissen wandte sie sich Helen zu.

Ihre Freundin war ohnmächtig geworden.

Damit lief die Zeit. Ohne Erbarmen.

Tessa rannte los, in den unerforschten Stollengang hinein, doch schon nach wenigen Metern musste sie sich bremsen, weil ihr derartig schwindlig geworden war, dass sie auf der Stelle zu kollabieren drohte.

Doch von ihr hing jetzt alles ab. Das Leben ihrer Freundin, das ihres Sohnes und ihr eigenes.

Ihr wurde so schlecht, dass sie sich übergeben musste, was wieder nur in einem schmerzhaften Würgen endete. Kaum vorbei, schleppte sie sich an der kalten Mauer entlang vorwärts und zählte ihre Schritte, bis sie endlich den nächsten Raum erreichte. Voller Hoffnung.

Leer.

Keine Gegenstände, keine Einrichtung, nicht mal ein Trümmerhaufen – der Raum war so leer wie keiner zuvor.

Zweiundzwanzig Schritte war sie bis hierher gegangen, bis zu vierzig Schritte weit könnte sie Helen hinter sich herziehen, schätzte sie, ohne dabei alle Kraft und zu viel Zeit zu verlieren.

Also weiter.

Doch dann stand sie unvermittelt vor den roten Mauern der Gasschleuse. Das bedeutete, kein weiterer Raum mehr, aber der nahe Ausgang.

Er war verschüttet. Komplett.

Tessa starrte auf den Trümmerhaufen, der sich bis vor ihre Füße ergoss, als könnte sich diese Tatsache dadurch ändern. Dabei zog etwas zwischen den Gesteinsbrocken ihre Aufmerksamkeit auf sich, weil es nicht dorthin passte.

Ein Zettel, blütenweiß.

Aber das konnte doch gar nicht sein, hier waren sie nie entlanggekommen – oder doch?

Jetzt erst erkannte Tessa, wo der gefaltete Zettel festgeklemmt war. Im Skelett eines Tierschädels mit lang gezogener Schnauze.

Mit spitzen Fingern zog sie das Papier hervor. Noch während sie es aufklappte, überfiel sie eine Vorahnung, die sich auf grausame Weise bewahrheitete, als sie den Ausdruck las.

Hallo Tessa,
schön, dass du hergefunden hast. Das war nur leider der Irrweg auf unserer Schnitzeljagd. Hast du gedacht, dein Sohn wäre in diesem Stollen? Noch ein Irrtum. So schnell findest du Julian nicht wieder. Es ist dir noch nicht Lehre genug.
Es nimmt der Augenblick, was Jahre geben.
Dein Harlekin

Tessa entfuhr ein lang gezogener Schrei, bis sie fast glaubte zu ersticken. Keuchend rang sie nach Luft. Das machte ihre Atemnot allerdings nur noch schlimmer, zudem bekam sie jetzt einen leichten Geruch nach fauligen Eiern in die Nase.

Panik erfasste sie. Faulgase.

47

Mein Harlekin hat mir einen wunderschönen Rosenstrauß mitgebracht.

Er steht in einer großen Henkelvase mit Goldrand auf dem Schränkchen, sodass ich ihn vom Bett aus sehen kann. Echte Blumen, nur für mich.

Ich habe heute Geburtstag, hat mein Harlekin gesagt. Fünfzehn Jahre bin ich alt geworden. Darum werden wir eine Party feiern, wenn ich wieder gesund bin, das hat er mir versprochen. Eine Vollmond-Party.

Ständig muss ich den Strauß anschauen, weil ich mich so sehr darüber freue. So viele schöne Blumen auf einmal habe ich noch nie gesehen, es sind bestimmt vierzig rote Rosen, die einen betörenden Duft in meiner Höhle verströmen.

Sie sind wie ein Fenster nach draußen, sie zeigen mir ein winziges Stück von der Welt, die ich nur selten im Dunkeln erkunden darf. Nachts gibt es keine bunten Farben, darum bin ich von dem kräftigen Rot wie verzaubert.

»Es geht dir schon viel besser, mein Schneewittchen, nicht wahr?«, fragt mein Harlekin. Auch sein Kostüm bringt Farbe in meine Seele.

Ich nicke. Wenn das der Eindruck meines Harlekins ist, dann ist er auch richtig. Bestimmt bin ich bald wieder ganz gesund, auch wenn ich seit drei Tagen nicht aufstehen kann, weil ich unerträgliche Bauchschmerzen habe und viel zu schwach bin.

Mein Harlekin ist deshalb jedoch nicht böse auf mich, im Gegenteil, er weicht mir nicht von der Seite, sorgt sich um mich, wäscht mich und wechselt meine Kleidung, weil ich es allein nicht schaffe, er bringt mich zur Toilette, gibt mir zu trinken und schimpft auch nicht mit mir, wenn ich wieder spucken muss. Er verlangt nicht einmal, dass ich etwas esse, weil ich ohnehin nichts bei mir behalten kann.

Aber mein Harlekin ist bei mir, also geht es mir gut.

Deshalb sage ich ihm auch nicht, dass die Tabletten meine

Schmerzen inzwischen nur schlimmer machen. Ich halte das schon irgendwie aus, auch wenn ich dafür die Zähne zusammenbeißen muss.

»Wir müssen noch deine Wunden versorgen«, sagt mein Harlekin. »Ich verstehe einfach nicht, warum sie nie richtig heilen.«

Ich kann mir das schon erklären. Es liegt an dieser Medizin aus dem braunen Fläschchen, die wie schmutziges Wasser aussieht und die er immer wieder auf meine Wunden träufelt. Sie hilft einfach nicht richtig, so wie alle Medikamente, die mir mein Harlekin gibt. Mit Ausnahme der Tabletten gegen die Schmerzen, aber die wirken ja auch nicht mehr.

Dafür kann aber mein Harlekin nichts, er meint es ja wirklich nur gut mit mir, so rührend, wie er sich um mich kümmert.

Vorsichtig schiebt er mir mein T-Shirt bis über den Bauchnabel und zieht gekonnt das Pflaster von einer eiternden Wunde ab, ohne mir dabei wehzutun. Dafür brennt es umso mehr, als er die Tropfen aus der Pipette mitten auf den gelbgrünen, feuerrot umrandeten Bereich fallen lässt.

Ich sauge die Luft zwischen den Zähnen hindurch, gebe aber ansonsten keinen Laut von mir und schließe schnell die Augen, damit mein Harlekin nicht sehen kann, wie mir die Tränen kommen.

»Mein tapferes kleines Schneewittchen.« Mein Harlekin streichelt mir über die Wange, und ich schmiege mich tröstend gegen seine weiche Hand, bis er die Pipette erneut füllt und vier weitere Stellen an meinem Körper auf die gleiche Weise versorgt. »Zur Belohnung erzähle ich dir gleich eine Geschichte«, sagt mein Harlekin, während er Salbe auf die Wunden aufträgt und Pflaster drüberklebt.

Ich lächle und nicke. Mein Harlekin kann schöne Geschichten erzählen. Erst gestern war es wieder eine, die in der Wilhelma gespielt hat. Es ging um diesen dreijährigen Jungen, mit dem er einen Ausflug dorthin gemacht hatte. Julian liebt die bunten Vögel genauso wie ich, besonders die Pfauen.

Ich möchte auch so gern einmal in den Zoo und die Tiere sehen, nur ein einziges Mal. Aber nachts hat die Wilhelma geschlossen, sagt mein Harlekin, und weil meine schneeweiße Haut die Sonne nicht verträgt, kann ich von den bunten Vögeln nur träumen.

Da ich zurzeit so viel schlafe und kaum wach bin, ist das jedoch nicht so schlimm. Allerdings nagt ein so trauriges Gefühl an mir, wenn er mir von den Ausflügen mit diesem kleinen Jungen erzählt. Mein Harlekin sagt, ich sei eifersüchtig, aber das müsse ich nicht sein. Schließlich habe der arme Julian keinen Vater mehr, weil sich die Eltern getrennt hätten, und die Mutter habe keine Zeit, sich um ihn zu kümmern, da bei ihr die Arbeit immer vorgehen würde, also sei es ja wohl Ehrensache, meint mein Harlekin, sich um dieses vernachlässigte Kind zu kümmern – so als sei es das eigene.

Das war der Moment, in dem ich nach langer Zeit intuitiv wieder einmal nach meinen Eltern fragen wollte, aber ich habe schnell die Lippen zusammengepresst. Die Gefahr war zu groß, dass ich in der darauffolgenden Nacht zum sechzehnten Mal aus dem Bett fallen und mir einen Knochen brechen würde.

»Bist du jetzt bereit für die Geschichte?«, fragt mich mein Harlekin mit sanfter Stimme.

Ich nicke, weil mir das Sprechen vor Müdigkeit schwerfällt. Hoffentlich schlafe ich nicht wieder vor dem Ende ein.

»Gut, was soll ich denn erzählen? Möchtest du dir etwas wünschen?«

Eigentlich möchte ich wieder etwas aus der Wilhelma hören, aber mir wird auf einmal so schlecht, dass ich nur noch mit den Schultern zucken und auf die Schüssel deuten kann, die neben dem Bett bereitsteht.

Mein Harlekin hält sie mir hin, während ich mich unter kaum aushaltbaren Bauchkrämpfen zusammenkrümme.

Es dauert lange, bis es endlich vorbei ist. Mein Harlekin trocknet erst mein tränennasses Gesicht, dann leert er die Schüssel aus, in der nur genau die Menge an Tee drin ist, die er mir vorhin eingeflößt hat.

Aber dieses Mal lassen die Krämpfe nicht nach. Mit langen Klauen packen sie meine Muskeln, ziehen und zerren daran, sodass ich mich in unnatürlichen Haltungen winde.

Ich kann nicht anders und schreie meinen Schmerz heraus.

»Große Güte, mein armes Schneewittchen, was ist nur mit dir los? Du bist furchtbar blass. Komm, nimm schnell noch zwei von den Tabletten, aber mehr darfst du dann heute wirklich nicht haben.«

Entschieden kneife ich die Lippen zusammen. Alles, nur das nicht. Es wird bestimmt von allein besser.

»Nun komm schon, sei artig und tu, was dir dein Harlekin sagt.«

Ich presse den Mund zu.

Kopfschütteln.

»Willst du mir Kummer machen? Du musst doch wieder gesund werden. Wir wollen bald wieder zusammen einen Ausflug machen. Zur Cannstatter Brücke, und dann zählen wir die Sternschnuppen. Es sind immer noch ganz viele am Himmel.«

Mein Mund öffnet sich wie von selbst. Der kalte Pfefferminztee tut meinem brennenden Hals sogar gut.

Doch kaum habe ich geschluckt, erfasst mich ein neuer Krampf. Ich biege meinen Rücken unter der entsetzlichen Anspannung durch, will dagegenhalten, werfe mich unkontrolliert herum und bemerke, dass mein Harlekin zu mir aufs Bett klettert, was er noch nie getan hat. Ich hätte ihn gar nicht für so beweglich gehalten, doch nun bin ich froh, dass er mich an sich reißt, mich festhält und meinen Oberkörper dabei aufrichtet, weil ich Angst habe zu ersticken, falls ich mich wieder erbrechen muss.

Meinen Kopf an seine weiche Brust gelehnt, warten wir gemeinsam ab, bis mich der Krampf aus seinen Klauen lässt.

Langsam entspanne ich mich, aber ich habe Angst vor der nächsten Welle. Wie lange ich die Schmerzen wohl noch aushalten kann? Irgendwie habe ich das Gefühl, dass in meinem Körper etwas kaputtgegangen ist, dass diese scharfen Krallen etwas in mir zerrissen haben, was nicht mehr zu heilen ist.

Umso schöner ist es, mich an meinen Harlekin zu kuscheln. Ich kann mich kaum erinnern, wann ich das zuletzt durfte, da muss ich noch ganz klein gewesen sein. Seither hat er die körperliche Nähe zu mir immer gemieden.

Ob ich als Baby von meiner Mutter gestillt wurde? Hat sie

mich auch so im Arm gehalten? Im Fernsehen habe ich gesehen, dass etwas dickere Männer auch Brüste haben, aber da kommt dann keine Milch raus. Das ist ja auch nicht wichtig. Hauptsache, ich bin nicht allein.

Ich höre seinem Herzschlag zu, es klopft sehr schnell, und ich frage mich, ob das Herz meiner Mutter genauso schlägt.

»Soll ich dir jetzt die Geschichte erzählen?«, fragt mein Harlekin, und ich nicke, sodass der Stoff seines Kostüms in meinem Ohr raschelt.

»Wilhelma«, flüstere ich und gähne.

»Wolltest du nicht etwas von deinen Eltern hören?«

Schlagartig fühle ich mich wieder wach und schaue auf, in die Augen meines Harlekins. Tieftraurig wirken sie hinter der Maske, und ich sehe sein Kinn zucken.

»Über deinen Vater kann ich dir leider nicht viel sagen. Ihn habe ich nie kennengelernt, aber deine Mutter stand eines Nachts mit dir als Neugeborenes im Arm vor mir und hat mich um Hilfe angefleht, weil ich in einem Haus für notleidende Mütter gearbeitet habe. Zu diesem Zeitpunkt war meine eigene Tochter bereits ein Jahr lang tot, und ihr Mörder noch nicht gefasst. Es war der 15. August 2000. Erinnerst du dich an die Geschichte von dem Mädchen aus der Wilhelma? Das war meine Tochter Sarah. Ich habe sie erst mit dreiundvierzig Jahren bekommen, als ich an Mutterglück schon gar nicht mehr geglaubt habe. Lange wollten mein Mann und ich gar keine Kinder haben, immer habe besonders ich mich vor der Verantwortung gescheut, und dann, als ich bereit war, war es fast zu spät.

Deine Mutter war noch sehr jung, sie war sechzehn, gerade mal ein Jahr älter als du jetzt. Sie hieß Mira. Mira Weißmann.«

»Mira«, flüstere ich, und meine Lippenbewegung fühlt sich dabei an wie ein Kuss.

»Vor der Polizei habe ich geleugnet, ihren Namen zu kennen. Das hatte ich deiner Mutter versprochen – und dass ich dich hüten werde wie meinen Augapfel und dir nichts zustoßen wird. Weißt du, mein Schneewittchen, deine Mutter war mit der Situation komplett überfordert. Ungewollt schwanger hat ihr Freund sie sitzen lassen, aus Angst vor Konsequenzen hat sie eigenmächtig sämtliche Mittel ausprobiert, die zu einer Abtreibung führen sollten. Selbst mit einer Voodoo-Puppe hat sie es versucht und ist schließlich kurz vor dem Geburtstermin von zu Hause abgehauen, weil sie glaubte, ihr Vater sei hinter ihr Geheimnis gekommen. So hat sie dich mit viel Blutverlust auf einer Bahnhofstoilette zur Welt gebracht, und trotz guten Zuredens konnte sie wohl keine Mutterliebe empfinden, das muss ich dir leider so sagen. Du warst so ein schwaches Würmchen, ich hatte dich sofort in mein Herz geschlossen, und so reifte unser Plan. Du solltest von dieser Stunde an meine Tochter sein.«

Mein Harlekin drückt mich an sich, dass es mir fast zu viel wird. Andererseits hat mir das all die Jahre gefehlt. Endlich einmal in den Arm genommen zu werden und Nähe zu spüren.

»Ich glaube fest an das Schicksal, mein Schneewittchen. Mein Kind wurde mir auf gewaltsame Weise genommen, und nun hatte ich durch eine glückliche Fügung dich geschenkt bekommen. Natürlich hatte ich Angst, dass man dich mir wegnehmen würde, also habe ich der Polizei eine Geschichte erzählt, in der deine Mutter mit dir getürmt ist, keinen Namen hinterlassen hat, und zusammen mit einer falschen Personenbeschreibung konnten wir beide sicher sein, dass die Wahrheit niemals ans Licht kommen würde. Deshalb musste ich dich auch in diesen Bunker bringen, allerdings bist du hier gleichzeitig am sichersten untergebracht, und ich konnte mein Versprechen bis heute halten. Das verstehst du doch, nicht wahr, mein Schneewittchen? Lange wollte ich dir nicht die Wahrheit sagen, vorhin habe ich jedoch entschieden, dass du nun alt genug bist und ein Recht darauf hast, deine Geschichte zu kennen. Ich weiß auch, dass ich dich irgendwann gehen lassen muss. Wann das sein wird, bestimmt der Zeitpunkt meines Todes.«

Seltsamerweise erschreckt mich das nicht mehr. Mich beschäftigt eine ganz andere Frage, aber ich habe Angst, die Antwort zu verpassen, weil ich so müde bin.

»Lebt meine Mutter noch?« Meine Augen bekomme ich aus eigener Kraft schon nicht mehr auf, und wenn ich für einen flüchtigen Moment in meine Welt hinausblinzle, nehme ich mein Reich, meine Höhle, mein Verlies nur noch weit entfernt wahr, als würde ich durch einen Tunnel schauen, an dessen Ende ein leuchtend roter Strauß Rosen steht.

»Du wirst deine Mutter eines Tages ganz sicher wiedersehen, wenn du dir das wünschst. Ich weiß, wo sie ist.«

Mira, denke ich. Meine Mutter. Ob sie mich liebt, wenn sie mich wiedersieht? Ich glaube fest daran, weil ich plötzlich ein Band zwischen uns spüre. Das erfüllt mich mit einer seltsamen Ruhe und Zufriedenheit. Nur eines treibt mich noch um: »Habe ich einen Namen?«

»Deine Mutter hat dir nie einen gegeben. Aber wenn du möchtest, kannst du dir gern einen Namen überlegen, bei dem ich dich in Zukunft nennen soll. Trotzdem bleibst du für mich immer mein Schneewittchen, mein Herz und meine Seele, mein Ein und Alles.«

In mir regt sich Widerstand, während ich durch den Tunnel auf die schönen Blumen zugehe. Es ist noch so weit bis dahin, doch ihr rotes Leuchten zieht mich magisch an, alles in mir sehnt sich danach, endlich dort anzukommen, weil am Ende des Tunnels bestimmt auch die bunten Vögel auf mich warten. Ich könnte schneller gehen, allerdings hält mich eine Frage zurück, die ich noch stellen muss.

Es dringt jedoch nur ein heiseres Keuchen aus meinem Mund. Also deute ich mit letzter Kraft auf eine der eiternden Wunden, während ich in den Armen meines Harlekins liege und er mir unentwegt über den Kopf streichelt. Ich hätte auch eine der Narben nehmen oder auf einen der Knochen zeigen können, der mal gebrochen war, weil ich aus dem Bett gefallen bin, jedes Mal versehentlich, oder auf meinen schmerzenden Bauch – alles in der Hoffnung, dass mein Harlekin mir erklärt, wie er mich lieben und mir gleichzeitig diese Misshandlungen zufügen kann. Warum verletzt er mich absichtlich, nur um mich anschließend wieder gesund zu pflegen? Warum fügt er mir Schmerzen zu, nur um mich danach zu trösten? Es ist, als gäbe es meinen Harlekin doppelt.

Mit diesem Gedanken verschwimmen die Bilder vor meinen Augen, im Tunnel bildet sich ein Fluss, dessen warmes Wasser mich trägt, mühelos, hin zu den roten Rosen.

Endlich kann ich schwimmen.

»Ich weiß, deine Wunden tun weh, aber sie werden heilen. Wie möchtest du denn nun heißen, mein Schneewittchen? Fällt dir ein schöner Name ein? Warum antwortest du denn nicht? Schneewittchen? Um Gottes willen, du atmest ja gar nicht mehr. Du kannst doch nicht einfach so gehen. Wir wollten uns doch noch den Sternenhimmel anschauen. Schläfst du vielleicht nur tief und fest? Nein, dein Herz schlägt nicht mehr. Wie ist das denn möglich? Ich habe mich doch immer gut um dich gekümmert und alles für dich getan, ist es nicht so? Warum hast du mich verlassen? Du warst doch mein Leben. Und du hast mir nicht mal Tschüss gesagt. Hast mich einfach allein gelassen. Nun muss ich mich für immer von dir verabschieden. Wie kannst du mir das nur antun?«

48

Und wieder war es Frau Rose gewesen. So viele Leben, wie diese gute Frau nun schon gerettet hatte ... dafür sollte man ihr bald eine Medaille verleihen. Und ebenso Helen. Hätte sie nicht den Notanker gesetzt, indem sie Frau Rose noch von zu Hause aus in einer Nachricht mitgeteilt hatte, dass sie in den Stollen in den Kräherwald steigen würden und Frau Rose, sollte Helen in einer Stunde nicht erreichbar sein, die Kripo und den Rettungsdienst informieren solle, wären sie beide unter der Erde umgekommen.

»Um Helen steht es leider ziemlich schlecht«, sagte Frau Rose, die nach der Bergungsaktion nicht von Tessas Seite gewichen und auch in der Notaufnahme gleich wieder zur Stelle gewesen war, um ihre Hand zu halten, während Tessa mit einer Sauerstoffmaske auf dem Gesicht und einer Klemme am kleinen Finger, die Puls und Sauerstoffsättigung kontrollierte, mit dem Überwachungsmonitor verkabelt in diesem Raum voller Medizin lag. »Sie ist auf die Intensivstation verlegt worden, weil sie das Bewusstsein noch nicht wiedererlangt hat und intubiert werden musste, damit sie hochdosiert mit Sauerstoff versorgt werden kann.«

»Aber sie wird doch durchkommen?«, fragte Tessa und erschrak vor ihrer eigenen Stimme, die gedämpft und seltsam fremd hinter der Sauerstoffmaske klang. Sie machte sich die größten Vorwürfe, in ihrem Egoismus bei der Suche nach Julian das Leben ihrer Freundin aufs Spiel gesetzt zu haben. Der Schmerz in ihr, diese verdammte Lücke, hatte sie jenseits aller Vernunft handeln lassen. Das war keine Entschuldigung, jedoch der Grund ihrer Verzweiflung. Was, wenn Helen nicht überlebte? Weil sie wie blind auf diese Hellseherin gehört hatte?

Die Ärztin, die mit dem Rücken zu ihr an einem im Anschluss an die lange Arbeitszeile stehenden PC saß, um ihre Daten zu erfassen und den Hergang des Geschehens zu klären, drehte sich zu ihr um. »Keine Sorge, Ihre Freundin wird das schaffen. Für das Ausbleiben eventueller Spätfolgen wie Schwindel, Gedächtnisstörungen oder Depressionen kann man keine Garantie übernehmen, aber nach einer Sauerstofftherapie und zwei, drei Tagen bei uns wird sie entlassen werden können. Da haben Sie wirklich noch mal Glück im Unglück gehabt. Nur ein paar Minuten später, und es wäre vorbei gewesen. Sie können Ihrer Lebensretterin wirklich dankbar sein.«

Frau Rose bekam rote Wangen, senkte den Blick und winkte ab.

»Sind Sie in der Lage, mir ein paar Fragen zu beantworten?«, fuhr die Ärztin an Tessa gewandt fort, und sie nickte. »Sind bei Ihnen irgendwelche Allergien bekannt?«

Tessa schüttelte den Kopf.

»Gibt es irgendwelche chronischen Erkrankungen? Diabetes, Herz, Lunge? Irgendwelche schweren Operationen gehabt?«

»Nein«, sagte Tessa, kaum dass die Ärztin ausgesprochen hatte.

»Besteht bei Ihnen eine Schwangerschaft?«

Tessa wollte wieder so schnell antworten, doch auf einmal stockte sie. Wann hatte sie ihre letzte Blutung gehabt? Darauf hatte sie in letzter Zeit gar nicht geachtet, andere Dinge waren wichtiger gewesen. Fieberhaft rechnete sie zurück, doch die Ärztin hatte ihr Zögern längst bemerkt.

»Dann werden wir wohl mal besser einen Test veranlassen. Blut haben wir ja schon abgenommen, aber es wäre schön, wenn wir noch etwas Urin bekommen könnten, dann haben wir schneller ein Ergebnis.«

Tessa konnte gar nicht so schnell reagieren, wie ihr die Ärztin eine Bettpfanne unterschob. Völlig irritiert versuchte sie sich krampfhaft daran zu erinnern, wann sie zuletzt ihre Tage gehabt und vor allem, wann sie mit Leander geschlafen hatte.

»Oh Gott, ich glaube, ich bin überfällig«, sagte sie an Frau Rose gewandt.

Die streichelte ihr beruhigend die Hand. »Es wird schon alles gut werden. Das können auch die Nerven sein, Stress bringt den Zyklus leicht durcheinander. Versuchen Sie, sich zu entspannen, auch damit das mit dem Urin klappt. Na also, wunderbar.«

Kurz darauf zog Frau Rose die Metallschale hervor und stellte sie auf die Arbeitszeile, weil die Ärztin wieder am Tippen war.

»Oh, sehr aufmerksam, vielen Dank. Sie sind ja eine wunderbare Assistentin, wir haben starken Personalmangel, kann ich Sie einstellen?«, fragte die Ärztin mit einem Augenzwinkern. An Tessa gewandt ergänzte sie: »Waren Sie im Stollen zu jedem Zeitpunkt bei Bewusstsein?«

Wie kann sie nur so schnell wieder zu ihrem Amnesiebogen wie zu einer Tagesordnung übergehen, dachte Tessa, während sie noch mit einer ganz anderen Frage beschäftigt war.

»Falls ich schwanger bin – wird mein Baby das überhaupt überleben?«

»Das ist in so einem frühen Stadium schwer zu sagen. Es ist aber durchaus möglich. Das hängt auch von der Schwere Ihrer Kohlenmonoxid-Vergiftung ab. Also, waren Sie irgendwann ohnmächtig?«, wiederholte die Ärztin.

»Nein. Mir war schwindlig, ich hatte Herzklopfen und Kopfschmerzen. Als ich auch noch die Faulgase gerochen habe, bin ich so schnell es ging zurück zu Helen gelaufen und habe sie zum Ausgang gezogen. Viel weiter wäre ich allerdings nicht mehr gekommen, dann wäre auch ich ohnmächtig geworden. Doch da sind mir zum Glück die Retter entgegengekommen.«

»Gut«, sagte die Ärztin, nachdem sie fertig getippt hatte, in einem Ton, als hätte sie soeben die Einkaufsliste geschrieben. »Wir kümmern uns dann gleich wieder um Sie, und nachher werden Sie auf Station gebracht. Heute Nacht müssen wir Sie hierbehalten.«

Nachdem die Ärztin den Raum verlassen hatte, rollte Tessa die erste Träne über die Wange.

»Wann hört dieses Unglück endlich auf?«, fragte sie und schaute Frau Rose an, als wüsste diese die Antwort darauf.

Ihr zugewandt, hielt die gute Dame unablässig ihre Hand, als säße sie am Bett eines Kindes. Es tat gut, Frau Roses Fürsorge zu spüren.

»Es ist doch alles noch mal gut gegangen«, tröstete sie sie und schenkte ihr einen warmen Blick. »Helen wird wieder gesund, und wenn Sie tatsächlich schwanger sind, dann ist das doch ein Grund zur Freude!«

Tessa schwieg und schloss die Augen. Ein Baby im Austausch gegen Julian – war es das, was der sogenannte liebe Gott, das

Schicksal oder wer auch immer mit ihr im Schilde führte? Wie unmenschlich allein der Gedanke war, wie unvorstellbar, sich auf ein Baby zu freuen, solange Julian verschwunden blieb.

Immer würde das schreckliche Gefühl bleiben, ihren Sohn ersetzt zu haben, auch wenn dieser Gedanke bestimmt nicht richtig war. Und was war mit Leander? Ihre Beziehung zu ihm hatte sich noch nicht gefestigt, sie wusste ja nicht einmal, wer er wirklich war. Nur, wenn sie nicht hätte schwanger werden wollen, hätte sie auch besser aufpassen müssen. Das hatten sie unter diesen Umständen aber beide nicht getan, und hinterher schwang sich die Moralkeule immer leicht.

Tessa horchte auf die Geräusche des Überwachungsmonitors und damit auf ihr Herz, das gleichmäßig schlug, und wäre vor Erschöpfung darüber fast eingeschlafen, als die Tür aufging, eine strahlende Schwester hereinkam und mit einem Laborzettel winkte.

»Wir haben eine freudige Nachricht für Sie.«

»Oh, wie wundervoll«, rief Frau Rose, ehe Tessa überhaupt reagieren konnte. »Ich freue mich so für Sie.«

Die Schwester nickte. »Herzlichen Glückwunsch, Sie sind schwanger.«

Eine heiße Flutwelle überrollte Tessa. Freude, dachte sie, alle sprechen nur von Freude. Davon spürte sie, wenn sie ehrlich war, in diesem Moment gar nichts. Dafür umso mehr Angst. Sie verzog den Mund zu einem Lächeln, weil ihre Umgebung das offenkundig gerade von ihr erwartete.

»Vielen Dank«, sagte sie hölzern. Dann liefen ihr die Tränen übers Gesicht. Den wahren Grund dafür kannte nur sie.

49

Gemeinsam mit Frau Rose durfte sie Helen tatsächlich drei Tage später aus dem Krankenhaus abholen. Einen Platz auf der Rückbank nahm ein sorgsam mit einem karierten Tuch abgedeckter Weidenkorb ein, in dem sich Frau Roses unvergleichliches Gulasch befand, bei dem selbst Tessa Appetit bekam, als sie kurze Zeit später alle drei bei Helen um den Tisch saßen.

Erleichtert über die gesunde Gesichtsfarbe ihrer Freundin aß Tessa mit Genuss, wie es ihr seit Langem nicht mehr möglich gewesen war. Wie unvorstellbar, dass Helen nicht überlebt hätte.

Ihr zunehmender Appetit hatte natürlich auch noch andere Gründe, mit denen sie sich in den vergangenen Tagen auseinandergesetzt hatte. Der erste Schock hatte sich mittlerweile gelegt, und sie begann, wenn auch verhalten, sich auf das Kind zu freuen. Dennoch gab es viele Zweifel, vor allem, weil sie nicht wusste, ob sie mit Leander sprechen sollte.

Die Einzige, die gerade mit gesundheitlichen Problemen zu kämpfen hatte, war Frau Rose, die sich, als sie aufgegessen hatte, mit einem dringenden Bedürfnis entschuldigte und, nachdem sie von der Toilette wiederkam, meinte, dass sie jetzt wohl besser nach Hause fahren und sich etwas hinlegen sollte. Da sie dabei nervös an ihrem Rock herumzupfte, gewann Tessa den Eindruck, dass ihr wohl ein Malheur passiert war und sie sich umziehen musste.

Helen begann gerade den Tisch abzuräumen, als Tessas Handy piepte.

Der Messenger meldete eine Nachricht auf Facebook.

Als hätte sie ein Streichholz entzündet, flammte die Hoffnung wieder auf, auch wenn sie sich geschworen hatte, nicht mehr so zu reagieren.

Ihr Atem ging flach, als sie auf das blaue Symbol mit der roten Eins drückte.

Eine Frau namens Mirawe Punkt hatte ihr geschrieben. Seltsamer Name, dachte Tessa, bis sie ihn noch einmal las. Mira W.

Hallo Frau Steinwart.
Ich denke, Sie wissen, dass auf Facebook derzeit ein Zettel geteilt wird, den ich geschrieben habe. Ich habe mir lange überlegt, ob ich mich melden soll, allerdings möchte ich nicht mit Frau Rose sprechen, deshalb wende ich mich an Sie. Ich weiß, dass Sie mit meinem Vater zusammen sind, und ich möchte gern mit Ihnen reden. Aber nur mit Ihnen. Am besten heute noch und nicht in der Öffentlichkeit. Ich habe einige wichtige Informationen für Sie, die Sie möglicherweise auf die Spur Ihres Sohnes bringen. Aber ich will Ihnen nicht zu viel Hoffnung machen. Anbei meine Adresse. Bitte schreiben Sie mir, wann Sie kommen können.
Mira

Die Adresse lag in einer Stuttgarter Wohngegend. Aufgewühlt überlegte Tessa, was sie zurückschreiben sollte, sie wusste gar nicht, wo sie anfangen sollte. Leanders Tochter lebte, und sie konnte eventuell einen entscheidenden Hinweis auf Julian geben. Was für ein Leben führte Mira nun, und weshalb hatte sie ihren Vater in dieser schrecklichen Ungewissheit gelassen? Sie klickte auf Miras Profil.

Eine Frau mit langen schwarzen Haaren, nachdenklichem Blick aus blauen Augen und einem wunderschönen Gesicht schaute ihr entgegen. Mit ihrem Vater hatte sie nicht so viel Ähnlichkeit, bis auf die dunklen Haare und die großen Augen. Offenkundig kam sie äußerlich mehr nach ihrer Mutter. Was wusste sie über Julian? Hatte sie der Medienberichterstattung entnommen, dass ihr Koffer im Zusammenhang mit dem Entführungsfall stand? Und woher hatte sie erfahren, dass ihr Vater eine neue Beziehung hatte, und ihren Namen herausgefunden?

Miras Beziehungsstatus verriet, dass sie verlobt war, und die Fotos auf ihrer Pinnwand zeigten sie mit einem etwas älteren, sympathisch wirkenden Mann an ihrer Seite, mit dem sie unter anderem in einem schicken Kaffeehaus, im Cabrio vor einer sommerlichen Bergkulisse und irgendwo am Meer unter Palmen zu sehen war.

Mira schien in ein glückliches Leben gefunden zu haben, so wie Leander sich das immer erträumt hatte.

Eine Träne schlich sich aus Tessas Augenwinkel und rollte über ihre Wange. Fotos von Leanders Enkelkind hatte Mira nicht auf ihre Seite gestellt, allerdings fand Tessa das sehr vernünftig. Auch ihre Freundesliste war nicht einsehbar, was zwar nicht im Sinne von Facebook, aber in dem des Datenschutzes war.

Tessa las erneut die Nachricht, in der Leanders Tochter um ein Treffen unter vier Augen bat, und bemerkte dabei, dass Mira wieder online war.

Fahre sofort los, schrieb sie, und dasselbe sagte sie zu Helen, die gerade aus der Küche zurückkehrte und wie vom Donner gerührt verharrte.

Bruchstückhaft teilte Tessa ihr die wichtigsten Neuigkeiten mit und machte sich auf den Weg.

Die Lenzhalde gehörte mit zu den besten Wohngegenden Stuttgarts, eine Hangstraße, die sich wie ein gemächlicher Fluss in unregelmäßigen Schleifen vom Kräherwald hinunter in den Stuttgarter Kessel schlängelte.

Der Kräherwald. In diese unheilvolle Gegend kam nun endlich ein Lichtblick. So nah war Leanders Tochter die ganze Zeit gewesen, und doch hatte sie offenbar ihre Gründe, keinen Kontakt zu ihrem Vater aufzunehmen. Je näher Tessa der genannten Hausnummer kam, desto mehr ging sie vom Gas.

Eindrucksvolle Stadtvillen in herrschaftlichen Gärten folgten in lockerem Abstand aufeinander, allesamt so an den steilen Hang gebaut, dass viele Grundstücke zur Straße hin mit einer hohen Mauer befestigt waren, in der sich gleichzeitig die Tore der Garageneinfahrten befanden.

Tessa hielt am Straßenrand auf Höhe einer beigegelb gestrichenen Villa mit mahagonifarbenen Fensterläden und stieg aus, nachdem sie die Hausnummer überprüft hatte, die als Messingzahl an einer verwitterten, mit Efeu bewachsenen und moosfleckigen Mauer hing, die in starkem Kontrast zur makellosen Villenfassade stand.

Am eisenvergitterten Rundbogentor fand Tessa einen kleinen Klingelknopf ohne Namensschild. Etwas unsicher, ob sie wirklich richtig war und er überhaupt funktionierte, drückte sie drauf.

Wie man sich in so einer Lebensumgebung als junge Frau

wohlfühlen konnte, war Tessa unverständlich, doch Mira schien glücklich zu sein, und ihr Mann hatte augenscheinlich genug Geld auf dem Konto und damit seine Gründe, sich hinter Gittern zu verschanzen und seine vier Wände mit einer gut an der Hauswand sichtbaren Alarmanlage zu sichern.

Der Summer ertönte, und Tessa folgte den in zwei Serpentinen durch den Garten verlaufenden ausgetretenen Steinstufen an Buchsbaum-Artefakten vorbei hinauf zum Eingang der Villa, der sich als überraschend schlichte Tür präsentierte.

Sie stand halb offen.

In der Erwartung, dass Mira gleich erscheinen würde, wartete Tessa aufgeregt ab, doch nichts rührte sich im Inneren des Hauses. Weit in den Flur hineinschauen konnte sie nicht, lediglich einen rotbraunen Läufer mit goldenem Perserteppichmuster konnte sie erkennen.

»Hallo?«, rief sie halblaut. Vielleicht hatte Mira schnell zurück an den Herd gemusst oder erwartete ganz einfach, dass ihre Gäste den Weg bis ins Haus fanden und sich dann erneut bemerkbar machten, damit sie nicht die ganze Zeit an der Tür stehen und warten musste. Aber merkwürdig war das schon.

Mit zwei Fingern stupste sie vorsichtig gegen den formschönen Messingknauf, sodass die Tür ganz aufschwang und den Blick bis ins Wohnzimmer auf einen rankenvergitterten Ausgang zur Terrasse freigab.

Tessa rief sich Miras Foto in Erinnerung: Bei aller Liebe, dachte sie und konnte sich noch immer nicht vorstellen, dass eine Anfang Dreißigjährige hier glücklich leben konnte.

»Mira?« Tessa hatte ihre Stimme etwas erhoben.

»Ich bin hier unten und mache die Wäsche«, tönte es mit einem verzerrten Nachhall aus dem Keller. »Kommen Sie ruhig zu mir.«

Ziemlich baff ging Tessa bis zur Treppe. Das war ja eine seltsam vertraute Art der Begrüßung – und eine Form des Gesprächsbeginns, der sie nicht so recht folgen mochte. Doch wäre es von ihrer Seite höflich, sich querzustellen?

Etwas verstimmt trat Tessa den Gang nach unten an, doch schließlich ging es um weit wichtigere Dinge als die banale Frage, wo die erste Begegnung stattfinden sollte. Und wenn Mira es so haben wollte, würden sie eben in der Waschküche aufeinandertreffen. Gut möglich, dass sie psychologisch gesehen diesen Anstrich von Normalität und Alltag brauchte, um über andere Dinge besser reden zu können.

Als Tessa den Raum erreichte, in dem sie den Wäscheständer klappern hörte, blieb sie überrascht stehen.

»Frau Rose? Was machen Sie denn hier?« Tessa brauchte einen Moment, um die Situation zu erfassen. Keine Spur von Mira. Auch kein Wäscheberg. Nur Frau Rose, achselzuckend mitten im Raum mit einem Tuch und einer offenen Wasserflasche in der Hand.

»Ich wohne hier, das heißt, ich habe bis zum Tod meines Mannes hier gewohnt. Das Haus gehört mir noch immer. Wir sind am Ziel unserer Schnitzeljagd angekommen, Tessa, aber Sie haben das Spiel leider verloren.«

Tessa wollte etwas entgegnen, doch da atmete sie bereits gegen das Tuch, das Frau Rose auf ihr Gesicht presste, und ihre Knie gaben augenblicklich nach.

50

Als Tessa wieder zu sich kam, schlugen ihre Zähne aufeinander, und sie lag zitternd auf dem kalten Steinboden. Jedoch nicht in der Waschküche, sondern in einem wesentlich kleineren Raum, in dem sie, noch halb benommen, die Metallfüße eines Bettes erblickte. Eines Hochbettes.

Blinzelnd drehte sie ihren Kopf auf die andere Seite und entdeckte eine Stahltür.

Schlagartig wurde ihr bewusst, wo sie sich befand. Ihre bleiernen Glieder machten es ihr schwer, sich aufzurappeln.

»Na, ausgeschlafen?«

Noch auf den Knien, fuhr Tessa herum. In der Ecke saß Frau Rose auf einer merkwürdigen Fahrradkonstruktion und trat entspannt in die Pedale.

»*Sie* sind der Harlekin? *Sie* haben das unbekannte Mädchen aus dem Neckar auf dem Gewissen?« Tessa rappelte sich auf und musste an sich halten, nicht auf die Frau loszugehen, der sie bedingungslos vertraut und die ihr vorgegaukelt hatte, mit ihr zu leiden und bei der Suche nach Julian zu helfen. »Wo ist mein Sohn?«, presste sie hervor.

Frau Rose gab einen abgrundtiefen Seufzer von sich. »Ich sagte es doch bereits, Sie haben das Spiel verloren, Tessa. Dabei waren die Regeln und Aufgaben so einfach. Erstens: ›Du gehörst mir.‹ Zweitens: ›Nur weil du die Augen offen hast, glaubst du, du siehst.‹ Drittens: ›Was ist das Schwerste von allem? – Was dir das Leichteste dünkt: Mit den Augen zu sehen, was vor Augen dir liegt.‹ Mir hat unsere Schnitzeljagd am Ende keinen Spaß mehr gemacht, weil ich erkannt habe, dass Sie genau wie die anderen bis in alle Ewigkeit blind durch die Gegend rennen würden. Das konnte ich nicht mehr mit ansehen. Der Hellseherin haben Sie geglaubt, aber meine Hinweise ignoriert. Wobei ich zugeben muss, dass sie dicht an der Wahrheit lag. Nachdem mir Helen geschrieben hat, dass Sie in den Stollen einsteigen wollen, dachte ich, diesen letzten Spaß erlaube ich mir noch, denn eigentlich war genau das der Plan gewesen. Meine Markierung mit dem Stofffetzen hatten Sie aber ja zunächst ignoriert, und ich war schon sauer, dass ich ganz umsonst in den Stollen eingestiegen war, den ich noch aus Erzählungen meiner Eltern kannte, um diese letzte falsche Spur zu legen. Nun wurde es aber doch noch ein netter Höhepunkt unserer Schnitzeljagd, oder? Es wäre schade gewesen, wenn Sie ihn verpasst hätten. Doch irgendwann muss es auch mal gut sein mit dem Vergnügen, und so habe ich das Spiel beendet, mich zur Siegerin ernannt und mir meinen Gewinn genommen.«

Tessa wurde übel. Diese Frau, die ihr derart gelassen gegenübersaß und mit freundlichem Blick ihre Ungeheuerlichkeiten von sich gab, hatte sie zu kennen geglaubt. Sie hatte ihr Wesen sehr geschätzt und ihr vertrauensvoll in die Hände gegeben, was ihr am wertvollsten war.

Ungläubig forschte Tessa in der Miene von Frau Rose, ob in ihrem Ausdruck irgendetwas versteckt lag, das sie hätte alarmieren müssen. Doch sie fand nichts. Kein diabolisches Lächeln, kein irrer Blick, stattdessen gütige Gesichtszüge und sanfte Augen.

Diese Frau hatte neulich ganz ruhig darüber gesprochen, dass ein Mensch wohl zwei Gesichter haben müsse, um ein Kind zu entführen, es sogar zu töten und danach unauffällig weiterleben zu können. Genau das war ihr in Perfektion gelungen.

Tessa lief ein Schauer über den Rücken. Sie musste daran denken, dass da ein kleines Wesen in ihrem Bauch heranwuchs, das es zu schützen galt, während sie gleichzeitig auf Rache an dieser Frau schwor. Mit ihrer Beherrschung war es vorbei.

»Was haben Sie mit meinem Sohn gemacht?«, schrie Tessa.

»Nicht so laut.« Frau Rose legte missbilligend den Zeigefinger über ihre Lippen und gab unduldsame Schnalzlaute von sich. »Sagte ich es nicht? Regel Nummer zwei und drei: Augen auf.« Mit einem Kopfnicken deutete Frau Rose auf das Kinder-Hochbett in Tessas Rücken. »Nicht aufwecken. Julian braucht seinen Schlaf, schließlich muss er wieder ges–«

Mit einem Freudenschrei sprang Tessa auf, stürzte zu ihrem Sohn und bedeckte ihn mit Küssen. Tränen fielen auf sein bleiches Gesicht, benetzten seine ausgehöhlten Wangen.

Julian lebte! Er sah schlecht aus, aber er lebte! Fast hätte sie daran nicht mehr geglaubt. Was für ein unbeschreibliches Gefühl, ihn streicheln zu können, seine weiche Haut zu spüren, ihre Nase in seinen Haaren zu vergraben und seinen Geruch einzusaugen, voller Dankbarkeit.

Sie konnte gar nicht von ihm lassen, flüsterte seinen Namen und drückte seine Hand, um zu begreifen, dass sie ihren Sohn nach achtzehn qualvollen Tagen tatsächlich wiederbekommen hatte – dass dieser Alptraum nun ein Ende hatte.

Da bemerkte sie, dass Julian sich nicht rührte und sogar unter dem Überschwang ihrer Gefühle einfach weiterschlief, was für ihn nicht typisch war, weil er sonst bei jeder Berührung gleich hochfuhr.

»Julian? Wach auf, Mama ist da.« Sie rüttelte sanft an seiner Schulter, jedoch ohne Wirkung.

Schlagartig bekam sie Schweißausbrüche. Sie legte eine Hand auf Julians schmalen Brustkorb und suchte mit der anderen seinen Puls. Verzweifelt, immer nervöser.

Da war nichts.

Sie musste sich am Bett festhalten, weil sie das Gefühl hatte, der Boden würde unter ihr nachgeben und sie ins Endlose fallen. »Was haben Sie mit ihm gemacht?«, brachte sie unter Tränen vor.

»Nichts«, gab Frau Rose ehrlich verwundert von sich. »Ich habe ihm nur ein leichtes Schlafmittel gegeben und zwischendurch immer mal wieder ein Sedativum, damit er sich nicht so aufregte, wenn ich ihn mal allein lassen musste. Schließlich haben Sie mich ganz schön auf Trab gehalten, ich hätte ja selbst auch nicht gedacht, dass unsere Schnitzeljagd so lange dauert. Ich wäre sonst viel mehr bei Julian geblieben. Aber was hatte ich bei Ihrer Begriffsstutzigkeit und Ihrem Bedürfnis nach Zuspruch für eine andere Wahl, als Julian ein paar Medikamente zu verabreichen, damit er schön schläft und ich ruhigen Gewissens sein konnte, dass ihm nichts passiert? Ich hatte Ihnen immerhin das Versprechen gegeben, Julian wie meinen Augapfel zu hüten.«

»Sie sind ja krank!«, entfuhr es Tessa.

»Nein, ich bin normal. Vielleicht sogar zu normal. Sonst hätten Sie schon viel eher erkannt, wer Ihnen diese kleine Lehre erteilt hat.«

Tessa fühlte sich von einem solchen Strudel erfasst, dass sie kaum mehr klar denken konnte. »Mir, eine kleine Lehre?«, echote sie. »Ich dachte immer, Julian hätte Ihnen sein Leben zu verdanken, dabei sind Sie im Begriff, ihn umzubringen! Sie sind doch medizinisch ausgebildet, Sie müssten wissen, dass solche Medikamente für ein Kleinkind lebensgefährlich sind.«

»Natürlich weiß ich das«, entgegnete Frau Rose gelangweilt. »Keine Sorge. Julian lebt. Halten Sie Ihren Finger unter seine Nase, dann spüren Sie seine Atmung. Sie ist ziemlich flach, und sein Puls ist schwach, trotzdem geht es ihm gut. Schließlich bin ich bei ihm und gebe auf ihn acht.«

»Julian muss sofort in ein Krankenhaus. Er wird sonst sterben!«

»Was für ein Unsinn. Sie übertreiben maßlos. Ich habe alles im Griff. Das habe ich Ihnen schon früher mehrfach bewiesen. Wäre ich nicht mit ihm ins Krankenhaus gefahren, als er sich den ganzen Nachmittag erbrechen musste, hätte Julian dehydrieren können, und das andere Mal haben Ihnen sogar die Ärzte bestätigt, dass er die Sepsis nur überleben konnte, weil ich sie rechtzeitig erkannt habe. Ich habe ihn außerdem weiter mit Antibiotikum behandelt, nachdem ich ihn aus dem Krankenhaus geholt habe. Wollen Sie noch mehr Beweise?«

Tessa wurde heiß und kalt zugleich. »Rechtzeitig erkannt … Sie wussten, was mit Julian los ist, weil Sie ihm diese Krankheiten absichtlich zugefügt haben, geben Sie es zu! Und das nur, um von Ihrem Umfeld Aufmerksamkeit und Bestätigung zu bekommen, wie gut Sie auf Julian aufpassen und ihn pflegen können. Was sind Sie nur für ein krankes Monster.«

»Wie kommen Sie dazu, mich so zu beleidigen, nach allem, was ich für Sie getan habe?«

Fassungslos starrte Tessa Frau Rose an. Langsam begann sie das Ausmaß des Horrors zu begreifen, allerdings mehr wie in einem Alptraum, in dem sie nur Zaungast war und alles seltsam verzerrt erschien, obwohl sie sich im Mittelpunkt der Handlung befand.

Auf Frau Roses Irrsinn gab es keine Antwort, aber Fragen

hatte Tessa jede Menge. »Und Mira haben Sie dazu benutzt, mich hierherzulocken? Wo ist sie?«

Frau Rose machte eine vage Geste nach oben. »Mira liegt im Garten unter der Linde.«

Jetzt erst begriff Tessa, und ihr blieb die Luft weg.

Lächelnd erklärte Frau Rose: »Nicht Mira, sondern ich habe Sie über Facebook angeschrieben. War keine große Sache, ein paar Fotos von der Pinnwand einer jungen Frau zu nehmen, die so aussah, wie ich mir Mira heute vorstelle, und ein Fake-Profil unter ihrem Namen zu erstellen.«

»So etwas ist strafbar«, entfuhr es Tessa, ehe ihr bewusst wurde, dass das wohl die kleinste von Frau Roses Verfehlungen war.

»Ich habe alles richtig gemacht, als ich das Baby damals auf Miras verzweifelte Bitte hin in meine Obhut nahm. Den Zettel, auf dem sie mir dafür von Herzen gedankt hat, habe ich Ihnen ja gezeigt.«

»Aber Mira ist tot!«

»Na ja, sie hätte eben wegbleiben und nicht drei Wochen nach der Geburt plötzlich wieder vor meiner Tür stehen sollen. Nachdem sie ihr Baby in dieser kuscheligen und sicheren Höhle hier gesehen hatte, wollte sie es unbedingt wiederhaben. Dabei ging es der Kleinen doch gut, und ich habe mich wirklich jede Minute um das Würmchen gekümmert. Ich war dem Himmel so dankbar, dass ich fast genau ein Jahr nach dem Verschwinden meiner Sarah dieses wundervolle Mädchen bekommen hatte – und was man einmal als Geschenk erhalten hat, gibt man nicht wieder zurück. Das wollte Mira leider nicht einsehen.«

»Sie sind ja wirklich jenseits von Gut und Böse«, stieß Tessa hervor. Ihre Stimme schwankte dabei.

»Ich spreche nur die Tatsachen aus.«

»Haben Sie überhaupt eine Vorstellung davon, wie Leander all die Jahre gelitten hat, weil er nicht wusste, was mit seiner Tochter geschehen ist? Weil er sich ständig gefragt hat, ob sie lebt oder ob er die Hoffnung besser begraben soll – ohne ein Grab, an dem er trauern kann.«

»Ja, allerdings. Ich weiß sehr genau, wie das ist. Ich habe selbst lange genug in dieser grauenvollen Ungewissheit gelebt. Und Sie kennen dieses Gefühl nun ebenso, genau wie den unerträglichen Schmerz, als ob einem das eigene Herz herausgerissen wird. Darum dachte ich auch, Sie und Leander würden gut zusammenpassen. Sie sollten jemanden an Ihrer Seite haben, nachdem ich Julian zu mir genommen habe. Ich bin ja kein Unmensch, Sie können mir nicht vorwerfen, ich hätte bei meinem Plan nicht an Ihren Schmerz gedacht. Es war nur gut gemeint.«

»*Was* war gut gemeint?«

»Na, ich habe ein bisschen Schicksal gespielt und mich bei Facebook unter Ihrem Namen eingeloggt. Was schauen Sie mich so an? Wenn Sie so etwas hätten verhindern wollen, hätten Sie nicht ›Julian1511‹ als Passwort nehmen sollen. Wie simpel gestrickt so eine Datenkombination ist, weiß ja nun wirklich jedes Kind. Ich habe Leander Weißmann in Ihrem Namen eine Freundschaftsanfrage geschickt. Dass sich zwischen Ihnen sogar eine Beziehung entwickelt und Sie nun ein Kind von ihm erwarten, ist wiederum ein wahrer Glücksfall für mich. So wird Julian immer jemanden zum Spielen haben – das hat meinem Schneewittchen zugegebenermaßen gefehlt.«

»Schneewittchen? So haben Sie Miras Tochter genannt? Wissen Sie eigentlich, wie viele Misshandlungen Sie dem Mädchen zugefügt haben? Sie aufzulisten hat der Tübinger Rechtsmedizin die längste Obduktion in ihrer Geschichte beschert.«

»Was kann ich dafür, wenn heutzutage so langsam gearbeitet wird? Und das waren keine Misshandlungen. Das waren versehentliche Knochenbrüche, weil mein Schneewittchen ein paarmal im Schlaf vom Hochbett gefallen ist. Auch die kreisrunden Narben sind nichts weiter als der Beweis dafür, dass ich die eitrigen Wunden richtig behandelt habe, sodass sie abheilen konnten. Dass mein Schneewittchen nun tot ist, ist ein grauenvoller Verlust für mich. Ich habe mich doch immer so gut um sie gekümmert. Sie sollte nicht sterben, es war ein Versehen. Ehrlich.«

Nach diesen schockierenden Äußerungen musste Tessa erst mal ihren Atem wiederfinden. »Im Schlaf vom Hochbett gefallen?« Demonstrativ griff sie an den Rausfallschutz und zog dabei zornig die Augenbrauen hoch.

»Ich kann mir auch nicht erklären, wie das passieren konnte. Wahrscheinlich ein unruhiger Schlaf, wie Kinder ihn schon mal haben. Jedenfalls habe ich Gipsverbände gemacht, und alles ist sehr gut zusammengewachsen, das wird Ihnen bestimmt auch der Rechtsmediziner bestätigen können.«

»Ich möchte jede Wette eingehen, dass Julian in der Wilhelma überhaupt nicht hingefallen ist, weil er sich nach dem Pfau umgedreht hat, sondern dass Sie vielmehr seinen Sturz provoziert haben.«

»Nun ist es aber genug mit Ihren üblen Unterstellungen. Julian ist hingefallen, das kann immer mal passieren, und ich habe seine Wunde sofort versorgt.«

»Um sie anschließend infizieren zu können! Und was haben Sie ihm verabreicht, damit er sich so stark erbrechen musste? Salzlösung?«

Frau Rose hörte auf, in die Pedale zu treten. »Ich habe ihm nichts gegeben.«

»Nichts? Genauso wenig wie jetzt, da er von diesen Tranquilizern ruhiggestellt daliegt?«

»Es ist doch nur zu seinem Besten«, sagte Frau Rose und verschränkte die Arme vor der Brust.

»Sie werden jetzt sofort diese Tür aufschließen, damit ich Julian ins Krankenhaus bringen kann.«

»Nein. Julian wird diesen Raum nicht mehr verlassen. Dein Sohn gehört jetzt mir. Du hast das Spiel verloren.«

Da war es, das andere Gesicht von Frau Rose. Ein eiskalter Blick, ein erbarmungsloser Ausdruck, aus dem nur noch das erklärte Ziel sprach und keine Emotion.

»Warum Julian? Was habe ich Ihnen denn getan?« Tessa versuchte, ihre Stimme ruhig zu halten, doch sie zitterte hörbar vor Verzweiflung.

»Nichts. Sie haben nichts getan, Tessa, und genau das war Ihr Fehler. Ich hatte freie Hand, weil Sie Ihren Sohn vernachlässigt haben. Es war ja nicht mit anzusehen, wie Sie völlig überarbeitet immer wieder die Nerven an Ihrem Kind verloren haben. Wie leicht hätte Julian etwas zustoßen können, wenn ich nicht auf ihn aufgepasst hätte.«

»Aufgepasst nennen Sie das? Sie sind ja völlig verrückt geworden – oder waren Sie das schon die ganze Zeit? Und von wegen vernachlässigt! Ich habe mich auf Sie verlassen, und ich habe Ihnen gesagt, dass ich mich wieder mehr um Julian kümmern will, verflucht!«

»Ja, da war ich plötzlich abgemeldet und nicht mehr wichtig. Damit haben Sie mir sehr wehgetan. Ich wollte und konnte nicht mehr ohne den Jungen sein, aber das war ja auch nicht nötig, ich musste nur auf eine günstige Gelegenheit warten, die ich bereits kommen sah. Als Sie Julian im Krankenhaus allein gelassen haben, durfte ich mir das Kind nehmen.«

»Nichts und niemand auf der Welt gibt Ihnen das Recht, mein Kind zu entführen!«

»Doch, so kann man das machen. Meine Tochter war damals in der Wilhelma auch nur fünf Minuten lang unbeaufsichtigt.«

»Sie sind die Mutter des entführten Mädchens? Grete Seehofer?«

»Oh, da hat die Journalistin aber ganze Arbeit geleistet. Schon mal etwas davon gehört, dass Grete die Abkürzung von Margarete ist? Und meinen Mädchennamen Rose habe ich wieder angenommen, um nach dem Tod meines Mannes der ständigen Belagerung durch die Medien zu entgehen. Darum bin ich auch in den Asemwald gezogen.«

Tessa war wie elektrisiert. »Haben Sie Ihren Mann auch auf dem Gewissen?«

»Nein, ich habe Ihnen doch erzählt, wie er gestorben ist. Ihm sind die Erdnüsse in der Soße nicht bekommen, dabei hat ihm mein Essen doch so gut geschmeckt. Ich konnte ja nicht ahnen, dass er darauf hochgradig allergisch reagiert. Es war der erste August, gut ein Jahr war vergangen, seitdem Spaziergänger die Leiche unserer Tochter an einen Sonnenschirmständer gebunden, in ein Laken gewickelt und auf Rosen gebettet in der Nähe vom Stadtstrand gefunden und aus dem Neckar gezogen hatten. Und der Mörder lief immer noch frei herum. Mein Mann hatte im Laufe seines Berufslebens sogar schon RAF-Mitglieder enttarnt, war aber nicht in der Lage, den Mörder unserer Tochter zu finden. Er war genauso blind wie die dreißigköpfige Kripo, obwohl der Täter weiterhin in Stuttgart lebte und seiner gewohnten Tätigkeit nachging. Schade, oder?«

Gruselig. Das war alles, was Tessa denken konnte. Garantiert hatte Frau Rose von der Allergie ihres Mannes gewusst, doch sie schien wirklich an ihre Version des Geschehens zu glauben, vermutlich stand darum in ihrer Wohnung im Asemwald auch noch sein Foto auf dem Häkeldeckchen. Sie konnte ihrem Mann tatsächlich tagtäglich in die Augen schauen, obwohl sie ihn umgebracht hatte.

»Und Ihr Mann trug wohl auch die Schuld daran, dass Ihre Tochter in die Hände des Mörders geriet, weil er es war, der sie fünf Minuten allein gelassen hatte?«

Mit abwesendem Blick schaute Frau Rose in Richtung des Hochbettes, dabei schien vor ihrem inneren Auge ein langer Film abzulaufen. Tessa dachte schon, sie würde keine Antwort bekommen, als Frau Rose sagte: »Ich will Ihnen die Wahrheit sagen. Es war so heiß an jenem Tag. Mein Mann war losgegangen, um ein Eis zu kaufen, und meine Tochter saß auf der Bank, weil ihr schwindlig geworden war. Neben mir.«

»Sie waren bei dem Ausflug dabei? Davon stand nichts in der Zeitung.«

»Nein, weil mein Mann wusste, dass ich es nicht verkraften würde, wenn die Wahrheit rauskäme und für unser gesamtes Umfeld in der Zeitung nachzulesen wäre: dass ich nicht fünf Minuten abwarten konnte, bis er wieder zurückkehrte, sondern mir gleich einen Kaffee holen musste, weil mich die schwüle Luft so müde gemacht hatte. Fünf Minuten haben gereicht, um meine Tochter in die Hände eines Kinderschänders fallen zu lassen, woraufhin sie ermordet wurde und mein Leben zerstört war. Sarah war mein ganzes Glück, mein Ein und Alles, das ich nicht beschützen konnte. Auch wenn mein Mann vor den Ermittlern, den Medien, vor Freunden und der Familie die Schuld auf sich nahm und erzählte, er habe unsere Tochter entgegen unserer Absprache allein gelassen, so kannte ich ja doch die Wahrheit und fand keinen Weg aus meinem Schmerz. Bis heute nicht. Wenn ich doch nur die Uhr zurückdrehen könnte. Ich habe nur diesen einen Wunsch, alles wiedergutzumachen.«

Ja, dachte Tessa bitter, indem du Menschen umbringst und meinen Sohn quälst. Aber so langsam verstand Tessa, was in der krank gewordenen Seele ihrer Nachbarin vor sich ging. Weil Frau Rose die Uhr nicht zurückdrehen konnte, heilte sie ihren inneren Schmerz, indem sie ihn unbewusst auf andere übertrug, im festen Glauben, nur das Beste zu tun.

»Dann sollten Sie mich und Julian jetzt freilassen – dann wird alles wieder gut.«

»Das Leben da draußen ist viel zu gefährlich, ist Ihnen das immer noch nicht klar geworden? Selbst in Ihrer eigenen Wohnung waren Sie nicht sicher.«

»Weil *Sie* sich Zugang verschafft und die Rosenblätter auf Julians Bett gelegt haben, ganz zu schweigen von diesem ekligen Schweineauge auf meinen Balkon. Sie haben mich sogar im Bad angegriffen. Und das mit den zerstochenen Autoreifen auf dem Weg ins Krankenhaus waren auch Sie, weil Sie mein Parkversteck kennen.«

Frau Rose zuckte mit den Schultern. »Das hätte ich alles nicht tun müssen, wenn Sie eher begriffen hätten, dass Sie als Mutter jede Minute für Ihr Kind da sein müssen – dann wäre es bei den Rosenblättern auf Julians Laken geblieben. Die waren doch schön.«

Tessa überging die Bemerkung, weil diese Vorstellung von Frau Rose krank und absurd war. »Wie sind Sie überhaupt in meine Wohnung gekommen? Nur Tom hatte den Schlüssel.«

»Beim ersten Mal dachten Sie, ich sei mit Julian in meine Wohnung gegangen, um sein Knie zu verarzten, aber ich war mit meiner Handtasche voller Rosenblüten in seinem Kinderzimmer. Sie haben meine Schritte in Ihrer Wohnung gehört, als ich wieder hinausgegangen bin. Das Schweineauge habe ich auf Ihren Balkon gelegt, als Sie mich wegen meines angeblich nervösen Darms auf der Toilette vermuteten, und in Ihre Wohnung bin ich mit dem Schlüssel gekommen, wie das jeder normale Mensch macht. Ich hatte einen Zweitschlüssel anfertigen lassen. Erinnern Sie sich nicht? Tom gab mir nach dem Schlossaustausch den neuen Schlüssel, weil Sie arbeiten waren. Ich fand es übrigens nie gut, dass Sie Tom Trautner mehr vertraut haben als mir, und ich weiß ganz genau, dass Sie hinter meinem Rücken über mich gelästert haben, was für eine neugierige Nachbarin ich sei. Das war ziemlich infam von Ihnen. Tja, und da Sie mir keinen Schlüssel zu Ihrer Wohnung geben wollten, bekommen Sie auch keinen für diesen Raum. Ich hoffe, Sie fühlen sich die nächsten neun Monate trotzdem wohl hier. Jedenfalls werde ich mich gut um Sie kümmern, und wenn es so weit ist, werde ich Ihnen natürlich auch bei der Geburt zur Seite stehen. Ich freue mich jetzt schon auf das Baby und kann es kaum erwarten.«

Verzweifelt dachte Tessa über eine Fluchtmöglichkeit nach. Wäre sie kräftig genug, Frau Rose zu überwältigen? Nur womit? Es gab nichts, aber auch gar nichts in diesem Verlies, womit ihr das gelingen könnte.

»Tessa …«, hörte sie Frau Roses mahnende Stimme sagen. »Denken Sie nicht mal drüber nach. Haben Sie die Haustür oben hinter sich geschlossen?«

Tessa nickte eilig und wandte sich Julian zu, als würde sie dieses Thema nicht weiter interessieren. Er brauchte einen Arzt, und zwar ziemlich schnell.

Frau Rose gab wieder diese Schnalzlaute von sich. »Sie sind schlimmer als ein kleines Kind. Lassen die Tür offen stehen und lügen noch obendrein. Wenn ich zudem etwas hasse, dann sind es die Dinge, die nicht nach Plan verlaufen, merken Sie sich das.«

Noch ehe Tessa sich wieder umdrehen konnte, spürte sie wieder den festen Druck mit dem Tuch auf ihrem Gesicht.

51

»Tessa ist nicht erreichbar. Es geht immer sofort die Mailbox dran«, erklärte Tom gegenüber Helen, als er unangekündigt bei ihr vor der Haustür stand.

Zunächst reagierte Helen etwas verhalten, doch dann versuchte sie es über ihr eigenes Handy. »Das ist merkwürdig. Sie schaltet es sonst nie aus.«

»Deshalb mache ich mir Sorgen. Wo ist sie denn?«

»Sie wollte zu Leanders Tochter fahren. Mira hat sich fünfzehn Jahre nach ihrem spurlosen Verschwinden via Facebook bei Tessa gemeldet.«

»Wow, das ist ja mal 'ne irre Nachricht. Hat Tessa gesagt, wo genau sie sich treffen?«

»Nein, sie hat diese Nachricht von Mira bekommen, mir völlig aufgeregt ein paar Brocken davon hingeworfen, und dann war sie auch schon weg, vor allem, weil Mira wohl eine Andeutung gemacht hat, sie könne ihr einen Hinweis auf Julian geben.«

»Hat Tessa sonst noch etwas Wichtiges gesagt?«

»Nur dass Leander nichts erfahren soll und Mira sie unbedingt allein sprechen wollte. Das kann ich mir auch gut vorstellen, nachdem sie so lange abgetaucht war.«

»Und dir kam das gar nicht merkwürdig vor?«

»Sollte es das?«

»Immerhin hatte der Harlekin Miras Koffer in seinem Besitz. Es ist nur so ein Gefühl, aber das hat mich in letzter Zeit ein paarmal getrogen.« Er räusperte sich. »Ich denke, ich muss mich bei dir entschuldigen, weil ich dich kurzzeitig in Verdacht gezogen und Tessa vor dir gewarnt habe. Sie hat allerdings immer abgestritten, dass du der Harlekin sein könntest.«

Helen war sichtlich getroffen, fing sich aber relativ schnell wieder. »Schon gut. Ich habe umgekehrt dir misstraut. Im Moment weiß wohl niemand mehr, wem er noch glauben kann. Ich kann mir allerdings nicht vorstellen, dass Mira der Harlekin ist, es spricht zu viel dagegen.«

»Ich kann es mir auch nicht so recht vorstellen, aber vor allem hilft uns das jetzt nicht weiter. Kann ich mal bitte deinen Rechner benutzen?«

»Ja, natürlich, komm rein. Nimm mein Tablet, das liegt gleich hier im Gästezimmer von Tessa, das geht schneller.« Sie drückte die Haustür hinter ihm ins Schloss und ging voraus.

»Verdammt, ich komme nicht in ihren Account rein«, fluchte Tom kurze Zeit später. »Und ich hätte meinen Arm darauf verwettet, dass sie ihr simples Passwort noch nicht geändert hat, obwohl ich ihr deshalb schon zigmal eine Predigt gehalten habe.« Er schaute sich auf dem kleinen Schreibtisch um, als könnte da ein Zettel mit der Lösung seines Problems liegen. Stattdessen fiel sein Blick auf ein hübsch eingepacktes Geschenk in Buchform mit einer Karte im Umschlag. »Ist das für Tessa, oder war sie auf einen Geburtstag eingeladen?«

»Weder noch. Das hat Tessa als Dankeschön für Frau Rose besorgt, irgendeine neue Goethe-Biografie. Es sollte einfach nur eine kleine Geste sein, weil Frau Rose sich so aufopferungsvoll um Julian gekümmert und ihm sogar mehrfach das Leben gerettet hat. In den letzten Tagen ist diese Absicht natürlich ins Hintertreffen geraten, deshalb liegt es noch hier.«

»Stimmt, Frau Rose ist ja so ein Goethe-Fan, das hat sie mir auch mal erzählt. Ich glaube, ich verstehe diese Prosa nur, wenn ich so wie der Dichterfürst zwei Flaschen Wein am Tag –« Tom verstummte, weil jemand an der Haustür geklingelt hatte.

»Leander?«, hörte er die perplexe Stimme von Helen fragen. »Was machst du denn hier?«

»Ich wollte sehen, ob Tessa da ist. Eigentlich hatten wir vor einer Stunde eine Verabredung. Sie wollte zu mir kommen, und wenn ich sie anrufe, geht nur die Mailbox dran. Jetzt mache ich mir natürlich Sorgen.«

»Eine Verabredung? Tessa hat nichts davon gesagt, dass sie sich mit dir treffen wollte. Aber sie ist auch nicht da …«

Tom hörte, wie Helen unsicher wurde, und ging deshalb zur Tür, um ihr beizustehen. Unterdessen sagte Leander: »Du klingst so merkwürdig, Helen, als wolltest du etwas vor mir verheimlichen. Wo ist Tessa denn hingefahren? Oder lässt sie sich vor mir verleugnen? Ich kann mir kaum vorstellen, dass sie unsere Verabredung vergessen hat.«

Tom trat aus dem Hintergrund hervor und maß Leander mit Skepsis, unschlüssig, welche Informationen er ihm geben sollte. Mira hatte ausdrücklich darum gebeten, dass ihr Vater nichts erfahren sollte.

»Tut das etwas zur Sache, wo Tessa gerade ist?«, fragte er etwas schärfer als gewöhnlich, damit Leander nicht auf die Idee käme, weiter nachzuhaken.

»Ich weiß, dass du mich von Anfang an nicht leiden konntest, Tom, und jetzt wahrscheinlich noch viel weniger, aber es ist wichtig, dass Tessa und ich reden. Mag sein, dass der Mut sie verlassen hat, weil ich zugegebenermaßen ziemlich erschrocken reagiert habe, als sie mich heute Morgen anrief, mir sagte, dass sie von mir schwanger sei, und um ein Gespräch bat. Aber das wäre der ganz falsche Eindruck, es war nur der erste Schock, weil wir noch kaum richtig zusammen sind, und ich denke, wir –«

»Tessa ist … von dir?« Auch wenn Tom genau wusste, was er sagen wollte, brachte er keinen zusammenhängenden Satz zustande. Zu heftig war die Überraschung – und der Stich ins Herz, der ihm kurzzeitig die Luft zum Atmen nahm.

»Oh, Entschuldigung … ich … also, ich dachte, sie hätte dir das schon gesagt.«

Nun kam sich Tom noch bescheuerter vor, und er warf einen fragenden Blick auf Helen, die sämtliche Farbe im Gesicht verloren hatte.

»Deshalb war ihr in letzter Zeit so übel«, dachte sie laut nach. »Mir hat Tessa auch nichts gesagt. Aber wenn sie es erst seit heute Morgen weiß?«

»Nein, sie hat es schon im Krankenhaus erfahren, sich aber erst heute dazu durchgerungen, mich anzurufen. Ich dachte, sie hätte mit euch gesprochen. Um fünfzehn Uhr wollte sie bei mir sein, seither versuche ich, sie zu erreichen. Es ist garantiert etwas passiert. Ich werde bei der Polizei und in den Krankenhäusern anrufen. Wenn sie unterwegs einen Unfall –«

»Ich glaube eher, dass etwas anderes passiert ist«, sagte Helen.

»Aber was, um Himmels willen, soll auf dem Weg zu mir denn sonst passiert sein?«

»Sie wollte nicht zu dir«, sagte Tom nun freiheraus. »Sie ist zu deiner Tochter gefahren. Mira hat sich heute Morgen bei ihr gemeldet.«

»Meine Tochter … lebt?« Leander suchte Halt am Türrahmen. »Oh Gott, ich glaube, mir wird schwindlig. Das verkrafte ich nicht. Mira … lebt … sie lebt … Mira lebt …«, stammelte er vor sich hin, während Tom und Helen ihn untergehakt ins Gästezimmer brachten, wo Helen ihm ein Glas Wasser reichte.

Nachdem er einen Schluck getrunken hatte, fand er seine Sprache wieder. »Oh mein Gott, ich kann mein Glück gar nicht fassen. Mira … Aber warum hat Tessa mich dann nicht erst recht angerufen?«

Tom überlegte einen Augenblick, was er sagen sollte, aber wozu noch länger um den heißen Brei herumreden. »Mira wollte mit Tessa allein sprechen. Du solltest nichts von dem Treffen erfahren.«

Sichtlich getroffen schaute Leander zu Boden. »Ich hätte nicht gedacht, dass sie mich so sehr ablehnt. Selbst wenn wir am Schluss nicht das beste Verhältnis hatten und sie im Streit gegangen ist, so sind doch viele Jahre vergangen, und ich war der Meinung, ihr immer das Gefühl gegeben zu haben, dass sie ein Zuhause hat, ganz egal, was passiert. Merkwürdig … aber vielleicht schämt sie sich ja. Mein Gott, ich würde so gern wissen, wie sie aussieht, was sie macht und was in all der Zeit passiert ist. Wo wollte sich Tessa denn mit ihr treffen?«

»Wenn wir das wüssten … es steht in einer Textnachricht, aber ich komme nicht in Tessas Account rein.« Tom schnappte sich das Tablet und gab das Passwort noch einmal ein. Julian0511. Er murmelte die Buchstaben-Zahlenkombination beim Tippen vor sich hin, in der Hoffnung, dass er sich beim ersten Mal bloß vertippt hatte.

Helen horchte auf. »Da liegt der Fehler, Tom. Julian hat am fünfzehnten Geburtstag, nicht am fünften. Ich bin die Patentante, ich muss es wissen.«

Als er sich mit dieser kleinen Korrektur einloggen konnte,

stieß Tom einen erleichterten Seufzer aus. »Unsichere Passwörter und Frauen, die sich alle persönlichen Daten merken können, sind nicht nur ein Fluch, sondern ab und an auch ein Segen. Voilà, da haben wir die Adresse«, sagte Tom, nachdem er die Nachricht von Mira aufgerufen hatte.

»Darf ich lesen, was sie schreibt?«, fragte Leander, und Tom schob ihm das Tablet hin. Natürlich hatte er kein gutes Gefühl dabei, aber in dieser Ausnahmesituation waren ohnehin schon alle Grenzen überschritten, sodass Tom es bei aller Antipathie gegen Leander nicht fertiggebracht hätte, ihm etwas vorzuenthalten.

»Mirawe Punkt«, murmelte Leander in Gedanken versunken. »Das wird ja immer merkwürdiger. Wenn Mira doch nichts mehr mit mir zu tun haben will, warum nimmt sie mit dem Nachnamen Bezug auf mich? Sie hieß wie ihre Mutter Rosenberg, weil wir nie verheiratet waren.« Leander klickte auf Miras Profil, sein Finger schwebte zitternd über den Fotos, und er scrollte rauf und runter, hin und her. »Sie hat sich im Gesicht so sehr verändert. Erschreckend, ich erkenne meine eigene Tochter kaum wieder. Und die Fotos haben weder Likes noch Kommentare. Also, ich weiß nicht. Auch wenn es sehr schmerzhaft ist, mir das einzugestehen, aber ich vermute immer mehr, dass das ein Fake-Profil ist.« Er zog die Augenbrauen zusammen und tippte auf die weiteren Infos zur Person. »Hier steht noch ein Zitat: ›Was ist das Schwerste von allem? – Was dir das Leichteste dünkt: Mit den Augen zu sehen, was vor Augen dir liegt.‹ Johann Wolfgang von Goethe. Na so was, in der Schule hat Mira den guten Mann immer gehasst.«

Zwischen Helen und Tom genügte ein Blick.

»Frau Rose!«, riefen sie wie aus einem Mund.

»Verflucht, dieses Haus gleicht ja einer Festung«, zischte Leander.

»Immerhin hat der Eingang keine Kamera«, gab Tom zurück und maß die Höhe der Mauer mit seinem Blick.

»Räuberleiter«, sagte Leander und stellte sich mit verschränkten Fingern in Position.

»Frau Rose kann sich auf netten Überraschungsbesuch gefasst

machen«, erklärte Tom grimmig und setzte seinen Fuß auf Leanders Handinnenflächen. »Verstärkung ist angefordert, das Einsatzkommando muss jeden Moment hier eintreffen.«

»Hoffentlich noch rechtzeitig«, bemerkte Helen und schaute den Männern sorgenvoll hinterher.

52

»Deine Mama holt dich hier raus ... ich bring dich in Sicherheit, versprochen«, flüsterte sie dicht an Julians Ohr. »Aber du musst durchhalten.«

Vielleicht konnte er wenigstens ihre Stimme wahrnehmen, das hoffte Tessa verzweifelt. Vielleicht war er aber auch schon so weit weg, dass sie ihn nicht mehr erreichen konnte.

Während der vergangenen zwei Wochen, in denen sie nicht wusste, wo ihr Sohn war, hatte sie sämtliche Szenarien durchgespielt, wie dieser Alptraum zu Ende gehen könnte, doch sie hätte niemals damit gerechnet, dass Julian sterben könnte, nachdem sie ihn wieder in ihre Arme geschlossen hatte.

Aus diesem Verlies gab es kein Entkommen. Tessa hatte zudem jegliches Gefühl für die Zeit verloren, seit sie aus der Betäubung erwacht war. Ihr war noch leicht schwindlig, und sie hatte nahezu unerträgliche Kopfschmerzen.

Dieses Mal war es noch mühsamer gewesen, wieder Kraft in ihre Muskeln zu bekommen, um aufzustehen. Erschöpft, aber mit offenen Augen hatte sie auf dem Boden gelegen und ihren Armen und Beinen gedankliche Befehle gegeben, bis diese ihr endlich wieder gehorchten.

Unvermittelt kam ihr etwas in Erinnerung. Unter dem Hochbett hatte sie einen Gegenstand gesehen, der dort in die Zimmerecke gerollt und wohl in Vergessenheit geraten war. Eine formschöne und schwere Blumenvase, deren Rand gebrochen war.

Nach kurzem Nachdenken hatte sich Tessa einen Plan zurechtgelegt. Dazu musste Frau Rose nur zurückkehren.

Die Zeit lief. Ob für oder gegen sie, das würde nun das Schicksal entscheiden.

Die schwere Porzellanvase am Henkel hoch erhoben, stand Tessa mit bebendem Atem hinter der Stahltür, als diese sich endlich langsam öffnete.

»Sind Sie wach, Tessa? Essen ist fertig. Setzen Sie sich im Schneidersitz auf das Hochbett, den Rücken zu mir, die Hände unter den Po.«

Tessa reagierte nicht und zwang sich, leise zu atmen. Ihr Arm zitterte unter dem Gewicht der Vase.

»Sind Sie so weit?« Frau Roses Stimme hatte einen ungeduldigen Tonfall.

Kein Geräusch durfte sie verraten.

Im Stillen zählte Tessa ihre eigenen Atemzüge, um sich von ihrer Angst abzulenken. Sie musste es schaffen, so lange in ihrer Position auszuharren, bis ihr Frau Roses Neugierde in die Hände spielte.

Bei fünf war es so weit. Frau Rose streckte den Kopf herein.

Tessa benötigte nur einen Lidschlag, um ihre Hemmschwelle zu überwinden, genau so lange, wie der Seitenblick auf ihren Sohn dauerte.

Dann schlug sie zu.

Als das schwere Porzellangefäß auf den Schädelknochen von Frau Rose traf, ahnte Tessa, dass sie dieses widerliche Geräusch wohl nie mehr vergessen würde, obwohl sie zuerst geglaubt hatte, vielleicht nicht kräftig genug ausgeholt zu haben.

Die dicke Vase war sogar intakt geblieben, doch die scharfe Kante des gebrochenen Goldrandes hatte im Gesicht von Frau Rose eine klaffende Wunde vom Haaransatz über Auge und Wange bis hinunter zum Kinn hinterlassen.

Ungläubig ließ Frau Rose ihren Essenskorb fallen und fasste sich ins Gesicht. Blutüberströmt ging sie in die Knie und fiel vornüber.

Tessa musste sich erst aus ihrer Erstarrung lösen, dann holte sie Julian eilig aus dem Bett.

Sein schlaffer Körper schien Tonnen zu wiegen. Und dennoch war Julians Zustand nun fast ein Segen, weil seine Kinderaugen diese schrecklichen Bilder nicht sehen mussten.

Tessa hob ihren Sohn zum Tragen auf ihre Hüfte und legte eine Hand über sein Köpfchen, das sie schützend gegen ihre Brust drückte. Dabei erwog sie, an Frau Roses Hals nach dem Puls zu fühlen, doch sie mochte nicht das Blut dieser Frau an ihren Fingern kleben haben. Mit einem großen Schritt stieg sie über Frau Rose hinweg, und nach einem kurzen Blick zurück lief sie den Gang entlang der Freiheit entgegen.

Mit Julian. Endlich. Und ihrem Kind unter dem Herzen.

Was waren das für Geräusche hinter ihr?

Tessa hatte die Kellertreppe noch nicht erreicht, da hörte sie Frau Roses Aufforderung, sofort stehen zu bleiben. Danach knallte es ohrenbetäubend.

Ein stechender, brennender Schmerz fuhr ihr in den Rücken. Das war eine Kugel gewesen. Dann knallte es erneut.

»Julian!«, schrie Tessa, ehe sie mit ihrem Sohn zu Boden fiel.

53

Ein Ruckeln. Ein metallisches Klicken. Stimmen.

Ihr Körper wurde aus der halb Senkrechten wieder zurück in die Waagrechte verlagert.

Küsse. Auf ihre Wange, ihre Stirn. Jemand, der ihre Hand hielt.

Tessa schlug die Augen auf und blinzelte.

Leander wischte sich die Tränen aus dem Gesicht. »Hallo Tessa, da bist du ja wieder.«

Ja, sie war zurück in dieser Welt, nur wo befand sie sich? Die Sonne blendete, doch auch im grellen Licht erkannte Tessa den Garten der Stadtvilla. Sie lag auf einer fahrbaren Trage, auf die man sie offenkundig gerade gehoben hatte, noch vor der Haustür.

»Julian!«, stieß sie hervor und suchte flehend Augenkontakt zu dem Rettungssanitäter, der sich am Fußende der Trage mit einer weiblichen Kollegin darüber beriet, wie man sie am sichersten über die steilen und ausgetretenen Stufen nach unten zum Fahrzeug bringen könnte, und deshalb nicht auf sie achtete.

Stattdessen hörte sie Helens Stimme und wandte den Kopf nach links, wo sie direkt in die glückseligen Augen ihrer Freundin sah, die einen Infusionsbeutel in der Hand hielt.

»Er ist schon auf dem Weg ins Krankenhaus. Du bist auch gleich dran. Der Notarzt sagt, Julian kommt durch.«

»Sicher?«

»Ganz sicher«, betonte Helen und hielt weiter die Infusion hoch. »Er ist doch ein Kämpfer.«

»Aber mein Baby nicht …«

»Das ist noch nicht gesagt, Tessa, du hast nur einen Streifschuss abbekommen.«

»Du hast so großes Glück gehabt. Ihr beide, du und Julian.« Leander drückte ihre Hand, und als sie sich ihm wieder zuwandte, ließ er ihren Blick nicht los. »Und dem Würmchen in deinem Bauch musst du sagen, dass es sich gut festhalten soll. Ich möchte gern noch einmal Papa werden. Es tut mir furchtbar leid, dass ich zuerst so schroff reagiert habe. Es war einfach ein Schock, und dann war da natürlich der Gedanke an Mira.«

»Deine Tochter …«, begann Tessa und merkte, dass ihr der Schmerz im Rücken die Luft zum Sprechen nahm.

»Schscht«, machte Leander. »Ich kann es mir schon denken. Frau Rose war es. Diese kranke Frau hat meine Mira getötet. So habe ich nun endlich Gewissheit und kann um sie trauern. Nur leider habe ich keinen Ort dafür, wo ich hingehen kann. Dieses Wissen hat Frau Rose mit ins Grab genommen.«

»Nein, hat sie nicht. Deine Tochter«, Tessa machte mit der Infusion an der Hand eine vorsichtige Armbewegung in Richtung Baum, »liegt dort unter der Linde.«

»Oh Gott.« Leander ließ ihre Hand los und ging langsam zu der schattigen Stelle, als müsste er sich an einen Abgrund herantasten. Vor dem Baumstamm sank er auf die Knie und berührte mit seinen Händen das Gras.

Mit Tränen in den Augen wandte sich Tessa an Helen. »Frau Rose lebt nicht mehr?«

»Nein. Sie hat sich nach ihrem ersten Schuss auf dich und Julian die Waffe in den Mund geschoben und abgedrückt. Tom hat sie vorhin gesehen. Er war mit seinen Kollegen von der Spezialeinheit unten im Keller. Von ihrem kranken Kopf ist wohl nicht mehr viel übrig.«

Als Tessa das hörte, durchfuhr sie ein ungewollter Schreck. Es war hart, was Helen sagte, doch andererseits empfand Tessa keine Trauer. Vielleicht etwas Mitleid, aber mehr bei dem Gedanken an all das, was Frau Rose in ihrem Leben durchleiden musste, was aus ihr erst dieses Monster gemacht hatte – und daran, dass Frau Rose es in ihrer krankhaften Vorstellung tatsächlich immer gut gemeint hatte.

Ein Wahnsinn, der nun ein Ende hatte.

»Und wo ist Tom jetzt?«

»Er ist gegangen«, sagte Helen, und es klang so simpel, wie es offenkundig gemeint war.

»Einfach gegangen?«, fragte Tessa verstört.

»Na ja, nachdem er wusste, dass ihr beide durchkommen würdet. Also ihr alle drei. Leander hat es uns gesagt.«

Nun ahnte sie, dass Tom sich normalerweise anders verhalten hätte und an ihrer Seite geblieben wäre, nur wollte er Leander und ihrem Baby nicht im Weg stehen, und ein Kloß machte sich in ihrem Hals breit.

Ratlos hob Helen die Schultern. »Er murmelte etwas von einer Wurzelbehandlung. Wahrscheinlich hat er einen Zahnarzttermin. Bestimmt kommt er nachher ins Krankenhaus.«

54

Tom hatte sie nicht im Krankenhaus besucht.

All die Tage nicht. Immer wenn die Tür aufgegangen war, hatte sie gehofft – vergeblich.

Sogar Anna Kiefl war mit einer großen Tüte Gummibärchen und einem Stofflöwen vorbeigekommen, der einen Gutschein für einen Rundflug über Stuttgart in seinen flauschigen Pranken hielt. Etwas Abstand zu den Dingen würde oft guttun, hatte sie Tessa nach einer herzlichen Umarmung erklärt. Vor Freude über den glücklichen Ausgang der Entführung standen ihr Tränen in den Augen, als sie sich wieder verabschiedete, und sie versprachen, einander wiederzusehen, spätestens beim Rundflug.

Kurz darauf hatte sich auch Philipp blicken lassen. Auf ihn hätte Tessa, wenn es allein nach ihr gegangen wäre, wirklich verzichten können. In Erinnerung an den Übergriff im Wald hatte sie nervös die Nähe zur Klingel gesucht, ihm jedoch nicht verwehrt, seinen Sohn zu sehen. Philipp hatte am nächsten Tag noch einmal wiederkommen wollen, war jedoch bis zur heutigen Entlassung nicht wieder aufgetaucht. Sie nahm es ihm nicht übel. Später, wenn Julian älter war, sollte er selbst entscheiden, was er von seinem Vater halten und wie er mit ihm umgehen wollte.

Im Moment vermisste Julian ihn nicht einmal, stattdessen hatte er nach seiner Oma Dose gefragt und verwundert zugehört, als er erfuhr, dass es auch Menschen gab, die im Himmel wohnten. Von der Hölle brauchte Julian noch nichts zu wissen, es genügte der Teil, den er davon gesehen hatte.

Was für ein eigenartiges Gefühl es war, nach so langer Zeit in die eigene Wohnung zurückzukehren. Etwas wehmütig, aber lächelnd blieb Tessa auf der Türschwelle stehen, während Julian in sein Zimmer zu seinem Bettschiff stürmte, als wäre nichts gewesen. Im Krankenhaus hatte sie geglaubt, ihr Sohn würde lange Zeit brauchen, um die Ereignisse zu verarbeiten, doch er hatte sie kurzerhand zu einer Abenteuergeschichte zusammengesetzt, deren glückliches und phantasievolles Ende er jedem erzählte, weil er schließlich der Held war, der mit seinen Superkräften nach Hause gefunden hatte. Und ein Held war Julian definitiv.

Die Kinderpsychologin hatte zu Julian gesagt, dass sie seine Heldengeschichte so oft hören wolle, wie er sie erzählen mochte, und er hatte ihr versprochen, bis zum nächsten Termin ein Bild für sie zu malen. Wahrscheinlich hatte er sich in all den Tagen gar nicht allzu bedroht gefühlt, jedenfalls nicht von seiner Oma Dose. Aber natürlich war da dieses Eingesperrtsein gewesen und sicher auch die Momente, in denen er seine Mama sehr vermisst hatte, weil er nicht immer sediert gewesen war. Vom Ausmaß des Geschehens schien er jedoch längst nicht alles erfasst zu haben.

Tessa hatte sich von Leander abholen und nach Hause fahren lassen, ihn aber darum gebeten, erst einmal allein sein zu dürfen. Sie musste ihre Gedanken ordnen, sich neu in ihrem wiedergewonnenen und veränderten Leben einrichten, sich über ihre Gefühle klar werden und vor allem ganz viel Zeit mit Julian verbringen und sich durch den riesigen Präsentkorb futtern, den ihr der Chef im Namen aller Blattkollegen vorbeigebracht hatte, natürlich gespickt mit seiner süßen Bitte, doch wenigstens ab und zu während der Schwangerschaft und Elternzeit einen Artikel für die »Stuttgart aktuell« zu schreiben und mal in der Redaktion vorbeizuschauen.

Etwas überzeugen musste sie den sichtlich geknickten Leander schon, aber am Ende hatte er doch Verständnis für sie – nachdem sie ihm das Versprechen gegeben hatte, ihm regelmäßig Nachrichten zu schreiben, damit er wusste, wie es ihr und dem Bauchbewohner ging.

Als Tessa mit dem Fuß ihre Tasche in den Flur hineinschob, bemerkte sie einen Briefumschlag, den jemand unter der Türschwelle durchgeschoben hatte.

Bloß keine Karte, dachte sie in einem Anflug von Panik, doch dann erkannte sie Toms markante Handschrift, und sie las den Brief.

Liebe Tessa,
ich muss dir etwas gestehen. Ich habe mich verliebt.
In eine hübsche Frau, mit der ich stundenlang reden kann, die meinen schwarzen Humor teilt und sogar meine Totenkopf-Hausschuhe mag.
Sie ist unglaublich klug, eine absolute Powerfrau und gleichzeitig so ein zartes Geschöpf, dass ich sie unbedingt beschützen will.
Sie kann in ihrer Art aber auch sehr direkt sein und mich mit meinen Fehlern und Schwächen konfrontieren, allerdings ohne mich dabei zu erniedrigen, stattdessen stärkt sie mich, wenn ich Halt brauche.
Doch da ich zu feige war, zu meinen Gefühlen zu stehen, habe ich mich zurückgezogen, dadurch Misstrauen geschürt und mit meiner Eifersucht das zarte Pflänzchen zerstört, das zwischen uns gewachsen ist.
Du kennst diese Frau auch ziemlich gut, liebe Tessa. Kannst du sie bitte mal fragen, ob da noch Wurzeln sind? Dann könnte dieses Pflänzchen wieder wachsen.
Aber warte, vielleicht habe ich noch einen viel besseren Vorschlag. Rede erst mal nicht mit ihr darüber. Sie soll bitte noch nicht antworten.
Erst mal werde ich das Pflänzchen pflegen, ihm einen schönen Platz an der Sonne geben und es regelmäßig gießen. Denn zum Wachsen braucht es Zeit und Geduld, und die habe ich. Wenn sie möchte, dann schaue ich mal wieder in Hausschuhen auf einen Kaffee bei ihr vorbei und bringe das Pflänzchen mit, damit sie mir sagen kann, ob es sich in ihren Augen langsam erholt. Keinesfalls will ich unachtsam sein und es noch mal zertrampeln.
Das ist alles, was ich sagen wollte. Kannst du ihr das bitte ausrichten, liebe Tessa, und dass sie eine unglaublich starke Frau ist, die es auch allein schafft, wenn sie das will. Sie soll bitte nur nicht vergessen, dass es mich und dieses Pflänzchen gibt, und sie soll daran denken, dass ich wenigstens als Freund immer an ihrer Seite sein werde. Aber eigentlich weiß sie das, denn ich habe es ihr versprochen.
Wie auch immer sie sich entscheidet, meine Gedanken sind bei ihr.
Tom

Epilog

»Ich lass für dich das Licht an, obwohl's mir zu hell ist.«

Kannst du die Musik hören, mein Schneewittchen? Bestimmt erkennst du die Melodie. Ich habe dir dein Lieblingslied von Revolverheld aufgelegt. Mir wäre ja mehr nach Beethovens Mondscheinsonate gewesen, aber zum Abschied will ich dir dein Lied spielen.

Ich hasse Abschiede.

Lass uns noch ein letztes Mal zusammen zur Cannstatter Brücke gehen, und ich zeige dir den Sternenhimmel, ja? Das hast du dir doch immer gewünscht. Ich mache es dir in dem bunten Koffer bequem, mit dem deine Mutter dich damals als Baby zu mir gebracht hat, und ziehe dich, weil du ja selbst nicht mehr laufen kannst.

Wir hatten so eine schöne Zeit zusammen, mein liebes, zartes Mädchen. Fünfzehn Jahre lang war ich glücklich, weil ich dich hatte. Du hast meine Tage wieder heller gemacht, und ich hätte mein Leben für dich gegeben, mein Schneewittchen. Doch du hast dich anders entschieden und bist mir vorausgegangen.

Warum hast du das getan?

Damit hast du mich sehr traurig gemacht, weißt du das? Überhaupt hatte ich viel Kummer deinetwegen, wenn du mal wieder krank warst und deine Medizin nicht nehmen wolltest. Dabei habe ich doch immer gewusst, was gut für dich ist, und dich vor allen Gefahren behütet.

Aber du hast zu viele von den Schmerztabletten genommen, obwohl ich dich davor gewarnt habe, wie gefährlich sie sein können, habe ich nicht recht? Warum hast du mir nicht mehr vertraut?

Was soll ich denn jetzt ohne dich tun?

Ich weiß es noch nicht. Allerdings bin ich mir sicher, dass ich nicht allein bleiben werde. Das kannst du nicht von mir verlangen, mein Schneewittchen.

Komm in meine Arme, ich habe ein frisches Laken für dich

auf dem Boden ausgebreitet. Es ist blütenweiß wie deine Seele. Ich werde dich darin einwickeln, damit du nicht frierst, mein armes Mädchen. Du bist immer so dünn geblieben, wolltest nicht zunehmen und bist nicht richtig gewachsen, obwohl ich so gut für dich gekocht habe und dir mein Essen doch immer geschmeckt hat, nicht wahr?

Liegst du so bequem? Soll ich dir die Beine noch etwas anwinkeln? In dieser Körperhaltung siehst du fast wieder aus wie mein Baby, das deine Mutter in einem hellen, blutbefleckten Handtuch in meine Arme gelegt hat, weil sie dich nicht haben wollte.

Für mich warst du ein Geschenk. Das Wertvollste, was ich vom Schicksal bekommen habe, nachdem es meine eigene Tochter auf so brutale Weise von mir fortgerissen hatte, dass kaum ein Mensch den Schmerz ertragen kann. Als meine Sarah auf der Welt war, hatte ich ständig Angst, dass ihr etwas zustoßen könnte, man hört und liest ja so viel Schreckliches, und trotzdem hätte ich nie geglaubt, dass es mein Kind treffen würde.

Auf dich habe ich deshalb besonders aufgepasst, so wie ich es deiner Mutter versprochen habe. Ihr habe ich übrigens weiße Rosen mit ins Grab gelegt. Möge sie ihren Frieden unter dem Lindenbaum finden. Diesen Ort in meinem Garten habe ich für sie ausgewählt, damit sie in deiner Nähe sein konnte – das war doch eine schöne Geste von mir, oder?

Du hast den roten Rosenstrauß, den ich dir zu deinem Geburtstag mitgebracht habe, so gern gemocht. Darum nimm ihn mit auf unseren Ausflug, auf deine letzte Reise. Die Rosen sollen dich an mich erinnern. Ich mag eigentlich gar keine Blumen, schon gar keine Rosen. Es reicht, dass ich so heiße. Meinen Mädchennamen wieder anzunehmen und unerkannt in Frieden leben zu können war trotzdem das Kleinste aller Übel.

Wie sagt man im Volksmund? Selbst die schönsten Rosen haben Dornen. Du sollst dich nicht stechen, auch nach deinem Tod will ich dich vor allem Schmerz bewahren, selbst wenn du nichts mehr spürst. So bette ich dich Blatt für Blatt, Rose für Rose in ein rotes Blütenmeer.

Wenn du dich jetzt sehen könntest, mein Schneewittchen, wie bezaubernd schön du aussiehst.

Oh, jetzt ist die Vase umgefallen, und ein großes Stück am Goldrand ist abgebrochen. Aber das ist nicht so schlimm. Ich brauche das Behältnis sowieso nicht mehr, und Scherben bringen Glück, ist es nicht so?

Vielleicht habe ich ja schon bald wieder ein Kind bei mir. Es gibt da bereits eines, das ich sehr in mein Herz geschlossen habe.

Du weißt das und warst eifersüchtig, weil du Angst hattest, ich könnte dich verlassen. Dabei war deine Furcht ganz unbegründet, ich wäre bis zu meinem Lebensende bei dir geblieben.

So war mein Plan.

Du hast dich anders entschieden. Du hast mir nicht mal mehr gesagt, wie du gern heißen möchtest. Aber das ist auch nicht so wichtig – für mich wirst du immer mein Schneewittchen bleiben.

Nun lass uns zu unserem letzten Spaziergang aufbrechen. Die Nacht ist wunderschön, es ist warm und zauberhaft still draußen, der Himmel sternenklar. Ich werde ein Papierboot für dich falten und es flussabwärts treiben lassen. Und du, du wolltest doch immer wissen, wie es sich anfühlt, vom Wasser getragen zu werden. Es ist aber auch schön, zu tauchen.

Mein Stern, dich werde ich nie vergessen, du warst ein ganz besonderes Mädchen. Du hast bunte Vögel durch meine Seele fliegen lassen und mich am Leben erhalten.

Ich liebe dich. Ich hasse dich.

Nachwort und Dank

Wenn Mütter zu Monstern werden – als ich zum ersten Mal von einer psychoneurotischen Störung hörte, bei der insbesondere Frauen, die medizinisch vorgebildet sind, ein Kind ohne Unrechtsbewusstsein krankenhausreif quälen, nur um es anschließend aufopferungsvoll wieder gesund pflegen zu können, stockte mir der Atem.

Knochenbrüche, Brandwunden, Allergien, eiternde Wunden, Erbrechen, ja sogar epileptische Anfälle werden mutwillig bei den kleinen, wehrlosen Opfern hervorgerufen. Auch Säuglinge sind betroffen; die Liste der Grausamkeiten, die Müttern in ihrer krankhaften Fürsorge einfällt, um ihre Kinder zu quälen, ist lang. Selbst wenn die Frauen unleugbar mit ihren Taten konfrontiert werden, zum Beispiel per Videobeweis, ist ihnen ein Schuldeingeständnis unmöglich. Deshalb haben die Täterinnen auch kein Bewusstsein für die Qualen, die sie ihren kleinen Opfern zufügen – in ihren Augen tun sie immer nur das Beste für das Kind.

Der Lügenbaron Münchhausen stand Pate für die Bezeichnung dieses psychischen Syndroms, bei dem die Betroffenen sich Erkrankungen einreden oder absichtlich herbeiführen, um Aufmerksamkeit und Zuwendung zu erfahren. Mütter mit Münchhausen-Stellvertreter-Syndrom entwickeln eine sehr enge Beziehung zu ihrem Kind, es wird jedoch nicht als eigenständiges Wesen angesehen, sondern als Mittel zum Zweck – als Stellvertreter, um über diesen das eigene Selbstwertgefühl zu steigern und seelische Defizite zu kompensieren.

Die erkrankte Frau vereint zwei Wesen in sich: Auf der einen Seite ist sie die auffällig aufopferungsvolle Mutter, die ihre eigene Krankheit jedoch nicht zu erkennen vermag, weil sie Gefühle abspaltet, was es ihr auf der anderen Seite möglich macht, das geliebte Kind zu schädigen. Oftmals kommt jede Hilfe zu spät, und die Kinder überleben das Martyrium nicht – das wiederum treibt die erkrankte Mutter im Anschluss häufig in den Selbstmord. Zudem ist es selbst für Psychologen und Ärzte schwer, das Münchhausen-Stellvertreter-Syndrom rechtzeitig zu erkennen, und die Dunkelziffer ist entsprechend hoch. Darum war es mir ein Anliegen, mit diesem Roman ein Bewusstsein für diese Erkrankung zu schaffen.

Wenn ein Kind entführt wird, ändert sich das Leben von einer Minute zur anderen. Was wäre, wenn … Diese ängstliche Frage hat sich wohl jedes Elternteil schon einmal gestellt.

In Deutschland werden jährlich rund 100.000 Menschen als vermisst gemeldet. Das entspricht der Bevölkerung einer mittelgroßen Stadt, die spurlos verschwindet. Glücklicherweise lassen sich die meisten Fälle binnen einer Woche aufklären, doch seit der ersten zentralen Erfassung vom 3.3.1951 sind beim BKA insgesamt 1.714 Fälle registriert, die bis heute ungelöst sind. Und kaum jemand interessiert sich für die Sorgen und Probleme der Zurückgebliebenen, die vor allem mit den Jahren nicht kleiner werden.

Unterstützend können sich Eltern unter anderem an die Initiative Vermisste Kinder in Hamburg sowie an das Vermissten-Telefon wenden.

Was aber, wenn ein Kind tot aufgefunden wird, das von keinem Angehörigen gesucht wird? Wie im Fall des unbekannten Mädchens, das 2001 – in ein Laken gewickelt und an einen Sonnenschirmständer gebunden – aus dem Main geborgen wurde. An diesen Fall habe ich meinen Stuttgart-Thriller angelehnt. Die Identität des über viele Jahre schwer misshandelten Opfers konnte von der Frankfurter Kriminalpolizei trotz intensiver nationaler und internationaler Ermittlungen bis heute nicht geklärt werden. Niemand schien das Mädchen zu kennen, und zwar nirgendwo auf der Welt. Beinahe so, als wäre es nie geboren worden.

»Es ist etwas geschehen, was den Rahmen des bisher Vorstellbaren gesprengt hat«, sagte ein Beamter, der mit dem Fall betraut war.

Auf dem anonymen Gräberfeld des Frankfurter Friedhofs Heiligenstock steht seither ein heller Grabstein mit der Inschrift:

»Unbekanntes Mädchen, gefunden am 31. Juli 2001 im Main«. Die Polizisten haben ihn gestiftet, um einen Ort der Erinnerung zu schaffen – an ein Mädchen, das von niemandem vermisst wird.

Für diesen Roman hatte ich zahlreiche Unterstützung von Fachleuten. Etwaige Fehler oder Ungenauigkeiten gehen jedoch selbstverständlich zu meinen Lasten.

Ich danke:

Dr. Marco B. Fiorini: Dieser Psychiater am anderen Ende der Welt ist immer noch mein bester Freund, selbst wenn er mit Vorliebe meine Plots umschmeißt, und das gern mal mitten in der Nacht. Dafür beantwortet er mir aber auch nächtelang mit großer Geduld meine Fragen zu den Abgründen der menschlichen Psyche – und eine Autorin kann sehr viele Fragen haben.

Martin Forster: Normalerweise freut man sich, wenn man keinen Arzt braucht. Wer aber einen Hausarzt wie ihn zum Freund hat, geht gern in die Praxis. Er hat dafür gesorgt, dass ich kurz vor dem Abgabetermin wieder fit wurde und hat zudem mein Manuskript in ungezählten Sprechstunden und zu allen Unzeiten behandelt, damit ich meinen Protagonisten nicht versehentlich das Leben nehme.

Michael Böhm: Dieser Kriminalhauptkommissar öffnet Türen, wo nur Mauern sind. So hat er mich schon ins Gefängnis gebracht und mich einer erkennungsdienstlichen Behandlung unterzogen. Daktyloskopie und Phantombilder sind sein Steckenpferd und die Beantwortung abstruser Fragen einer wissbegierigen Autorin mittlerweile sein Spezialgebiet.

Jürgen Willmann: Wenn es um Fragen zu Mordmethoden geht, kann dieser Kriminalhauptkommissar a. D. ganze Romane verfassen. Völlig gleich, welches Stichwort ich ihm zugeworfen habe, er ließ mich an seinem breiten Erfahrungsschatz aus vierundzwanzig

Jahren als Todesermittler bei der Mordkommission teilhaben. Es sind Geschichten, die das Leben schrieb – und die so unfassbar sind, dass sie keiner glauben will.

Gerhard Grau: meine Hochachtung vor diesem Polizeihauptkommissar und Tauchgruppenführer, der mit seinem Team unermüdlich im Trüben fischt, um Kriminalfälle aufzuklären. Als Enten-FBI-Praktikantin durfte ich einen informativen Einblick in die umfangreiche Arbeit der Wasserschutzpolizei erhalten – auf dem Boot, in der Taucherausrüstung und im Büro. Ich hätte wochenlang bleiben können.

Miriam Hesse und Carlos Ubina für den Blick hinter die Zeitungs-Kulissen, damit ich den Redaktionsalltag hautnah miterleben konnte. Selbst im größten Stress haben sie sich für mich Zeit genommen, zudem durfte ich den Spieß umdrehen und die beiden für meine Recherchen interviewen. Die »Stuttgart aktuell« im Roman ist eine fiktive Zeitung, als deren Herausgeberin ich mir ein paar kleinere Freiheiten erlaubt habe.

Sarah für die unglaublich vielen Insiderinfos, Annette, die mir bei der juristischen Beratung mit dem Strafgesetzbuch auf die Finger geklopft hat, und Oliver für seine unverzichtbaren Kontakte und die Fähigkeit, notfalls auch mal die Welt für mich anzuhalten, um sie zurück in die Angeln zu heben.

Dr. Christel Steinmetz und Stefanie Rahnfeld, die mit ihrem Wunsch, etwas richtig Spannendes ins Verlagsprogramm nehmen zu wollen, bei mir offene Türen eingerannt haben. Marit Obsen für vier gemeinsame Romane, bei denen ich mich immer auf das Lektorat gefreut habe, weil sie mit ihrer Lupe garantiert genau die Stellen im Manuskript findet, die noch geschliffen und poliert werden müssen.

Damit Sie das Buch jetzt in Händen halten können, müssen viele Rädchen ineinandergreifen, und das klappt im gesamten Emons-Team reibungslos. Ein gutes Gefühl, dass mein Thriller hier seine Heimat gefunden hat, und ich danke meinem Verleger

Hejo Emons und meinem Agenten Roman Hocke, die von diesem Projekt von Anfang an überzeugt waren und an mich geglaubt haben.

Meiner Mutter: Auch bei diesem, meinem zehnten Roman, warst du meine erste Kritikerin. Und wer glaubt, dem Autorenkind würde mütterlich-milde Güte widerfahren, der hat nicht die verbrauchten Rotstifte gesehen. Ich schenke dir neue, ganz uneigennützig.

Knud: weil ohne dich das alles gar nicht möglich wäre.

Meinen treuen Lesern, die mir seit vielen Jahren quer durch alle Genres folgen, mit meinen Protagonisten lachen und weinen, und all jenen, die bis zu dieser letzten Zeile gelesen haben.

Sina Beerwald
MORDSMÖWEN
Broschur, 208 Seiten
ISBN 978-3-95451-135-8

SAMIEL AWARD 2014

»Der trockene Humor, Menschengewohnheiten aus Möwensicht, flotte Sprüche sowie die liebevoll-originell gezeichneten Vogelprotagonisten sorgen für herzliche Schmunzel- und Lachmomente. Ein kurzweiliger, charmanter Tierkrimi, der nicht nur Syltkennern Lesefreude bereitet!« ekz

»Einfach tierisch.« shz

www.emons-verlag.de

Sina Beerwald
MÖWENALARM
Broschur, 192 Seiten
ISBN 978-3-95451-499-1

»Beerwald gelingt es, die Vogelwelt augenzwinkernd mit der menschlichen Welt gleichzusetzen. Die Besonderheiten der Insel werden wie nebenbei in den Plot eingeflochten und schaffen ein ebenso liebenswertes wie witziges Nordsee-Panorama.«
Sylter Rundschau

www.emons-verlag.de

Sina Beerwald
111 ORTE AUF SYLT,
DIE MAN GESEHEN HABEN MUSS
Broschur, 240 Seiten
ISBN 978-3-95451-511-0

»Die Insulanerin erzählt unterhaltsame Geschichten, die selbst Ortskundige überraschen werden.« Die Insel